JN007581

Catching the Stars of This Summer

この夏の星を見る

辻村深月

Tsujimura Mizuki

角川書店

この夏の星を見る

装画　スカイエマ
装丁　アルビレオ

CONTENTS

プロローグ

夜を、あたたかい、と感じるのは初めてだった。

毎日毎日、頭上に広がる夜空。当たり前にあるはずの、夜の星空。

どちらかと言えば普段は夜道を怖く感じる方だし、暗いところも苦手で、昼間の太陽のない時間は、冷たく味気ない、そんなイメージだった。

だけど、今日は違う。

正確には、きっと、今日だけじゃない。みんなとこうやって空を見上げる夜は、毎回、まるで初めて足を踏み入れたような別世界だ。

「あ、そろそろだ」

学校の屋上、北側の手すりに等間隔に並んだみんなの中から声がする。その声に緊張が感じられた。屋上に広げっぱなしになったノートパソコンの向こう、参加校の数だけ開いた画面が、たくさん並んだアパートか何かの窓みたいだ。そこに覗く顔たちもみんな真剣で、それぞれ、ちょっとずつ緊張している。

オンラインでつながる、画面の向こうの窓のひとつから声がした。

『来ました！　今、うち、通過します』

頭上では、日の入りから一時間半ほどの夜の世界に、砂粒をまぶしたような星が瞬いていた。

わあっと歓声が上がる。いよいよだ、と気持ちが高まっていく。

ああ——と思う。

一際はっきりと輝いた光の点が、空を昇る。

二〇二〇年。

春の頃にはまだ、まさかこんなことになるなんて思っていなかった。ここにいる誰も——パソコンの向こうでつながる子たちだって、たぶん誰も。

「来るよ、準備して！」

仲間の声が、聞こえる。

第一章　〝いつも〟が消える

『中止だって、コンクール』

電話の向こうで、美琴がそう言った後、どう答えるのが正解だったのか。

通話を終えた今も、溪本亜紗はまだずっと考えている。

正解――なんてたぶん、ない。だけど、あの瞬間の美琴にとって欲しかった言葉、一番、心に寄り添う言葉が何かきっとあった。だけど、電話は唐突で、咄嗟に受け答えをするには心の準備ができていなさすぎた。

「え、そうなの？」

亜紗が反射的に尋ね返すと、美琴が『うん』と言った。静かな声だった。泣いたり、怒ったり、大騒ぎする感じがまるでなくて、それが美琴らしくない。

『まあ、仕方ないよね。合唱って今、一番やりにくいことになっちゃったし』

「や、でもさ」

『覚悟してたし。インターハイだってなくなって、なっちゃん、泣いてたじゃん。ダブルス組んでた先輩、今年がラストチャンスだったから』

「あ――うん」

亜紗と美琴と、今名前が出たなっちゃん――菜南子は小学校から一緒の幼馴染みだ。高校でも、クラスこそ違うけど、昼休みは去年まで中庭か音楽室に集まって一緒にお弁当を食べていた。

――去年まで、というのは「今年」がまだないからだ。

今年――正確には、今年度。つまり、二〇二〇年度。

三月、新型コロナウイルス感染症（COVID-19）が世界的に流行したことに伴い、日本では感染予防のため小中高の学校は全国一斉休校の措置が取られた。新型コロナウイルス感染症の主な症状は発熱やせき、喉の痛み、急性呼吸器疾患等。重症化し死亡する例も世界的に多い。そのため、高齢者や持病を持つ人は特に注意が呼びかけられている。

感染予防のための休校で、亜紗たちの学校は「三月」と「四月」がごそっと消えた。いつの間にやら一年生が終わり、亜紗たちは茨城県立砂浦第三高校の二年生に進級したらしい。五月になっても、まだ限られた登校日にしか学校に行っていないから、全然実感が湧かないけれど。

『バド部はさ、うちの高校強豪だし、特になっちゃんは去年、一年だけど県大会で結構いいところまで行ったから、悔しくて当然だと思う。それに比べたら、うちの部は別に強豪ってわけじゃないし、コンクール、出られたとしても上位には食い込めなかったと思うから、こんなことで落ち込むのも図々しいのかもしれないけど』

「そんなことないでしょ。だって」

『あ、あと、さっき、うちの先輩がクラスのグループＬＩＮＥで中止のこと書いたら、放送部の子に、めっちゃクールなこと書かれたって言ってた。「私たちにとったら、〝コンクール〟って放送コンクールの意味なのに、合唱は扱い大きくていいよね」って』

「え！　それ、クールっていうか……」

『放送コンは先月にはもう中止の決定、出てたんだよね』

「そうだったんだ」

電話の向こうから、美琴の小さなため息が聞こえた。

『まー、仕方ないよ。放送コンと合唱コン、主催団体が一緒だからさ。放送の方は早々に中止が決まったのに、なんで合唱だけ特別なの？　って思ってたんじゃないかなぁー。同じこと、甲子園とかも言われてるよね。インターハイ中止になったのに、野球だけ特別なのか？　みたいな』

「うちは野球部、ないけどね」

『うん。でも、あったら、そういうこと、言われたりしてたのかな』

亜紗たちが通う砂浦第三高校は五年前まで女子校だった。五年前から、県の学校再編だとかで共学化され、男子の入学も可能になったのだ。——と言っても、それまで長く女子校だったイメージが強いせいか、男子生徒は全校でもたった十二人で、亜紗の学年にも三人しかいない。甲子園を目指す野球部もない。

「いつになったら、学校、普通に毎日行けるのかな」

亜紗が思わず言うと、それまで沈んだ雰囲気だった美琴が、かかっと笑った。

『なんかうちら、後の世に〝コロナ世代〟って呼ばれるのかもって、テレビで言ってたよ。コロナで休校になって、勉強も遅れちゃう世代だから』

「後の世って、美琴さぁ」

『ねえ、知らんよね。この後にどう歴史になるかなんて関係ない。うちらには今しかないのに』

言葉に詰まった。美琴が軽い声で『あー、あー』と呟く。

『なんで、うちの代なんだろ』

美琴は気づいているだろうか。たったその二音だけなのに、美琴の長い『あー、あー』は、亜紗や菜南子や、他の子たちと違う。発声練習でずっとそうしているくせなのか、腹式呼吸のおなかから出ている感じがする。歌うようなその感じが、亜紗は好きだ。好きだと思っている自覚すらなかったけど、今、気づいた。

『天文部はどうなの？　学校再開したら、活動ありそう？』

美琴からふいに聞かれ、亜紗は「わかんない」と答える。

「綿引先生とも新学期はまだ一度も会えてないし。夏の合宿までにコロナが収まっててくれるといいけど」

言いながら、なんだか後ろめたい気持ちがこみ上げてくる。コンクールがなくなった美琴にしてみたら、天文部の合宿なんて、遊びみたいに思えるかもしれない。

けれど、美琴が言った。

『できてほしいな。天文部、屋外だし』

呟くような言い方だった。亜紗はまた言葉に詰まる。思いがけない言葉だったからだ。うまく返せずにいると、電話の向こうで、美琴が誰かに呼ばれる気配がして、『はあーい』と返す声が聞こえた。

『ごめん、ママだ。亜紗、急に電話してごめんね。また今度』
「あ、うん」
『次の登校日にまた話そうねー。あ、会ってもあんまり話しちゃダメなんだっけか。ま、いっか』

電話越しに美琴が笑う気配がして、ＬＩＮＥの音声通話が切れる、トゥン、という音がした。

通話を終えてからも、スマホをベッドに投げ出して、亜紗は仰向けになり、ずっと考え続けた。どんな言葉をかけたら、よかったんだろう。

亜紗はもともと、すぐに言葉が出てくるタイプじゃない。その場で気の利いたことを言える瞬発力が高い同年代の子もたくさんいるけど、ＬＩＮＥでも返事にゆっくり時間をかける方だ。だから今も、文章で来てたら、何か気の利いたことを返せたんじゃないか、と考えてしまう。だけど――。

クリーム色の天井を見つめながら、気づいた。

普段は文章のやり取りが中心で、電話も「かけていい？」ってまずはＬＩＮＥで聞いてくるはずの美琴が、急に電話してきた。それこそが、美琴の今の気持ちそのものなんじゃないか。

電話で聞いたばかりの、親友の言葉を耳の奥から拾い集める。

――まあ、仕方ないよね。

――覚悟してたし。

――うちの部は別に強豪ってわけじゃないし、

――こんなことで落ち込むのも図々しいのかもしれないけど。

思い出したら、そうか、と思った。図々しい、の前。美琴は、たぶんものすごく落ち込んでいる。

自分に言い聞かせるようにしていたたくさんの言葉は、ひょっとすると、合唱部の他のメンバーとの会話の中で出たものもたくさんあるのかもしれない。みんなが、互いの言葉を言い聞かせるように自分のものにして、無理矢理にでも納得しようとしている。

合唱だけ特別、甲子園だけ特別、という話題が出たのもそうなのかもしれない。特別なんてないって、言い聞かせている。だけど、美琴も——今、この瞬間、うちの高校にはないけれど、どこかにいる全国の野球部の人たちだって——、誰も自分たちが特別かどうかなんて考えてないはずだ。そんなことを思う間もなく、三月からはもうずっと、私たちは決められたことに従うしかなくて、考える自由なんてなかったのに。

「分断が進むなぁ……」

口から勝手に呟きが出た。分断。この言葉も、三月以降、テレビとかネットで多く使われるようになって、亜紗の日常に降りてきた言葉のひとつだ。学校が休校になっていたのと同じ時期、世界のあちこちでも大規模なロックダウンがあり、さまざまなイベントが中止、延期を余儀なくされた。国と国とが入国制限を行い、皆が家にこもる日々は、これまで誰も経験したことがない未曾有(みぞう)の事態で、つまり、今いる人類の誰もどうしていいのかわかっていない。正解がない中で、さまざまな意見があり、対立もまたある。

胸がぎゅっとなる。天文部の合宿は、亜紗が、とても楽しみにしているものだった。夏と冬、年に二回あって、茨城県北の天文台を有する研修センターで行われる。亜紗の家の周辺や学校の屋上でも星は見られるけれど、山の上の研修センターからの眺めは格別に素晴らしくて、去年初めて参加できた時には、心の底から天文部に入ってよかった、と思った。

ベッドに寝転んだまま顔を横に向けると、勉強机が見えた。座ると目に入る高さに、望遠鏡の設計図が貼ってある。亜紗たちが去年から取り組んでいる望遠鏡作りのプロジェクトは、順調にいけば、今年のうちに完成するはずだった。天文部の活動は確かに屋外だけど、望遠鏡作りは地学室でやる屋内作業だから、今後どうなるかはまだわからない。

屋内作業で密閉状態になるのがダメとか、飛沫が飛ぶ活動が最もよくないとか、今年の初めには誰も知らなかった〝常識〟が、この身に沁み込んでいる。距離を取るとか、マスクをするとか、人と会わない、とか、初めは、「嘘でしょ?」って思うくらいナンセンスな対策だと思った。だって、相手も自分も感染していないかもしれないのに、それなのに互いを避け合ってるって、なんかシュールでおかしくない? って。

だけど、それくらいしか、自分たちが今できることはないらしい。あとは、アルコールによるこまめな消毒。手洗い。大真面目な話、感染してるかどうかが自分たちですらわからないこの病気を前にしては、そういう地道でシュールな方法で対抗するしかないらしい。

集まらないこととか、歌わないことも、そこでは重要になる。起こらないかもしれないけれど、起こってしまう可能性を最初から潰すことができるのなら、それに越したことはないから。

ゆっくりと時間をかけて考えて、次の瞬間、がばっと跳ね起きる。

コンクールが中止になった友達に、かけたい言葉。

電話しようかと思ったけど、残る形になってほしくて、美琴にＬＩＮＥを送る。

『悲しみとかくやしさに、大きいとか小さいとか、特別とかないよ』

すぐには返せなかったけど、たぶん、亜紗はこういうことが言いたかった。強豪だから悲しむ権利があるとかないとか、そういうことでもない。だって、誰とも比べられない。

すぐに言えなくてごめん、と念じていると、すぐに、美琴から既読がついた。返事が来る。

『ありがと』

それからすぐにもう一文。

『亜紗に会いたいな』

会いたい、という言葉が、こんなに意味を持つようになるなんて。スマホを握りしめて、亜紗は静かに深く、息を吸い込む。

学校に行きたい、なんて気持ちが自分の中にあるなんて夢にも思わなかった。


休校が始まった三月の頃には、コロナのニュースをやっていても、休校は本当に念のためにそうするという程度の大げさな対応のような気がして、不謹慎かもしれないけど、ちょっとラッキー、とすら思っていた。卒業式を控えた先輩たちは大変かもしれないけれど、期末試験はたぶんなくなるだろうし、これまでも学校に通いながら、もし、長く家にいていいならこんなことやあんなことがしたい、と夢想していたことがたくさんあったからだ。あの本が読みたい、あのゲームをクリアしたい、あのドラマのシリーズだって、時間が取れるなら一気に観られる――。

そんなわくわくでいっぱいだった、はずなのに――。

「友達とも会わないこと」と学校から通知が来ても、それくらい、ＬＩＮＥや電話あるし、平気でしょ、と思ってた。ゲームだって、通信でつなげるし。

だけど、四月の終わり頃、夜になって、亜紗は自分が眠れないことに気づいた。

布団に入って、たとえうつらうつらしていても、急にぱっちり目が冴えて、そうすると、頭の中に突風が吹き抜けて、着ている服が一枚一枚はぎとられていくようなイメージが止まらなくなる。

今のこの日々は、いつかは、絶対、〝いつも通り〟に戻る。

ゆるぎなくそう信じているのに、なのに、眠れない。ここで私ひとりがじたばたしたところで何も変わらないのに、焦る。どうしてだろう。考えたって悩んだって、何も変わらないのに。

ああ、昨日、家の裏の公園で小学生の男子たちが遊んでた。あの子たちの小学校は休校中に友達と会ってもいいのか。サッカーしてて、距離、近かった。ひとりはマスクをしていなかった。なんだかすごくモヤっとして、ズルいって、そう思った。

苦しい。とても苦しい。

「亜紗、どうしたの」

普段は亜紗がベッドに入ったら絶対に様子なんて見に来ないはずの母が、どうしてか、その日、ドアを細く開けて、声をかけてきた。

「なんか、眠れなくて」

寝返りを打ちながら答えると、母が中に入ってきた。「そっか」と呟くように言って、普段よりゆっくりしたスピードで、亜紗に語りかけた。

「何か不安？」

「あー」

親になんか頼る年じゃない。そう思っていたし、自分でもどうして眠れないのか、その時までわかっていなかったのに、気づくと、次の瞬間、答えていた。

「学校に行きたい」

言ってしまってから、自分で驚いた。もう一言、声が出る。

「友達に会いたい」

嘘でしょ、と自分で思った。私、学校に行きたいとか、友達に会いたいとか、そんな素直でまっすぐなキャラじゃない。たとえ、そう思ったんだとしても、間違ってもそれを親に言うとか、そんなタイプじゃなかったのに。

母の顔が一瞬、驚いたように固まる。だけどすぐ、亜紗の体があたたかい腕にくるまれた。

「会いに行きな。明日、美琴ちゃんや菜南子ちゃんに連絡して、公園とか、河原とか、どこでもいいから」

「いい。会わない」

「どうして？」

「だって――今は、自粛だから」

言うと同時に、ぼたたたー、と涙が流れた。自分でも止めるのが追いつかなかった。日本語として言い方がおかしかったかもしれないけど、もう、言葉の意味を見失っていた。本来はどう使うべきものだったのか。自粛とか、不要不急とか。〝不要不急じゃない〟という言葉は、結局、急いでる時に言うの？　それとも急いでない時？

「亜紗」

母が息を呑んだ。そのまましゃくりあげるくらいまで一気に泣いてしまった亜紗の肩をさすりながら、「いいんだよ」と大きな声で言った。

「自粛は、自分でコントロールしていいんだよ。本当は、誰かに言われてすることじゃなくて、自分で決めていいの」

「でも」

「亜紗は、我慢強くて、ひとりで溜めこんじゃうから」

母が亜紗の手のひらをさする。指を全部、自分の手の中に包んでくれる。

「学校、行きたいよね」

母が言った。亜紗の頭のすぐ横で頷いてくれる。そうしたら、亜紗も、こくん、と頷いていた。

勉強がすごく好きなわけでもないし、部活だって、そこまで熱心にやっていた、という自覚もなかった。家で過ごすのも得意な方だと思っていたのに、限界は急に来た。

「みんなに会いたい」

亜紗は言った。

その時は結局、母に勧められるまま、翌日、美琴と菜南子と、連絡を取って会った。驚いたのは、去年、二人と同じクラスだった天文部員、飯塚凛久まで待ち合わせの河原に現れたことだ。うちの学校では珍しい男子生徒のひとりであり、亜紗にとっては唯一の同学年である部員。

二月まで部室でしょっちゅう会っていた懐かしい顔を前に、思わず叫んだ。

「うそぉ、凛久！　どうしたの？」

「いや……。なんか、誘われて」

見知った顔の下半分にマスク。でもマスク以上に目を奪われたのが――。

「てか、え？　何事よ、その髪の毛。げ、あとピアスしてる？」

「いやー、ちょっとイメージチェンジを暇つぶしに」

「何やってんだ、この非常時に」

休校前は黒かった髪が茶色く染められ、耳にはピアスが嵌まっている。休み明けにそんなふうになる子は中学でもいたけど、まさかこのコロナ予防の休校でそんなことをする奴がいるなんて――と呆れつつ、でも、なんだかほっとして、気が抜けた。

凛久のことは、去年同じクラスだった菜南子が誘ったらしい。「よかったー」と少し離れた場所から彼女が美琴と笑う。

「亜紗が元気ないならと思って飯塚くんも誘ってみたけど、よかった。二人、相変わらず仲良くて」

学年で男女ひとりずつの部員ということでカップルのように見られてからかわれることはこれまでもあって、「仲がいい」と言われるたびにげんなりしてきたけど、この時ばかりは懐かしさと再会の嬉しさが勝ってしまった。美琴たちには気軽にできた連絡が、凛久には男子相手だからと遠慮がちになっていたこと、本当は連絡したいと思っていたことも初めて認められる。

キラキラ輝く水面を横に、四人が四人とも、照れくさいのを通り越して、互いを見る目がいつもと違った。瞳孔が開いたような、そういう、「あ、会えた！」っていう興奮の顔。みんな、ふぁーってアドレナリンが出ているのが、マスク越しでもわかる。

「いやー、本当にひさしぶり」

「わあー！　本物の亜紗と美琴だ、嬉しいな」

「会いたかった」

「私もだよー」

誰がどれを言ったのかわからないくらい、みんな、同じ言葉を繰り返していた。わあー、会えた。○○だ、本物の○○だ、とただ名前を呼ぶ。普段、ちょっと斜に構えた感じのある凛久も、「え、で、結局今日の集まりの目的って何？」と言いつつ、でも、嬉しそうだった。手を触れあえないし、ソーシャルディスタンスだし、マスク越しだけど、みんな、興奮していた。

そんな、会えなかった期間を経て、学校が週に一度程度の登校日を作り始めたのは、今月――五月に入ってからだった。

週に一回、半日だけの学校は、クラスを三分割した分散登校で、美琴や凛久とは違う時間帯だけど、それでも嬉しい。先週は、ちょっと時間が長くなって、お昼近くまで学校で過ごすことができた。

もうすぐ、緊急事態宣言が終わる、と、ニュースで言われている。宣言の前に、インターハイとか、合唱コンクールとか、いろんなものの中止はもう決まってしまったけれど。

「早く、学校、いつも通りになるといい」

亜紗は呟く。

だけど、その「いつも通り」の中には、もう美琴のコンクールや菜南子の大会は含まれていない。個人の力ではもはやどうにもならない。だから、思ってしまう。これがもう普通みたいになっちゃってるけど――。

私たちの状況って、今、すごくおかしいよね?

空が落ちてくればいい。

中学の校門を一歩外に出て、薄い雲が一面に広がる空を睨み、安藤真宙はひとり、強く願う。

太陽は見えない。雲の向こうにある、うっすらと明るい一帯。あの向こうにきっとあるのだろうけど、姿は見えない。完全な曇天でもないのが、なんだか中途半端だ。どうせなら、ざんざん雨が降ってるとか、厚く雲が垂れ込めてて暗い、とか、そっちの方がいっそ爽快なのに。

帰ろうとする真宙の背後で、「また来週」と声が聞こえた。

知らない女子の声だ。振り向かないでいると、別の声がそれに答える。

「うん。来週まで会えないの寂しいね。電話していい?」

「もちろん」

「でも、やっと再開になって嬉しい」

立ち止まって長話をしないようにと教師たちにきつく言われているせいか、会話はそれだけだった。黙ってくれてほっとする。

彼女たちの声とは裏腹に、真宙は学校に対して、どうして、と呪う気持ちでいっぱいだった。

学校、どうして、再開したりするんだよ。

今は登校日だけですぐ終わるからまだいいけど、このまま、永遠に始まらなきゃいいのに――今朝から、いや、昨日から、いやそれよりずっと前から、真宙はそう願い続けている。学校がこのままなくなりますように。そのためなら、今、目の前の空が天変地異で落ちて来たって構わない。

顔を上げると、高層ビル群が立ち並ぶ、見慣れた景色が広がっていた。

東京都、渋谷（しぶや）区立ひばり森（もり）中学校。

高層ビルを背景に、カフェやブティックの並ぶ商業エリアの脇道を抜けた先に急に現れる校舎と校庭を見て、真宙の山形のおばあちゃんたちが「こんなところにも中学があるのねぇ」と、昔、感心したように言っていた。まだ、真宙が入学するずっと前のことだ。

こんな都会でも子どもが育つんだねぇ、と話すおばあちゃんたちに、その娘である真宙の母が「そうだよ。うちの子たちだってここで育つんじゃない」と笑っていた。

自分の住んでいる場所が、「都会」とか「都心」と呼ばれているのだと、最初に自覚したのはいつだったろう。だけど、生まれた時からこの環境が当たり前だった真宙にとって、物珍しそうにそう言われても、ただ、ふうんっていう感じだった。

この地に立つビルとビルの間にあるマンションが、真宙と姉の立夏（りっか）、そして両親が住む家だ。

家を出たすぐ先の広い道路の上には、高速道路が通っていて、その高架下にある横断歩道を渡った先の小学校にずっと通っていた。

都会とか都心、というとビルがひしめいてるだけみたいなイメージを持たれるようだけど、裏の道に一歩入れば、大きめの公園や広い芝生の庭があるいろんな国の大使館の建物だって点在していて、意外に緑が多い。厳重に警備された雰囲気の大使館の門の前を通るのが、真宙や姉たちの生活エリアであり通学路だった。母の言葉通りだ。ぼくらは、ここで育つ。

そのことに、真宙は何の疑問も持っていなかった。今年、中学に入学するまでは。

この辺は坂道が多い地形だ。特に、ひばり森中学は、坂道に囲まれたすり鉢状の地形の底の部分にあって、生徒たちは皆、それぞれの家の方向にのびる坂道を上って帰宅することになる。

気温はそこまで高くなかったが、しばらく歩くと、マスクの下で息が苦しくなる。暑いのは、ひさしぶりに袖（そで）を通した制服のせいもある。どうせすぐに大きくなるから、と長めにした学ランの袖が恨めしい。

学校なんて、永遠に始まらなければいいのに。

今日、何度目になるかわからない心からの叫びが、また胸の奥で渦巻く。次の登校日までにやるように言われた課題が入った鞄（かばん）が重いのは、きっと実際の重さのせいじゃなくて、心の——気持ちの重さのせいだ。顔が自然と俯（うつむ）き、足元を睨んだ、その時だった。

「ねえ、ひょっとして、あなた、真宙くん？」

声に、踏み出していた真宙の足先が凍りつく。顔を上げると、ひばり森中学の制服を着た女子の一団がいた。一目見て、上級生だとわかる。着ているセーラー服が、入学したての一年たちとは全然違う。姉の立夏と、よく似た雰囲気だ。

「――ッス」

中学に入ったら、先輩たちに対しては礼儀正しくした方がいい、というのを、昔、どこかで読んだ。部活とか、いろんな場面で一緒になる先輩たちに対し、生意気だと目をつけられると大変だから。小学校までと、中学の先輩後輩関係は全然違うのだと。

挨拶(あいさつ)をしようとしたら、咄嗟に、一度も発したことがないようなウッス、という言葉が出て、しかもその最初が舌が固まったようになって、不自然に掠(かす)れた。たちまち、上級生たちから「やだー、かわいいー」と声が上がる。肩に嫌な力が入った。

「いきなりごめんね。私たち、立夏の部活の先輩なんだ。陸上部の」

はい、と答えたつもりの声が、やはり、不明瞭(ふめいりょう)にしか返せない。彼女たちが真宙の顔を観察するように覗き込んだ。

マスクをしてることに、今は感謝した。この視線にマスクなしの状態で耐えられる気がしない。

「噂通り、かわいい顔してる」

ひとりが言った。妙に大人っぽい物言いで、「ね」と隣の女子に目配せする。横のひとりも「ほんとだ」と笑った。

「立夏に聞いてたんだ。弟、イケメンだって。話の通り、ほんとにかわいいね」

「袖、ちょっと長いね、暑いでしょ」

「鞄、重くない？　マスクも苦しいよねぇ？」

全身がカッと熱くなる。嬉しいから――じゃない。屈辱だからだ。

なんで女子って、集団でいると、ひとりの時にはやらないような、こういう遠慮のないノリになるんだろう。特に、姉の友人たちはその傾向が強い。

真宙は背が低い。

小学校の頃から、背の順で整列させられると、常に一番前だった。六年生で組み体操をやらされる時や、劇で、子どもの役が必要な時。小柄な男子が選ばれる場面になると必ずと言っていいほど自分が選ばれる。

両親は、父も母も特に飛びぬけて背が低いわけじゃないし、姉の立夏も標準くらいなのに、なぜか、真宙は小さいのだ。中学に入ってからきっとその分大きくなるはずだ、と周りの大人たちからは言われるけれど、まだ想像できない。でも、そうなってほしいとずっと昔から願い続けている。

かわいい、は、真宙にとって、断じて誉め言葉ではない。

立夏コロす、と毒づく。登校日の分散登校は一年と三年は同じ日で、二年だけが別日だ。二年生の立夏は、だから今日いない。年子の弟である自分のことを、姉がこの先輩たちにどんなふうに話したのか、考えると、頭の奥が煮え立つように熱くなる。

「大丈夫、です」

今度は掠れずにちゃんと言えた。

じゃ、と短く切り上げて歩き出すけれど、彼女たちがまだついてくる。勘弁してほしいのに話しかけ続ける。

「部活、決めた？　もしよかったら、陸上部も考えてみてね。立夏から聞いてるよ。すばしっこいんでしょう？」

すばしっこいって、なんだよ、それ。ネズミとか、小動物みたいに。

口の中だけで言い返して無視すると、「残念だよね」とさらに声が追いかけてきた。

「サッカー部、人数そろわないからなくなるっぽいし。真宙くん、サッカー、したかったんでしょ？」

息を吸い込み、そのまま、止めた。絶対に、何も言ったりしなくて済むように深く深く、息を吐き出す。鞄を持つ手にぎゅっと力がこもった。

立夏、あいつ、そんなことまで話してたのか。唇を引き結ぶ真宙に向けて、ひとりが言った。

「かわいそう」と。

「大丈夫ー？　今年の一年生、男子、ひとりだもんね」

真宙は黙ったまま、その言葉を聞いた。

「クラスの女子にいじめられたりしてない？　あ、でも、まだ授業とか始まってもないか」

「何かあったら、立夏に相談するんだよ」

言い返そう――とした。これはもう我慢ならないから。だけど、声が出てこない。俯いたまま、喉の奥からはかろうじて、「はい」という言葉だけが出る。

そんなふうに答えてしまう自分のことが泣きたいくらい、情けなかった。けれど、そうしたのが、結果、正解だったみたいだ。うんうん、と頷いた彼女たちが「うちらも力になるからねー」とかなんとか言いながら、ようやく離れていった。

再びひとりになった真宙のすぐ横を、ひとりの女子が通り過ぎた。細いメタルフレームの眼鏡をかけ、うっすらとピンク色がかった不織布のマスクをした女子は小柄で、たぶん、一年だ。さっきまでの三年生たちに比べて制服にまだ糊(のり)が利いてパリッとした感じだし、何より、真宙に気遣うような視線を向けていたのが、ちょっと見えてしまった。

真宙も何も言わなかったし、その子も何も言わないまま、黙って通り過ぎる。そうしてもらえるのが、ありがたかった。

一年生、ということは、クラスメートのはずだ、と彼女の後ろ姿を見ながら思う。

ひばり森中学の今年の新入生は二十七人。一クラスしかない。一年だけじゃなくて、二年も、三年も一クラス。

都心の、オフィスビルと商業ビルがひしめくこのエリアは、大昔は下町の風情があったらしいけれど、今は、子どもの数自体が少ない。真宙が通っていた小学校も、子どもの数は少なかった。

そのうえ――。

公立中学であるひばり森中学の、今年の新入生は、男子が自分ひとりである、と真宙が聞いたのは、休校中の三月、人数を最小限に絞ってどうにか行われた、小学校の卒業式でのことだった。

えーー？　と声を長く出したのを覚えている。だけど、驚いたというより、何かの間違いなんじゃないか、と思って。その気持ちが今もまだ、続いている。何かの間違いでした、普通に他の男子もいますって、誰か言ってくれないだろうか。

区立ひばり森中学は、真宙の通っていた小学校を含め、近隣の三ヵ所の小学校から子どもが集まる通学区域にある。けれど、この辺りの子どもたちは区立の中学校になかなか進学しない。皆、私立や国公立の中高一貫校に入るための受験をするからだ。

中学受験が年々激化している、というニュースを、真宙は見たことがあった。小学校時代の同級生たちが皆、四年生頃から塾に通うようになり、どうやら受験勉強をしているらしい、というのもなんとなく感じていた。

真宙も、昔両親から聞かれた。この辺りの子たちはみんな受験するみたいだけど、お前はどうする？

深く考えず、しなくていい、と即答した。受験を必要としない区立中に入ったひとつ年上の姉は楽しそうだったし、家から近くて歩いて通える方が断然いい。一緒にサッカーチームに入っていたメンバーが、受験勉強を理由にひとり、二人とチームをやめてしまうのももったいない、と思っていた。真宙はサッカーを続けたかったし、勉強がそう得意な方でもなかったから、結論はすぐに出た。

この辺りの子たちは受験する子が多い——でも、それが本当に、こんなにも「みんな」だなんて。

休校になる前の二月、だんだんと、誰それはどこの学校に行くらしい、という話を聞くようになった。だけど、真宙は、それでも何人かは、自分と同じ区立の中学に行くのだろう、と思っていた。

だけど甘かった。

卒業式の朝、担任の先生に言われた。「ひばり森に行くのは、今年は、男子は真宙くんだけなのね」と。

女子は数人、区立に進む子がいた。真宙のように受験をしなかった子もいたし、受験した中学校に落ちてしまったから区立に進学するという子もいた。だけど、男子はいない。受験しなかった子もいたにはいたけど、その子たちはたまたま親の転勤とか引っ越しとかで、中学入学を機に別の土地に移るから、だから、ひばり森には進学しない。

卒業式の日、それを知って、父が「ええっ！」と声を上げた。そして、その後で驚くべき言葉を続けた。

「ひばり森が人気がないっていうのはなんとなく聞いてましたけど、そこまでだったんですか？」

真宙は耳を疑った。人気がない？　うちの姉ちゃんは、あんなに楽しそうに通ってるのに？真宙と目が合うと、卒業生の保護者として気張ってスーツを着ていた父が、「あ、いや」と気まずそうにネクタイの位置を直した。

「子どもが少なくて、人数が足りないから、部活とかがうまく機能してないって、そんなことを言ってた人がいて」

真宙は初耳だった。だけど、その後、父が無理矢理笑みを浮かべて、「だけど、真宙は、サッカーはもうやめたもんな」と言った時には、さらに息が止まるかと思った。

確かに所属していた地域のサッカーチームを、真宙は六年生の夏でやめていた。レベルがあまりにも高くて、ついていけなくなったからだ。幼稚園の年長組で始めたばかりの頃は、サッカーはとても楽しかった。このあたりはサッカー教室やチームがたくさんあって、中でも、できるだけ強いチームでプレーするのがよいだろうと、父と母が薦めてくれたそのチームは、都や区の大会で優勝経験も持つ、本格的な指導をするチームだった。

親が実際にプロだった、という子たちも何人か在籍していて、練習は厳しかったけれど、チームの活動は楽しく、充実していた。当初から、真宙はその中で突出した存在ではなかったけれど、それでも、チームの外に一歩出たら、小学校のクラスメートたちに比べると圧倒的にうまかった。このまま、自分はずっとサッカーを続けていくと信じて疑わなかった。

楽しくない、と思い始めたのは、四年生の後半あたりだ。

まず、真宙は背が全然伸びなかった。牛乳を毎朝きちんと飲み、規則正しく早寝早起きだってしているのに、体が一向に大きくならない。サッカーはフィジカルが大事なスポーツだ。同級生たちがどんどんうまくなり、背もどんどん大きくなる中、プレー中にちょっと強く当たられると、体つきのハンデのせいで真宙はどうしたって臆してしまう。厳しくなる練習にそれでも食らいついていこうとするけれど、他の子は吸収力が桁違いだった。ぐんぐんうまくなっていく仲間たちを見て、思い知った。こういう子たちが、きっとプロになるのだ。

サッカーをやめたい、と告げた時、父も母も、それに立夏もとてもびっくりしていた。母には「それでいいの？」と聞かれた。

これまでずっとやってきたのに、塾だって、他の習い事だって、サッカーに打ち込むからってやってこなかったのに、それでいいの？　何が残るの？　と。だけど、真宙は自分でわかっていた。いくらやっても、チームのあの子たちには敵わない。気持ちや練習量では補えない圧倒的な才能があの子たちにはあって、真宙にはない。

だけど、強いチームで挫折し、一度離れてみると、小学校の友達と休み時間にやったりする分には、サッカーはやっぱり楽しかった。スポーツは全員が全員、プロを目指さなくてもいいんじゃないか。中学に入ったら、そこまでがむしゃらじゃなくていいから、サッカー部に入って、仲間を作ってまたプレーしたい、とひそかに思っていた。

だけど、たまたま、が重なっていた。

真宙の小学校から、ひばり森に進学する男子は真宙ただひとり。そして、他の学校からも、たまたま、男子は誰もいなかった。誰が仕組んだわけでも望んだわけでもなく、たまたま、今年度の新入生は、男子は真宙ただひとりだ。

それが判明して、母が謝ってきた。

「ごめん。お母さん、もっとちゃんと調べてあげたらよかった。今からどこか、別の中学を考える？」

でももう、受験はとうに終わっていた。希望したところで、別の中学とやらに真宙は通えるのだろうか。母も混乱して単に思いつきを口にしているだけな気がした。引っ越して、別の地域に行けば違う中学に通えるのかもしれないけれど、姉はもうひばり森中学に通っているし、転校するのはきっと嫌がるだろう。

これから三年間、転入生が来ない限り、真宙は同級生の男子がいない中学生活を送るのだ。

そのうえ、一年生の男子がひとりしか入ってこないことが確定したひばり森中の男子サッカー部は、三年生と二年生合わせて今、七人しかいない。今年からは、公式戦に出られないから、部活の形が取れるかどうかも微妙になるらしい。

四月——緊急事態宣言が出されるギリギリ前に行われた入学式で、マスク姿の教師たちは、真宙をすごく気遣ってくれた。男子ひとりだけど、がんばっていこう、部活は何に入りたい？　担任になった森村尚哉先生は若い男の先生で、「先生も男子だから、一年一組は、男は先生と安藤の二人だな」と、精一杯、励まそうとしてくれた。

だけど真宙はクラスメートの女子の顔も、たったひとりの男子を物珍し気に見つめる上級生の方も（コロナ対策で、生徒会の限られた生徒だけが出席していた）満足に見られなかった。

ただ、帰りたかった。帰れば、幸いなことに、世の中は、休校だ。

緊急事態宣言が出て、休校はまだしばらく続く、と報じるニュースを見て、たぶん、今日本全国にいる中学一年生の中で、オレが一番不幸だと思いながら、真宙は強く、強く、念じた。

コロナ、長引け。

学校、ずっと休みのままになれ。

大変な病気なんだろうし、オレだってマスク生活は嫌だけど、でも、願ってしまう。オレが願ったから、今こんなことになってるんじゃないかって思うくらい、オレは、学校に行きたくない。

——学校が少しずつ再開し、登校日が始まった五月。そろそろ緊急事態宣言が解除になると噂される今の日々は、真宙にとって、心の底から憂鬱だった。休みのままでいい。このままがいい。いつも通りなんて、戻ってくるな。

目の前に広がる曇り空を見ながら、だから願う。空が落ちて来ればいい。

天変地異よ、起きろ。

空に吸い込まれてしまいたい。

佐々野(ささの)円華(まどか)は灰色の堤防の上に腰を下ろし、空を見上げてそう思う。

ここに座って見つめる世界は、一面の空と海。二色の青の世界だ。

首が痛くなるほど顔を上に向け、空を眺める。太陽の色が、黄色を通り越して白く感じられるようになってくると、季節が春から夏に向かう準備を始めているのがわかる。

腰かけた堤防のコンクリートも、そういえば、先月よりは確実に熱い。制服のスカートのまま、円華は足を投げ出し、さっきからひとりで海と空を見ていた。

長崎県、五島(ごとう)列島。大小合わせて百四十あまりの島からなるこの地域の、中でも比較的大きいとされるこの島が、円華が生まれ育った場所だ。五島の観光業の拠点ともされていて、円華の家は曾(そう)祖父の代から旅館を営んでいる。

目に眩(まぶ)しいほどの日差しに、涙が滲(にじ)む。

どうせ誰も見ていないだろうと、背中を堤防にぺったりつけて寝転び、真後ろを見ると、反転した景色の中で、今日も天主堂の建物が見えた。島の中でも、円華が特に好きな建物だ。

五島列島は、祈りの島と言われる。

江戸(えど)時代、キリスト教に対する弾圧が激しかった時期に、多くの人たちが五島に移り住み、いくつもの集落を作った。祈りを続けるために潜伏キリシタンとなって、痩(や)せた土地や、切り立った土地を切り開いた。それらは小学生の頃に、「じぶんたちのまちの歴史」として授業で教えられるけれど、教えられなくても、このあたりの子だったら、みんな、知っている。

島には、天主堂や教会堂と呼ばれる教会がたくさんある。島の日差しに照らされた柔らかい光のステンドグラスや、高い鉄塔や鐘塔の上にそびえる十字架は、幼い頃から見慣れた景色だ。

円華が特に好きなその天主堂は、そう大きな建物ではない。島には煉瓦(れんが)造りや石造りのもっと風格のある大きな教会もたくさんあるし、ステンドグラスの意匠がものすごく凝っている天主堂や、ルルドと呼ばれるマリア像が立つ洞窟(どうくつ)や泉がある教会堂の方が観光客にも人気がある。だけど、円華がその天主堂を好きな理由。それは、椿の形をしたステンドグラスが嵌まった丸窓があるからだ。

この堤防からは、振り返ると、その窓が見える。木造の建物の屋根からちょこんと突き出た尖塔(せんとう)の真ん中に、丸い木枠に五つの赤いガラスの花びらを広げた椿の姿がある。

椿は、五島の花だ。島内のあちこちに群生していて、ここの名産のひとつでもある。円華の家の旅館でも、土産物売り場には椿油を置いている。

円華の名前は、この椿の花にちなんで、父と母がつけた。ちょうど、あの天主堂のステンドグラスを見ていて思いついたそうだ。木枠の中に納まる、円(まる)い花びらをふっくらと広げた華のステンドグラス。椿。円い華。だから、私の名前は、円華。

だけど、今日は、その天主堂の椿を見ていても、心は慰められなかった。

昔から、円華はひとりになりたい時、考えたい時に、よくこの堤防に来る。

旅館の裏手にあるこの堤防の浜は、学校の通学路からも外れていて、普段は滅多に同年代の子たちにも会わなかった。天主堂の椿も、海も空も、ここにいると全部自分が独り占めできる気持ちになれた。

しかし――。

「よう」

すぐ近くで声がして、息が止まるかと思った。あわてて起き上がる。

そうして、息を呑んだ。日に焼けた、スポーツ刈りの男子が、円華のすぐ近くに立っていた。いつ来たのか、まったくわからなかった。

「何、してんの？」

彼が聞いた。高校名が胸元に入った体操着のシャツに、下は野球部の練習着の短パン。音楽を聴いていたのか、耳からイヤフォンを外している。

「武藤(むとう)くん……」

堤防の上に投げ出していた足を急いで胸の方に引き寄せ、スカートを整える。

クラスメートの武藤柊(しゅう)――。もっとも、話すのは初めてだ。

円華はスカートのポケットに突っ込んでいたマスクを、あわてて取り出し、口元につけて尋ねる。

「武藤くんこそ、どうしてこんなとこに」

「ランニング中。毎日走ってて、今日はこっちの方まで初めて来てみた」

「そうなんだ」

自主練なのかもしれない。武藤は円華の通う高校の野球部の中心的存在だ。さっき武藤にすぐに気づけなかったのは、きっと髪型のせいもある。丸刈りだった髪が休校の間に伸びたのか、今はちょっと長くなっている。

今週から再開された高校は、授業はあるけれど部活については当面休止だ。今年は、新型コロナの影響で運動部はインターハイが中止になり、県大会についても協議中のものが多い。野球部の甲子園も、今年はどうなるかわからないとニュースでやっていた。

武藤も円華も、ともに三年生だ。高校生活最後の年がこんなふうになるなんて、二月くらいまではまったく思っていなかった。

スニーカーのつま先を地面につけて足首を回しながら、武藤が円華を見た。

「佐々野さんは？　何してんの？」

「あ、家がこのすぐ裏だから。ここ、昔からよく来るんだよね、ひとりになりたい時とか」

答えながら、内心ではとても驚いていた。武藤柊、私の名前知ってるの？

武藤は、端的に言うなら、ものすごく目立つ生徒だ。長身で、顔が小さく、ずば抜けて頭身バランスがいい。体格のいい野球部員たちの中でも抜群の存在感を放っているのは、他の男子が「大きい」という印象なのに対して、彼がただただ「引き締まっている」という雰囲気だからかもしれない。鍛えられているのに、痩せてさえ見える。制服姿の時にはそこまで意識しないけど、今みたいな体操着姿だと、腕ががっしりしているのがなおさらよくわかる。

それに——武藤は顔立ちが整っているのだ。まつ毛が長い垂れ目がちの双眸や、すっと高い鼻梁が一年生の時から、いろんな女子によく騒がれる対象になっていた。

武藤くんが洗練された感じがするのは、やはり彼が島の外の、福岡から来たからだろうか、と、そんなふうに話す子たちもいる。

　五島列島の県立高校には、離島ステイという留学制度がある。島の外から留学してくる子たちが毎年十人くらいいて、武藤もそのひとりだった。

　留学の子たちは、離島でスポーツや勉強に専念したい、という子や、もといた中学までの環境に馴染めずに高校では環境を変えたくてやってくる子など、さまざまな子がいる。中には、家族そろって在学期間中だけ島に移住する生徒もいるみたいだけど、ほとんどの子が寮に入って、親元を離れた生活をしている。留学の子たちが暮らすその寮は、円華の家の旅館のすぐ裏手だ。しかし、武藤は違う。寮には入らず、島の南部にある漁師の老夫婦の家に下宿をしている変わり者だ。島に来る時に、希望して、島民の家でのホームステイを選んだと、噂で聞いている。

　スポーツ万能で、見た目もよく、野球部でもエース。――そんな武藤のことを、円華は一方的に知っていたけれど、まさか、武藤が自分を知っているとは夢にも思わなかった。よく離島というと小さな分校のような学校を想像されるらしいけど、この島は、子どもも多いし、島の外に出て行かなくても、大きなスーパーがあったり、理容店や電器屋や病院なんかもいくつもあって、十分に生活が事足りる。円華の通う長崎県立泉水（いずみ）高校は一学年四クラスずつ。人数も多いし、彼みたいな人は同じクラスとはいえ、円華の名前はおろか存在すら認識していなくて当然だと思っていた。

「ふうん」

　武藤が目を細め、堤防の向こうの太陽を見上げる。耳から外したイヤフォンを短パンのポケットに突っ込む。顎までずらしていたマスクの位置を直し、今更のように鼻と口を覆った。

新型コロナウイルスの流行は、三月の最初あたりまでは、気をつけるように、と言われても、どこか遠くの、自分たちには関係のない出来事だという気がしていた。けれど、三月半ばに、五島とは別の島で最初の感染者が確認されてからは、一気に緊張の度合いが上がった気がする。島なのだから、外から入ってこない限りは大丈夫——それまではそう思っていたものが、限られた生活環境の中だからこそ、一度ウイルスが持ち込まれたら本当に大変なことになると今ではみんなが危機感を募らせている。

ランニングの途中で、気まぐれに声をかけてきたであろう武藤は、すぐにここからいなくなると思ったのに、日陰のない浜の前で、「あちー」とかシャツの首元をつまんで扇いだりしながら、立ち去る様子がない。話すこともなくて、だけど、二人でいるのも気まずくて、つい、円華の口から、もうひとつ、声が出た。

「武藤くんは、帰らなかったんだね」

呟くように言うと、武藤が無言で円華を見つめ返してきた。大きく、くっきりとした瞳に気圧され、円華がさらに尋ねる。

「留学の子たち、結構みんな、地元に帰ったって聞いたから。来月とか、戻ってくる子もいるみたいだけど」

武藤が無感動な様子で「ああ」と頷いた。

「一度帰ったら、またこっちに来るの、大変になるかなって思って」

「ああ——」

今度は円華が頷く番だった。一度島の外に帰ってしまったら、今度は来るのが大変になる。それは、寮に住む他の留学生たちも今まさに悩んでいるかもしれないことだった。旅館のすぐ裏に寮があるから、円華の母は寮母さんともよく話すのだ。だから、母に聞いた。

寮の子たちは、さまざまな場所から五島に来ている。東京とか、テレビで感染拡大地域と呼ばれているような場所に一度帰ってしまった子たちは、気も遣うかもしれない。島民にも、そこに戻る生徒にも、どちらにもきっと不安はある。

武藤がまた、あちー、と呟いて、額の汗を拭う。ついでのように続けた。

「だけど、オレも、今いるじいちゃんとばあちゃんの家は出て、寮の方に移るかも。学校再開されたし、じいちゃんたち高齢だから、ちょっと心配で。だからオレ、今、家でもマスクなんだ」

「そうなんだ」

「うん」

相槌を打つのが精一杯だった。だけど、本当は気になっていた。武藤は野球に専念するために五島に留学してきたのかもしれないけれど、今は部活もできないし、夏の大会だってどうなるかわからない。武藤は、推薦での大学進学を目指している、と聞いたことがあるけれど、高校最後の大会がなくなってしまったら、それはどうなるのだろう。うちの高校の野球部は甲子園に出るような強いチームではないけれど、学校も休校になって満足に人と会えない中で、高齢な夫婦との生活は退屈しなかったんだろうか、どうして帰らなかったんだろう。

「佐々野さんは、吹奏楽部だよね？」

「あ、うん」

またちょっと驚く。名前に続き、まさか部活まで知られているなんて本当に想定外だ。

「吹奏楽部も、今年は大会みたいなのはないの?」

「うん」

「そっか。——あのさ」

「うん?」

「ひょっとして、泣いてました? 佐々野さん」

武藤の顔を凝視したまま——動けなくなる。

咄嗟に思ったのは、なんで敬語? ということだった。さっきまで普通にタメ口だったのに、急に。

答えに詰まる円華の前で、武藤がさらに言った。

「さっき、そんなふうに見えたから」

気づいたとしても、面と向かってそういうこと聞くかな? と思う。だから声をかけてくれたのか、と妙に納得はしたけど、気まずかった。ひとりになりたくてここに来た、なんて意味深な答え方をしてしまったことも、改めて後悔する。

「別に、吹奏楽の最後の大会がなくなったから感傷に浸ってた、とかじゃないよ。確かに寂しいし、悔しいけど、そういうんじゃなくて」

「うん。でも、誰かに何か言われたのかなって思って」

頬が、かっと熱くなる。武藤の視線は曇りなく、どこまでもまっすぐだった。

「……なんで」

か細い声が出る。武藤が円華に横顔を向け、椿のステンドグラスの天主堂のすぐ下――旅館や、寮の建物が並ぶあたりを見つめる。

「寮に住んでる、小山ってわかる？　弓道部の。あいつもオレと同じで、休校の時もずっと地元戻らずにこっちにいたんだけど、そいつが学校行ったら、昨日、聞かれたって言ってたから。――つばき旅館、島の外から来た客を泊めてるみたいだけど、近くに住んでて大丈夫かって」

胸の真ん中がずくん、と痛くなる。あ、やっぱり、そんなふうに言われてるんだ、とわかっていたはずなのに、それでもショックを受けてしまう。思わず、「あのさ……」と声が出た。

「それ、普通、本人に言う？　私が知らなかったらどうするつもりなの？　武藤くんの今の話で初めて知ったんだったら、すごい傷つくよ」

「でも、じゃあ、どうなの？」

武藤の声は笑っていなかった。円華は少しでも笑いごとにしたくて、呆れたように半笑いで言ったのに、真剣な顔でただじっと円華を見ている。

「知ってるの？　そんなふうに言われてること」

「……知ってるよ」

観念して頷くと、空の青さが沁みるようにまた目の奥が痛んだ。あわてて唇を引き結び、首を振る。

「知ってる。こんな時なのにまだ客を泊めてるのかって、うちが、周りから相当思われてそうなこと。さすがに、小山くんたちがそんなとばっちりを受けてるってことまでは、想像もしてなかったけど」

　立地が近いというだけの理由で寮の子たちまでそんなふうに言われるのだとすれば、小春の言い分は、やはり仕方がないのかもしれない。

　学校が再開され、いつも通り、円華は今日、幼馴染みの福田小春と下校しようとした。そんなに長い距離じゃないけれど、校門から並んで出て、小春の家の近くの分かれ道まで一緒に歩くのは、二人にとってはいつものことだった。

　だけど放課後になって、言われたのだ。

「ごめん、円華。しばらく、別々に帰ってもいい？」

　どうしてか、最初は全然わからなかった。だから、純粋に「え？」と口にすると、小春が少しだけ早口になった。

「円華と一緒に帰ってるところ見て、うちのおじいちゃんとかおばあちゃんがちょっと心配になったみたいで。ほら、うちら、話しながら帰ってるから、マスクしてても、距離が近くて心配なんだって。お母さんとかも、うちのお姉ちゃんが施設で働いてることもあって、気になったみたい」

　心配になったみたい、気になったみたい、というそれが、何を「気にして」のことなのか、円華にもだんだんわかってきた。でも、嘘でしょ？　と思った。頼むから、そんな理由からじゃないって否定してほしい。だけど、小春は話し終えると、それ以上は何も言わずに円華の方をただ見た。その目を見て、体の芯が一瞬で冷たくなっていく。

　小春とは、小学校からずっと一緒だ。中学から吹奏楽部なのも一緒。

小春の家のおばさんやおじさんとも小さな頃から顔見知りだし、おじいちゃんやおばあちゃんにだって会えば挨拶してきた。家にも何度も遊びに行って、ごはんだってご馳走になったことのある小春の家の食卓やリビングを思い出したら、その中で、自分のことが——自分の家族や旅館のことがどう話題にされたのか、まざまざと想像できてしまって、何も言えなくなった。

「あー、わかった」

どうしてそんなふうに言ってしまったのかわからない。傷ついてることを悟られまいとそうしたんだと気づくと同時に、あ、私、傷ついたのか、と気づく。

小春は何度も「ごめんね」と謝っていた。

「ほんと、ごめん。帰ってるとこさえ見られなかったら、学校では喋っても大丈夫だから。今だけ、ほんと、ごめん」

「あ、うん」

「じゃ、先に行くね」

去っていく小春に、吹奏楽部の別の女子が駆け寄っていく。二人が何か話し、肩を並べて同じ速度で歩き始めるのを見た瞬間、円華はなるべくさりげないふうを装いながら、近くのトイレに駆け込んだ。二人がこっちを振り向きもせずに行ってしまうのも胸が苦しかったし、こちらを向いて意識されるのもそれ以上に嫌だった。

小春の姉が働いている「施設」とは、高齢者が入居する介護施設のことだ。島は、人口に対して、医療や介護に従事する人の割合がとても高い。テレビでこのところさかんに言われる「医療従事者」の言葉が、今更のように胸を締めつける。小春の姉は、特に気をつけていて、家族みんなが大皿の料理を一緒につつくようなことすら今はできずにいるのだと、そういえば少し前に聞いていた。

そっか、私、嫌がられてるのか。大好きな、小春の家のおばさんやお姉ちゃんたちから、警戒されてるのか。

誰にも、自分の姿を見られたくなかった。顔を伏せるようにして校門を出て、足元を睨むようにしながら家までの道を急いだ。誰も円華のことなど見ていない、気にしていない、と言い聞かせても、心臓がすごく大きく鳴っていて、足にぎこちない力が入るのを止められなかった。

小春の声が、耳の奥で響き続けていた。

——帰ってるとこさえ見られなかったら、学校では喋っても大丈夫だから。

なんだそれ、と思う。

学校ならいいけど、帰り道は一緒にいられない。家族や、周りの目が気になるから。そう突きつけられて、明日からも教室で普通に小春と笑顔で接することができるとは到底思えなかった。別の子と一緒に帰る小春の背中。他の子とは一緒に帰れても、円華はダメ。それって。

差別じゃないか——。

差別、という言葉の大きさに、思ってしまった後から気持ちが怯む。高い場所から急に下を覗き込んだ時のような、足が竦む感覚があった。

円華の家がやっているつばき旅館は、小さいが、曾祖父の代から続いている古い旅館だ。そして、コロナのあれこれが騒がれ始めてだいぶ減ってしまったけれど、今も、それまでと変わらずにお客さんを泊めている。そのほとんどが島外のお客さんだ。長崎市内や福岡など九州本土からの人が多いけれど、中には、東京や大阪から泊まりに来る人もいる。うちを気に入って、東京から毎年来ている常連さんのひとりは、リモートワークになって出社しなくても仕事ができるようになったから、と確かに今も長期で滞在しているようだ。

休業するか、お客さんからの予約を取り続けるか。祖父母も両親も葛藤していた。円華には悟られまいとしていたようだったけれど、円華が自分の部屋に引き上げると、大人が皆で話し合っている気配を感じた。消毒用のアルコールがなかなか手に入らなくて、どこか販売しているサイトがないか、円華も両親と一緒に探した。お客さんが安心して来られるようにって。

そういうことの葛藤の全部を、円華も見ていた。

休業を選ばず、営業し続ける選択をした家族のことを、円華もできる限り応援したいと思ったけれど、家族の間でも、話さないこと、聞けないことがだんだん増えていった。たとえば、泊まりに来たお客さんが、どこから来た人なのか。これまでは、何気なく両親に聞けていたけれど、今は構えないと聞けない。両親も、必要以上に明かさない。

——今だけ、ほんと、ごめん。

また、小春の声が蘇る。

今だけ、というその「今」は、いったいいつまで続くのだろうか。

政府が日本全国に出した緊急事態宣言は、月末までには解除されるのではないかと言われている。円華はこれまで気安く「早く元通りになればいい」と思ってきたし、口に出してきた。母たちも、お客さんが減っても、「今は我慢だね」とか「今は仕方ない」と口癖のように話しているけれど、テレビでこの間、「新しい生活様式は下手するとあと二、三年は続く」と話す人がいて仰天した。だって、そんなに待てない。まだ一学期なのに、私の二学期も、三学期もどうなるのだろう。卒業するまで小春とは一緒に帰れないのか。マスクなしで生活することも、もう、高校に通う間は無理なのか。

吹奏楽部では、円華はホルンを吹いている。息を吹き、音を出す。たったそれだけのことが、今は危険とされる。

楽器の演奏はしばらく難しいかもしれないけれど、代わりの活動を何か考えよう、と顧問の浦川（うらかわ）先生がみんなに話してくれた。でも、部活が再開されたところで、円華はもう、自分が参加できる気がしない。帰り道、自分を置いて去っていく小春たちの後ろ姿が瞼（まぶた）の裏から消えない。小春でさえああなのだから、円華が参加することを嫌がる子はもっといるかもしれない。みんな、きっと怖いのだ。だから、「今だけ」遠ざける。日常が戻ったら、また円華とも戻れると思っているのかもしれないけれど、そこで置き去りにされた円華の気持ちはどうしたらいいのだろう。

一度にいろんなことを考えて、気持ちはぐちゃぐちゃだった。

円華は、大人の決断があまりに早すぎないか、ということにも怒っていた。みんな、すぐにあきらめすぎる。

夏から始まる吹奏楽コンクールや、インターハイとか、いろんな大会が中止になる決断はあまりに早すぎないだろうか。その頃までに状況が変わっている、という可能性だってゼロじゃないのに。なのに、先のことがどんどん決まってしまう。

思い出すのは去年のコンクールのことだ。部員みんなで本土にフェリーでわたり、佐世保（させぼ）のホールで演奏したこと。集まったたくさんの吹奏楽部の中で、九州から全国に行ける学校は三校だけ。行けるかどうかわからないけれど、練習してきたこの曲をこれから先もまだこのメンバーで演奏し続けたいというそれだけの理由で皆、優勝したいと願った。あの瞬間、私たちの心ははっきりひとつだと感じた。なのに――。

円華の未来はどこにゆくのだ。

俯きながら家に帰り、鞄を置いて、飛び出すようにしてこの堤防に来ると、そこで限界を迎えたように涙が一気に溢(あふ)れた。海と空、二つの青が涙で潤んで溶けだし、混じり合っていく。

悔しかった。とても、とても悔しかった。一番悔しいのは、そんなにも悔しいし、理不尽だと思っているのに、小春に何も言い返せなかったことだった。何でも話せる親友だと思っていたのに、今は、親友だからこそ、本当の気持ちは絶対に明かせない。

泣いてるところを見られたのは、あまりに不意打ちだった。しかも、武藤にだなんて。

「ごめん」

円華の口から、途切れるような細い声が洩(も)れた。

「泣いてたこと、他の人に言わないで」

思わず言ってしまうと、そんなふうに頼まなきゃいけないこともなんだか惨めになって、言葉の最後がちょっと掠れた。武藤が困るかもしれない、と思ったけれど、彼がすんなり「わかった」と頷いてくれて、ほっとする。

「邪魔してごめん」

そう言って、また元通りイヤフォンを耳に入れ、あっさりとランニングに戻っていく。その背中を見つめながら、円華はおかしくなって少し笑った。邪魔してごめんって、なんかズレてる。元通り、また好きなだけ泣いていい、という意味なのだろうか。

乾いた声で、ふっと笑い、それからまたなぜかこみ上げてきた涙を拭う。

小さくなっていく武藤柊の姿を見つめながら、うん、あの人がモテるの、なんかわかるな、とこっそり思った。

第二章 答えを知りたい

亜紗はどうして天文部なの？　――そう、美琴や菜南子たちに聞かれたことがある。

高校に入学してすぐのことだ。何部の見学に行くか、一緒の中学だったみんなと話している最中、亜紗が、他の子の誘いを断って「私、天文部って決めてる」と伝えると、驚かれたのだ。矢継ぎ早にこうも質問された。

前から、星とか好きだったの？

天文部って何するの？

砂浦第三高校に天文部があることを、実を言えば亜紗は入学前から知っていた。このあたりでは、砂浦第三高校は単に、「三高」と略して呼ばれる。そもそも三高の天文部に入りたくて、この高校を受験することにしたのだと話すと、みんな、目を丸くしていた。そんな話、私たち、亜紗から聞いたことがない、と。

『亜紗って、そういうとこあるよね。周りに相談とかあんましないけど、きちんと内に決意秘めてるっていうか……』

美琴からかけられた言葉が、なんとなく胸に残っている。〝内に決意秘めてる〟という言い方が漫画や小説の物語の主人公っぽくて、美琴が褒め言葉で言ったのかどうかわからないけれど、気に入った。

特に隠していたとか、そんなつもりはなかった。ただ、話さなかっただけ。でも、どうやら私は、〝内に決意秘めてる〟、そういうタイプらしい。

亜紗が天文の世界に興味を持ったのは、小学生の頃のことだ。

確か、五年生。その頃、亜紗は、母に勧められて、タブレットを使った通信教育を受けていた。亜紗の両親は共働きで、なかなか勉強を見てあげられないから、と与えられたその教材は、毎月一度、その月に習った単元のまとめの復習テストを提出することになっていた。「アットホームな何でも聞きやすい指導」を売りにしていて、月に一度のテストを提出する際に、「先生に手紙を書こう」の通信欄がついていた。勉強のわからないところや、学校で今悩んでいることなど、「なんでも書いてね」と記されていた。オンラインでテストと一緒に提出すると、二週間ほどで採点結果とともに返事がくる。

亜紗も最初はその欄でテストの内容のわからないところを聞いたり、「学校で運動会の練習が始まりました」と近況を書いたりしていた。

だけど、ある時。

ふっと、書きたいことが思いついた。学習内容についての質問じゃないけれど、普段亜紗が本当に知りたい、疑問に思っていることについて聞いてみたらどうだろう。

考えたらわくわくしてきた。理科のテストのお手紙のコーナーにこう書いた。

『先生に質問です。どうして海の水はしょっぱいんですか。』

海の水が、塩分が含まれていてしょっぱいこと。子どもの頃から、亜紗は知っている。周りの子たちもそうだろう。実際、海水浴に連れて行ってもらうと、泳いだ後に口を手のひらで拭いただけでものすごく塩辛い。

それはもうそういうものだ、と教えられて、だから当たり前の常識として知っているけれど、だけど、そもそもどうしてなのか。海に塩が混ざるような出来事が何かあったのだろうか。その塩はどこからきたのか。

普段はそこまで心待ちにしないテストが返ってくるのが、ものすごく待ち遠しかった。もちろん採点結果はどうでもよくて、知りたいのは先生からの質問の答えだ。

二週間後、待ちに待った返答が届いた。しかし、それを読んだ亜紗は、え？　と思った。質問への返答には、こうあった。

『亜紗さん、質問、どうもありがとう。海が誕生したのは、今から四十四億年くらい前。その時にはもう、海の水にはさまざまなものが溶け込んでいたと言われているよ。私たち人間のような生命の最初の祖先も、その海の中で生まれたと考えられているんだ。』

それだけだった。

やり取りができるのは、もともとあまり大きな欄ではなかったから、先生の回答は、普段と比べて特別短いということもない。だけど、五年生の亜紗は釈然としなかった。知りたい疑問に対する答えをはぐらかされたと感じた。

この文章を「答え」のように思えない自分の方が悪いのか、と最初は思ったけれど、何度か読むうちに気づいた。亜紗がした質問と、この答えは絶対に嚙み合っていない。海に「さまざまなもの」が溶け込んでいた」のはわかる。だけど、亜紗が知りたいのは、「さまざまなもの」

の中身は何で、それが、いつの段階でどうして溶けたのか、だ。誕生した時にはもうあった、生命の最初もそこから生まれた、なんて、スペースを埋めるためにただ並べられた文章だという気がした。

その時のやりきれない気持ちを、小学生の亜紗は言葉にしてきちんとわかっていたわけではない。でも、とにかくがっかりした。それは、おそらく、亜紗が生まれて初めて、大人に失望した瞬間だった。

短い文面のやり取りだけでも、亜紗にはわかった。きっと、このテスト採点をしている「先生」は、海にそこまで興味がない。理科のテストの採点をする「先生」のような大人なら、なんでも答えてくれると思っていたけど、これを書いた人はきっとそうじゃない。ネットか何かで適当に枠を埋められる分量の、それらしい知識を探して書き込んだだけ。小学生の亜紗はその日、気づいてしまった。子ども相手にならそれでもいいと、自分は見くびられたのだ。

悔しい、とまでは思わなかったし、仕方ない、と思いもした。このテストの向こうにいる「先生」は、そもそも学校の教科書の内容を教えるのが仕事で、その範囲に含まれない、こんな「生活の中のこと」にいちいち関わっている時間もないのだろう。学校の授業やテストでやる「理科」と、生活の中で亜紗が疑問に思うような領域は別物として扱われているのだと、その頃の亜紗は分けて考えるようになっていた。亜紗が不思議に思うこと、真に知りたいと思うことは、だから、学校の勉強には役に立たない。

でも、だからこそ楽しそうに思って、聞いてみたのに。

その後、さらにがっかりしたのは、では、自分で調べようと、「海の水」について、親に頼んでインターネットで検索してもらったり、図書室に行って本を開いた時だ。

そこには海の塩分について、亜紗の知りたいことが書かれていた。

海の水は、地球が誕生した時にあった原始大気が、地表の温度が下がったことで雨となって降り注いだのが最初であること。その雨は大気中の塩素を含んだ強い酸性だった。長い年月をかけて、そこに地表のナトリウムやカルシウム、鉄など「さまざまなもの」が溶け込み中和されたことで、塩化ナトリウムができ、現在のしょっぱい海になったこと――などが、図入りで説明されていた。熱心に調べることで、いろんな説明に行き当たったけれど、でも、亜紗はやっぱり、その時もちょっとがっかりしたのだ。

海の水がどうして、しょっぱいか。

子どもが抱くその疑問に、どれだけわかりやすく答えようとしても、答えは単純にならない。複雑な説明がいる。

塩化ナトリウム、という言葉ひとつとっても、それが塩のことだと、その時の亜紗にはすぐにはわからなかった。亜紗が答えを知りたいと思ったところで、あんな小さなテストの通信欄だけを使って、小五の子どもにわかりやすく説明することは、最初から無理だったのだ。

世の中の複雑さに圧倒される思いがしたけれど――だからこそ思った。それでも、私は理解できるようになりたい。きっとなる。

娘がそこまでのことを感じ取っていようとは、まさか思っていなかったろうけど、両親は、熱心に「海」について調べる亜紗を見て、「今はまだわからないかもしれないけど、中学生とか高校生になれば、きっと理解できるようになるよ」と励ましていた。「まだ、習うには早いんだよ」と。

それこそが寂しいのだ、と亜紗は思っていた。本当に知りたい、と思う時に、「まだ早い」と言われる。この世界にその仕組みや理由は確かにあるのに、今の自分では理解できないと言われてしまうこと。亜紗が一番寂しくてがっかりするのは、まさにそこなのだ。

だから——。

その夏、あの「電話相談」に出会った時の衝撃はものすごかった。

夏休み、亜紗は、宿題をしながらラジオを聞いていた。両親が留守の間、漢字練習などの単調な宿題をする際には、なんだか寂しくて、何か音がしていてほしい。けれど、テレビだと目が完全にそっちを気にしてしまって、今度は宿題に集中できなくなる。そう話した亜紗に、母がラジオを勧めてくれた。「お母さんも、テレビよりラジオ派」と言って、自分の古いラジオを貸してくれた。

その夏は、茨城の放送局で、『子どもの夏、電話質問箱』という企画をやっていた。夏休み期間の平日昼下がりに、県内の大学などから専門家の先生が何人か招かれて、電話やメールで子どもの悩みや質問に答える番組のようだった。

亜紗は、一度聞いて、その番組が好きになり、毎日聞くようになった。質問してくるのは、小学校低学年くらいの子も多くて「どうしておなかがすくのですか」とか、「カマキリが大好きなんですが、どこにいけばとれますか」とか、素朴な疑問が多い。中には、「どうして友達っていなきゃダメなんですか」とか「人はどうして、自分のことじゃなくて、人のことでもうれしい気持ちになるのですか」という、友達や心に関するものもあった。

聞くのが好きだっただけで、質問をする勇気は、自分にはないと思っていた。だけど、漢字練習をしながら、ふいに思いついてしまったのだ。もし、ここに、私が前に思った「どうして海の水はしょっぱいんですか」の質問を投げ込んだら、番組の大人たちは、どんなふうに答えるだろう。このラジオ番組の大人たちも、亜紗が以前調べた時のように、一言では説明できないんだけどね、と前置きしたりしながら、子どもが理解できてもできなくても、一通り、答えになる説明をただ組み立てるのだろうか。

その頃も、亜紗には疑問に思うことがたくさんあった。答えに納得できるかどうか、自分が理解できるかどうかはともかくとして、なぜ、と気になることだけだったら、とにかくたくさんあったのだ。

電話は勇気が出なくて、家のパソコンの、家族で使っているフリーメールからメールを出した。

『どうして月は、ずっとついてくるのですか。夜道を歩いたり、車や電車に乗っている時、空の月がいつまでも追いかけてくる気がします。なぜですか』

胸がドキドキしていた。家の電話番号も書き添えて、番組のアドレス宛てに送信する。多くの子たちが質問をしているはずで、自分のものなんかたぶん読まれない――そう思っていたけれど、奇跡が起きた。

番組のアナウンサーが、番組後半で、「では、メールでの質問もちょっとチェックしてみましょう」と言って、亜紗の質問を読み上げたのだ。

『どうして月がずっとついてくるのか――。これは、チガクですね。綿引先生、よろしくお願いします』

チガク？　と初めて聞く言葉に耳が反応する。すると、それまでその回では一度も発言していなかった男の先生の声が、初めてラジオから聞こえてきた。

『この子、電話番号を載せていますね。電話してみましょうか。つながるかもしれない』

ジャーコジャーコ、とダイヤルを回す古い電話みたいな効果音がして――その音が、亜紗の家の廊下に置かれた電話のコール音とつながった時、心臓が止まるかと思った。あまりにびっくりしすぎて、心の準備もできていないまま、走って行って受話器を取った。

「――はい」

『こんにちは。番組は聞いていてくれた？』

「はい、聞いてました」

名前を聞かれ、改めて答える。離れたリビングから聞こえるラジオの声と、電話の声とが時間差で重なるように響く。電話の向こうで、さっきの先生の声が言った。

『いやあ、この質問。嬉しいなぁ、なぜ嬉しいかというとね、これ、僕も子どもの頃にすごく不思議に思っていたことなんだよ。今ね、番組の司会のお姉さんが「チガク」って言ったけど、厳密にはこれ、チガクとはちょっと違うんだ。違うんだけどなぁ、うん、でも、大サービス。嬉しい質問だから、僕がこのまま答えちゃいましょう』

「はい」

圧倒された。電話の向こうの「先生」は、大人なのに、子どもみたいな弾んだ声をしている。演技とか、子どもに合わせてそうしてる感じがまるでなくて、ただ「嬉しそう」なのだ。

『亜紗さんは、「星」ってわかる？　星。どんなものだと思う？』

「月とか、太陽とか、火星とか、土星とかのことですか」

『そうそう！　いいね。最近、聞くと、みんな、星って、空に見えてるあのままの大きさだと思うのか、石みたいとか、塵とか言う子もいて、ええー、それはないでしょうって思ったりもするんだけど、月も星だと言ってくれるのは嬉しいよねえ。月と星って、いろんな場所で、対の言葉みたいに言われるせいか、小学生くらいだと、月と星は別物だって言う子までいたりするから』

「はい」

はい、と言いながら、心の中では「はぁ」みたいな感じだった。さっきまでおとなしく控えていたとは思えないくらい、この先生は話し出すと止まらないタイプの人のようだった。

『そう、月も星です。地球に比べれば小さいけれど、太陽系の中だと、実は冥王星よりも大きな星です』

「はい」

『亜紗さんは、月が地球とどれくらい離れているのか、知っている？　月は地球の周りを常に回っている衛星と呼ばれる星で、地球に一番近い星でもあるんだけど、それでも、約38万キロメートルも離れたところにあるんだ。満月の時なんかまるでつかめそうなくらいすごく近く見えるけど、それでも、おいそれと行けないくらい遠い。月に人類が到達したのは、どれくらい前かわかる？』

「――アポロ十一号の、一九六九年」

興味があって、前に本を読んだから知っていた。すると、電話の向こうで、その先生の声がさらに跳ねた。

『そうそう！　じゃあ、最後に人類が月に行ったのがいつか、わかる？』

「……わかりません」

でも、今も、NASAの名前はニュースで聞くことも多いし、きっと、よく行ってるんじゃないの？　という気持ちで小五の亜紗が答えると、その先生が嬉しそうに明かした。

『なんと、一九七二年。もう四十年以上も、人類はあれだけ近そうに見える月に行っていないんだ。それくらい、月は、近くて遠い星です』

へえ！　と思った。あまりに緊張していたから、声には出なかったけど、気持ちの上では感嘆していた。月の遠さへのイメージが、一気に広がる。

その先生は、その後、丁寧に説明してくれた。月は、地球上の亜紗たちが地上でどれだけ動いても、あまりに遠くて大きいので見えている方向が変わらない。でも、夜道を歩く自分の近くにある建物や車窓から見える景色は、月と比べれば、亜紗とはぐんと近い位置にあるから、移動する速度に合わせて見える位置が変わっていく。同じ景色の中で、流れて位置を変えていくものと、変わらないものがあることで、脳が「月がついてきている」と錯覚を起こすのだ、と説明された。

海の塩分について調べた時と同じで、今度も複雑な説明だと思った。一度の説明で完全に理解できたわけではなかったけれど、先生が、具体例を挙げながら月の大きさや遠さを説明してくれたことで、イメージはつかみやすかった。

何より、先生の声がずっと楽しそうではしゃいでいる感じなのだ。

『早口で説明しちゃったけど、わかったかな？　亜紗さん』

「はい」

『うーん。本当かなぁ。ぼくや番組に気を遣ってそう言ってるんじゃないのかなぁ』

そう言われても、番組の生放送中なのだから、「わからない」と口にするのも憚（はばか）られる。

すると、『先生、そろそろ』とアナウンサーが横から口を挟んだ。亜紗に向けて聞く。

『亜紗さん、わかりましたか？』

「はい。あの――『チガク』ってどういう意味ですか？」

自分が番組の流れを止めるわけにはいかない――と思っていたはずなのに、どうしても気になって尋ねた。電話の向こうで、ハハッと軽い笑い声がした。例の男の先生が答える。

『チガクは、地球の地に、学問の学。地球を対象とする学問です。ぼくは高校教諭だけど、高校だと、今、亜紗さんと話した月のこととか、天文学もその範囲になります』

高校の先生なのか――と、そこで初めて知った。

『脳の錯覚だってわかってはいても、月がついてくるって考え方は、ちょっといいよね。人間って本当に自分本位に物を見るけど、そこもまあ、なんていうか、いい』

ひとりごとのような、番組の流れを気にしたわけですらなさそうな、自由な呟（つぶや）きだった。

「ありがとうございました」と亜紗がお礼を言い、電話を切る。

驚いたのは――さらに、その日の夜だ。

亜紗が質問を送った家のパソコンのアドレスに、番組からメールが届いていた。

『今日、質問に答えた綿引先生からです』と、ある。その下に、「月がついてくる」錯覚がなぜ起こるのか、答えの補足が書かれていた。地学の先生は絵もうまいらしい。歩く女の子の絵と、夜空の月、歩く方向と、周りの家々を図解して、数コマの漫画のようになって説明されている。

震えるような感動が、胸の底から湧いてきた。

それは、感謝とも、少し違った。こんなに真剣に書いてくれたことはもちろんありがたいと思うけれど、直感のようにして、亜紗は、これはきっと自分のためじゃない、と悟っていた。亜紗のために書いたのではなくて、あの先生はきっと、説明をするのが「好き」なのだ。誰に頼まれなくても必要とされなくても、自分が好きだから、求められたら、きっとどこまでもその相手には答えるというだけだ。

電話の向こうから聞こえた、あのはしゃいだ声を思い出すと、亜紗は感動してしまう。あの人は子どもだから大人だからとか関係なく、まだ早いとかそんなふうに思うこともなく、亜紗が理解できると考えて、この説明を書いてくれた。自分がこんなに楽しいし、おもしろいと考えていることは、きっと他の人にもそう思ってもらえると、無条件に、子どもみたいに信じている。

子どもの自分がきちんと相手をしてもらえたこと以上に、そんな子どもみたいな大人がいることがただただ、その時の亜紗には本当に嬉しかった。

メールの末尾に、先生の勤務先の高校名と、「地学科教諭」の文字があった。

「地学」というのは、地球に関する学問。その言葉を胸に刻むようにして、覚えた。

それから時が経って――、二〇二〇年六月。

砂浦第三高校の地学準備室のドアの前に、亜紗は立っていた。天文部の部長、山崎晴菜（やまざきはるな）先輩と、同級生の飯塚凛久とともにノックすると、中からは間延びした「はあい、開いてるよ」の声がした。

ドアが開くと、パソコンの置かれた席の前で、綿引先生がそれまで外していたらしいマスクをつけ直すところだった。

亜紗たちの顔を見て、鼻から下が隠れた顔が、それでも笑ったのがわかった。「よう」と軽い声が出る。

「ひさしぶりだなぁ、天文部。あ、密閉状態にならないように、ドアは開けたままにしておいて」

「先生、今年の夏合宿が中止になるって本当ですか？」

「うん、本当。情報早いね。誰に聞いたの？」

「担任の先生から。今年は全部の部活が合宿など、泊まり込みの活動が中止だと、先ほど、帰りの学活で言われました」

晴菜先輩が言うと、先生が特に動じる様子もなさそうに「うん」とそっけなく頷（うなず）いた。

「そうみたい。仕方ないね」

「先生」

晴菜先輩が言う。正面から綿引先生を見ている。

「抵抗してくださらなかったんですか」

「抵抗?」

「そうです。天文部は屋外活動なんだから大丈夫ですよ、とか、上に掛け合ってもらってもいいんじゃないかと」

「ええー、上って、校長先生とかってこと? 無理でしょ。天文部だけ特別扱いは」

「でも、屋外で星を見るだけなんだから、大丈夫じゃないですか? 運動部みたいに接近戦でボールを奪い合ったり、二人一組でくっついて柔軟や筋トレするわけではないんだし」

「いやー、それ聞いたら、運動部の人たちが怒るよ。そんなこと言うなら、テニス部とかどうなのよ? ネットを挟んで分かれてやるし、陸上部とか弓道部とかも、個人個人でやるから問題ないって、全部、一斉にみんなやりたがって大変なことになるよ」

晴菜部長のきびきびとした物言いを前にしても、切迫感のない声でのらくらと言い返す綿引先生の顔を、亜紗は改めて見つめる。

長かったこの春の緊急事態宣言が解除され、ようやく学校に毎日来られるようになった六月。今日になって、やっと部活動が再開した。と言っても、再開できない部はやはりあったし、実技を伴う活動は実質すべてNGだ。再開とは名ばかりで、許されたのは、ミーティングのみ。それも、十人以内の中心メンバーがソーシャルディスタンスを十分に取った状態で、今後について話し合うことが許された、という程度だ。

天文部の部員は、全部でこの三名。

運動部と違って毎日練習や活動があるわけではないから部員数は少ないが、大型の望遠鏡を組み立てて観測をする際などは、他の部の生徒たちも集まってきて手伝ってくれる。だから天体観測の時には、部員数に反して活気がある。

けれど、その天体観測もしばらくは無理そうだと、放課後、地学室に集まって話し合っていたのだが、合宿がどうやら中止になるらしいと聞いて、いてもたってもいられずに、隣の地学準備室に控えている顧問に会いにきた。

そしてこの顧問——綿引邦弘先生こそが、小学五年生の時の亜紗が出会った、『子どもの夏、電話質問箱』の向こうにいた、あの先生だ。

当時は別の高校に勤めていたのだが、その後、高校受験をする時に亜紗が改めて調べたら、綿引先生はこの砂浦第三高校に異動していた。驚いたことに、綿引先生が赴任した高校は、どこの高校であったとしても、「天文部」や「地学部」の活動が何かしら記録されるのだ。それまでそんな部がなかった高校でも、先生がその高校に行った途端、活動が立ち上がる。おかげで、少し調べただけで、綿引先生の「これまで」と「現在」がネットや県内の新聞記事などで容易に辿れた。

今の砂浦第三高校には、綿引先生は赴任して五年ほど。途中、校舎の改築があった際に特別に希望したとかで、三高には、「生物室」や「物理実験室」の他に「地学室」がある。亜紗たち天文部の活動場所もここだ。

綿引先生の天文部を目当てにこの学校に来た、という話を、前に、美琴たちに「どうして天文部なの？」と聞かれた際に、電話相談のラジオのことなども含め、亜紗がまとめて話すと、みんな、「ええー！」と驚いていた。ドラマチック、とか、小説や漫画みたい、などと言われたけれど、亜紗自身は、「そうかな？」と思っていた。高校を選ぶ理由なんて人それぞれだし、三高は家からも比較的近かった。綿引先生がとんでもなく遠い高校に赴任してる可能性だってあったわけで、だからラッキー、みたいな気持ちがあっただけだった。

綿引先生は、亜紗のその気持ち、知ってるの？　――と美琴や菜南子に聞かれた。

なんだか「亜紗の気持ち」とか言われると、自分がまるで先生に恋してるみたいだからやめてほしい、と思ったけれど「先生も知ってるよ」と答えると、美琴たちの間から「きゃー！」と黄色い声が上がった。だから、亜紗は即座に否定した。当の先生もまた、亜紗と同じで、別にそこに「ドラマチック」な感慨なんて持っていない。

あの時の電話相談の子です、と、初めて地学室を訪ねた時、亜紗は自己紹介した。

綿引先生があの番組でどのくらいの数の質問に答えていたかわからないけれど、覚えていないかもな、と思いつつそう言うと、先生は案の定、「え？」と呟いてから、自分の記憶を辿るように目を細め、それから、堰（せき）を切ったように話し始めた。

「ああ、あったあった、そんなこと。そうそう、あの番組出たんだよ。地学の分野からは人が足りないって頼まれて、そんなの、東京でもどこからでも誰か専門家を呼べばいいじゃないって、僕は言ったんだけど、どうしても県内の先生に出てもらいたいんだって食い下がられたんだ。地学に興味のある子を増やすため、よろしくお願いしますって頭下げられて――って言っても、電話で頼まれただけだから、本当に頭下げてくれてたかどうかは見えないけど、まあ、地学好きが増えてくれるなら嬉しいかな、くらいの気持ちで引き受けたんだよね。だけど、初回からしばらく地学や天文の質問ってこなくてさ、そんな中で君の質問が『月』に関することだったから、担当者も裏で、しめたっ！　って思ったんじゃないかな。これで、無理言ってつれてきた綿引先生にもいいカッコしてもらえるぞって」

「ラジオが終わってから、メールをもらいました。私が、あの電話だけじゃ完全にわからなかったと思ったのか、図入りで、説明してもらって」

「そうだったかな。でも、嬉しいな。君、それがきっかけで天文に興味持ったの？」

「それだけが理由じゃないですけど、はい」

「いや、嬉しいな。やっぱり、ああいうのもたまには引き受けるもんだよね」

先生が「そうだったかな」としらばっくれたのは、照れ隠しではないか——と、美琴たちはなおも言ったけど、亜紗は違うと思っている。一聞くと、十どころか、百も二百も言葉が返ってくるこの人は、きっと、自分がどこで誰にどんなふうに話したか、なんて、本当に全然覚えていないのだ。一番優先させているのは、あくまでも自分の興味。説明が楽しくなったからやってくれただけで、それで実際に天文に興味を持つ子が生まれたかどうかすら、本当はどうでもいいのかもしれない。

でも、だから好きだな、と思った。ここで大げさに喜ばれたり、感激されたりしていたら、亜紗はきっと困っただろう。

綿引先生は、もう定年が近い五十代後半の先生で、奥さんと子どもがいて、子どもはたぶんもう、亜紗たちより年上だ。三高を最後の赴任先だと思っているようで、「だからご褒美に地学室くらいいねだっても罰は当たらないかと思ってさ」と笑っていたことがある。

学校の先生というより、テレビなどで見る学者とか初老のアナウンサーみたいな雰囲気があって、そういう意味ではかっこいいと言えなくもない。髪の毛がどれだけぼさぼさだったり、目が寝不足そうにしょぼしょぼしてる時でも、シャツにはちゃんとアイロンがかかってて、それに合わせるループタイもひとつじゃなくて、何種類も持っている様子だ。綿引先生は、見た目だけなら、本人は「まだそんな年じゃない」って嫌がりそうだけど、老紳士みたいな貫禄（かんろく）がある。ただ、ひとたび口を開くと、そんな印象はあっという間に消えてなくなってしまうのだけど。

子どもみたいな大人、と夏休みの、あの日の電話相談で亜紗が思ったインパクトは、少しも薄れていない。思った通りの人だった、と思う一方で、だけど、亜紗には、意外というか、誤算だったこともある。

それは、想像以上に、綿引先生が顧問としては「不真面目」だったことだ。

不真面目、というのともあるいは少し違うのかもしれないけれど、当初予想していたような、ぐいぐいみんなを引っ張っていって、何かの活動を与えたり、熱心に指導したり、という感じではない。

だから、こんなふうに部長ともよくケンカみたいになる。晴菜先輩が、美しい切れ長の目をすうっと歪め（ゆがめ）、睨む（にらむ）ように先生を見た。

「一斉にみんながやりたがったら大変、とか、そんな理由では納得できないです。見損ないました、先生。そんな横並びの精神を、先生は嫌っていると思っていました」

「いやー、嫌うも嫌わないもないでしょ、このコロナじゃ、みんな平等に不自由を感じてるんだから」

「天文部だけ特別というわけにはいかないと？　先生は天文を特別に愛してるんじゃなかったんですか」

綿引先生も綿引先生だけど、ひとつ上のこの晴菜部長もすごい人だなぁ、と亜紗は常々思っている。つややかな黒髪を眉毛の上で切りそろえ、メイクをしている様子もないのに天然のアイラインが引いてあるみたいにくっきりとした双眸を持つこの先輩は、最初会った時に、なんだか古代の姫みたいだなぁと思った。卑弥呼とか、クレオパトラとか、会ったこともないけれど、そういう毅然とした美女、という感じ。その見た目に違わず、物言いもはきはきしていて、相手が綿引先生でそれを許してくれるから、というのもあるけれど、言葉に容赦がない。

部長としては頼りになる存在で、顧問の綿引先生ともいいバランスだ。

「というかさ、キミたち、そんなに合宿を楽しみにしていたわけ？　意外なんだけど」

綿引先生が、晴菜先輩の後ろに控えていた副部長二人――ひとりに決めるのは不平等だから、二人とも就任している――に目を向ける。亜紗と、横の凛久が頷いた。

「楽しみにしてました」

「他の学校と合同でやっても、そんなに他校のメンバーと交流してる雰囲気もなかったけど」

「いや、そんなこともないです。ま、うちの部が居心地よすぎるから、こっちでまとまっちゃうとこはありますけど」

亜紗の隣で、凛久が答えた。

その姿に、亜紗はまだちょっとビビってしまう。休校中に河原で会った時は、学校が始まったら戻すんじゃないかと思っていた茶髪もピアスもそのままだ。

凛久もまた、亜紗と同じで、綿引先生のこの天文部が望遠鏡を作っていることを知って、それで入学した生徒だった。男子が極端に少ない元女子校のこの学校に、天文部目当てにわざわざきたというのは、相当な変わり者だ。話していて、綿引先生とはまた違った意味でのマイペースさがある。必要以上のことを語らず、何を考えているのかわからないと思っていると、急にこんなふうに髪を染めてきたり、こんなふうに、「うちの部が居心地よすぎる」とか、妙に人懐こい一面を見せたり。

綿引先生が、初めて凛久の髪の色に気づいたように「おー」と今更すぎる声を上げる。

「凛久、どうした。髪が赤いぞ」

「え、オレンジ系にしたつもりなんすけど、あざっす」

いや、お礼言うところ？　と思ったけれど、綿引先生が、特に咎めるでもなく、ふむふむ、と頷いた。オレンジ系の髪にした凛久は、マスクの色も黒で、なんだか急に遠い世界の不良になってしまったように思える。

でも、そんな凛久であっても、合宿は楽しみなのだ。

「泊まるのが無理っていうのは、わかります。でしょうねって思う。今は、他人と同室はリスク高いし。他の学校と集まって合同っていうのも、きっと難しいだろうし」

毎年、他校と合同でやっていた夏の天文合宿は、一泊二日の泊まり込みだ。観測は山の上にある研修センターのわきの広い草原のような場所でみんな一緒にやる。冬にも同じような合宿があって、去年「また来年」と他校の子と別れた。

また来年。当たり前にくると思っていた、「来年」の合宿だったのだ。

生徒たちが熱く訴えても、綿引先生は冷静だった。「うん」と深く頷き、亜紗たちに尋ねる。

「観測会が難しいのは、他にどんな理由が考えられる？」

「望遠鏡の接眼レンズ、でしょうか。同じレンズを複数の人たちが覗(のぞ)き込むのは難しい。新型コロナは、目からの感染も注意しなくてはいけないらしいですから」

晴菜先輩が言い、ため息をつく。

「接眼レンズは目をくっつけないように注意して覗くことを徹底したり、アルコールでその都度消毒したり、ということで対策はできますが、問題はそうしたイメージを持たれることですよね。だから危ない、観測はできない、と大人たちに一括(ひとくく)りに考えられたら、観測会はきっと、許可が出ません」

でも――、続けながら、晴菜先輩の眼光が鋭くなる。

「観測会ができなければ、天文部の活動は本当に何もできませんよ。今作っている望遠鏡の完成に向けてがんばりますけど、肝心の観測ができないなら、新入生に入ってきてもらえるか、わかりません」

「あ、そっか。今年の一年生、部活決めるの、今からですね」

亜紗が言うと、晴菜先輩が「はい」と頷いた。

「運動部は、中学までそのスポーツをしていたという生徒も多くいるでしょうから、すんなり部員が集まると思いますが、天文部はその点が不利です。天文部がある中学はあまりない。勧誘にあたって、何か考えないと」

「念のため伝えておくと、外部の人たちを招いての観測会は、もっとできないよ。今、学校に部外者を入れるのは本当に難しい」

　綿引先生の声に、晴菜先輩の顔が盛大に曇る。

「わかっています」

　答える声が、少し怒っていた。

　綿引先生が顧問なせいか、三高の天文部は、去年までは定期的に地元の人や保護者、近隣の中学や小学校から子どもたちを招いたりして、誰でも自由に参加できる天体観測の会を広く実施していた。場所は三高の屋上を使うことが多かったが、頼まれて、他の小学校や中学校、地域の公民館に出張していくこともよくあった。そこでは天文部の部員たちは、にわかの専門家になって、望遠鏡の仕組みや、その時々に見える星座についてをレクチャーする。

　でも、今はできない。いくら屋外でも、人と交流するのは避けた方がいい。悔しいけど、亜紗たちも痛いほど理解している。

「考えてごらん」

　綿引先生が言った。晴菜先輩が怒っているというのに、その顔が笑っている。なんだか、こっちに挑んでくるような微笑みだ。

「普段の観測会でも、思い通りにいくことばかりじゃなかっただろう？　雨が降れば星は見られないし、曇り空が晴れるのをずっと待って、だけど、結局雲がかかったままになって、集まってくれた人たちをがっかりさせたこともあった。インフルエンザが流行した年は、参加者がすごく少なくなってしまったり、中止になったことだってあった」

「今は、雲が晴れるのを待っているようなものだということですか？」

亜紗が言う。曇り空の観測会で、雲の切れ間を待つように空を見上げていたことを思い出す。思えば、去年の夏合宿もそうだった。そして今は、それすら懐かしい思い出だ。あの時と今は、状況が確実に違う。

「空は――その日が無理でも、また晴れるかもしれないけど、コロナは、それと全然違います。いつか終わるって、まだ、全然、わからない」

思わず亜紗が言ってしまうと、綿引先生がすっと首を振り動かした。「どうだろうね」と。

「コロナって、なんだろうね。どうして、地球に現れたのか」

何気なく言ったひとりごとのように聞こえたけれど、先生も先生で、何か考えていることがあるのかもしれない。地学は、地球に関する学問。先生にもきっと、思うところはあるはずだ。

「みんなで考えてごらん。天文部、何をしたいか」

先生が言った。

そうなのだ。この先生は、顧問として不真面目なほど自分から積極的に提案はしないけれど、その分こちらに考えさせる。子どもに任せて、投げっぱなしにする。

「今、この状況でできることがあるかどうか。君たちが何か考えてくるなら、ぼくも可能な限り、それを応援する。助力は惜しまないよ」

「できることとできないことはもちろんあるけれども、そのうえで――ということですね」

皮肉を込めた口調で晴菜先輩が言うけれど、綿引先生はますます嬉しそうに笑った。「もちろん」と答える。

「何ならできるか、そのあたりも含めて君たちに考えてもらわないと。今年は何もしないならしないで、それももう仕方ないし。――いやあ、どうしようかなぁ」

驚くほど無責任な言い方で、先生が歌うように呟く。

中学一年生は、部活を決めなければならない。

それを知り、六月の、学校が再開された真宙はげんなりしていた。サッカー部がなくなった今のひばり森中学で、真宙が入りたいと思う部活はひとつもないのに、この中学は、生徒はだいたい皆どれか部活に入るのだと聞いて驚愕した。

――なんだそれ、ケンカ売ってんのか。だったら、オレが入りたいと思える部をきちんと用意しとけよ。

ついそう思ったけれど、週に一度ほどの活動しかない部も多いから、ひとまずどれかに籍を置いておくのがみんな当たり前になっているようだった。どうしても所属しなければいけないものでもないが、入らないのは相当の変わり者に思われる。

人数が足りなくなって活動がなくなる、とされていたサッカー部は、完全に廃部になるわけじゃなくて、「球技部」と名前を変えて活動をするらしい。同じく、女子の部員がもともとおらず、人数が足りなくなった野球部と合同になって活動を行う。公式戦にも、可能なようなら、どちらかから助っ人のように人を借りて人数を合わせ、出るという。――もっとも、今年はコロナの影響で、そんな試合や大会が開催されるかどうかがわからないけど。

サッカーだけでない球技部は、先生たちもいろいろ考えた結果なのだろうけど、すんなり入部するには抵抗があった。見学に行った練習では、うまい先輩も何人かいたし、それまで興味がなかった野球もそれなりに楽しそうに思えた。だけど、なんだかしっくりこない。

「サッカーに限らず、いろいろ、他の部も見てみたらどうだ？」

担任の森村先生に勧められたけれど、それも気乗りしなかった。

入るなら絶対に運動部だと思っていたけれど、ひばり森にある運動部で比較的活動が熱心なのは、陸上部や水泳部、あとは弓道部やテニス部といった個人競技で、あまりピンとこない。唯一、陸上部だけは自分が入ることがなんとなくイメージできたけれど、そこには、姉の立夏がいる。以前、下校途中に姉の部活の先輩たちに囲まれ、ちょっかいを出されたことを思い出すと、あんな奴らの部に絶対に入ってたまるか、という気持ちだった。

運動部って決めていたのに、文化系に入るのも——なんだか、「負けた」気がする。文化部も一応見学に行ったけれど、たったひとりの男子の新入生はやはり目立つ。でも、女子だらけの教室と違って、覗いた部活には男の先輩の姿もあって、そこはほっとできた。

だけど、ある日の放課後のことだ。廊下を歩いていると、ふいに、声が聞こえた。

「一年生のあの男子さ、たぶん、うちの部には入らないよな」

その日、真宙は、「パソコン部」への二回目の見学に行くところだった。

文化系の部の中で選ぶとしたらパソコン部がいいかな、と実は、その時まで真宙は思っていた。だけど、声は、そのパソコン部の活動場所であるパソコン室から聞こえた。「一年生のあの男子」は、この学校の中で真宙ひとりしか存在しない。

話しているのは先輩の男子生徒たちのようだった。別のひとりが言う。

「そうか？　まだわからないんじゃない？」

「いや、でもさ、聞いたら、小学校までサッカーやってたって言ってたし、やっぱ、球技部とか運動系に入るんじゃない？　文化系はなんかちょっと、みたいな感じ、顔に出てたじゃん。きっともう来ないよ」

「そっかー、じゃ、今年、男子入らないかー」

「まあ、仕方ないよな」

　そこまで聞いて、真宙は、回れ右をして廊下を戻り、早歩きになって階段を下りた。途中、頬が熱くなって、周りの音がどんどん聞こえなくなる。足がもつれて、段を踏み外しそうになったけれど、危ういところでバランスを取り直して、ただただ、どんどん下る。

　何だよ、と、呟く。声には出さず、心の中で。繰り返し、何だよ、何だよ、何だよ、と、呟く。

　真宙が悪いわけじゃないし、むしろ陰口みたいに後輩の話をしている上級生たちの方がひどいのだと頭ではわかるのだけど、この時はもうその場を去りたい一心だった。気まずくて、恥ずかしくて。先輩の声が耳に蘇（よみがえ）る。

　——文化系はなんかちょっと、みたいな感じ、顔に出てたじゃん。

　出てたのか、と思う。思ったら、泣きたくなった。そんなつもりじゃねえよ、と思うけど、だけど本当は真宙が一番、痛いほど知っていた。

　どうしよう。バカにしていたように思われたのだろうか。

でも違う。うまく言えないけど、サッカーや運動部に未練があるのは真宙だけの問題で、文化系と運動系を比較してどう、という気持ちはなかった。さっき聞こえた先輩の言い方は、真宙が文化系やパソコン部を下に、軽く見ていると言いたげな、そういう言い方じゃなかったか。

そんなつもりじゃなかった。でも、真宙の、本当の本当の、本心はどうだったろう。文化系に入るのは「負けた」感じだと、そう思っていなかったか。

パソコン部のみんなで作ったという部のサイトはよくできていたし、自分もこんなのが作れたらいいなと思った。歴代の先輩がプログラミングで作ったというミニゲームもすごいと思った。

だけど、もう、絶対に行けない。どこの部活にも入れない。考えすぎて、頭がパンクしそうだった。

翌日、真宙は学校を休んだ。

朝、起こしにきた母に咄嗟(とっさ)に、「ちょっと具合悪い」と言うと、母が「ええっ！」と大げさな声を出した。

コロナのあれこれが始まってから、今は、みんながちょっとした体調不良にも敏感になっている。熱を測り、それが平熱であることを知ると、両親は、「どんなふうに具合が悪い？」と優しく尋ねてきた。

休みたいけど、コロナを疑われるのは嫌だ。「なんだか熱中症っぽい」と答えると、母は納得したように頷いた。

「季節の変わり目だし、この暑さでマスク生活だもんね。大事を取って、今日は休もうか」と言ってくれた。中学にも電話をかけて、「ああ、そうなんですよ。熱はないんですけど、だるいようで」と、熱がないことをとりわけ強調しながら、欠席の連絡を入れてくれた。

去年までは、学校を休むと、共働きの両親は、昼食におかゆなんかを用意して、真宙を残して仕事に出かけて行った。実を言えば、昼間に家でひとりきりという時間でゲームをしたりもできたけど、今は、両親が平日でも家にいる。この春以来、リモートワークがすっかり当たり前になって、部屋で寝ていても、別の部屋で父がパソコンを通じたオンライン会議をしている声が聞こえた。学校を休めても、せっかくの子どもの自由時間がちっとも謳歌できない。

でも――休むって、こんな簡単なことだったのか。

心がだんだん静かになって、そういえば、と少し前に学校から配られた文書の内容を思い出した。

『新型コロナウイルス感染防止に伴う、欠席の取り扱いについて』というその文書は、学校が再開されても、ウイルスの感染を不安に思う家庭や生徒は欠席を申し出てもよいこと、その場合は、自宅学習などの方法を可能な限り学校側も考え対応すること、そうした自主的な欠席は、欠席日数にカウントされないことなどが、丁寧に書かれていた。コロナを不安に思うなら、子どもの気持ちは優先される――というわけだ。

学校からのその手紙が配られた日、真宙はたっぷり考え込んだ。ウイルス感染の不安を理由にしたら、大人はみんな、真宙にきっと長く学校を休ませてくれる。本気で演技して不安を訴えたら、今なら通る――。心が盛大に揺さぶられたけれど、結果として、真宙は今に至るまでその方法で学校を休むことはしていなかった。
不安は確かにあるけど、真宙は別に他の子と比べてその不安が特別強いわけじゃない。もっと真剣に、切実に不安に思っている子がきっといるんだと思ったら、それだけはやっちゃダメだ、と思った。

真宙の、山形のおじいちゃんおばあちゃんも、そういう切実にコロナを怖がっている人たちのひとりだ。おじいちゃんは数年前に肺の病気をしている。その時は手術をして大丈夫だったけど、今、もし、コロナにかかったら大変だ――そんなふうに母たちが話していた。だから今年は、お盆休みに山形に行くのは中止。真宙たちがウイルスを運んでしまうかもしれないから。

真宙に会いたいけど、会えないねえと、オンラインでつないだ画面の向こうで話すおばあちゃんたちは本当に寂しそうで、買い物も近所に住む叔母(おば)さんに頼み、二人とも満足に散歩すら行けていないようだった。

彼らの顔を思い出したら、過剰に不安がるふりなんて絶対にしてはいけない、と感じた。それをしたら、もう本当に自分は山形にも行けないし、おじいちゃんおばあちゃんに会う資格も失ってしまうように感じる。

ベッドの上で、天井を見つめる。

別々の部屋にしてほしいけど、真宙と立夏は、同じひとつの部屋を使っている。簡単な仕切りがあるだけの立夏の居住スペースに顔を向ける。机の周りに、中学の友達と撮った写真とか手紙とかがたくさんあって、それをちらりと見て、すぐに目を逸(そ)らした。いかにも学校生活が充実していますって感じで、前はなんとも思わなかったのに、今は見るのが苦しい。

窓の外から、学校が終わったのか、小学生と思しき声がした。笑ったり、ふざけあったりしている様子の、その声が頭に響く。ちょっと前まで、オレも同級生とこうしていたのに。同じクラスだったあいつらはみんな、新しい中学でうまくやっているんだろうか。

目の奥に、熱くじわーっと涙が滲んでくる感覚があって、真宙はあわてて目を閉じる。今のはあくびか何かだ、と誰にともなく言い訳するように、目をこすった。


「安藤くん」

声をかけられたのは、翌日の帰り道だった。

さすがに二日続けて休むのはまずいと感じ、どうにか登校したけれど、真宙の心はまだ重かった。授業中はまだいいけれど、教室移動も、休み時間もひとり。一番困るのは体育の授業で、グループ分けなんかをすると、どこに真宙を入れるかを毎回、先生や周りが気遣いながら決めている。

一日、カウントダウンするようにして時間をやり過ごし、待ちに待った放課後、校門を出て帰ろうと坂道を歩き出したところで声をかけられた。

か細い、女子の声だった。真宙は振り返る。見覚えのある、クラスメートの女子の顔だったので、咄嗟に「あ――」と声に出したが、名前がわからない。学校はまだ始まったばかりだし、クラスの女子ひとりひとりの顔や名前を覚える努力を真宙はまったくしていなかった。

「あ、あの、私、中井天音、です」

細いメタルフレームの眼鏡と、少しピンク色がかった不織布のマスク。――思い出した。前に立夏の先輩たちに絡まれていた日に通りがかった。こっちを気遣うように遠慮がちに見ていた、あの時の女子だ。緊張したように「あ、えと」と声に出す。

背が、オレと同じくらいだ、と咄嗟に思った。

男子、女子を問わず、真宙は同年代に比べて背が低い。その中で、自分と同じか、それより低い子を見るとどうしてもほっとしてしまうのだが、中井天音はちょうど真宙と同じくらいだ。

「安藤くん、昨日、学校休んだよね。もう、大丈夫かな、と思って」

「……別にコロナじゃないよ」

真宙は何気なく言っただけだったのだが、天音は「えっ！」と大きく声に出して、あわてたように首を振った。

「違うの。そんなつもりで聞いたんじゃなくて、ただ、えと、本当にもう、大丈夫なのかなって思っただけで」

困ったように言い訳するその顔を見ながら、真宙はさらに思い出していた。彼女は確か、うちのクラスで学級委員長に選ばれたはずだ。自分には関係ないと思って流し見ていた学級会で、「はーい、委員長は中井さんがいいと思います。小学校の時も、うちの学校で児童会とかしてたし」と推薦されて、他に推薦も立候補もなかったから、彼女に決まった。当の天音は困ったように「私よりも、もっと向いている人がいると思うんですが」と控えめに発言していたが、結局押し切られるように引き受けていた。はきはきと立候補して役職につくタイプじゃなくて、周りからそうやって選ばれてしまう、そういうタイプの人なんだな、と真宙はその光景を眺めていた。

「で、なに？」

ひょっとしたら、委員長としての責任感や正義感で、真宙の欠席を気にして声をかけてきたのだろうか。だとしたらうんざりだな——と思いながら問い返すと、「あ、あのね」と天音が顔を上げた。そして、驚くべきことを口にした。

「あの、安藤くん、リカブに興味ない？」

「リカブ？」

「そう。理科部」

再度言われて、耳が音を「理科部」と理解する。天音がようやくあまりおどおどしなくなった。

「安藤くん、まだ部活決めてないんだったら、よかったら、一度見学に来ない？　先輩たちから、安藤くんを誘ってほしいって頼まれて」

「中井、理科部なの？」

「そう」

何を思って入ったの——という声が口から出かかる。どの部活にも入りたい気持ちが起きない真宙には、どこかに入りたいと明確な気持ちを持つ人たちのことが本当に羨ましい。理科部なんて、これまで眼中にもなかった。

「あ、えとね、理科部は名前の通り、実験とかを中心に活動してる部なんだけど、他にも、石鹸を作ったり、砂糖を溶かしてキャラメルとか、カルメ焼きを作ったりなんかもしてて、そういう時は、理科室からすごいいい匂いするから、他の部からも人が来たりとかして、楽しいんだって。あとは、プログラミングでロボットとか車を作ったり、夏に天体観測の合宿あったり」

「ふうん」

「合宿とかは、今年は無理かもって先輩たち、言ってたけど」

どうかな？　と言うように、天音が真宙の顔を覗き込む。

「安藤くん、そういうの、興味ない？」

「理科って、生物とか植物の観察とかはしないの？　山に行ったりとか、あと、育てたりとか」

「えっ！　たぶん、するよ。これまでやってないとしても、もしやりたいって言ったら、きっとやらせてもらえると思う」

天音の顔がぱっと明るくなった。まさか、真宙から積極的な反応が返ってくると思っていなかったのだろう。声が弾む。

「安藤くん、生物や植物系だったら興味ある？」

「……まあ」

本当は、昔から植物の観察が大好きだった。特に山菜とかキノコ。山形の祖父母の家の裏山でよくとったり、観察してきたからだ。真宙の祖父母が実際に生えているワラビやふきのとうを、昔話に出てくるみたいに調理して食べるのを見て、ああ、スーパーや八百屋で買わなくても、自然の中から食べ物はとれるんだなぁと感動した。

キノコは食べられるものとよく似た毒キノコもたくさんあって、素人には見分けが難しいから絶対に手を出さないように、と大人に言われ、幼い真宙は、祖父母が間違って食べないようにキノコ博士になる、と宣言して図鑑を読み込んだ。真宙の小学校時代の趣味は、だから、ほぼ、サッカーとキノコだ。山形の祖父母の家に行けないつらさはこういうところにもある。

「そうなんだ！」

天音が嬉しそうに言った。

校門を出てすぐのところでずっと話す自分たちを、他の帰宅する生徒たちがちらりと見ていくのがわかった。真宙が歩き出すと、帰る方向が同じなのか、天音もついてくる。

「——理科部の先輩たちから言われたの？　オレのこと誘えって」

「うん」

頷かれたら、自分でも驚いたことに、かなり嬉しかった。パソコン部の先輩たちが陰口みたいに自分について話していたのを聞いた後だったから、なおさらだ。

「それ、オレが一年で唯一の男子だから？」

「うーん。それもあると思うけど、男子とか女子とか関係なく、うちは新入部員自体が少ないから」

「ふうん。一年生はまだ中井だけなの？」

「うん」

話しながら、どうでもいいけど、さっきから自分が中井天音を「中井」と呼び捨てにしていることが、地味にずっと気になり続けていた。小学生までは、クラスの女子のことは、基本的に下の名前で呼ぶことが多かった。呼び捨てか、「ちゃん」付けか。だけど、中学に入ると、男子の先輩たちの多くが女子のことを苗字(みょうじ)で呼び捨てにしている。だから真似してそうしてみたけど、慣れない。

「理科部は、毎週、月曜と木曜に理科室で活動してるの。もし興味あったら、次の木曜にでも――」

天音がそう言いかけ、だけど、その目が素通りして、何かに釘付けになる。あれっと思って、真宙も彼女の視線を追う。

この近くにある高校の敷地だ。

ひばり森中のような土の校庭じゃなくて、競技場のように柔らかい素材が敷き詰められた陸上トラックのある校庭。フェンス越しに見えるその場所に何人か生徒がいる。天音はその様子に目を留めたらしかった。

高校生たちが、金属のワゴンのようなものに立方体の何か機械を載せ、近くでノートパソコンを開いている。全員マスクだけど、その中のひとりがスマホを手に校舎の屋上を見上げて、誰かと通話している。

「あの人たち……」

天音がどんどんフェンスに近づいて、ほとんど額をくっつけるようにするので、真宙は驚いた。おい、そんなふうにしたら不審者に思われるだろ、と思ったけど、彼女はお構いなしだ。

仕方ないから付き合って近くまで行くと、彼らが見ている機械に、モニター画面のようなものがあることに気が付いた。医療ドラマとかで見る、心電図の波形が映っているああいう機械と似ている。

天音があまりに興味津々な様子だから、しばし、高校生たちの姿を並んで見つめる。男子生徒もいるし、女子もいる。みんなTシャツにジーンズやスカートなどの私服姿だ。

すると——。

「あっ」

真宙の口から、思わず声が洩れた。天音が「どうしたの？」と振り向く。真宙は迷ってから、答えた。

「いや、サッカーやってた時の友達……っぽい人がいるから」

「え、本当？」

「うん」

機械を載せたワゴンを押して、位置を変えようとしているその人は、みんなと離れ、息継ぎをするようにマスクをずらしていた。その時、マスクの下の顔がはっきり見えたのだ。

柳数生くん。

友達、と断定して言い切れなかったのは、彼が四歳も年が上の先輩だったことと、当時からあまりにサッカーがうまくて、真宙の代の子たちにとっては憧れの、雲の上にいるような存在だったからだ。真宙たちはみんな親しみを込めて「柳くん」と呼んでいた。

真宙が入っていたチームは小学生までしか所属できない。柳はチームを卒業した後、中学生で構成された別の強豪チームでしばらくプレーしていたけれど、その後、足の速さを買われて、学校の陸上部にスカウトされたと噂で聞いた。

柳は、この高校に通っているのか。真宙と四歳差だったということは、今は高校二年生のはずだ。

だけど、――あれっと思った。柳は、真宙が知っている時より背が高いのはもちろんのこと、髪がだいぶ長い。ふわっと上がった感じのスタイリングで、あれじゃ、陸上にもサッカーにも邪魔なんじゃないだろうか。

似てるだけで、柳くんじゃないかも――。

思っていると、機械を載せたワゴンを運ぶ高校生たちが、真宙たちのすぐ近くで足を止めた。「やっぱりこっちにしよう」「でも、それだと、高低差研究の意味では、位置がずれるんじゃない？」「いや、でも観測環境としては――」など、真宙たちにはよくわからない内容を話すうち、中のひとりの口から、「じゃあ、ヤナギはさ」と、名前を呼ぶ声を聞いた。それに、あの人が「うぃー」と答える。間違いない。柳くんだ。

あまりに、じっと見ていたからだろうか。柳と思しき男子が、ふいにこっちを見た。真宙と目が合う。

あ――と向こうも思ったのがわかった。真宙は小さく首を前に倒して、挨拶する。同じチームに属していたのは随分前だし、チームの下級生なんてたくさんいたから、覚えられていないかもしれないと思っていたけど、みんなの輪を抜けて、柳がこっちに来てくれた。

「あれ、サッカー、一緒だったよね？　違う？」

近くで見ると、さらに背が高くなっているのがよくわかった。

横の天音が真宙と同じくらいの背丈であることに感謝する。真宙の背が特に低いわけじゃなくて、同年代はみんなこれくらいの背だと彼に思ってもらえるかもしれない。

「そうです。安藤真宙です。柳くん、ですよね？」

「うん。そうそう、思い出した真宙だ。元気？　うわー、制服ってことはもう中学生？　すっげえ、時が経つの早いなぁ。その制服も超ナツい」

ナツい、は懐かしいの略だ。ということは、彼もひばり森中に通っていたということだ。一気に親近感が湧く。

「柳くん、この高校なの？」

「そう。家が近所だから、どうしてもここがよくて勉強したんだよね」

見ると、学校の校舎の上の方に、校名が入っている。「東京都立御崎台(みさきだい)高校」と読める。

「あの、すみません！」

それまで黙っていた天音が、隣で声を上げた。

「皆さん、何をしてるんですか？」

いきなり大きな声を上げた年下の女子に、柳くんが「へ？」と呟く。すると、答えを待たずに彼女が聞いた。

「ひょっとして、ウチュウセンの観測ですか？」

今度は真宙が「へ？」と思う番だった。ウチュウセン——。頭の中に「宇宙船」の言葉とともに、ＵＦＯとか、アニメや漫画で見る、飛行船のように細長い機体の「宇宙船」がイメージされる。

中井、何言ってんの？　と当惑して、思わず空を見上げる。だけど、何も確認できない。驚いたのはその後だ。フェンス越しにこっちを見ていた柳くんが「おー！」と嬉しそうに声を張り上げたのだ。

「そうそう。宇宙線クラブ。知ってるの？」

「知ってます。じゃ、あれが検出器ですか？」

「うん。そう、仙台（せんだい）の大学から借りたやつ」

「すごい！　初めて見ます。結構大きいんですね」

「オレたちは借りてるけど、自分たちで作った機械で観測してる学校もあるよ。大学が作り方を公開してるし」

　盛り上がる二人を眺めながら——だけど、真宙はちんぷんかんぷんだ。水を差すようで気が引けたけど、「あのー」と話しかける。

「ウチュウセンクラブって、なんですか」

「あ、ひょっとして『船（ふね）』の字の方、連想した？　宇宙船。だったら、オレと同じだー」

　柳くんが軽やかな口調で言う。真宙が「はあ」と呟くと、柳くんが、背後で何かの作業を続けている仲間の方を振り返る。

「『船』じゃなくて、ラインの『線』の字の方で、宇宙線。宇宙に飛び回ってる、粒子のことをそう呼ぶの。光くらいの速さで、地球にもたくさん降り注いでるんだけど、まあ、そういうのがあるんだよね。知ってた？」

「え、知らない」

　昔から知ってる柳くん相手に敬語とタメ口が入り交じる。柳くんは特に気分を害する様子もなく、「だよなー」と軽く応じる。

「肉眼じゃ見えないけど、存在してるんだって。で、専用の検出器を使うと、それが検出できて、そこからいろんなデータを取ることができる。仙台にある大学が、その解析に特に熱心に取り組んでて、そこの教授が作ってるのが、宇宙線クラブっていう共同活動。いろんなデータを集めたいからって、いろんな学校に声かけて、頼めば検出器も貸してくれる。で、そうやって宇宙線について調べたり、観測データをもとにした研究結果を話し合ったりするのが、宇宙線クラブの活動」

柳くんが、まるでそこに宇宙線が見えるみたいに空を見上げる。

「宇宙線観測って、本当に一度にたくさんデータが取れるから、その中で、どの部分を研究したいか、自分たちでプログラミングした解析コード使ってやるんだけど、学校ごとに、みんな、それぞれ違うこと調べて研究してる」

「私、朱野(あけの)女子学園の研究だったら、読みました。あの、宇宙線から、雲の形や天気を予測できるかどうかを観測した」

「あ、太陽との関係から調べたやつかな?」

「はい。——全部は理解できなかったけど、読んだんです」

マスク越しでも、天音の頬が上気しているのがわかる。彼女が小声で付け加えた。

「……朱野女子、落ちちゃったけど、行きたかったから」

何気なくこぼしたような呟きだったけど、真宙は、あ、と思う。

その学校の名前を、真宙もなんとなく知っている。中高一貫の私立女子校。すごく人気があって入るのが難しい学校だと聞いたことがある。その中学を受験して——、天音は落ちて、今、ひばり森に通っているのか。

天音の告白に、柳くんは動じなかった。「そうなんだー」とあっさり言う。

「朱野女子も宇宙線とか、物理の活動、熱心だもんね」

「はい」

「柳くんたちはその宇宙線を観測して、なんの研究してるの?」

今度は真宙が聞いた。聞いたばかりの宇宙線についてはよくわからないし、研究にそこまで興味があるというわけじゃなかったけれど、天音の秘密を一方的に聞いてしまった後ろめたさみたいなものがあって、話題を変えたかった。

だけど、何気なく聞いただけのつもりが、柳くんの顔つきが明確に変わった。

「え? うーん」

漫画みたいないかにもな腕組みをして長く黙り込んだ後で、「えっとね」と前置きをして説明してくれる。

「こんな説明だと、顧問や先輩たちから厳密には違うって怒られそうだけど、建物を間に挟むことで、宇宙線が受ける影響について調べてる。高い建物と低い建物だとデータがどう違うかとか、木造とコンクリートだとどうか、とか。今も、屋上でデータを取ってるチームと校庭でデータを取るオレたちとで分かれてやってるんだけど」

「へえ……」

だから、スマホで話しながら校舎の屋上を見ている人がいたのか。

「もっとわかりやすく言うと——どう言ったらいいかな、えーと」

「なんかすみません。オレ、理解できもしないのに、気軽に聞いちゃって」

「いや、わかるように説明できないオレが未熟なんだ。ごめん」

真宙は驚いた。未熟、と自分のことを言う柳くんが、言葉と裏腹にとても大人に思えたのだ。

天音が尋ねる。

「皆さんは、高校の部で活動してるんですか？　理科部とか」

「物理部だよ」

柳くんが答える。真宙は、えっと目を見開いた。柳くんが何かを気負う様子もなく、淡々とした声で続ける。

「御崎台は、理系の部活が三つある。生物部と化学部と、物理部。主に物理と、あとは宇宙に関することをやるのが、うちの部」

「柳くん」

「ん？」

「陸上部は？」

思わず聞いていた。柳くんがびっくりしたように真宙を見つめ返す。真宙の中で、体温がすっと下がっていく感覚がする。

「あー」

柳くんが呟いた。また、平淡な声だった。

「チームのコーチとかに聞いた？　オレがサッカーやめてから、中学で陸上やってたこと」

「足が速くて、スカウトされたって……」

「まあ、よく言えば。だけど、中学で入ったサッカーのクラブチームが本当に強くてさ。オレじゃレギュラーになれる見込みがまったくなかったし、だから、陸上に行ったっていう方が正しいけど」

自分がショックを受けていることに、真宙は気づいた。目の前の、柳くんの顔を見ながら、だけど、視界の一部がチカチカ点滅しているようだ。

小学校時代しか知らないけど、柳くんは、すごくサッカーがうまかった。練習や試合でプレーを見て、あんなふうになりたいと憧れたし、真宙がやめてしまうきっかけになった、〝うまくて、練習を楽しめる子たち〟の筆頭のような存在だった。

だけど、そんな柳くんが中学じゃ通用しなかったのか。真宙の動揺に気づかない様子で、柳くんが続ける。

「陸上もさ、うちの高校は運動部って、平気で国体に行ったりするようなヤツが推薦で入ってきたりしてるくらいレベル高いんだ。試合に出られる見込みないからって、中学までやってたスポーツを高校でやめたヤツも結構いる。ただ、もちろん続けるヤツもいるし、そこは人それぞれ」

「柳くんはどうなの」

「え？」

「どうして物理部なの？」

陸上でも、柳くんにはなんらかの挫折があったのだろうか。真宙が知る世界の中では一番のスター。真宙くらいの実力でサッカーをやめるのは仕方ないけど、柳くんがスポーツの世界から離れてしまうなんて、想像もできなかった。

なんでオレが、ショック受けてるんだろう。柳くんに、オレは、どんなことを期待していたのか。柳くんが高校で文化系の部に所属していることが、どうしてこんなにショックなのかわからない。柳くん、あきらめちゃったのか――。

だけど、柳くんが「あ、オレ？」と自分の顔を指さす。あっけらかんと続けた。

「オレは、楽しいから」

言葉に詰まった。あまりに柳くんが自然な言い方をしたからだ。

「中学までスポーツしかしてこなかったし、これまで興味なかったからこそ、こういうのもいいかなって思って。うちの部、歴代、人工衛星作ってるんだけどさ」

「ええっ！　人工衛星って個人が作れるものなんですか？」

天音が興奮したようにフェンスに手をかけ、がしゃりと網目がたわむ音がした。柳くんが笑う。

「そう思うでしょ？　君でも作れるよ。ネットで調べると、海外の人工衛星キットとか普通に市販されてるから。アメリカとか海外の学生が作った人工衛星が、かなりの数、軌道に乗ってたりするし、日本の宇宙線クラブのメンバーがいる学校でも、作ってるところはあるはず」

「羨ましいです」

天音の言葉に、柳くんがさらに嬉しそうに微笑む。

「興味のない代だと作るの止まったりして、オレたちも先輩から受け継いだのを十年計画くらいで完成目指してる感じ」

「物理って、〇点か百点の世界だって、聞きます」

天音が尋ねる。真宙は彼女をこれまで、単に押しに弱い、目立たない女子だと思っていたけれど、どうやら、興味があることに対してはものすごく積極的な人なんだなと認識を改める。

「私はまだ中学生だから物理、習ってないですけど、物理って、得意な人は全問正解できるくらい理解できて、だけど逆に、そういうセンスがない人は、一問もわからなくてまったく太刀打ちできない世界なんだって聞いたことがあります。だから、皆さん、すごい」

「え、そんなこともないよ。オレ、選択科目で物理、取ってないし」

え……という声が、これは真宙と天音、両方の口から洩れた。ちょっと気まずそうに頬をかきながら、柳くんは「勉強と部活は、またちょっと違う感じだし」と続ける。

「うちの高校、物理始まるの二年からだから、一年の部を決める段階でもう物理のセンスがあるかどうかなんて、わかってるヤツいないと思うよ。ただ、研究とか観測が楽しいからやってるだけで」

「楽しい……」

真宙が呟く。さっき聞いたばかりの宇宙線の話も、十年計画で自分の代では完成するかどうかがわからない人工衛星の話も、まだしっかりとその楽しさがイメージできない。途方に暮れたような真宙の呟きを拾って、柳くんが「うん」と頷いた。

「物理の研究とか観測って、どういうところが楽しいですか」

天音が聞いた。理科系の活動に熱心な私立の中学を目指していたという天音のその声が真剣に聞こえた。柳くんが、今度もまた「うーん」と長く考え込んだ。やがて、答える。

「答えがないことじゃないかな」

「答えが、ない？」

「うん。答えがないっていうか、正確に言うと、もうすでにある答えに向けて確かめるための実験とか観察をするんじゃなくて、今、自分たちが観測してることが答えそのものになっていくっていうか。まだない答えを探してるって気持ちが強くて、そこが楽しいのかもしれない。データ取るのとか、めちゃくちゃ地道な作業だけど」

柳くんが言って、腕時計を見る。仲間の方を振り返り、「そろそろ行くね」と言った。

「ええっと、そっちの女の子の方、もし興味あるなら、今度、宇宙線クラブのオンライン会議、覗いてみる？」

「え！　いいんですか？」

「うん。画面上で見学するくらいなら、たぶん大丈夫。今、コロナだけど、実は、コロナ前より、オンラインでの他校との情報交換はむしろ活発なんだ。もし、ちょっと聞いてみて、あんまり楽しくないなーって感じだったら、すぐに退出していいからさ。真宙通じて、連絡するね」

「ありがとうございます！」

「じゃ、また」

真宙通じて連絡する――というのは、昔のサッカーチーム時代の名簿を見て連絡してくるという意味だろうか。確か、あれ、母さんのパソコンのアドレスと携帯番号が載ってるはずだ。母さんからあれこれ詮索（せんさく）されたら面倒だな……とちょっと思った。だけど、真宙も天音とともに、トラックを駆けていく柳くんの後ろ姿をただ見送る。

たぶん、柳くんの答えが衝撃だったからだ。

運動部をあきらめたわけじゃなくて、単純に楽しいから文化系の部を選ぶ。答えがないのが楽しい――という言葉が、胸に、残った。

今だけは、コロナ対策に感謝する。

毎日、お昼休みが来るたびに円華は思う。

コロナでいいことなんてないし、その「対策」で家も学校も、旅館の仕事も部活も、あらゆることが面倒な方向に変わったけれど、お昼休みのお弁当の時間だけは、その「対策」がありがたい。

それまで互いの机をくっつけて、向き合ってお弁当を食べていたのが禁止になり、円華たちは今、机を前に向けたまま、誰とも話さずに黙々とお弁当を食べる。部室とか、校庭の芝生の上とか、教室から別の場所に移動して食べるのも禁止だ。とても味気ない時間だけれど、今の円華には、それが心底ありがたかった。

なぜなら、誰も一緒にお弁当を食べてくれる人がいない自分を、ごまかすことができるからだ。

それまで円華は、吹奏楽部のメンバーと一緒に昼食を食べていた。小春たち同じクラスの部員数人と教室で机をくっつけて食べることもあれば、部室である音楽室に行って、下級生や上級生と一緒にランチミーティングをすることもあった。だけど、マスクを取り、口元を見せる

「食事」は、今最も注意が払われる場だ。みんな、きっと気にする。

前を見つめ、誰も何も話さない教室の中、机の上に広げたお弁当のそばには、大判のハンカチに挟まれたマスクの姿がある。円華はぎゅっと箸を握りしめる。前の方に見える小春の背中にそっと目をやると、小春もまた黙ったままお弁当を食べる手を動かしていた。

昼休みは、食べ終わった生徒から順にまたマスクをつけ、外に出ていく。小春も早く食べ終わるひとりで、いつも、すぐにどこかに行ってしまう。黙ったまま食事をする教室の中は、息苦しい雰囲気に満ちている。だけど、円華はそこから出ていけない。行ける場所のあてがないからだ。

――しばらく、部活、休ませてください。

昨日、吹奏楽部の顧問である浦川陽子先生にそう申し出た。職員室で、他の部員が周りにいないことを確認して切り出すと、浦川先生は驚いた顔で円華を見た。

浦川先生は、円華が一年生の時から泉水高校で吹奏楽部の顧問をしている四十代半ばのベテランの女の先生だ。陰では「ヨーコちゃん」と呼ばれている。熱心で指導が厳しく、みんなその厳しさに耐え兼ねて「ヨーコちゃん、白熱しすぎ」とか「ヨーコちゃん、今日機嫌悪くない?」とか、ふざけ調子に言うのだ。高校には、あだ名を目の前で堂々と口に出せるような若くて親しみやすい先生たちも何人かいるけれど、浦川先生はいかにも「先生」という感じの「先生」だから、みんなあくまで陰で呼ぶ。

とても厳しい顧問だけど、でも、円華は浦川先生のことが好きだった。去年、佐世保の大会の後、結局全国に行くことはできなかったけれど、「ようやったね」と浦川先生が褒めてくれた。その顔が泣きだしそうに歪んで見えたことが、普段から口数が少なくてあまり表情豊かな人じゃない分、嬉しかった。

「どうして？」

その浦川先生から、まっすぐな目で問われる。ちょうど、吹奏楽部は普段の演奏や練習は無理だけど、何かできないかと話し合いを始めたところだった。

浦川先生の視線から逃げるように、円華が答える。

「あの、うち、家が旅館なので、県外のお客さんも来るし、落ち着くまで自粛しようかな、と思って。相談したら、母たちもしばらくはそれもいいんじゃないかと言うので」

嘘だった。浦川先生が、さらにじっとこちらを見ている。

不自然な顔にならないように、と思うけど、頬がぎこちなく、だけどへらっと笑ってしまう。今笑うのが適切な表情かどうかわからないけれど、円華は続けた。

「私も、その方が気を遣わなくて、楽なので」

言いながら、喉の下のあたりが熱くなる。それが自分の本心なんだ、とはっきりわかった。

今、私は部活が苦しい。

小春も、他の子たちも、円華を外したりしない。あくまで、「今だけ」「落ち着くまで」のことで、朝、教室で会えば「おはよう、円華！」と明るく挨拶してくれるし、帰りだって、「また明日ね！」と言ってくれる。自分たちはケンカをしたわけじゃないし、険悪になんてなっていない。円華が何かしたわけじゃないから、それは円華のせいじゃない。

だけど、コロナだから仕方ない。

はっきり仲間外れにあったり、いじめとか、そういうわけじゃない。いつか「元の世界」に戻った時のためにも、円華はだから小春に怒らないし、挨拶し続ける。

——だけど、それが苦しくて、嫌だというのは贅沢だろうか。外されてないし、揉めてない、という表向きのこの姿勢を取れることは、とてもありがたい。でも、苦しい。円華が挨拶したすぐ後に、小春が別の子の方に行ってしまうのが。

その気持ちを口に出したりは絶対しない。そんなことをすれば、「揉めた」ことになってしまう。小春がしていることが、「いじめ」とか「差別」になってしまう。

だったら、自分から「自粛」する方が圧倒的に気楽だ。

「佐々野さんはそれでいいの？」

「はい」

円華は頷いた。「仕方ないです」と言う。顔がまた、へらりと笑う。だけど、先生は笑っていなかった。

先生が何か言いかける気配があって、円華は「失礼します」と頭を下げた。

「落ち着くまでのことだと思うので。よろしくお願いします」

落ち着くまで、という曖昧な、これまで散々嫌だと思っていた言葉を、今自分自身が口にしていることが信じられない。人間って、嘘をついたり、テンパると、本当に思ってもないようなことを口走ってしまうものなんだなぁ、と他人事のように思った。

武藤柊に話しかけられたのは、その翌日の放課後だった。

家の近くの堤防で会って以来、円華と武藤はまだ一度もきちんと話していなかった。たまたま玄関ですれ違った武藤は、校庭に向かうところだったらしく、目が合うと、「ウス」と挨拶された。それまでの「一方的に知っている」距離感より、きちんと互いに「知り合い」になった感じがある。「おつかれ」と円華も咄嗟に返した。

「野球部、練習再開したんだね」

武藤が野球部の大きな鞄を肩から掛けているのを見て、つい聞いた。この間彼と話した後すぐに高校野球の夏の全国大会の中止が発表され、武藤のことは実は少し気になっていた。しかし、その後、長崎県で代替大会の開催が決まったのだ。練習できているならよかった、とちょっとほっとする。

円華の言葉に武藤が頷く。

「うん。県大会までは部活、オレも続けようと思って」

「大会、あってよかったね。私たちはたぶん、今年は応援行けないんだろうけど」

「佐々野さんは？」

「え？」

「部活は？」

「あ、私、今、休んでて」

近くには、他に誰もいなかった。答えながら、円華は、あー、と思う。実を言えば、この間泣いているところを見られてしまってから、武藤に対しては少しだけ身構えていた。こんなふうに話しかけられるということは、やはり、気にされていたのか。

余計なことは何も言わないでほしい、聞かないでほしい、という気持ちで、「じゃ」と行ってしまおうとした円華を、武藤がさらに呼び止めた。

「佐々野さん、天文台、行かない？」

へ？　と間抜けな声が出て、思わず振り返ってしまう。武藤の顔には心配するそぶりも同情の色もない、いたって普通な表情のまま、彼が続ける。

「今度の金曜の夜なんだけど、ひさしぶりに観測会あるみたいだから」

「天文台って、あの山の上の？　五島天文台のこと？」

「うん」

円華たちの住む島にあるその山は、標高が低く、お椀（わん）型のきれいな形をしていて、島の風景の象徴のような存在だ。一応火山なのだけど、そう聞いてイメージされるような険しい感じがまったくなく、なだらかな曲線を芝生の緑色が全面的に覆っている。山の上には、展望台やレストランなどがあり、そこの近くに五島天文台もあった。

円華がきょとんとしていると、武藤が続けて聞いた。

「あの天文台、行ったことある？」

「ない」

「一度も？」

「うん。天文台の前の展望台とか駐車場のあたりまでなら行ったことあるけど、中には一度も入ったことない」

五島は全国的にも星がとてもきれいに見られる場所だとされていて、星の観測や撮影のために島を訪れる人も多い。中でも、五島天文台は研究目的ではない一般の人たちにも、観測会など星を見る機会をつくっている場所だということは知っている。

武藤と天文台のつながりがいまひとつピンとこなくて円華が何から聞いたらいいか迷っていると、その時、背後から「おーい、武藤ー！」と彼を呼ぶ声がした。武藤と同じ野球部の鞄を肩から下げた男子がこちらに手を挙げ、それに武藤が「おー」と手を振り返す。そうしてから、円華にさらに言った。

「金曜の夜。八時から。夜だけど、もし来られそうだったら」

「あ、夜なんだね」

「そりゃ、星見るわけだから」

武藤が笑った。マスク越しだけど、あ、笑ってるとこ、こんな近くで初めて見たかも、と思う。彼が聞く。

「行き方とか、大丈夫？」

「うん。――というか、うちのお客さんたちもよく天文台に行ってたよ。ツアーの予約取って、近くの観光センターの前に集合して、天文台からの迎えのバスに乗って」

「あ、そっか。コロナの前はツアーしてたもんな」

「うん」

旅館の食事が終わった後の時間帯、いろんなお客さんが星を見に天文台に向かうのを、円華も見送ってきた。自前の望遠鏡とカメラを携えてレンタカーなどで山に登る人たちもいたけれど、天文台が企画するツアーに参加するお客さんも多く、近隣のホテルの宿泊客をマイクロバスが集合場所に迎えに来ていた。天文台を目当てに島にやってきた親子連れなども、去年までは多かったのだ。

さっきから、野球部員の男子が武藤を待っている。つい反射的に頷いてしまったけれど、夜だし、天文台なんて行ったことがないし、何より武藤がなぜ誘ってくれたのかもわからずにドギマギしていると、武藤が「じゃ」と軽い声で言った。

「佐々野さん、誰か友達連れてきたりとかしてもたぶん大丈夫だよ。今、天文台も再開したばっかで空いてるから。現地集合でいい？　そうだな、十分前の、七時五十分とか」

「あ、うん」

「じゃ、また」

武藤が行ってしまう。

彼の背中が野球部の友達とともに完全に視界から消えてから、今のって……と改めて考える。

——どうして誘ってくれたのか。一瞬、図々しいことを、野球部のエース相手にものすごく図々しいことを考えそうになって、いや、ないないないないから！　とひとりで首を振る。友達連れてきていいって言ってたし、それは、だから、そういう意味じゃないから！　と自分に言い聞かせる。

だけど、友達——と考えて、心がすっと冷静になる。

友達——誘えるような、友達。

ふっと息を吐き出す。金曜日の夜、どうやって、天文台まで行こうかな、と、のんびり考える。そもそも、円華の母は、夜に娘が出かけることを許してくれるだろうか。

意外なことに、金曜日の夜、天文台へは、母が車で送っていってくれることになった。

円華の家から天文台までは車で十分程度だ。山の姿はすぐ近くに見えるけど、歩いて行ける距離ではない。小さい旅館といえど母は女将だし、送っていってもらうのは難しいと思っていた。

「ねえ、お母さん、天文台って緊急事態宣言の時はやっぱ休んでたのかな」

母を手伝って、客室に飾るための花を花瓶に生けている時に聞いてみた。旅館の子だからといって、両親は円華にそこまで旅館の仕事をさせるわけではない。後を継いでほしいと思っているわけではない、と幼い頃から言われて育ったけれど、それでも円華が母とずっとやっているのが客室とロビーの花を生けることだ。中学までは、華道の先生のところに母と二人で通って一緒に習っていた。

新聞紙を広げた机の上に、水色と紫色の紫陽花が何本かある。

もうすぐ六月になるんだなぁ、と思う。だとしたら、百合の季節までもう少しだ。五島の花といえば、まずは名産にもなっている椿だけど、夏の花といえば百合だ。まずは赤い鬼百合。お盆の頃には、白い百合。幼い頃からずっと目にしてきた、四季の風景だ。

向かい合って鋏を手にしていた母が円華を見た。「天文台？」と尋ねる。

「ああ、休んどったみたいやけど、どうして？」

「友達に、金曜の夜、観測会あるから行かないかって誘われて」

夜の外出を許してもらえるかわからないから、そろそろと切り出す。

「お客さんたちで行く人いるなら、私も、ツアーのバスに乗せてもらえないかと思って」

「へえ！　天文台、再開するんだ」

思いがけず、母の声が跳ねた。ただ、そこから質問されることを覚悟する。友達って、いったい誰なのか。何人くらいで行くのか、いつもの仲良しの小春はいるのか――。

だけど、意外にも、母はそういったことを聞かなかった。

「お母さん、送っていこうか」と言ってくれてびっくりする。

「え、いいよ。夜だし、旅館、大変でしょ」

「今週の金曜日は予約が一組入ってるだけやけん、大丈夫。車で行って帰ってくればすぐやし、ツアーのバス、出るかわからないじゃない」

「助かるけど」

「星見るの、一時間くらいよね。うちのお客さんたちもいつも、八時くらいから行って、十時前には宿に戻っとったけん。終わったら電話して。迎えに行く」

「ありがとう」

あっさり許可が出た。お礼を言いながら、だけど、そっか、と考えていた。週末前の金曜日に、今週は予約が一組。今、うちはそういう感じなのだ。

金曜日の夜になり、母の軽自動車で山への道を送ってもらう。

街灯の少ない夜の道を、車のヘッドライトが照らす。車窓を見ると、港やホテルなどがあるあたりの夜景が一望できた。

天文台までは、ゆるやかなカーブが続くよく舗装された道が延びている。車内での母は上機嫌だった。

「円華、天文台は初めてやろ」

「うん。お母さんは？」

「お母さんは昔一度、来たことあるよ。島にお嫁に来てすぐの頃」

「へえ……」

円華の母は、島で生まれ育った人ではなく、長崎市の出身だ。父とは長崎市内にある大学で一緒になり、卒業後、実家の旅館を継ぐという父について、この島に来た。「まさか自分が五島で暮らすことになるとは思わんやった」とよく言っている。

「それ、お父さんと一緒に行ったの？」

「ううん。お母さんの友達が長崎から来て、行ってみたいって言うから案内したの。だからだいぶ前」

「そうなんだ」

「冬やったけんね。オリオン座がすごくきれいに見えたよ」

「ふうん」

そんな話をしながらも、相変わらず、誰と行くのか、とは聞かない。聞かれないことで、逆にもう小春たちだろうと無条件に思われているんだろうな、と思う。武藤のことがますます話しにくかった。男子と出かける——なんて、これまでなかったことだし、きっと、母も想像していないはずだ。

「終わったら連絡してね。また迎えに来るけん」

「うん」

山の上の広い駐車場に着く。暗くてただ寂しい感じだったらどうしようと思ったけれど、同じように観測会に来た人たちなのか、思っていたより車が停まっていて、そのライトがポツポツ見える。

天文台は、駐車場から階段をのぼった先にある。天体観測用の銀色の丸いドームを、母が指さす。

「あれが、天文台だからね」

「知ってるって」

車を降りる。母が行ってしまうのを見届けてから改めて天文台の方を見ると、照明がほとんどない山の上で、ひとつだけはっきりと明かりが輝く建物の姿が幻想的だった。階段の先、天文台のドアや窓から黄色い光が洩れている。

腕時計を見ると、七時四十三分だった。ちょっと早く来すぎたかもしれない――と思っていると、「あ、佐々野さん」と声がした。

武藤の声だ、と振り返る。そこで、あ、と思った。武藤の後ろにもうひとり、制服の男子生徒の姿がある。違うクラスだし、これまで話したことがない。確か名前は――。

「小山くん」

小山友悟（ゆうご）。武藤と同じ、島への留学生で、神奈川から来た生徒だ。武藤が島民の家にホームステイしているのと違って、円華の家のすぐ裏にある寮に入っている。そういえば、武藤が前に堤防で会った時に、小山の名前を出していたことを思い出した。

円華に名を呼ばれた小山が、眼鏡の奥の切れ長の目をこちらに向ける。

「こんばんは」

同年代の男子がするにはだいぶ丁寧な挨拶だった。

小山のかけた銀色のフレームの眼鏡が駐車場の照明に照らされて光を弾く。小山は、いかにも「秀才」というタイプの見た目で、実際に成績もすごくいいらしい。住んでいる寮は近くても、一度も同じクラスになったことはなかったし、クールな見た目も手伝って、これまではどちらかといえば近寄りがたいものを感じていた。

「あ、こんばんは」

円華があわてて挨拶を返すと、横から、武藤が尋ねた。

「佐々野さん、どうやって来た？」

「あ、お母さんに車で送ってもらった」

見れば、武藤と小山は自転車でやってきたようで、すぐ近くに二台、自転車が停められている。

「小山くんと……他には誰かまだ来るの？」

武藤と自分の二人きりというわけではなかったのだ。なんだかがっかりしたような――でもすごくほっとしたような気持ちだった。そうだよな、二人きりなわけないよな、と胸の中でひそかに思う。

「小山とオレの二人だよ。佐々野さんは、友達、誰か誘った？」

「ううん。私ひとり」

「じゃ、行こうか。急がないと、館長、せっかちだから、さっさと始めちゃうかも」

武藤が言い、自転車に鍵をかけて歩き出す。小山と武藤が、肩幅が全然違う背中を並べて歩く後ろを、円華はただついていく。

留学生同士だから交流はあるのだろうな、と思っていたけれど、武藤も小山も、部やクラスが違うこともあってか、学校では一緒にいるところをそこまで見たことがない。これまでほとんど交流がなかった二人と、何をどう話していいかわからないまま、そもそも私はなんで誘われたんだっけ、みたいな不思議な気持ちに陥る。すると、まるで円華の心を読んだように、小山の方が円華を振り返った。

「あ、改めてだけど、小山です。三年一組の」

「あ、佐々野円華、です」

名乗り合う小山と円華を見て、武藤が「なに、それ」と笑う。

「今更自己紹介すんの？　同じ学校なのに」

「今更だからこそする必要あるんだよ。お前は同じクラスだからいいかもしれないけど、最初をちゃんとしないと、オレ、いきなりは話し出せない」

「真面目だなー」

「真面目だよ」

二人が話すのを聞きながら、円華はへえ、と思う。見た目もタイプも全然違いそうなのに、確かにこの二人は馬が合っているように思えた。互いに全然気を遣っていない、というか。

武藤が笑う。

「ごめんね、佐々野さん、こいつちょっと変わってるんだ」

「ううん。私も今更すぎてどう話していいかわからなかったから、助かる。小山くん、ありがとう」

円華が言うと、小山が唇をすぼめるようにして「いや」と短く言う。天文台に向かう階段をのぼりながら、彼らに尋ねた。

「二人は天文台、何回か来てるの？」

「一年の時に、島に来てすぐ、島内研修の課外授業があるんだよ。それで留学生はみんな最初に島を案内してもらうんだけど、その時に来たのが最初」

「そうなんだ！　ええっ、それ、いいね。私たち、もともと島に住んでると、かえってなかなか来ようって気にならないから、羨ましい」

旅館のお客さんを見ていても、時々思うことだ。円華にとっては当たり前にある島の風景が外から来た人たちには新鮮に映る。島で最初から暮らしていると、星を見ることも、島の名所とされる場所を巡ることも、改めて時間を取ってまでしてみようとは思わない。あまりに自分の日常だから、ということもあるけれど、もっと言うなら、照れみたいな気持ちからそうなっている気がする。さっきの小山との自己紹介と同じだ。「今更」すぎて、わざわざやれない、というか。

だから、島の外から来た留学生が新鮮な気持ちで島のあれこれに飛び込めるのは、純粋に羨ましい。

「私だけじゃなくて、天文台に来たことある子、周りにもほとんどいないかも」

「みたいだね、オレたちからすると、それ、すごくもったいないように思うけど」

小山が言うと、横から武藤も口を挟む。

「最初に来た時、オレたち、館長と仲良くなってさ。以来、季節に一回くらいは天文台、来てたんだ。今年はコロナとかいろいろあって観測会もずっとやってなかったんだけど、今日から再開するって、館長からLINE来て」

「え、LINEつながってるって、相当仲いいね。すごくない？」

「そう？　館長、明るいし、いい人だから、別に普通だろ」

武藤があっさり言うが、それは彼が人懐こくて、新しい場所に順応する力に長けているからだ、という気がした。前々から留学の子たちを見ていて感じていることでもある。親元を離れて、それまでとまったく違う場所で高校生活を送るなんて、円華だったら考えられない。

「武藤くんたち、星、もともと好きだったの？」

円華が聞くと、二人が顔を見合わせた。すぐに返事があるものと思った円華が、あれ？　と思っていると、小山の方が「まあ」と答えた。

「オレたちもだけど、一番好きだったのは、輿」

「輿くん？」

「そう。輿凌士」

武藤が続ける。

「あいつ、休校期間中に実家に帰ってくるように言われて、それからまだこっち戻ってきてないんだ。このまま、もう、戻るのは難しそうだなって」

あ、と思う。輿は武藤たちと同じく、円華たちの学年の留学生だ。去年は同じクラスだったから、円華も何度か話をしたことがある。だけど、そういえば、休校が明けた後の学校では、姿を見ていない。

「輿くんって、どこから来てたんだっけ？」

「東京」

「東京……」

思わず復唱してしまう。思ったのは——それは、帰ってこられないかもしれない、ということだった。長崎県や、隣県でのコロナ関連のニュースを島にいても見るけれど、東京の感染者数は他のところとは桁が違う。

前に堤防で会った時、武藤も言っていた。一度帰ってしまうと、今は島に戻ってきにくい。

「三月の頃はいったん帰るだけ、みたいな感じだったから、寮の荷物もほとんどそのままで、それ、今月に入ってから送ってほしいって言われて、オレたちが段ボールに詰めて送ったんだよな」

武藤が言う。円華が尋ねた。

「輿くんは、東京の学校に転入するってことなの？」

「たぶん。泉水高に戻りたがってたけど、実家から通える学校にかわるように親に言われてるっぽい」

「そうなんだ」

「うん」

武藤と円華が話すのを聞き、小山が「五島にいた方がまあ、安心は安心なんだろうけど」と呟くように言う。

「少なくとも、コロナに関しては。だけど、輿の親もいろいろ考えたのかもしれない。こんな時だし、一緒に暮らしたいと思ったのかも」

前に武藤が言っていた。武藤と小山――この二人は、休校の間も島から帰らず、こっちにいた。留学の子たちにとっては、「帰る」「帰らない」は、円華が思っていた以上に切実な問題なのだ。

「お、看板変わってる！　輿に写真、送ろうぜ」

「あ、本当だ」

武藤と小山が天文台の看板の前でスマホを構える。二人が「あとで、輿に電話しよう」「館長とも写真撮ろうか」と話す声を聞きながら、その一歩後ろを歩く。

天文台の建物が近づいてくる。ドーム型の丸く大きな屋根がもうすぐそばだ。

屋根は一部が銀色の金属でできていて、煉瓦（れんが）造りの建物の重厚感と相まって、建物全体がまるでゲームやアニメで見るスチームパンクの世界観から飛び出してきたようなかっこよさだ。

星空の下でとても絵になる。

星空――と思って空を仰ぐ。そして、あ――と息を呑（の）んだ。

山に来て、初めて、ちゃんと空を仰いだ。星がとても近い。ちょっとの差なのに、家の周囲から見るより、星ひとつひとつの輪郭がくっきりして見えるのは、山の空気が澄んでいるからだろうか。

五島は星がきれいで、季節によってはここでしか見られない星があったりすると言われている。ここで育った円華にとっては当たり前の光景――そう思っても、やはり、麓で見る星空と、「星を見る」ために時間をつくって見上げる山からの夜空はまったくの別物だった。

空が「立体」なのだ、と思い知る。星は、夜空に散らばっている模様ではなくて、奥行きのある、大きさも輝きも距離も、それぞれ別のひとつひとつなのだとはっきりわかる。

こんなふうに空を見ることなんて、しばらく忘れていた。

階段の下の駐車場に、車が増えてきた気配があった。八時が近づき、観測会に来た人たちなのか、何人かの人が車を降りて、天文台を目指してのぼってくるようだ。

「佐々野さん、早く」

「あ、ごめん」

足を止めてしまった円華を武藤が呼ぶ。天文台の入り口の方で待つ二人のもとに駆けた。

きっと高度な研究機関みたいなところなのだろう――と思っていた天文台は、実際に中に入ってみると、まったく違った。

靴を脱いで上がった先に、来客用の底の薄いスリッパが無造作にたくさん積まれていて、それに履き替える。観測会の参加費を払う時は、どこにでもあるような大学ノートの参加者名簿に名前を書き込み、払った参加費を受付の人がお菓子の空き缶に入れて管理していた。何かの機材と思しきものの上に、誰かの手作りふうのキルティングの布カバーがかけられていたりする様子は、円華の家の近くの公民館みたいだ。入り口に敷かれた古いマットにも生活感があって、地域の場所、という感じがする。

「あ、館長」

「おー！　武藤、小山、よく来たよく来た」

受付で参加費を受け取っていた、よく日焼けしたポロシャツ姿の男性に彼らが挨拶するのを見て、円華は内心、え？　と驚く。天文台の館長というよりは、漁港の方でよく見る漁師のおじさんたちと雰囲気が近い。体格がよく、シャツから伸びる腕も太くてたくましい。

「LINEありがと。輿も来られたらよかったんだけど」

「なあに、コロナが落ち着いたらまた来ればよかさ。よろしく伝えとって」

「終わった後で、あいつに電話していい？　館長も話してよ」

「よしきた」

敬語のない砕けた話し方を見て、ああ、本当に「仲がいい」んだなぁ、と思う。武藤たちに聞いた通りだ。

円華たちの後ろにも、同じく観測会に来たらしい人たちが並んでいた。知っている顔はないけれど、皆、館長たちに嬉しそうに「おー！」とか「あー！」とか手を挙げて挨拶していて、「連絡ありがとうございます」という声もちらほら聞こえた。どうやら、島民も多いらしい。

「まずは、こちらへ。望遠鏡ば見る前に、春の星座について簡単な説明をしまーす！」

助手のような雰囲気の眼鏡をかけた女性が受付の方に向けて呼びかける。この人もあまり研究者っぽい感じはない。武藤たちはこの女の人とも顔見知りらしく、「おひさしぶりです」と小山が丁寧に挨拶をしていた。

案内された、突き当たりの部屋に入る。一歩足を入れた途端、わあ、と円華は小さく声を上げた。

本が、壁一面を覆っていた。

天井まで届く、図書室のような背の高い大きな本棚が壁に広がり、さまざまな本が並んでいる。一目見て、すべてが星や宇宙に関する本だということがわかった。部屋には他にも、天体の模型のようなものや、星座が描かれたポスター、小学校の時に授業で配られた星座早見盤の大きなものなどが置かれ、まるで、小さな博物館のようだ。円華の高校の教室より少し小さいくらいの空間に、みっしりと〝宇宙〟が詰まっている。

「皆さん、お好きな場所に座ってください」

声を受け、円華たちも、並べられたパイプ椅子に座る。ソーシャルディスタンスを意識してか、椅子は間隔を空けて並べられていた。ちらりと周りの様子を窺(うかが)うと、全部で二十人くらい。小学生くらいの友達同士といった感じの子もいれば、恋人同士や、赤ちゃんを抱っこした若い夫婦もいた。

受付にいた館長が、皆の前に立つ。横には、何かを映し出すつもりなのか、スクリーンが広げられていた。

「えー、皆さん、こんばんは。五島天文台館長の才津(さいつ)勇作(ゆうさく)です。にっくきコロナウイルスのせいで休館しとった天文台ですが、今日からまた少しずつ、観測会を再開させたいと思っています。感染対策に努めながら、我らも気をつけながら、これからも星を見ていきたいと思っています」

明るい口調に、顔見知りらしい人たちの間からパチパチと大きな拍手が起こる。前の席に座る小学生の子が、言葉の響きがおもしろかったのか「にっくきコロナウイルス……」とお父さんらしき人に言って、親子で笑っていた。

「さて、今日は晴れたけん、皆さんには、これから望遠鏡で春の大三角形を見てもらうことができると思います。どうにかまだ春の星座が見てもらえる時に観測会を再開できて、ほっとしています。――では、暗くして、プロジェクター、映して」

部屋の電気が消され、スクリーンに図が映し出される。星空の写真だった。写真の上に、円華も知るひしゃく形の北斗七星の線が太く描かれている。

北斗七星の〝ひしゃく〟の柄にあたる部分からさらに長く線が延び、その上に「春の大曲線」と文字が入っていた。曲線の真ん中あたりの星に、「アークトゥルス」、端の星に「スピカ」と、それぞれ星の名前らしきものが書かれている。

「春の星座を探す時は、まず北斗七星からの春の大曲線ば目印にすると見つけやすい。この曲線のアークトゥルスとスピカ、その下の方にあるしし座のデネボラを結ぶとできるのが春の大三角形です。周りの星座を探す時も見つけやすくなるけん、これ、ぜひ覚えて」

スクリーンの写真が、春の三角形のものに替わる。気さくなおじさん、という雰囲気だった館長が、緑色の光の点を示すレーザーポインターで次々星を指していく。その様子を見て、ああ、専門家なんだなぁと思う。見た目とのギャップもあって、すごいなぁ、と余計に感心してしまう。

「じゃ、百聞は一見に如かずやけん、もう行こうか。続きは、実際の空ば見ながらまた説明します。みんな、せっかく来たとやけん、ひとり一回は必ず望遠鏡、覗いて帰らんばよ」

明かりがつき、館長が皆を先導するように部屋を出ていく。そのたくましい背中が、皆をどこかに先導する冒険家か、何かのキャプテンといった風格だ。

部屋を出てすぐに、白くペンキが塗られた鉄製の短い螺旋(らせん)階段が見えた。生活感のある廊下までの空間と違って、階段から先は本格的な天文台の雰囲気が漂っている。この上にどうやら望遠鏡があるらしい。先に部屋を出た人たちが、間隔を空けながら、階段に並んで順番待ちの列を作った。

「密は避けるために、グループを前半と後半で分けて説明しますよー。後のグループ、待っとってねー」

館長の声が聞こえ、円華の横で、武藤が大きな声で返事をする。

「あざす！　わかりましたー」

「おー、ありがとー！」

円華たちは、他のお客さんたちに順番を譲り、列の最後に並んだ。武藤が言う。

「今日、空いてるからきっと長く見せてもらえるよ」

「そうなの？」

思っていたより人は来ていたし、こぢんまりとしているけれど活気のある集まりだと感じていたから意外に思う。

「普段はお客さん、どのくらい来るの？」

「一番すごい時は、百五十人くらいかな」

「ひゃ……！」

想像を超えた人数を聞いて思わず声が出た。驚く円華に、小山が「まあ、夏休みとか、一番人気の時期には」と補足する。

「展望台の外の、階段から駐車場の方まで行列になったりする。去年は、その様子見て、あきらめて帰ったこともあったよ」

「オレたちは一年中、いつでも来られるからさ。その〝いつでも〟が、最近は難しかったわけだけど」

階段の上から、館長の説明の声と、望遠鏡を実際に覗く人たちの声が聞こえてくる。前半のグループが終わって下りてくる人たちの顔は、皆、とても満足げだった。

階段を進むごとに、上に赤い光が見えることに気づいた。どうやら部屋のライトが赤くしてあるようだ。順番が来て、階段を進む。望遠鏡のフロアに来て、円華はわあっと息を漏らした。

空が、頭上に覗いていた。

外から見ていたドーム型のあの屋根の銀色の部分が、大きく開いている。そこに覗く夜空めがけて、望遠鏡が構えられていた。ただ向けられている、というより、円華にはまるで、望遠鏡が打ち上げ前のロケットか何かのように見える。

「うちの天文台の望遠鏡はね、ニュートン式反射望遠鏡。鏡を使って集めた光ば反射させて、それを接眼レンズで見るんだ」

赤い光の中で、館長がにこにこしながら円華を見ていた。「望遠鏡、初めて見た？」と声をかけてくれる。

円華は頷き、そして尋ねた。

「あの、部屋が赤いのはどうしてなんですか」

「ああ、人の目って赤い光に鈍感でさ。赤い光があっても瞳孔が小さくならんけん、暗闇に慣れた状態でものば見ることができるったい。観測にはもってこいじゃろ」

館長が、まずはドームの外のテラスに一同を案内する。

「今日は人数の少なかけん、まずはテラスで今の時期の星の説明ばするね」

館長ががっしりとした太い指に持つレーザーポインターを、空に向ける。緑色の光の点が夜空に吸い込まれ、一点を指し、輝く星と重なる。

「あそこが北極星。その横に北斗七星がある。わかる？」

「あ、わかる！」

グループの中にいた人たちの中から、弾むような声が上がった。さっきスクリーンで見せられたのと同じ星空が、肉眼でもはっきり確認できる。自分の視界の中で、線をきちんと結ぶ。

あれが、教えてもらった、春の大曲線。

その曲線とつながる、あれが春の大三角形。

夜空の中で、館長のレーザーポインターのグリーンの光が星座をなぞって動く。

「これが、うしかい座のアークトゥルス。そして、こっちがおとめ座のスピカ」

春の大曲線の真ん中あたりにあるアークトゥルスは赤っぽく、大曲線と大三角形の端にあるスピカは、青白く輝いて見える。星の輝きに色の違いがあることを、初めて意識した。

「北斗七星の近くに見えるこぐま座は、一年中沈むことなく見られるけん、また違う季節でも見てみらんね。春の星座が沈む前に、みんなが来られて、本当によかったよ。夏になれば、今度は織姫（おりひめ）や彦星（ひこぼし）がのぼってくる」

館長が説明を終え、いよいよドームの中に戻る。館長が望遠鏡を覗き、「うん」と頷いた。

「じゃ、スピカば入れとったけん、みんな、覗いてみらんね」

ひとりひとり、案内されて望遠鏡のレンズを覗く。先に見ている人たちが、「きれい！」とか「明るい！」、「わかった？」「見えた！」とそれぞれ会話する声を聞きながら、円華はさっきから館長が遣っている「沈む」「のぼる」という言葉がすごくいいな、と思っていた。

季節ごとに見られる星が移ろい、空から消えることを「沈む」、現れることを「のぼる」というのだ。自分たちがいる地球が確かに回っていて、空も回っていくのだ、と実感する。季節の花が地上で変わるように、空にもはっきりと四季の風景がある。

順番が来て、円華も望遠鏡を覗かせてもらう。覗く、というより、大きな望遠鏡の下に回り込んで台にのぼり、レンズを仰ぐ恰好（かっこう）に近い。

覗いた丸い視野の中で、青白く眩（まばゆ）い光が明るく明るく、花火の火花のように輝いている。

館長が説明してくれる。

「スピカはおとめ座の恒星で、1等星だけん明るかやろ。と言っても、その横にあるアークトゥルスの方が明るかとやけど」

「等星、は、小さい数の方が明るいってことなんですか？」

「そう。アークトゥルスは、マイナス0・04等級って言われとるけん、0等星か」

「ゼロ！」

０等星という言葉は初めて聞く。思わずレンズから離れて円華が言うと、館長が笑った。

「その光が届くって、すごいことだよなぁ。スピカは地球から二五〇光年、アークトゥルスは三七光年の距離で、行こうと思うと光の速さでもそれぐらいかかる」

「へぇえ……」

空に見えるそれぞれの光が、並んでいるように見えてそんなに離れた位置にあるのか。空の奥行きの深さ、そんな遠くからの光が肉眼でも確認できることの凄さを全身で思い知る。

すると、その時、武藤が言った。

「館長。佐々野さん、天文台初めてなんだけど、月も見せてあげてくれない？」

「お。よかけど、そがん近所の星でよかとか？」

近所の星、という言い方がおもしろい。だけど、それまでのスピカやアークトゥルスに比べたら、確かに〝近所〟だ。

列の最後に並んだのは、武藤たちが館長と長く話したかったせいもあるのかもしれない。館長も楽しんでいるようで、すぐに調整してくれる。壁にあるスイッチを押すと、天井が大きな音を立てて動き、回転した。月の方向に向け、空に開いた屋根の位置が変わっていく。

望遠鏡の角度を操作して変え、館長がレンズを覗き込み、「うん」と頷いた。

「どうぞ」と円華をレンズの下に案内してくれる。

再度覗いた丸い視野が、さっきと一変していた。さっきから何度も短く声を上げていたけど、今日一番の張りがある声が、喉から「わああ！」と洩れた。

白銀に光る視界の中に、月のクレーターが見えた。テレビや本の中でしか見たことのない、本物の月面。肉眼で見るのと違う、温度や質感まで伝わってくるようにくっきりと見える。

「すごい」と呟く。

「すごい、本物、初めて見ました」

「本物って何。いつも頭の上にあるたいね、本物」

館長が、かかっと快活に笑う。円華は家庭用のものも含めて、望遠鏡でこれまで空を見たことなんてなかった。月って、本当にこんな模様をしていたんだ、こんなふうな色なんだ。

「冷たい感じがするけど、でも、明るい」

「そうそう。ばってん、月の明るさは月自体が発光しとるわけじゃなくて、太陽の光ば反射してあれだけ明るい。月も地球も、星そのものが明るいわけじゃなかけん」

「あ、そうなんですね」

明るい、とか、本物だ、という単純な感想以外の言葉がなかなか出てこなくて恥ずかしい。でも、望遠鏡を通じて、手を伸ばせば届きそうなほどの迫力で見られる〝本物〟を前にすると、別格の感動があった。

「わかるなぁ。オレも最初見た時、ほんとに感動したから。佐々野さんにも絶対見てほしかったんだよね」

武藤が横でのんびりと言う。レンズの向こうの月と、今ここにいる自分が同じ瞬間に存在していることが奇跡のように思えてくる。

「ありがとう」

咄嗟に声に出ていた。

いつまでも自分だけが張り付いて見ていたらダメだ、とレンズの前の場所を後ろに並んでいた小山に譲り、台を下りながら言った。

「見られて、よかった」

「だろ?」

円華の声に武藤が笑う。

観測を終え、下の階に下りてすぐ、武藤と小山が、天文台の職員の女の人に「輿に電話してもいいですか?」と聞いた。

「オレたち、外でテレビ電話するんで、後で、館長やみんなにも話してほしい」

「了解。後で、館長にも行くように言うね」

「あざっす」

観測会は、特に感想を言い合う場が用意されているというわけでもなく、星を見た人から順に帰るという、流れ解散のようだった。そのあたりもなんだか自由でいい。建物を出ると、星を見た余韻を引きずるように、まだあちこちに人が残っていた。

山は、天文台のある場所からさらに上へものぼれるようになっている。明かりの乏しい芝生の道の先を見ると、天文台の屋根が開いて、さっきの赤い光がこぼれていた。外観を見るだけだったら、天井があんなふうに開くことも、望遠鏡が構えられたあの光景も知らないままだった。

「佐々野さんて、輿と話したことある?」

「うん。去年は同じクラスだったから」

「じゃ、佐々野さんも後で話してもらっていい？」

武藤と小山に言われ、うん、と頷く。武藤が、小山と自分の前でスマホを構える。画面が明るくなり、テレビ電話の呼び出し音が聞こえた。輿はすぐに出たようで、暗い道に声が響いた。

『おつかれー』

「おつー、輿」

『写真見たよ。看板変わってんじゃん、天文台。いいなぁ、観測会』

「館長や清水（しみず）さん、輿に会いたがってたよ。またコロナ落ち着いたら来てほしいって」

円華の場所からは、画面が見えない。五島の山の上からも、東京にこんなに簡単につながるなんて不思議だ。男子たちの、距離を感じさせない砕けた様子の近況報告が続く。円華はちょっと手持ち無沙汰（ぶさた）だ。

すると、しばらくして、武藤に呼ばれた。

「ちょっと、こっち来てもらっていい？」

『え、誰かいんの？』

輿の声がする。みんなの中で自分だけひどく場違いに思いつつ近づくと、輿が言った。

『え、女子？　マジで!?　どっちかとうとう彼女できた？』

「違うよ」

小山の冷たい声が言う。武藤が手にしたスマホの画面を、戸惑いながら円華も覗き込む。スマホの人工的なライトの光が、星の光とは全然違う異質な眩（まぶ）しさだ。

「あ、どうも……」

ぎこちなく挨拶する。画面に、去年同じクラスだった輿凌士がいた。東京の彼の自室なのか、恐竜柄のカーテンの前に座っている。他に、海外の映画のポスターや本棚も見えた。

『えっ』

輿が呟いた。こちらを見つめ、口がぽっかりと開く。そんなに驚かないでも……と思いながら、画面を見つめ返して気づいた。背後のカーテンに隙間が空き、そこに向け、家庭用の天体望遠鏡が三脚で固定されている。話の通り、輿は、どうやら本当に星が好きらしい。

『佐々野、さん？　え、どうして武藤たちといるの？　そこ、天文台？』

「武藤くんが観測会あるから来ないかって誘ってくれたの」

『そうなの⁉』

「うん。輿くんがもともと星好きで、小山くんと三人でよく来てたって聞いた。今、そこ、東京の輿くんの家？」

『え、あ、そうだけど……つか、ごめん。オレ、部屋散らかってて』

輿は背が低く、お調子者で騒がしいタイプの男子だ。前歯がちょっと大きくて、男子だけど、小春なんかはよく子ネズミみたいでかわいい、と言っていた。ただ、去年同じクラスだった円華の抱いた印象は、輿は、クラスの中で進んで〝いじられキャラ〟を買って出ている、実は頭のいい人なのだろうというものだった。みんなの空気が悪くなりそうな時、話し合いが行き詰まりそうな時、彼が道化を演じて発言することで、流れががらりと変わることがよくあった。

「散らかってないよ。むしろきれい」

円華が言う。武藤の手が、スマホを円華の手に渡した。

「ごめん。オレと小山、館長たち呼んでくるから、輿と話してもらっててていい？」

「あ、うん」

「ちょっと待ってて」

武藤の、画面が少し汚れたスマホを覗き込んで、円華が「ごめんね」と輿に謝る。

「武藤くんたち、館長さん呼びに行くって。なんか、電話、割り込んじゃってごめんね」

『いや……、つか、佐々野さんは星、興味あったの？』

「ううん、全然。五島にずっと住んでるけど、天文台も今日初めて来て、小山くんにもったいないって言われたくらい。だけど、今日からは興味持ったよ。星も好きになった」

『そっか』

「武藤くんたちに聞いたけど、輿くん、もうこっちに戻ってこられないかもしれないって本当？」

『あ、そうなんだ。留学最後の年だったから悔しいんだけど、大学受験の勉強するにも、また休校になったりしたらいろいろ大変だろうし、こっちにいた方が、状況が変わっても対応しやすいからって、親が』

「そっか」

輿とはすごく親しいというわけではなかったけれど、そう聞くとやはり寂しい。留学仲間で付き合いが深かった武藤や小山たちはさらにそうだろう。

「みんなで一緒に卒業したかったね」

『え……！　あ、ありがとう』

円華が思わず言うと、輿がぎくしゃくと頷き、部屋を見回して頭をかく。

『てか、ごめん。ほんと、中学の時のままのガキくさい部屋でなんか恥ずかしい。あー、武藤たち、佐々野さんいるなら、ちゃんと言えよな。ほんと、ごめん。オレ、心の準備できてなくて』

「いいよ、そんなの。こっちこそごめんね」

『こんな恐竜柄のカーテン、マジ、小学生かよって感じだよね』

「ううん。それより、輿くんって本当に星が好きなんだね。それ、天体望遠鏡でしょ？」

『え？　――あ、そうそう』

輿が背後を振り返り、窓の前に置かれた望遠鏡を見る。いくらか落ち着きを取り戻した様子で、頷いた。

『もともと、五島の留学制度に行きたいって思ったのも、星が見たくてだったんだ』

「そうなの？　わー、なんだかずっとこの場所に住んでて見てなかったの、小山くんに言われた通り、もったいない気持ちになってくるね」

『あ、でも、今日から好きになってくれたんだったらよかったよ。たくさん星見て。オレの分まで』

輿が何気なく言う声が、せつなく聞こえた。また来ればいいよ、とさっきの館長みたいに言いたかったけれど、それは、自分が今、ここにいるからこそ言えるのだろう、という気がした。だって、画面の向こうの輿がいる東京には、円華は生まれてから一度も行ったことがない。自分にとっては想像もつかないくらい遠い場所だ。

でも……。

「そんな、もう来られないみたいな言い方しないで、また来てよ。宇宙の向こうに比べたら、全然近いんだから」

何百光年、という遠い星の話を聞いた後だと、心からそう思えた。東京なんて、宇宙の中では〝近所〟な月より、もっともっと、ずっと近い。同じ地球の中だったらどこだって近いんだ、という気が今日ばかりは本当にする。

輿が目をまん丸にして、こちらを見ていた。ちょっと馴れ馴れしすぎて、無神経だったかな？　と円華が心配になると、彼がふっと笑った。『ありがと』と軽い声が応じる。

『転校はたぶんもう仕方ないけど、コロナが落ち着いたら、観測会に合わせて五島には一度帰りたいな』

「うん。みんなで待ってるね」

輿くんって、こんなふうな男子だったんだ、と思う。同じクラスだったけど、ほとんど話さなかったことが、今更のように惜しい。こっちにいるうちにもっとたくさん話せばよかった。違う場所で生まれ育った輿が、五島に対して「帰りたい」という言葉を使ってくれたのも、なんだかとても嬉しかった。

天文台の方から、武藤たちが館長や職員の人たちを連れて戻ってくる。

「だけど、今はすごかね。離れとっても、山の上からやってオンラインやもん」

館長の大きな声が近づいてくる。

「みんなと替わるね」

『あ、うん』

輿に挨拶して、戻ってきた武藤の手にスマホを返す。輿の声が武藤の手の中から聞こえた。

『おい、武藤たち、佐々野さんいるなら、先に言えよ。オレ……』

「悪い、悪い。ほら、館長と替わるな」

「おーい、輿、元気か？」

『ああっ！　館長！　おひさしぶりです』

武藤の肩越しに眩い画面を覗き込む館長に向け、輿が嬉しそうな声を上げる。

盛り上がるみんなの姿を眺めながら、ふうっと円華は深呼吸する。邪魔したら悪いかな、となんとなくひとりで階段を下りていく。

照明の少ない駐車場から、自分がさっきまでいた天文台の方を眺めると、階段の上にある天文台の、開けっ放しになった長方形のドアが、そこだけ浮き上がって見えた。夜空を直接切り取ったかのようで、まるで空に続く入り口みたいだ。

円華はとてもリラックスした気持ちになっていた。こんな気持ちはひさしぶりで、誘ってもらえて本当によかった、と噛み締めるように思う。

「佐々野さん、麓まで乗ってく？」

「え！」

天文台を後にして、武藤たちの自転車がある場所まで一緒に行くと、武藤にふいに尋ねられた。彼が、自分の自転車の後ろを指さす。

「後ろでバランス取ってくれるなら、オレたち、送ってくけど。どうせ、方向一緒だし」

「いいよいいよ！　私、運動神経悪いから、落ちるかもだし、あと」

男子と自転車の二人乗りなんて、清涼飲料水のCMか何かにしか存在しない世界だと思っていた。あまりに青春っぽすぎて、想像するだけでくらくらする。

あたふたと首を振ると、すぐ横にいた小山が涼し気な目元を微かに歪めて「武藤」と、親友を注意する。

「自転車の二人乗り、道交法違反だから」

「あ、そっか。佐々野さん、迷惑か。ごめんね」

「迷惑っていうか……」

ああ、びっくりした、という思いで、呼吸を整え、円華が言う。

「お母さんがまた車で迎えに来てくれるはずだから。だから、武藤くんたち、先に帰っていいよ」

「いやー、それはさすがに」

意外なことに、小山の方がそう言う。「なあ」、「うん」と二人が顔を見合わせるのを見て、どうやら、女子をひとり残して行けない、と思ってくれたのだとわかる。

「迎えに来るまで、オレたちも一緒に待つよ」

小山が言ってくれて、「じゃあ」と円華が提案する。

「山を下りるところまで、私も一緒に歩いていい？　お母さんには、山の下の神社のところに来てもらうように電話する」

今から電話すれば、それがちょうどいい気がした。武藤と小山が「わかった」と答える。自転車を押す武藤と小山とともに、山を下り始める。円華も、まだこの二人と一緒にいたい気持ちになっていた。名残惜しい、というか。

「なあ、この山ってなんでこんなにきれいなの？」

山道の途中、武藤が聞いた。二人の自転車のライトの丸く淡い光が、曲がりくねった道の先をぼんやりと照らしている。

「きれいって？」

「他の山と違うじゃん。全体がこんもり、芝生の緑って感じで、これ、自然とこんなきれいになるのって、前から疑問だった」

「あー、それは山焼きするから」

円華が答えると、小山が「え、山焼き？」と驚いたようにこちらを見る。その様子に、円華は、あ、知らないのか、と思う。

「三年に一度くらい、山を斜面から頂上へ向けて焼くの。そこからまた、こういうきれいな緑の芝生が生えてくるんだけど」

「ええっ、山を焼くって、相当すごいんじゃないの？」

「うん。結構壮観だよ。山焼きの様子がよく見えるカフェとかもあって、前の時はお母さんやお母さんの友達と一緒に見たなぁ」

「へえー、マジ、すげえな」

「うん。次の時には、武藤くんや小山くんにも見てほしい」

天文台にはあんなに詳しくて、館長たちとものすごく親しいのに、彼らにも意外と知らないことがあるんだなぁ、と思うとおもしろかった。

そこからは、三人で、ポツポツとただとりとめのない話をした。学校のこと、休校中どんな過ごし方をしていたか、最近読んだ本や、見たテレビ番組のこと。そう深い話をしたわけではなかったが、軽くそういうことが話せる、ということそのものが、とても楽しかった。

山道が終わり、視界が開けた道に出てすぐの神社の前にライトをつけた母の軽自動車がすでに待っていた。ラジオを聞いているのか、微かに音が洩れている。

武藤と小山の姿を見て、今度こそ何か言われるだろうな――と覚悟しながら車の前まで行くと、男子二人が、運転席の母に向けて無言でペコッと頭を下げた。そのまま、自転車に跨（また）がる。

武藤たちのお辞儀を受けた母が、特に驚いた様子も見せずに会釈を返す。それどころか、わざわざ窓を開けて、二人に「送ってもらってすみません！」と声をかけたので驚いた。武藤と小山が、礼儀正しく「いいえ！」と振り返り、「佐々野さん、じゃあ、また」と自転車で行ってしまう。

「あ、うん。また！」

車のライトを背に受けて走り去る二人に向けて、急いで返事をする。母の車に乗り込み、シートベルトを締めながらお礼を言う。

「お母さん、ありがとう」

「あの子たち、クラスメート？」

「ひとりはそう。二人とも留学の子で、前から天文台によく来てるんだって」

「そう。じゃ、二人ともうちの近くの寮に住んどるの？」

「眼鏡の子の方はそう。もうひとりは、島の漁師の家にホームステイしてる」

「ああ、じゃあ、野球がうまい子やろ。ホームステイを選んだ子がいるって聞いたことがある」

島の情報網はさすがだ。感心しつつも、母が相変わらず何も聞かないので、円華の方で観念する。

「小春たちと一緒だと、思ってた？」

別に言わなくていい——と思いつつも、つい聞いてしまったのは円華の中でも母に話したい気持ちが燻(くすぶ)っていたからだと、口に出したことで気づいた。本当は、ずっと話したかった。

返ってくる母の声は、しかし、のんびりしていた。

「ううん。でも、そうか。今日は一緒じゃなかったんだ」

「うん」

母が車を出す。エンジン音がしてすぐにラジオを止め、車内が静かになった。街灯がほとんどない道に向け、車がゆっくりと発進する。そのタイミングで、母がふいに言った。

「実は昨日ね、浦川先生から電話があったと」

「え！」

「円華、部活、休むことにしたんだってね」

返事ができなかった。咄嗟に思ったのは、母とその話はしたくない、ということだ。

うちは家が旅館で、県外のお客さんも来るし、落ち着くまで自粛しようかな、と思って——

だから、しばらく部活は休みたい——そう先生に言ってしまったのは円華だけど、そのことで母に謝られたりするのは違う、と思っていた。そんなふうになるのは、ものすごく嫌だ。

母が、ズバリと聞く。

「嘘ついたやろ。お母さんたちも、しばらくはそれもいいんじゃないかって言いよるって」

「——ごめん」

気まずくて、唇を嚙む。その先を聞くのが怖かったけれど、尋ねる。

「先生、なんて言ってた？」

「『円華さんに、よくないって言ってもいいですか』って聞かれた」

「え？」

「円華さんや、お母さんがいいと言っても、私はよくないと思う。『しばらくはそれもいい』なんてことはない、高校三年生の一年は今年しかないから、部活に戻ってきてほしい、あきらめないでほしいって言いよった」

不意打ちだった。

ヨーコちゃん！　と胸いっぱいに呼びかける。

あの静かな表情の下に、そんな熱い思いがあるなんてまったく想像できなくて——でも、母の今の言葉が、しっかりと、ヨーコちゃんの声で再現できる。

しばらくはそれもいい、なんてことはない。——あきらめないでほしい。

あまりの不意打ちに、涙が出そうになってあわてる。唇の裏で歯をしっかり嚙み締めて母を見ると、前だけを見て運転していた母が初めて、円華を見た。

「本当はね、浦川先生からは、電話したこと、円華に黙っとってほしいって言われた。でも、話しちゃった。ごめんね」

ん、と頷くのが精一杯だった。

母が言う。前に向き直りながら、だけど、強い口調で。

「お母さんも同じ考え。しばらくはそれもいい、なんてことない。円華には、うちのことで迷惑かけるけど、お母さんもあきらめたり、仕方ないなんて思いたくない。一緒に考えよう」

フロントガラスの向こうに、武藤と小山の自転車の背中が見えてくる。さっき別れたばかりなのに、男子、自転車、すごく速いなぁ、と感心していると、追い越す時、母がプッと軽いクラクションを鳴らした。

「円華、窓開けたら」

母の声に円華も頷いて窓を開け、二人に向けて顔を出す。

「またね！」

声に、マスクをした二人が自転車を漕ぎながら「おー」と手を振ってくれる。

二人の姿を、窓から顔を出して、見えなくなるまで目で追いかける。視界に武藤たちが見えなくなった頃、母が言った。

「あの子たち、最近仲良くなったと？」

「うん。私が部活行ってないの、気にしてくれたみたいで誘ってくれた」

「そう」

「声かけてくれて、新しく、友達になったの」

友達、という言葉を口にする時、胸がぎゅっとなった。

「そっか。コロナも悪いことばっかりじゃなかね」

穏やかな声で母が言う。

今、うちの旅館や島の観光業は大打撃を受けていて、そのせいで、母や父、祖父母がどんな気持ちでいるかを円華は知っている。その母が、だけどそんなふうに言ってくれる。

仕事、というのが単純に、お金を得るためだけのものじゃないということも、円華は、緊急事態宣言が出されていたこの春の間に思い知っていた。宿泊のお客さんが少なくても、母も円華も、普段通り、ロビーに飾る花を用意する。従業員のみんなも使わない部屋の分も布団を干すし、大浴場の準備をきちんとする。コロナが奪ったのは、収入だけじゃない。日々、当たり前にしてきたはずの生活、日々の営みの価値や尊さがどんなものか、円華にもわかり始めている。

「うん」

円華は頷く。

今は胸がいっぱいで話せないけど、家に帰ったら、母に今日見た星の話をしよう。きっと家の近くでも星は見える。春の大曲線と大三角形の見つけ方が、今の円華にはもうわかる。

母たちにも教えてあげたい、と思った。

第三章　夏を迎え撃つ

「さて、どうしましょうか」

地学室の黒板を背に、晴菜先輩が言った。黒板には先輩が書いた『今年の活動予定』の文字、そして、そのさらに下に一文、文章が続く。

『何ならできるか』

その一文を前に、さっきから、天文部副部長である亜紗と凛久は考え込んでしまっていた。

晴菜部長が、一度置いたチョークを持ち直し、声に出しながら、さらに文章を書き足す。

「『新入生をどう勧誘するか』——これも大事な問題ですね。聞くところによれば、先月から他の部では一年生たちが入部し始めているようです。だけど、残念ながら天文部は七月になっても、まだ誰も見学にすら来ていません」

「今年、新入生歓迎会、なかったッスもんねー」

凛久が言う。例年、その新入生歓迎会で一年生に向けて各部が自分たちの部を紹介する時間をもらえるのだが、今年は体育館や校庭に集まるような集会は今のところまだひとつもできていない。だいぶ遅れて六月の頭にあった一学期の「始業式」も、各クラス、教室で校長先生の挨拶（あいさつ）を校内放送で聞く形だった。

「ええ。ただ、『生徒会だより』に亜紗ちゃんが書いてくれた紹介原稿はとてもよかったと思います。だから、今週あたり入部希望者がいないかと期待していたのですが……」

「そんなそんな！　褒められるようなものでは」

「あ、あれ、オレもいいと思った。他の部より、一点突破でアピールポイント絞ってる感じで」

凛久にまで言われて面食らう。思わず、小声でモゴモゴ、「ありがと」と声が出た。

集会ができない代わりに、今年は生徒会が「生徒会だより」に、各部を紹介する特集を組んでくれたのだ。ひとつひとつの部に与えられたスペースはそう大きくはなかったけれど、その原稿を、亜紗は晴菜先輩に頼まれた。三人しかいない部員だから、役割分担は大事だ。絵にも文章力にも自信はなかったが引き受けた。

「これですね」

晴菜先輩が手元のクリアファイルから、「生徒会だより」を取り出す。B４サイズのプリントに、所狭しと各部の紹介がぎゅっと並んでいる。左の隅に、亜紗の書いた天文部の紹介欄があった。

『カッシーニが見たのと同じ景色を見よう！』

他の部が必ずと言っていいほど、欄を「楽しい部です」とか「新入生大歓迎」という文字で埋めているのと違って、亜紗はそういう類(たぐい)のことは一切書かなかった。見出しのように書いたその一行の下に、部室に保管されている空気望遠鏡の絵を描き、ただ説明を添えた。

『三高の天文部には、過去の先輩たちが作った大きな「空気望遠鏡」があります。三百年前にカッシーニが土星を見たのと同じ望遠鏡で、私たちと星を見ませんか』

「とてもいいと思います。亜紗ちゃんに原稿をお願いしてよかった」

晴菜先輩にまた褒められて、亜紗はいよいよ困ってしまう。照れ隠しに、「あ、いやいやー」とつい、早口になる。

「自分だったら、どんなことが書いてあったら興味を持つかなって考えただけなんです。私も、入ってきてすぐの頃に空気望遠鏡を見せてもらえたの、すごくわくわくしましたから」

「ええ。あの望遠鏡は私たちのＯＧが残してくれた、素晴らしい財産です」

晴菜先輩がにっこりする。そうやって、自分の先輩たちの話をする晴菜先輩は誇らしげで嬉しそうだ。でもだからこそ、晴菜先輩が自分の代で活動を絶やすわけにはいかないと思っている責任感も強く伝わってくる。

三高天文部の、亜紗たちの数代前のＯＧたちが製作した空気望遠鏡は焦点距離９・５メートル、全長は10メートルほど。かなり巨大なもので、亜紗も去年、入学して最初の頃に見て、とても驚いた。亜紗と凛久の入部を歓迎して、当時二年生だった晴菜先輩や当時の三年生が組み立ててくれたのだ。圧倒されながら、亜紗や凛久もその作業を手伝った。

空気望遠鏡は十七世紀後半に発明された望遠鏡で、迷光を遮る遮光板と、先端に直径10センチほどのレンズがついている。遮光板とレンズを支える金属のメインフレームを下から木製の昇降装置が支えていて、フレームはあるけれど、筒がない。透明な筒を支えるような形で長いフレームがレンズと接眼部をつなぐのが「空気望遠鏡」と呼ばれる所以で、完成した全体を見ると、まるで建設現場にある何かの機材のようだ。教えてもらっていなければ、それが望遠鏡だとすぐにはわからなかっただろう。亜紗たちがそれまで知っていた「望遠鏡」とはそれくらい、何もかもが違う。

巨大な姿に圧倒されたけれど、聞けば、空気望遠鏡は長くすればするほど鮮明に星を観ることができるそうで、先輩たちが作った望遠鏡は、イタリア出身のフランスの天文学者ジョヴァンニ・カッシーニが土星の輪を観測したのと同じ方式のものだ。

フレームのボルトをひとつひとつ締め、全員でかけ声を合わせて「せーの！」と持ち上げ、二時間近くかけてみんなで組み立てて完成させた望遠鏡を、新入生の亜紗は覗かせてもらった。

先輩たちがまず見せてくれたのは月だ。白く輝く視界にクレーターが確認できた瞬間、亜紗も凛久も興奮したが、その後、先輩たちがさらに望遠鏡の角度を変えて、調整し、土星を見せてくれた時には、さらにさらに、より大きな感動があった。

「土星をつかまえるのはなかなか難しいんだけど――」

空気望遠鏡で土星の輪が、ちゃんと見えた。カッシーニが三百年前に見た視界と同じ、土星。

星と輪の間に確かに隙間があるのが確認できる。その時の痺れるような嬉しさはちょっと言葉にならなかった。その時に、先輩たちが亜紗と凛久に「カッシーニの間隙」についても教えてくれた。カッシーニは土星の四つの衛星や、土星の輪が複数の輪で構成されていることを発見したことで知られているが、彼が発見した輪と輪の隙間はその名も「カッシーニの間隙」と呼ばれている。

「私たちの望遠鏡じゃ、かろうじて確認できるかなって感じだけど」

星と輪の隙間とは別に、輪と輪の間にわずかに隙間がある。亜紗も凛久も、瞬きをこらえて、長い時間、レンズの向こうに食い入るように目をこらした。

先輩たちは謙遜のように「かろうじて」と言ったけれど、亜紗は深く、深く感動していた。夜空に向けられた望遠鏡を通じて、自分が宇宙と一緒に時間まで旅したような感覚があった。

空気望遠鏡を組み立てるにあたって、作業に人の手が必要だったことも土星の輪を見られた感動に拍車をかけていた。今みたいに機械で何でもやるのではなく、発明の最初はどんなものもきっと人の手から始まっていたんだということがしっかりと実感できた。

「だけど今年は観測会、無理っスよね。この間、綿引先生と話した感じだと」

凛久が言う。その目が、地学室の隅の壁に立てかけたアルミのフレームを見つめていた。視線の先にあるのは、組み立て前の空気望遠鏡のメインフレームだ。横に望遠鏡を支える昇降装置の木材や他の部品もあり、知らない人が見れば、何の道具かまったくわからないだろう。最後にこれを組み立てたのは、去年の夏だ。そして、今年の夏はおそらく組み立てることはできない。

凛久が続けた。

「空気望遠鏡、組み立てに人手がいるからどうしても大人数の作業になるし。亜紗がせっかく一点突破でアピールしてくれた目玉活動が、入ってきた子たちにとって詐欺にならないといいなって」

「あぁー、そうなんだよ。私もそれ、書きながら実は気になってた」

空気望遠鏡は組み立てに少なくとも十人以上の人数がいるし、フレームを持ち上げて支えて——ということを女子を中心にやるとなると、さらにそれ以上の人たちに集まってもらう必要がある。屋外で間隔を空けてやる、と言っても、今は学校に許可してもらえないだろう。

「あと、観測もだけど、本当はもうひとつ、その欄で望遠鏡作りのことも書きたかったんだ。だけど、今年は続きができるのか、わからなかったから」

「だよなー」

亜紗と凛久のやり取りに、晴菜先輩も難しい顔をしている。

亜紗の砂浦第三高校天文部の活動のメインは、観測会もだが、その前に何と言っても望遠鏡作りだ。それは、顧問の綿引先生の影響がかなりある。

数代前に空気望遠鏡を作った先輩たちは綿引先生が三高に赴任して最初の教え子たちだ。顧問の綿引先生からカッシーニの話を聞き、自分たちで再現してみたいと思ったことをきっかけに二年の歳月をかけて望遠鏡を完成させたそうだし、それ以降の代の先輩たちも、さまざまな方式の望遠鏡作りに部活の中で取り組んできた歴史がある。綿引先生は、部の活動を自分から指示したり、ぐいぐい引っ張っていく先生ではまるでないけれど、こと望遠鏡作りについてはとても熱い人だ。

綿引先生が天文や地学の世界に興味を持つきっかけになったのが、自分で手作りの望遠鏡を子どもの頃に作ったことだった。前に、亜紗たちも本人から聞いたことがある。

「小さい頃、うち、お金がなくてね。だけど、どうしても自分の望遠鏡がほしくて、作り方を図書館とかで調べて作ったの。友達に筒状のお菓子の空き容器をゆずってもらったり、レンズも、大人のいらなくなった眼鏡のをもらったりして材料を集めて。50センチくらいのケプラー式望遠鏡を作ったんだけど、そしたら、自分で作った望遠鏡なのに、本当に図鑑で見るような星が見えて、あれはものすごく感動したなぁ。そこから、もっとよく見るためにはどうしたらいいかとか、いろいろ調べるうちにいつの間にか今の仕事をしてた」

望遠鏡って作れるんだ——と驚いた。そして、その驚きは亜紗だけではなく、歴代の生徒たちもきっと同じだったのだ。この先生の部でならできるかもしれない。「作りたい」という気持ちにさせられる。

ケプラー式望遠鏡は屈折望遠鏡の一形式で、対物レンズ、接眼レンズに二枚の凸レンズを使ったものだ。覗くと180度回転した倒立像になるものの、広い視野で観測ができる。大型の望遠鏡は、ニュートン式などの反射望遠鏡が多いが、小型望遠鏡では広く使われている形式だ。

綿引先生の興味は、最初の望遠鏡を作ったその後も尽きなかった。なぜ、大型望遠鏡の世界では、屈折望遠鏡より反射望遠鏡の方が多いのか、屈折望遠鏡ではなぜダメなのかが気になって当時の自分の理科の先生に質問したり、先生が答えられないことがあると大学の先生に手紙を書いたりした。インターネットがまだない時代に、そうやって自分から「興味」で動いた先生の話は、(ちょっと自慢みたいに聞こえなくもないけど)聞いていると純粋におもしろかった。

屈折望遠鏡は、大型で作ろうとすると対物レンズが厚くなるために光を通す透過度が下がり、像が鮮明でなくなってしまう。だから、鏡を使う反射望遠鏡の方が大型化には向いているのだという答えを得ると、先生は、「なんだか無性に悔しい気持ちになって」、今度は自分で反射望遠鏡作りを始める。そうなると、反射望遠鏡の方にも愛着が生まれて、「それぞれの特色がよくわかって両方好きになった」そうだ。

綿引先生の口から、エピソードが次々語られると、望遠鏡の種類も一種類ではないんだ、いろんな技術の発展と一緒にできることが増えてきたのだ、と胸が弾んだ。

入学当時の亜紗は、ただ漠然と地学や天文の世界に興味があっただけで、望遠鏡作りについてはほとんど未知の世界に思えていたけれど、凛久は、先輩たちが続けてきた望遠鏡作りの活動を新聞で見て興味を持ち、三高天文部にも興味が湧いたそうだ。とはいえ、最初はちょっと気になった程度で、全校生徒のほぼ全員が女子生徒というこの高校に自分が通うことはないだろうと思っていた。それが、中学三年生の時にあった学校見学会で地学室を訪ねた際に一変したのだという。

地学室にいた綿引先生に「天文部の望遠鏡作りに興味があって――」と凛久が話し出した瞬間、水を得た魚のように顔を輝かせた先生が「え、どの望遠鏡のこと？」と、歴代の先輩たちがどんな活動をしてきたのか、写真を見せたり、資料をくれたりした。とにかく「歓待としか言いようがなかった」という大歓迎を受けたそうだ。

その時のことを、後に、凛久が亜紗にこう教えてくれた。

「先生の熱意もだけど、先輩たちが書いた研究結果のレポートみたいなの読んで、そのストイックぶりにちょっとびっくりした。無事に作れたらそれで成功で、ただ喜んでるのかと思ったら、そうじゃなくて、『今回作った一号機は揺れがひどくてとても一般の人に観測してもらえるような出来ではなかった』とか、『工作精度の重要さを思い知った』とか、すごい客観的にあれこれ反省してたんだよな。そういうのが、なんかすげえな、自己満足じゃなくて本気の部なんだなって感動した」

その時の凛久の気持ちが、亜紗にもよくわかる。

今、三高にある空気望遠鏡は、そうした先輩たちの考察のもと、フレームを木材からアルミに変えたり、鏡筒を安定させるための昇降装置を備えた架台をつけたりと試行錯誤を繰り返して今の形に至っている。最初にできた一号機は、先輩たちが反省として書いていた通り、とても、今のように安定して観測できるものではなかったらしい。先輩たちはそこから、今のような技術がない時代に星を観測していたカッシーニの熱意と努力にも、レポートの中で思いを馳せていた。

入学したばかりの頃は、凛久が言う通り、先輩たちの活動をただただすごい、と思うことしかできなかったけれど、去年一年活動する中で、亜紗にも先輩たちがどうして「客観的にあれこれ反省」できたり、検討に検討を重ねるああいう考え方ができていたのか、少しずつわかるようになってきた。

望遠鏡作りには当たり前だけど費用がかかる。いかに自分の学校に立派な「地学室」を作った綿引先生でも、そのすべてを学校からの部費でどうにかするのは無理だ。

亜紗たちの代でも、新たに望遠鏡作りは進めている。去年から始まったものだが、部で取り組みたいと案が出た最初、綿引先生がこう言った。

「じゃあ、研究費用を自分たちで取ってこようか」

取ってくる、という言葉が、初めはどういうことか全然わからなかったが、その後に説明された。世の中の「研究」や「チャレンジ」に、国や県、民間団体や企業などが助成事業を行っていて、特に理科の分野にはたくさんの助成事業の窓口がある。研究に助成金を出してほしければ、自分たちで企画書を書き、どんな狙いがあってそれをやりたいのか、その研究をすることによってどんな成果が得られると考えているのか――などを書いて応募する必要がある。高校生だけを対象に活動費を助成する事業もあれば、中には大学関係者や民間の研究所も対象にした助成制度もあって、それはつまりライバルが「大人」になる。

研究にお金を出してもらうために、大人に向けて自分の思いを伝える文章を書く作業は、これまで学校で書いてきた作文や試験の小論文を書くのとはまったく違い、亜紗は初め、かなり萎縮した。でも、その時に思ったのだ。先輩たちがあそこまできちんとした記録やレポートを残してきたのは、これらの経験を経たからだったんだろうと。助成事業には「〇〇コンテスト」と名前がついているものも多くあり、成果の発表をするところまでがセットになっていたり、中には順位や部門賞のようなものが設けられていることもある。お金を出してもらっている以上、子どもの部活だから——では済まされない。

「どうなんスかね、部長。望遠鏡作りって、まだ再開しちゃダメなんですか」

「この先がどうなるかわからないですが、まだ、屋内にこもっての作業はなかなか大っぴらには許諾ができない、ということのようです」

「それって、他の学校もそうなんスか。うちの学校だけ特別厳しいってことじゃなくて？　別の学校では、敷地を貸し切りにするからOKって、テント張ったキャンプ合宿する部活もあるって、なんかで見ましたけど」

凛久が不満げな表情を浮かべる。その気持ちは亜紗にもちょっとわかった。

今年に入ってから始まった新型コロナの予防措置には、明確な基準がない。未知のウイルスに対して、誰も正解がわからないから、「禁止」したり「制限」したりするのにも、絶対的な根拠が薄いのだ。「念のために」とか「一律」の中止には、当然、釈然としないものもあるし、自分のところはダメなのにあそこはいいのか、と対応のバラつきに不満も出る。対応措置が誰かの主観でしかないように感じるところが、きっと、この春から続く厄介な問題のひとつなのだ。

しかし、そうは言っても、亜紗たちは高校生で、学校の決めたことに従う他ないのだ、ということもわかっている。だからこその、「何ならできるか」。黒板に書かれた文字を、亜紗が見つめる。

「他の学校がどうかはわからないけど、でも、やることに決めたところだって、クラスターとか、何か問題が起きれば責任問題になるし、今はみんな怖いはずだよ。一律中止っていう判断も、それはそれで仕方ないんだと思う」

「え、亜紗、それでいいの?」

「よくは……ないけど」

「だろ?」

凛久の声を聞きながら、亜紗は、場違いに、「ああ、こいつとも仲良くなったもんだなぁ」としみじみ思う。

去年、入部したばかりの頃は、亜紗も凛久も互いに苗字（みょうじ）で「飯塚くん」「渓本（たにもと）」と呼び合っていたはずが、ある日急に、凛久から「亜紗」と呼ばれてちょっと驚いた。そうなると、亜紗も自然と「凛久」と名前を呼び捨てにするようになり、同学年の子たちからは「え、亜紗と飯塚くんってもともと幼馴染（おさななじ）みか何か?」と聞かれるようになった。数少ない男子だし、みんななんとなく彼のことが気になっていて、興味があったのだろう。

その頃、亜紗から凛久に聞いたことがある。

「どうして、名前で呼び始めたの？」

尋ねると、凛久はそんなことを聞かれるとは思わなかった、というようなきょとんとした顔をした後に「なんか、もう面倒になって」と答えた。

「中学までって、なんか、男子も女子も、全員苗字で愛想なく呼ぶ、みたいなのがルールっぽくなってて、オレもそれで小学校までフツーに名前呼びで仲良かったはずの女子まで一回、全員苗字呼びにしたんだよな。だけど、なんか、他に男子もいないし、もういっかなって思って」

ふうん、と、その答えに亜紗は感心した。男子は女子の目を気にするものだ、という無意識の思い込みみたいなものがあるけど、そっか、凛久が気にしていたのは、同性からの目線の方で、今のこの女子ばっかりの状態はむしろ楽なのか、と妙に納得した。

凛久が、顔をしかめながら自分の髪の毛をくしゃくしゃとかいて言う。

「望遠鏡、ただでさえ作業遅れてるし、今年完成する予定だったのに。なんなら、オレ、家に持って帰ってひとりで続きやりたいです」

「え、凛久の家ってそんな広いの？」

「いや、狭いけど」

亜紗の問いかけにあっさり首を振る。凛久がため息をついた。

「だけど、それくらいの気持ちってこと。じゃないと、部長の卒業までに間に合わないっしょ？」

「私のことはいいですよ。残念ですが、もし、コロナの状況が変わらなければ、私がいなくなった後も、二人で製作を続けてください」

「いや、それはダメッス。部長も一緒に始めたんだから、最後まで付き合ってください」

凛久が思いがけず、真面目な声で言った。

「ナスミス式望遠鏡、作りたいって最初に言い出したのはオレだけど、企画案とか作るの、全部中心になってやってくれたの、部長じゃないですか。今更、あきらめるのはダメです」

「わかりました」

晴菜先輩が頷いた。嬉しそうに、すぐにまたにっこりする。

「凛久くん、ありがとう」

「でも——そのためにもやっぱり新入部員は入ってきてほしいですよね」

亜紗も呟く。目が自然と地学室の隅にある、自分たちが作りかけの望遠鏡の方を向いた。

主鏡部分を覆う予定の八角形の鏡筒は、去年までの作業ですでに完成している。その横で布をかけられているのが、今年度から取り掛かろうと思っていた接眼部だ。

亜紗たちの代が今、完成を目指しているこの望遠鏡は、ナスミス式望遠鏡という方式だ。反射望遠鏡の一形式で、去年、一年生だった凛久の提案で製作に取り掛かることに決めた。皆で企画書を書き、高校生を対象とした茨城県の教育活動助成事業にも無事通り、今は全体の作業の六割ほどが終わったところだった。

ナスミス式望遠鏡は、十九世紀のイギリスの発明家、ジェームス・ナスミスが発明したもので、望遠鏡の架台の耳軸に接眼部を作ったことが特徴的で、どの方向を観測しても、高さを変えずに覗き込むことができる。

凛久は、中学生の時にネットの記事でナスミス式望遠鏡について書かれたものを見つけ、その頃から気になっていたのだという。一年生だった凛久が、「これも、オレたちに作れますか？」と綿引先生に相談したことがきっかけになって、亜紗たちもその存在を知り、この代で作ることになった。

「ナスミス式望遠鏡だと、車椅子に座ってる人がそのまま観測できるんだって。覗き込む時、高さ、変えなくていいから」

それもまた、凛久が教えてくれた。

「オレがネットで見つけた記事も、海外の老人ホームで観測会をしたやつだったんだ。で、なんかいいなって」

三高天文部のナスミス式望遠鏡は、話し合いの結果、鏡筒を八角形のデザインにした。国立天文台のハワイ観測所にあるすばる望遠鏡のデザインをちょっと意識したのと、この望遠鏡最大の特徴である接眼部を確実に取り付けられるようにするためだ。

「嬉しいなぁ、僕、ナスミスの人生や経歴が結構好きなんだよね」

企画書を書く亜紗たちの横で、綿引先生が嬉しそうに言っていた。

天文ファンだったナスミスは、発明で富を築いた後に天体観測と望遠鏡作りに専念するようになった人で、発明家は引退した、としながらも、趣味で作る望遠鏡がどんどん大きくなるに伴って、自分で新しい望遠鏡の形式を発明してしまった。通常のニュートン式望遠鏡は、接眼部が鏡筒に固定され、覗く時にはしごを登らなければならなかったが、それを不便に感じたナスミスは接眼部の改良を始めた。そうして生まれたのがナスミス式望遠鏡だ。

そのエピソードを、綿引先生が「やっぱりどんな時でも、必要が発明の母なんだよなぁ」と話していて、それに凛久が「わかります」と大きく頷いていた。

「オレも、その話知って、いいな、作りたいなって思ったんスよね。人類の発展のために——とか言われたらきっとピンとこないけど、あ、なんだ、自分が楽したかったからかって思ったら、親近感わいたっていうか」

当時のはしごは今よりもっと不安定だったろうし、かけるのも登るのも手間だったろうから、ナスミスの時代は、はしごの危険性と不便を解消することは、現代の観点から考えるよりずっと「人類の発展」の側面も強かったのだろうとは思うが、偉人の人間くさい部分にこそ凛久が惹かれたというのは、亜紗もとてもいいな、と思った。

作りかけのナスミス式望遠鏡の方を眺め、凛久がふーっと長い息を吐いた。

「でも、ナスミスのフレーム部分、このままじゃ、いつになるかわからないですよね。SHINOSE光学研究所も、今はたぶん、オレたちの望遠鏡どころじゃないんだろうな」

「残念だけど……、今は工場の人たちもきっと大変だと思うから、簡単には急かせないよね」

亜紗が言う。凛久が気だるげに手をあてて首を回した。

「本当だったら今ごろが納品予定だったよな?」

亜紗たちのナスミス式望遠鏡は、接眼部と鏡筒部本体は自分たちで部品を切り出し組み立てるつもりだが、鏡筒部の上に取り付ける円形リングを先端としたフレームだけは、精度を高めるために部品工場に発注をかけている。

当初は自分たちですべて手作りしようと考えていたのだが、去年の、まだ新型コロナの影響がなかった段階で、当時の三年生たちから経験上、そこは機械で正確にやってもらった方がいい、とアドバイスされたのだ。そこで相談すると、綿引先生から、専門的な技術を持った工場に協力を仰ぐことを勧められた。有名なカメラメーカーのレンズなども作っている、ＳＨＩＮＯＳＥ光学研究所という会社がつくばにある、と教えてもらった。

「手紙を書いたら、興味を持ってくれるかもしれないよ」

亜紗たちのナスミス式望遠鏡の製作と、それによる観測は、県の教育活動助成事業に通ったものだ。予算があるのだから、設計図だけは自分たちでしっかり描いて、お願いするのもまずは自分たちでやってごらん、と先生に言われ、ダメでもともとという気持ちで手紙を書き——そして、快諾してもらえた。去年、初めてＳＨＩＮＯＳＥの工場に行った時は、凛久も亜紗も、晴菜先輩や当時の三年生も大興奮だった。

大人が自分たちの研究に興味を持ってくれ、設計図を見て、親身になってくれる様子に感激したし、自分たちも名前を知っている有名なレンズメーカーの工場が自分たちの住む県にあるという事実に触れることができたのも嬉しく、工場に何度か足を運んで、打ち合わせをさせてもらった。

だけど、それも、去年まで。今年の春、緊急事態宣言の折には工場も休業してしまい、今は業務が再開されたようだが、先方の担当者からはフレームの納品は大幅に遅れそうだと連絡がきていた。

「ていうか、工場にやってもらえないなら、やっぱり自分たちでフレームも作りません？　屋内作業の許可出たら」

「いえ、待ちましょう」

凜久の言葉を晴菜先輩があっさり却下する。

「間違いなく、最も精確に早く作ってもらえるのはあそこの工場です。つらいけど、待つのが一番完成への近道のはずです」

「何にもしないのが一番早いってことですか？」

待つこと、止まることが一番の近道になるなんて、亜紗にももどかしかった。けれど、晴菜先輩が頷いた。

「仕方ないです。待つのも修業と思いましょう」

卒業を来年に控えた晴菜先輩が、亜紗たちの中では最も時間を気にしているはずで、その先輩にそう言われたら、黙るしかなかった。凜久が唸る。

「亜紗、なんかないの。一年生のためにできそうな活動、他に」

「うーん……。国立天文台とか、ＪＡＸＡの施設見学とかイベントも当面はきっと中止ですよね？」

「そうですね。あまり期待しない方がいいと思います。イベントや施設見学のツアーが再開されたとしても当然人数は制限されるでしょうし、学校の部単位で団体として参加するのは問題視されるかもしれないですね。『行けるよ』とアピールして行けなかったのでは、凜久くんが言う通り『詐欺』になってしまう」

茨城県は、もともと、ＪＡＸＡの宇宙センターがあることもあってか、天文や宇宙関係のイベントや展示などがさかんな土地だ。天文部でも、皆で待ち合わせて一緒に講演を聞きに行ったり、イベントに参加したりしてきた。

去年の夏は、東京の三鷹(みたか)にある国立天文台にも見学に行った。駅で待ち合わせて、電車に乗って出かける遠足の楽しさをいろんな場面で味わうことができたのだ。だけど、今は全然、自分たちが「遠出」をするところが想像できない。平然とそんなことができていたなんて、もう遠い昔のようで信じられないくらいだ。

「何か魅力的なイベントがあれば、一応行きたいという申請だけは、綿引先生経由でがんばって通してもらいたいところですけど。一年生に対しても、うちの顧問はちょっとできるんだぞってところを見せるいい機会になりますから」

綿引先生は、その熱意と人柄のせいか、県内では――いや、県外レベルで見ても、かなり顔が広い。若い頃からの活動の蓄積のせいか、あちこちの大学や研究機関に知り合いがいて、天文関係のイベントに行くと必ずと言っていいほど「あ、綿引先生」と誰かから声をかけられている。JAXAの職員や講演会の登壇者にまでそうされる姿を見た時にはさすがに驚いたし、綿引先生ってなんかすごい、と思った。

「あ、でも、部の活動として行くのはNGかもしれないですけど、たまたま同じ日に来てましたーって、バラバラに行って現地で集まればいいんじゃないスか？　偶然ですねーみたいな」

「ふうむ、それもありかもしれません」

凛久のふざけ調子な声に目くじらを立てるかと思いきや、意外にも晴菜先輩が穏やかに返す。その後でふっと真面目な目つきになって、亜紗と凛久を見た。

「修学旅行、残念でしたね」

「あー、まあ、そうなるかもなって覚悟はしてたんで」

「うん。ほんと、ものすごく残念だし、寂しいですけど」

三高の修学旅行は、高校二年生の春に行くことになっていて、つまりそれは緊急事態宣言の真っ只中(ただなか)だった。学校が休校になるのと同時に、二年生の修学旅行は秋に延期されると言われていたが、今月になって、正式に中止が決まった。

その旨が書かれたプリントが配られた時の――教室中を包むため息と嘆きの声は、当然ながら、とても大きかった。その時も、たくさんの不満の声が上がった。修学旅行を予定通り行う学校もきっとあるし、秋になった頃にコロナがどんな状況になっているかもわからないのに、なぜ中止なのか。春の頃には夏になれば状況はよくなると言われ、夏になったらなったで、また感染の第二波が来る、と言われる。春先にはまだ、この状況は「いつか終わる」と思えていたけど、どうやらこれはそう単純な問題ではないのだと、亜紗も、周りの皆も、わかり始めている。――あきらめ始めている。

修学旅行は、本当なら、長崎に行く予定だった。亜紗は一度も行ったことがないから、一年の時から、ずっと楽しみにしていた。

「行けなくなったのは私たちの学校だけじゃないですし、仕方ないです」

「ううん。亜紗ちゃん、私は怒ってる」

思いがけず、強い声で晴菜先輩が言った。普段の丁寧な話し方をやめ、目つきが厳しい。

「私は修学旅行には行けたから――だから、余計に、今年の二年生が行けないのは悔しい」

亜紗と凛久、両方の顔を見ながら続ける。

「これは、先生方とか学校側に怒ってるのともちょっと違うの。だけど、すごくすごく悔しいし、ムカつく。コロナのバカ」

美しい声が吐き捨てるように言った。普段、女王様然として厳かな雰囲気の部長から出た強い言葉が、亜紗の胸を射貫く。じん、とした。

「はい」

亜紗も、晴菜先輩に向けて頷いた。

「私も——本当は、すごくムカついてるし、怒ってます。悔しい」

「まあ、だけど、言ってもどうしようもないから、せめて部活では思い出作りたいですよねー、そんな人数もいないわけだし、何かやらせろよって思う」

「ええ。このままでは夏を迎え撃てません」

晴菜先輩が凛とした声で言う。凛久と亜紗の口からほぼ同時に、「おっ」という声が上がった。夏を迎え撃つ——。夏の活動を、うちの部長はあきらめていないんだ、ということがその言葉で伝わってくる。

「大人はこの一年を、コロナがどうなるかわからない中で、『様子見』の年にしてしまいたいのかな、と、私はそれも悔しいです。今年の私たちだって、何か、『これをやった』と胸を張れるものは必ず作れる。大人たちに見せつけてやりましょう」

「はい」

「ですよねー」

亜紗と凛久がほぼ、同時に言った——その時だった。

ガラッとドアが開いて、綿引先生が顔を出した。

「おーい、天文部。ちょっといい？」

綿引先生は、今日は職員会議がある、と言って、部活に来なかったけれど、もう終わったのだろうか。「はい」と返事して亜紗たちは先生の方を見て、そして——目をパチパチさせた。

綿引先生の後ろに、初めて見る顔の女子が二人、立っている。

ひとりはすらっと背が高く、眼鏡をかけた真面目そうな子で、もうひとりはそれと対照的に小柄で前髪を後ろに上げておでこを見せた、元気そうな子だった。見た目は全然違うけれど、二人ともどこかまだ場慣れしていない雰囲気があって、おそらく一年生だ、とわかる。

綿引先生が言った。

「この子たち、入部希望だって」

その声に、晴菜先輩の背筋が伸びた。猫や小動物が大きな音に反応した時のように、全身に、一本、ぴっと芯が通った感じ。亜紗も凛久も、同じような姿勢になって、息を呑む。

「さっき会議が終わって戻ったら、地学準備室に訪ねてきてさー」

「ようこそっ！」

綿引先生が続ける声を押しのけるようにして、晴菜先輩が二人の前に身を乗り出し、声を張り上げた。

「こんにちは。部長の三年生、山崎晴菜です。わあー、嬉しい。『生徒会だより』を見てくれたんですか？」

「嬉しい！　二人とも、もともと、星、好きなの？　あ、私、二年の溪本亜紗です」

「ちょ、みんな、前のめり過ぎだから！　——あ、オレ、二年の飯塚凛久」

「いや、凛久くんも十分、前のめりです！」

我先にと一年生の前に出た亜紗たち三人の様子を見て、一年生の二人が戸惑うような視線を綿引先生に向ける。

あ、ヤバい、怯えさせちゃったかも——と亜紗があわてて言う。

「ごめん！　いや、もう、こっちが勧誘する前に来てくれるなんて本当に嬉しくて！」

綿引先生がふーっと大きなため息をついた。一年生二人に向けて、首を振る。

「悪い先輩たちじゃないから、話、聞いてみて。ちょっと歓迎の度が過ぎるかもしれないけど、合わないなって感じたら、無理に入部しなくてもいいから」

「ちょっと、先生、そりゃないでしょ？　あんた顧問でしょ⁉」

凛久が叫ぶ。一年生二人は、まだちょっと困ったふうに先生を見ていたが、「あ、はい」と返事をする。

「よろしくお願いします」

と、控えめに挨拶してくれる。

さあさあ、ここに座ってください、と晴菜先輩と亜紗が二人を地学室に招き入れる。まだ興奮状態の亜紗たちの前で、ふいに、綿引先生が言った。

「あ、そうだ。うちの部に一件、問い合わせのメールが来たんだけど、君たちに対応してもらっていい？　学校の代表アドレスに昨日、届いてたみたい」

「問い合わせ、ですか？」

「うん。夏の合宿で毎年うちがやってる『スターキャッチコンテスト』について教えてほしいって。中学校からでね。自分たちは中学生だけど、高校生と同じようにできますか？　っていう」

「中学――、茨城の？」

「ううん。ええと、ちょっと待ってね」

ひょっとして自分の母校だったりして、と思って、亜紗が聞くと、綿引先生が持っていたバインダーから、一枚の紙を取り出して机の上に置いた。どうやら、メールのプリントアウトのようだ。

「東京の、渋谷区の中学校だね。そこの理科部の子たちみたい。渋谷の学校からなんて、なんかすごいねぇ」

――渋谷区立ひばり森中学校　理科部一年・中井天音、安藤真宙
メールの文面の最後に、差出人の名前がそう書かれていた。

ひばり森中学校の理科部は、三年生二人、二年生三人、一年生は真宙も含めた二人の計七人。多い人数ではないけれど、ひばり森中学はもともと生徒自体が少ないから、とりわけ理科部が少ない、というわけでもないらしい。だけど、数ある部の中で理科部を選ぶのは変わり者ばかりなんじゃないか――と真宙は思っていた。
まず、真宙を誘った中井天音からしてちょっと〝変〟だ。最初はおとなしそうで、学級委員

長を押しつけられたり、損な役回りの子なのかと思ったが、自分の好きなことになるとことん集中力を見せて、ものすごい積極性を発揮する。

この間、一緒に御崎台高校の前を通りかかった時も、天音は、高校生の柳くん相手に、教室の中では見たことがないくらいはきはきと話していたし、その後も、柳くんたちと連絡を取り合って、「宇宙線クラブ」のオンライン会議にもさっそく参加したそうだ。

最初、柳くんは真宙に連絡をくれた。正確には小学校時代のサッカークラブの名簿を見て母のアドレスにメールをくれて、「宇宙線クラブ」のオンライン会議の時間と会議用のＵＲＬを送ってくれたのだ。真宙の母は、メールを読んでとても驚いたようで、真宙にこう聞いてきた。

「柳くんって、あのサッカーの神童だった子でしょ？　物理部ってことは、今、高校でサッカーはしてないの？」

たやすく使われた「神童」という言葉が気に障った。母に悪気はまったくないのだろうけど、柳くんに失礼だという気がして、真宙はぶっきらぼうに「さあ、いろいろあるんじゃない」とだけ答えた。柳くんには返信で、中学に入ってからスマホに替えてもらった、自分の携帯番号を教えた。

宇宙線クラブは、真宙じゃなくて、あの時一緒にいた天音が誘われたものだ、と思っていたから、天音にメールを転送すると、彼女からとても感謝された。

「家から別々に参加する形になるけど、安藤くんも会議、入るでしょ？」

理科部で顔を合わせた時にそう聞かれたけど、真宙は首を振った。

「いや、オレはいいよ」

「えー、行こうよ。私ひとりじゃ心細い」

天音はそう言っていたが、彼女はきっと誰かとつるんだりしなくても、ひとりで突き進める人だ。それがわかっていたから、真宙は参加しなかった。――そして実際、オンライン会議の翌日、天音が笑顔でこう報告してきた。

「話が難しくて、全然わからなかったけど、でも、楽しかった。オンライン会議っていいね。わからない言葉が出てきても、手元のスマホで調べたりとかすぐできるし、なんか、途中からは、みんなの話を透明人間になって聞かせてもらってるみたいで、不思議な感じだった」

「へえ……」

「いろんな高校の理科系の部が参加してて、みんなすごいなぁって思った」

天音が目を輝かせて語る様子を見て、よかったな、と思ったものの、高校生たちの研究についてのやり取りは、真宙は聞いてもちんぷんかんぷんだろう。自分にはきっと難しい。

だけど、これまで誰とも話していなかった教室に、天音という話し相手ができたことで心がちょっと軽くなった。といっても、周りの女子の目もあるし、そう、しょっちゅう話すというわけではないけれど、それでも、同じ部だから、という理由があれば、話すのは特別なことではないのだと自分にも周りにも言い訳が立つように思えた。

他に入りたい部活もなかったし、なりゆきで入部した理科部も、意外なことに、そう居心地は悪くなかった。

理科部の活動は月曜と木曜の放課後、週二日。

最初に見学に訪れた日、活動場所の理科室に入ってすぐ、真宙はなぜ自分がこの部に誘われたのかがわかった。

理科室には、真宙の担任、森村尚哉先生が座っていたのだ。

入学したばかりの真宙に「男子ひとりだけど、がんばっていこう。先生も男子だから、一年一組は、男は先生と安藤の二人だな」と声をかけてくれたことを思い出し――あ、森村先生が顧問だったから、入る部が決まらない真宙を天音に頼んで誘ったのかもしれない、と思った。

そういえば、森村先生の担当科目は理科だ。

気を遣われたのかと思ったら、少しだけ、心がモヤっとした。なんだよ、天音の話だと先輩たちが誘えって言ったってことだったけど、結局、先生だったのか――。そのまま回れ右して理科室を出ていきたい衝動に駆られたが、その真宙の心を読んだように、森村先生が、先輩たちに「お前らー、一年生だぞー！」と高らかに呼びかけた。

すると、理科室に拍手が起きた。少ない人数しかいないのに、まばらな印象ではなく、全員がそろって一斉に拍手したせいで大きな音に聞こえた。

「やったー、一年生、男子ひとりって聞いて、絶対うちにはこないって思ってたから、歓迎する！」

副部長だという眼鏡をかけた、ちょっと太めの二年生男子――鎌田潤貴（かまたじゅんき）先輩が言った。部員は、女子も男子も眼鏡率がとても高くて、眼鏡をかけていないのは、二年生の女子の先輩がひとりと真宙だけだった。みんな頭がよさそうだし、ちょっと自分とは違う雰囲気だ、と気後れしたが、どうやら歓迎されているらしいとわかって、ほっとする。

とはいえ、理科部も、今年は例年に比べるとできることがとても少ないらしい。毎年夏休みに行っていた天体観測の合宿も中止らしいし、秋に都内の博物館にみんなで行って勉強会ができていたのも、今年はなし。本当は、新入生歓迎の時期には、前に天音が言っていたように、理科室で実験を兼ねて砂糖を溶かし、カルメ焼きを食べる歓迎会があったようなのだが、今年は新型コロナの影響で、学校で食べ物を作るイベントはすべて禁止ということになったようだった。

じゃあ、いったい、理科部は今、何をしているのか——真宙が疑問に思って、でも聞けないでいると、部長の三年生男子・近野（こんの）先輩が「今は、グループごとに、敵を知るリサーチをしてるところ」と教えてくれた。

「敵？　ですか？」

「うん。新型コロナウイルスについて調べてる。新聞とかで記事になったものを中心に集めて、最初思われていたのと今わかってることがどう違うのか、とか、予防方法もどう変わってきたか、とかをグループごとにまとめてる」

へえ……と思った。コロナのせいでいろいろできなくなったわけだけど、皆でそのコロナのことこそを調べてみよう、というのは活動として新しい気がした。

日々、たくさんのニュースで扱われる新型コロナウイルスについては、もう感覚が麻痺（まひ）し始めてるところもあるけれど、確かに、当初言われていたこととは違うとわかってきたこともあるし、報道のされ方も変わってきたように思う。

「当面は、そういう各自の調べものみたいな活動が中心で寂しいけど、真宙もよろしくな」

森村先生にもそう言われた。

まだ二十七歳の森村先生は、ひばり森中がまだ二校目の赴任先だという。自分の子ども時代は文化系の部ではなく、高校までずっとバスケットボール部に入っていたらしく、学校が再開されて最初のホームルームの自己紹介では、尊敬する人として「八村塁選手」の名前を答えていた。バスケをしていたせいか、背が高くて体型もスポーツマン風にがっしりしているから、文化部の顧問を務めているのはちょっと意外な感じがするが、部活の時に白衣を着ると確かに急にそれっぽくなる。

真宙が入部して二週間ほどがすぎた、部活のない火曜日の放課後。

忘れ物をして、真宙は放課後の教室にひとり、戻った。校庭で球技部が活動する横をそそくさと通って校舎に入り、教室に行くと、森村先生が残っていた。

「お、どうした、真宙」

「数学のノート、忘れちゃって」

言いながら、先生の席に近づいていくと、開かれたノートパソコンの画面が見えた。うちの学校ではない、どこかの学校の子どもたちが実験をしている様子の写真がちらりと見えた。机には、他に、「理科部・平成30年」「理科部・令和元年」と書かれたファイルや、何かの資料らしき紙が積まれていて、部活関係で調べものでもしていたのかな――と思う。

それを見たら、尋ねていた。

「先生、どうして、オレのこと、理科部に誘ってくれたの？」

腕を上げ、伸びをしかけていた先生が、「へ？」と真宙を見た。

「先生、たぶん、中井に言ったでしょ？　オレのこと誘えって」

「ああー、うん。ま、そういう方向もあるよって、ちょっと教えられたらくらいの気持ちだったんだよ。実際に入ってくれるかどうかは、どっちでもよくて」

教室に二人だけ、という気安さからか、先生の口調が軽い気がした。

真宙は今更のように、オレ、担任がこの先生でよかったな、と思っていた。もし、女子生徒しかいないこのクラスで担任の先生まで女性だったら——男性だったとしても、もっと年輩の如何にも〝大人〟って感じの先生だったら、学校に来るのはもっと億劫だったかもしれない。

「入学式の時に、部活は何に入りたいか聞いたら、真宙、サッカーが好きだって言ってただろ？　だけど、今年からサッカー部は独立した部じゃなくなったし、どうすんのかなって気になってたんだ。これまでずっとスポーツしてきたなら、たぶん、当たり前に運動部に入ることしか考えてないだろうと思ったから、別の道もあるよって」

「ふうん」

「オレも、理科部は初心者なんだ」

「え？」

初心者、という言葉の意味をつかみかねていると、先生が続けた。

「前の学校では、オレ、バスケ部の顧問しかしたことなかったんだよ。理科系の部もあることはあったけど、そっちは別のベテラン先生がやっててさ。ひばり森に来た時も、当然バスケ部の顧問になるんだとばっかり思ってたから、そもそもバスケ部がないって聞いて、最初はがっかりした。たぶん、真宙とおんなじ気持ちだった」

そういえば、ひばり森中は生徒が少ないせいか、男子も女子もバスケ部はない。

真宙は驚いた。――先生も、自分と同じようにそんなことを気にしたり、がっかりしたりするのか。何より、子ども相手にそんな気持ちをちゃんと話してくれることにもびっくりした。

「先生、じゃ、理科部、何年目なの？」

「まだ二年目。去年は前の先生たちが残してくれた活動を季節ごとに追えばよかったんだけど、今年はまさかのコロナだからなぁ、どうしたらいいのよってちょっと参ってる」

「今見てるの、他の学校のページ？」

「そうそう。他校の理科系の部の活動報告」

先生が手元にあった紙を数枚手に取る。そして、大きくため息をついた。

「夏にペットボトルロケットを飛ばすのはどうかなーと思ったんだけどさ。他の先生たちに聞いたら、前にそれやって、校庭の向こうまでロケットが飛んでっちゃったことがあって、近所の人から苦情が来たんだって。だからきっと無理ですよって言われた」

「え、それ、コロナ関係ないじゃん」

「そうなんだよ。コロナ以外にも何か活動をする時にはただでさえ制限も事情もあって大変なの」

「――お察しします」

思わず真宙の口から同情の声が出ると、先生が「ええー？」と笑いながら、「他人事だなぁ。助けてよ」とわざとのような情けない声を出した。

先生の前に広げられた、他校の理科部の活動が紹介された資料を眺める。いろんな学校のサイトや、新聞の記事などをプリントアウトしたもののようだ。

ところどころ、先生の字でメモが入っていて、丸をつけていたり、チェックが入っていたりする。その様子を見ると、うわあ、と思った。先生、すごい、真面目じゃん。

ふいに、先生が真宙に尋ねた。

「理科部、先輩たち、みんな、いいヤツらだろ？」

「まあ……」

「ちょっとクセが強いヤツもいるけど」

はあ、と真宙は覇気のない相槌を打つ。

姉の立夏に、理科部に入ったことがバレた日、「え、マジで？　ウソでしょ？」と、大げさな声を上げられた。あー、これだから、立夏には知られたくなかったのに、と、姉にそれを勝手に伝えた両親を恨む。「真宙、理系に興味あったの？」という質問を「別に」と流していると、「理科部、鎌田っているでしょ？」と遠慮のない声でさらに聞かれた。

「鎌田、すごい変わってるんだよね。ロボット作りたいとか言って、休み時間もいっつもなんか分厚い本とか読んでひとりでいるし。やだー、真宙もあんなふうになっちゃうの？」

「うるっせぇなぁ！」

お前、こっちの事情も先輩のこともよく知りもしないのにあれこれ言うなよ——と怒りが胸をついて、思わず怒鳴った。それ以上は何も言わなかったけれど、今も、真宙は姉とは部活の話を極力しないようにしている。

「流されないいんだよな」

先生が言った。口調が楽しそうだ。

「みんながこれをやるから、とかじゃなくて、自分がこれをやりたいっていうのを持ってる生徒が、うちの理科部には多い気がする」

「はあ」

そういうものだろうか。

でも、それに近いことを、真宙も確かに感じている。姉が先輩のことをバカにしたように思えてあんなにも腹が立ったのも、そのせいかもしれない。真宙には、まだそんなものはないし、これから先も見つかるかどうかはわからないけれど。

「先生、これは？」

「うん？」

「これは、何してる活動なの？」

覗き込んだ資料のひとつに、何台も並んだ小型の望遠鏡らしきものを覗き込む人たちの写真があった。真宙が目を留めたのは、彼らが覗き込んでいる望遠鏡が、それまで真宙が知っていたものとはちょっと違った雰囲気に見えたからだ。

どこかのグラウンドのような広い場所に、三脚で支えられた望遠鏡がいくつも並んでいる。天体望遠鏡というと、真宙は、筒の部分が白いものをなんとなくイメージするけど、そこに写っている望遠鏡は、素材がむきだしな感じがして、塗装もされていない灰色のものだ。塩ビのパイプそのものといった見た目で、写真の中では、同じその望遠鏡が五つほど、白線で区切られたリレーのコースのような場所に等間隔に置かれ、それぞれを生徒らしき人たちが覗き込んでいる。

　まるで、弓道とか、クレー射撃で選手が一列になって的に向けて構えているところみたいだ。矢や銃口を的に向ける代わりに、望遠鏡のレンズが斜め上の空を狙っているような。

「ああ、これはスターキャッチコンテストだって。茨城の高校生たちが、望遠鏡を手作りして星を観測した活動」

「え、これ、この人たちが作ったの？」

　写真の中の望遠鏡は、色は、真宙のイメージとちょっと違って見えるけど、その大きさなどは、市販のものとほとんど変わらないように見える。だけど、納得した。素材がむきだしな感じがする、と思った印象は、手作りだったからなのか。

　皆が一斉に構えた望遠鏡は、夜空に浮かぶ何かを撃ち落とす大砲のようだ。だから、「スターキャッチ」という名前がすごくしっくりくる。星をつかまえる——そうか、観測って、視界に星をつかまえることなのかもしれない。

「力のある顧問の先生がいると、こういうことができるんだよなぁ。羨(うらや)ましい」

「へぇ」

「高校生の活動だから、中学生には少し難しいかもしれないなぁ」

「コンテストってことは、競争してるの？　天体観測って、各自がゆったり優雅にやるもんだと思ってた」

「ま、基本はそうなんだろうけど、それを競争にしちゃおうっていう遊び心のある先生か生徒がいたのかもな」

「どうやって競争するの？」

イメージがまったくできなくて、真宙がなおも尋ねる。

森村先生と二人、資料の続きをめくるけど、先生がプリントアウトしたそのページにはただ、茨城県内でそうしたイベントがあったこと、手作りの望遠鏡を高校生たちが製作して臨んだという事実と、参加した高校名などが書かれているだけだった。中心になって催したのは、茨城県立砂浦第三高校天文部、とある。茨城県の新聞社が書いたネットの記事のようだ。

「記事からはやり方まではわかんないな。先生、もう少し調べてみようか？」

「うん。あと、先生。この記事のプリントアウト、オレ、もらっていい？　中井に見せたら、興味あるかもしれない」

真宙の言葉に、先生が一瞬、驚いたように見えた。ほんの一瞬だったけど、真宙も、あ、と思う。天音を気にしているように思われた――と気になったけれど、先生は大人だから、それを変なふうにからかったりしないだろうと信じて、言い訳するのはやめておいた。

「いいよ」

先生が言って、真宙にプリントをくれる。

「中井も安藤も、名前がいいよな。真宙と天音。両方、空に関係する字が入ってる」

「あ、そういえば」

自分ではあんまり意識していなかった。先生が「理科部の活動に二人とも、向いてるかも」と無責任なことを言う。

「中井によろしくな」

自分が担任だし、明日には教室でまたすぐ顔を合わせるのに、そう言った。

理科部の活動日、「スターキャッチコンテスト」についてのその記事を見せると、天音の反応は真宙の想像以上だった。

「何これ、楽しそう！」と顔を輝かせる。

写真の中の望遠鏡が高校生たちの手作りであることには、とりわけ興味津々な様子だった。真宙と同じく、天体観測という文化系の活動が〝コンテスト〟になっている、ということにもとても興味を引かれたようだ。

「このコンテスト、うちでもできないかな」

プリントアウトに目を落としながら、天音がぽつりと言った。それを、鎌田先輩が横から覗き込む。ちょうど、グループにわかれて作業をしているところで、今は天音と真宙、鎌田先輩の三人が同じグループだった。もともと、鎌田先輩と天音が一緒にやっていたところに、途中入部の真宙が後から入れてもらった形だ。

書きかけのコロナのレポートをいったん脇に置いて、三人で記事に見入る。真宙が言う。

「力のある顧問の先生がいたらできるって、森村先生が言ってたけど。あと、高校生の活動だからオレたちにはちょっと難しいかもって」

「森村先生が教えるんじゃ無理ってこと？」

「わかんない。謙遜で言っただけなのかもしれないけど」

言いながら、でも、きっと謙遜じゃないんだろうな、とも思う。先生も理科部は初心者。真宙と一緒だ。

それぞれのグループに作業を任せて、顧問の森村先生は今、理科室にいない。それを確認して、真宙が続ける。

「一応、先生も調べてくれるって言ってたけど、スターキャッチコンテストのやり方」

「気になるよね。観測で競争って、どんなルールでやるんだろう。星の名前を聞いて、最初に見つけた人の勝ちってこと？」

「たぶん。でも、それって、ちゃんと見つけたって誰が証明するんだろ？『見つけました！』って手を挙げたもん勝ちみたいな感じだと不公平だよな」

「あのさ」

真宙と天音が話していた、その時だった。それまで静かだった鎌田先輩が、プリントから顔を上げて真宙たちを見た。

「それ、この学校に直接問い合わせちゃダメなの？」

「え？」

「メールとかで聞いてみたら。ここに名前が書いてある学校に」

「あ、でも、オレたちじゃやるのはきっと無理だし」

「それも一緒に聞いてみたらいいよ。中学生だけど、やるのは難しいですかって。自分たちの活動を見てもらえたんだってわかったら、この高校の人たちだって悪い気はしないと思う」

「ええー、でもいきなりメールなんてしたら、驚かれませんか？　説明してもらうのも悪いし。オレ、ただちょっと、軽く興味があっただけで」

「〝ただちょっと、軽く興味がある〟んだったら、〝ちょっと、軽く〟連絡してみたら？　そしたら、向こうも〝ちょっと、軽く〟返事くれると思うよ」

「いやー、でも」

知らない相手にメールなんて書いたことはないし、ましてや相手は高校生だ。どうしても身構えてしまう。畏まった文面なんて自分には書けない。

何より、そんな問い合わせをして返信が来たら――本当にやることになってしまいそうで、気後れする。望遠鏡作りなんてすごく難しそうだし、興味があると言っていて矛盾するけど、ちょっと面倒な気もする。

鎌田先輩の眼鏡の奥の目がじとっとして、真宙を睨んだ。

「なんか、安藤くんの話聞いてると、さっきから、連絡しないで済む言い訳を探してる気がする。いいじゃん、行こうよ」

え、と思っていると、鎌田先輩が立ち上がり、部長の近野先輩に「ちょっとパソコン室に出てきます。一年と調べものしに」と言い放つ。

「行こう」

真宙たちを誘って、廊下に出る。部員の調べものはよくあることだからか、近野部長もただ、

「おー、いってらっしゃい」と真宙たちをあっさり送り出した。

鎌田先輩の大きな、ちょっと背筋が丸まった背中が廊下の真ん中をずんずん進むのを、真宙は呆気に取られた気持ちのまま追いかける。

「メールするにしても、先生の許可とかいらないんですか」

あわてて聞くけど、先輩は「大丈夫でしょー」とのんびりした声で答えるだけで、振り向きもしない。助けてよ、という気持ちで横の天音を見ると、彼女も乗り気な様子で、全然止める気配がない。

「そっか、学校からメールアドレス、私たちももらってますもんね。学校から出せばいいんだ」と先輩に向けて頷いている。

パソコン室の前に来て、足が止まる。中からパソコン部の部員たちが話す声が聞こえたからだ。真宙が結局入らなかったパソコン部。鎌田先輩と一緒だと、理科部に入ったこともきっとわかってしまう。

だけど、鎌田先輩と天音は真宙のそんな思いにはまったく気づかないみたいだ。

「失礼します」

活動中のパソコン部の中に堂々と分け入っていく。顧問の先生がいて、「どうした?」と声をかけてくる。先輩が「ちょっと、理科部の調べものがあって」と説明すると、一番隅にあるパソコンを使わせてもらえることになった。

パソコンとパソコンの間に、飛沫防止のアクリル板が立てられている。前には椅子がひとつだけで、きっと鎌田先輩が座るのだろうと思ったのに、「じゃ、安藤くん」と席を譲られて、

「ええっ」と思わず声が出た。

「オレが書くの? オレ……キーボード打つの、めっちゃ遅いですよ」

「別にいいよ、そんなの」

「いや、だって」

家でネットをする時も、真宙が使っているのはタブレットで、こんな大きなキーボードは滅多に使わない。先輩がため息をついた。

「もう、世話が焼けるなぁ。じゃ、いいよ。今日はオレが打つから、安藤くん、ログインだけして」

「ええっ」

押し切られるような形で真宙がログインし、鎌田先輩と席を替わる。天音が言った。

「先輩、まず、このスターキャッチコンテストを主催した高校のホームページを開いてもらってもいいですか？　学校のメールアドレスがあるかどうかを確認しないと」

「そっか。じゃ、まずは――」

先輩がコンテストの模様が紹介された例の記事を確認し、「茨城県立砂浦第三高校」の名前を入力する。検索サイトの欄に、校名が打ち込まれる時、先輩の大きくて太い指がピアノを弾くように滑らかに動き、カチャカチャッとタイピング音が響いた。その様子を見て、真宙はひそかに息を呑む。ものすごく打つのが速いし、上手だ。

砂浦第三高校のトップ画面が出てくる。学校の校舎と思しき写真と、学校名の横には山を象ったような校章のマークが入り、上の方に「校長挨拶」とか「学校案内」「学校生活」「進路情報」――などの項目が並ぶ。

鎌田先輩が、「部活の様子も載ってるかな」とカーソルを移動させる。「学校生活」の中に、「部活動」の項目があり、そこからさらに「天文部」を見つけて開く。

見て、目を見開いた。

校舎の屋上に、見たことのない巨大な機械が設置されて、それを女子たちが取り囲んでいる写真がまず出てきたからだ。

「何、これ」

「空気望遠鏡だって」

写真からスクロールして、説明の文章を先輩が出してくれる。去年の七月の日付で、「空気望遠鏡での天体観測を行いました。」とある。

「望遠鏡で空気を見るってこと？」

「いや、天体観測って書いてあるから、星を見たんだと思うけど――えっ、すごくない？　この望遠鏡も生徒が作ったらしいよ。十七世紀の古い望遠鏡を再現したんだって」

「えっ……マジ、すごい」

驚く――というより、むしろ少し引くような気持ちで真宙が言う。やっぱり、オレたちとは全然違うすごくできる学校の活動なんだ。

「メールアドレス、学校の、ちゃんとあるね。じゃ、ここに出してみようか」

「あ、はい」

「最初の挨拶みたいなの、適当に書いてあげるから、聞きたいこと、二人でまとめて」

「え」

書いてくれるのか――と驚いて、そこから、さらに驚く。鎌田先輩が、例の流れるようなリズムでカチャカチャッと指を動かし、あっという間に、そこに〝ちゃんとした文章〟が現れた。

『茨城県立砂浦第三高校　ご担当者さまへ

こんにちは。先日、インターネットで偶然、砂浦第三高校の天文部の活動を見かけました。東京のひばり森中学の理科部の生徒です。

天文部のみなさんに、聞いてみたいことがあるので、次の質問を天文部に伝えてもらえないでしょうか。

一、　　　　　　　　　　　』

すごい、と圧倒された。

最初の挨拶とか、真宙なら途方に暮れる部分だけど、先輩が、ちゃんと書いている。すごく礼儀正しいってわけじゃないけど、読みやすい。そうか、こういう時って素直にそう書けばいいのか、もしオレ、次から何か書く時にはこうしよう、と勉強になる。難しすぎないからこれなら真似できる。

てっきり天音も真宙と同じく鎌田先輩のメールに圧倒されただろうと思ったのに、横を見ると、天音はいたって平然としている。

「まずは、『スターキャッチコンテストのやり方を教えてください』、ですかね」

先輩にもう意見を伝えていて、そっちの方にも、ええっ、と思う。

鎌田先輩は、たぶん、パソコンが相当に得意というか、好きなんだろう。天音の言った言葉を「はいはい」と頷きながら、またあっという間に打ち込んでいく。だから真宙もあわてて、追いかけるように言った。

「『手作りの望遠鏡は中学生にも作れますか』、って聞いてください」

「『あと、コンテストは何校くらい参加したのか』とか」

「『勝ち負けはどうやって決めるんですか』も」

「うーん、ちょっと待って」

鎌田先輩が一度書いたものを消して、文章を書き直したり、追加で書き足したりしながらまとめてくれる。真宙が書いたんだったらめちゃくちゃ時間がかかるから、打った文章をきっとこんなふうにあっさり消したりはできないな、と思う。

先輩がまとめてくれた質問項目と文章はこんなふうになった。

『茨城県立砂浦第三高校　ご担当者さまへ
こんにちは。先日、インターネットで偶然、砂浦第三高校の天文部の活動を見かけました。東京のひばり森中学の理科部の生徒です。

天文部のみなさんに、聞いてみたいことがあるので、次の質問を天文部に伝えてもらえないでしょうか。
一、みなさんが昨年に行った「スターキャッチコンテスト」について教えてください。
二、コンテストのやり方について教えてください。勝ち負けはどうやって決めますか。
三、参加校は何校くらいですか。
四、手作りの望遠鏡を使ったとありましたが、望遠鏡作りや「スターキャッチコンテスト」は中学生にもできますか。
お忙しいところ申し訳ありませんが、どうぞよろしくお願いします。
渋谷区立ひばり森中学校　理科部一年・安藤真宙』
最後の名前のところを見て、真宙の頬が強張（こわば）った。

「オレの名前で出すの？　先輩が書いたのに？」

「だって、このアドレス、安藤くんの学校のやつじゃないか。それに、オレは天文よりはロボット関係の活動がしたいし、あんまり乗り気じゃないもん」

「えっ。じゃあ、どうして手伝ってくれたりするんですか」

「それはなんか、キミが煮え切らないから、イライラして」

煮え切らない、って、なんだか大人みたいな言葉遣いだ。そりゃないでしょう、と思う真宙の前で、天音が「後輩のためを思って、とかじゃないんですね」と感心したように頷いていて、お前も反応するのそこかよ、と心の中でツッコミを入れる。

「じゃ、せめて中井の名前も入れてよ。一年全員からの質問ってことで」

「いいけど、中井さん、それで大丈夫？」

「あ、いいですよ。私も知りたいのは本当だし」

『渋谷区立ひばり森中学校　理科部一年・安藤真宙、中井天音』

真宙がさらに「中井の名前の方を先にしてください」と指摘する。鎌田先輩は「もう、どっちだって変わらないよ、そんなの」とブーブー言いながらも、天音の許可を取ってそうしてくれた。でも、真宙の中では、その方がしっくりくるのだ。理科系のことに真に興味があるのは天音の方で、自分はオマケだと。

メールを出し終え、パソコンの前から席を立つ時、パソコン部の上級生たちがこっちを見ているのに気づいた。あ、うるさかったのかも、と真宙が体を強張らせると――しかし、その部員たちが「鎌田ぁ」と先輩の名を呼んだ。

「ちょっと、プログラミングの課題手伝ってってよ。わかんなくて」

「いいけど、オレ、パソコン部がやってるＷｅｂプログラミングはそこまで詳しくないよ？」

「それでもいいから、見て」

仕方ないなぁ、といった雰囲気で、先輩が彼らに近づいていく。真宙たちに「先に帰って」と言うので、真宙たちは軽く会釈だけして、部屋を出た。

「鎌田先輩、すっごい詳しいんだな」

何に——という目的語が見つからないくらい、いろんなことに詳しそうだと思ってつい口にすると、天音が頷いた。

「うん。プログラミング的思考の本とかよく読んでるから、どうしてパソコン部に入らなかったんですかって聞いたら、パソコン部が今やってる活動はあんまり役に立たなそうだから入らなかったって言ってた」

「ちょっ……、まだ部屋近いんだから、そういうディスりっぽいこと言うのやめろよ」

「え、ディスりっぽいって何？」

「悪く言うってこと」

語源は真宙にもよくわからないけど、ともかくそういうニュアンスだ。天音が自分の発言を反芻（はんすう）するように「あー」と声を出す。

「役に立たないっていうか、自分が興味のあるロボットの分野を専門的にやりたいってことが言いたかったのかも」

「プログラミングって一口に言っても、詳しい人から見ると、いろいろあるのかぁ」

部活見学の際に見せてもらった過去の先輩たちが作ったというホームページやミニゲームは、詳しくない真宙から見るとただただ、すごい、と圧倒されるだけだったけれど、きっと鎌田先輩からすると、できあがったものの奥にどうできてるかのプログラムや設計図みたいなものがちゃんと見えるのかもしれない。

先輩を残してきたパソコン室をちらりと振り返る。ここに来るのは抵抗があったけど、今は、鎌田先輩と一緒に来て、自分があの人の後輩だと見せられたことが、ちょっと嬉しかった。誰も真宙のことなんか見ていなかったかも、しれないけど。

砂浦三高への問い合わせのメールへの返信は、翌週の月曜日に届いた。真宙が返信に気づいたのは、ちょうど、その日にあったパソコンの授業中だ。

いつものようにパソコンに自分のアカウント名とパスワードを入力すると、新着メールを報(しら)せる表示が出ていた。メール画面を開き——、その件名「スターキャッチコンテストについて」を見て、授業中なのに、「わっ」と小さく声が出て、あわてて黙った。斜め前の遠い席にいる天音の姿をまず見る。授業の内容はほぼ上の空になって、天音に早く言いたい——早く、一緒に読みたいということで頭がいっぱいになる。

もっと時間がかかったり、あるいは、読んですらもらえないかもしれないと思っていたから、実際に返事がくるなんて、本当にびっくりだ。

放課後のパソコン室に再び、鎌田先輩と天音とともに集まる。覗き込んだメールの返答はこうあった。

『渋谷区立ひばり森中学校　理科部　中井天音さま　安藤真宙さま

こんにちは。茨城県立砂浦第三高校、天文部部長の山崎晴菜です。

このたびは、私たちの活動についてメールをいただき、ありがとうございました。

「スターキャッチコンテスト」は、私たちの高校の天文部が、他校とともに毎年行っているもので、私たちの大事な活動のひとつです。興味を持っていただき、とても嬉しいです。

まず、簡単ではありますが、質問への答えを書きます。

一、　スターキャッチコンテストについて
自作の天体望遠鏡で星を見る活動です。

望遠鏡は、参加校にうちの学校に集まってもらい、同スペックのものを合同で製作していました。その後、できあがった望遠鏡を各校に持ち帰り、星を見る練習をします。夏と冬の年2回、合宿を行っていたのですが、その合宿で練習の成果を競います。

目当ての星を望遠鏡で捉える(とら)ことを「天体を導入する」という言い方をするのですが、その腕前を競う大会が「スターキャッチコンテスト」です。

星を視野につかまえることから、私たちの先輩たちがつけた名前です。

二、　コンテストのやり方、勝ち負けについて制限時間（三十分くらいのことが多かったです）の間に、どれだけ多くの星を見つけられたかを、コンテスト形式で競います。競技方法は以下のように参加校に伝えています。

・自作の望遠鏡を使用する。接眼レンズも共通のものを用意する。
・各チームの人数制限は設けないが、最低二人一組。
・望遠鏡の組み立て時間も競技時間に入れる。
・導入する天体は難易度別に五段階に分け、それぞれ点数化する。
・3チームに1人、ジャッジ（審判）をつけて、天体を見つけられたかどうかの判定はジャッジが行う。（このジャッジは公平を期するために、他校の顧問の先生や合宿施設の星に詳しい職員の方などにお願いしました）
・号令でスタートし、見つける天体をジャッジに伝え、視野に捉えることができたら、ジャッジに判定してもらう。
・制限時間内により多くの星を見つけられた、得点の高いチームが優勝。
・天体の難易度と配点は以下の通りです。

（ひとつの例です。年によって変化することもあります）

難易度1　月　1点
難易度2　1等星・金星・火星・木星・土星　2点
難易度3　2〜4等星・明るい星団・星雲　3点
難易度4　ファインダーで見える星団・星雲　5点
難易度5　天王星・海王星・ファインダーで見づらい星団・星雲　10点

またこの他にも、トーナメント方式でコンテストをした年もありました。トーナメント方式での場合には、望遠鏡を組み立てた状態で、特定の星を見つける速さを競います。
・両チームとも、北極星を望遠鏡の視野に入れる。（北極星が視野にあることを、ジャッジが確認する）←陸上競技で言うところのスタートを待っている状態が、この北極星を望遠鏡の視野に入れて待つ状態になります。
・スタートとともにレーザーポインターで入れるべき天体を指し、その星を早く導入できた方が勝ち。
・五回勝負で先に三勝したチームが勝ち上がれる。
・目標天体は、北極星が西の視野にある時は東の空の天体を、東の視野にある時には西の空の天体を指すのが基本ルール。

三、　参加校について
年によって変わりますが、去年は全部で9校、おととしは8校の参加でした。茨城県内の高校の参加が多いです。

今年は残念ながら、新型コロナの影響で中止です。

四、　中学生にもできるかどうか
できると思います！　私たちの顧問にも確認しましたが、星に詳しい人に手伝ってもらえたら、よりできる可能性が高くなるのではないか、ということでした。

以上の点を踏まえて、私たちの天文部から提案があります。

メールの文面だけではきっとわかりにくいところも多いと思うので、もし皆さんの学校に設備があってオンラインでお話ができるようなら、もう少し詳しい説明ができると思います。一度お話をしませんか。

顧問の先生などにも相談してみて、またお返事をください。

中井さんや安藤さんの学校の理科部では、どんな活動をしていますか。

東京はコロナの感染者数も多くて、皆さん、今は本当に大変だと思います。私たちの天文部も、今年はなかなか普段通りの活動ができなくて、悔しい思いをしています。

そんな中で活動に興味を持ってもらえたことは、最初にも書きましたが、本当にとても嬉しかったです。ありがとうございました。

茨城県立砂浦第三高校　天文部部長　山崎晴菜』

開かれたノートパソコンの画面の向こうに、初めて見る制服の高校生たちが座っている。理科室とか、そういう感じの場所みたいで、据えつけの長机がいくつも並んでいる。天文部

の活動場所なのかもしれない。パソコンは黒板を背に教壇と思しき場所に置かれているようで、座っている生徒たちの顔がよく見える。間隔を空けて座っているのは、もちろん、コロナ対策のソーシャルディスタンスだろう。

画面を見て、真宙の緊張の度合いが跳ね上がった。単純な気持ちで興味を持っただけのことがどんどん進んでしまっている焦りと、すごいことになった、という足が竦むような感じ。でも同時に——わくわくもしていた。


茨城と渋谷をつないでのオンライン会議は、真宙のメールに返信があった翌週、理科部の活動時間に行われることになった。

「スターキャッチコンテスト」の主催校に問い合わせをすることは、勝手にしたことだったから、真宙は最初、森村先生に相談するのに抵抗があった。

理科部の名前を無断で使ってしまったことを怒られるんじゃないか——すると、今回、鎌田先輩ではなく、天音が「いいから先生に聞いてみようよ！」と真宙の背を押した。高校生から詳細な返答がきたことで、天音は、すっかり「スターキャッチコンテスト、絶対やりたい！」とスイッチが入ってしまった様子だった。

仕方なく、天音とともにおずおずと経緯を伝えに行くと、森村先生はとてもびっくりしていた。

「見せて」

真宙たちが出した問い合わせの文面と、それへの返信のメールに目を通し、その後で、さらりとこう言った。

「オンライン会議か……。できるか、教務の先生たちに相談してみるよ」

「え、やるの？」

怒られなかったことに安堵（あんど）したものの、先生があまりにあっさり言うので驚いた。

「本当にやるの？　望遠鏡作りとか、スターキャッチコンテストとか」

「だって、安藤はやりたいんだろう？」

「いや……。まぁ」

なりゆきとはいえ、ここまで話が進むきっかけを作ってしまったのは自分だから、今更もういい、とは言えない。そこからは、向こうの顧問の先生に森村先生が連絡を取ってくれて、あっという間に高校生たちとのオンライン会議の日程が決まった。

「いやぁ、緊張するなぁ」

ノートパソコンのセッティングをしながら、森村先生が呟く。

オンライン会議は、人数を絞って、真宙、天音、鎌田先輩と森村先生の四人が、真宙たち一年一組の教室から参加することになった。

「砂浦三高の天文部の先生、天文や地学の世界ではかなり有名な先生みたいだから、なんだか先生も緊張してきたよ」

「えぇー、先生だってうちの顧問なんだからもっと堂々としててくださいよ」

鎌田先輩が落ち着いた声で言う。先生が「ごめんごめん」と返し、これじゃ、どっちが大人かわからないな、と真宙はこっそり思う。

机の上に、図鑑とか辞書とか、大きな本をたくさん置いて台にして支え、パソコンのカメラに真宙たち生徒の顔が全員入るよう、先生が角度を調整する。パソコンの画面に映る自分たちの姿を見ると、なんだか落ち着かない。

そわそわしながら、教室の時計を見る。会議開始の約束の時間は四時半だ。壁掛け時計の針が開始時間ぴったりになったのとほぼ同時に、画面に『砂浦三高天文部から参加のリクエストがありました』と表示された。森村先生が「参加を許可」のボタンをクリックする。

真宙たちが映っていた画面が小さくなり、その横に同じ大きさの画面がもうひとつ現れた。まず見えたのは、髪の長い女子生徒の顔だった。前髪が一直線に切りそろえられていて、大人っぽい雰囲気だ。画面の向こうからこちらを見ている。『こんにちは』と声がした。

『はじめまして。メールの返事を書いた、砂浦第三高校天文部の部長、山崎です。声、聞こえていますか』

「聞こえています。今日はありがとうございます」

森村先生が立ち上がった。カメラに近づき、顔を見せて挨拶をする。

「ひばり森中学、理科部顧問の森村です。皆さん、今日は貴重な機会をありがとうございます。綿引先生にもやり取りの中でお世話になりました。先生は、今日は同席は……」

『はーい、いますよ』

画面の向こうからのんびりした声がして、あっちでも、顧問の先生がひょこっと画面を覗き込んだ。白髪で眼鏡の、真宙から見るとなんだか「ハカセ」という風格満々の先生で、まだ二十代の森村先生と比べて遥(はる)かにベテラン然としている。

「今日はよろしくお願いします」

『いえいえ。中学生が問い合わせをしてきてくれるなんて、我々も嬉しいですよ。まずは子どもたちに任せましょうか』

「はい」

森村先生が言って、画面に映らない場所に引っ込み、椅子に座ってしまう。高校生たちの画面からも向こうの先生が消えた。

砂浦三高のパソコンは教壇のような少し高い場所に置かれているようで、一番近い正面の席にさっきの部長の女子生徒が座り、その後ろの席に間隔を空けて他の部員らしき生徒が座っている。一、二、三……、部長を含めて全部で五人。ひとりだけ男子で、他はみんな女子だ。

「真宙」

森村先生に呼びかけられ、真宙は、えっと背筋を正す。小声で「あ、い、さ、つ」と言われて、ゆっくりと息をひとつ呑み込んでから、画面に向き直る。最初の挨拶をするように、先生や鎌田先輩に言われていたのだ。

緊張しながら、どうにか言う。

「あの……。質問のメールを出した安藤真宙です。えと、軽い気持ちで出したら、あんなに丁寧に返事を書いてくれて、すごく、驚きました。ありがとうございました。今日は、よろしくお願いします」

考えて、考えて、考えたはずの内容だが、それでも言いながらところどころ詰まってしまう。肩と背中が緊張で熱くなる。真宙の声を受けて、山崎と名乗った部長の女子生徒が『はい』と応じてくれる。

『こちらこそ、今日はよろしくお願いします。メールの返事にも書きましたが、スターキャッチコンテストは私たちの学校が毎年続けてきた活動のひとつで、興味を持ってもらえたことがとても嬉しいです』

「はい」

はきはきと話す、如何にも部長という感じのしっかりした話し方だ。真宙の横で、他の二人も自己紹介をする。

「こんにちは。安藤くんと一緒にメールを出した、ひばり森中学理科部一年の中井天音です。今日はお話ができるのを楽しみにしていました。よろしくお願いします」

「二年の鎌田潤貴です」

先輩が眼鏡を押し上げ、言う。

「理科部は、他にももう少し部員がいるんですけど、今日は密を避けて三人にしました。よろしくお願いします」

密を避けて、という言葉を受けて、天文部部長の顔つきが少し変わった気がした。鎌田先輩の発言の後に、気遣うように言う。

『東京は、やっぱりコロナの状況はこちらよりさらに大変ですよね』

「そうですね。感染対策とか、気をつけてはいますけど、でもたぶん、よそで思われてるよりは普通に生活できてると思います。今、他県のイトコとかからは、本当に何もできてないんじゃないかって心配されてるみたいですけど」

『その感覚はよくわかります。私たちも、今日お話しすることが決まってから、東京は今どんな状況なのか、想像もつかないなってみんなで話して心配していたので。今、お話を聞いて安心しました』

その様子を見ながら、真宙は圧倒される。鎌田先輩、なんかすごい。高校生相手にコロナの話題。まるで、テレビとかで見る「オンライン会議」そのものって感じの会話だ。

山崎部長が頷き、続ける。

『こちらは、天文部は今いるメンバーが全員です。私だけが三年生で、後ろの亜紗さんと凛久くんが二年生。その隣の深野（ふかの）さんと広瀬（ひろせ）さんは一年生で、先日入部したばかりです。コロナの休校があって、今年はなかなか部活を始められなかったので、遅い入部になりました』

部長が背後を振り返って紹介すると、そこに座っていたメンバーがそれぞれ、自分の名前が出るのと同時に、軽く会釈する。

「あ、私たちもそうです」

天音が言った。

「部活、始まったばかりで、何ができるかなって考えて、皆さんの活動を、安藤くんが見つけてきて、それで興味を持ちました。あの――いきなりなんですけど、スターキャッチコンテストは手作りの望遠鏡を使うんですよね。望遠鏡を手作りするって想像できないんですけど、いったいどんなふうに作るんですか」

『それについては、うちの二年生が答えますね。凛久くん、説明してくれる？』

『はーい』

天音の質問を受けて、画面の向こうで部長が二年生の男子と席を替わる。凛久くん、と呼ばれたその人が改めて、『二年、飯塚凛久です』と、真宙たちに挨拶した。

凛久と名乗った男子生徒は、近くで見ると、髪の毛が赤茶色に見える。画面越しだから、距離がある時には光の加減でそう見えているのかな、と思っていたけど、近くにくると明らかに染めている色だと気づいた。オシャレでかっこいいけど、真宙の周りでは見慣れないから、ちょっと気後れする。

『スターキャッチコンテスト用に作る望遠鏡は、対物レンズやファインダーは市販のものを使うし、作るのはそんなに難しくないです。大変なのは、筒を正確に作図通りに加工することくらい。だけど、塩ビは加工が簡単だから、それもそこまでめちゃ大変ってわけでもないと思う。あ……、と、ちょっとこれ、画面共有、できる?』

『できますよ、ちょっと待ってください』

凛久が言い、さっきの部長が近づいてパソコンの前で何かの作業をする気配がする。顧問の先生を頼る様子もなく、次の瞬間、画面に一枚の図が広がった。

わあ、と真宙の胸の中で声が出る。望遠鏡の設計図だ。方眼紙に部品の絵が描かれ、それをどう組み合わせるかも図式化されている。

「これ、もともとこういう作り方が何かで紹介されていたりしたんですか?」

天音が尋ねる。すると、その声にワンテンポ遅れて、凛久が首を振った。

『いや、綿引先生の設計』

『そうそう、私が作りました』

軽やかな声が画面の外から聞こえた。真宙は、えっ、とびっくりしてしまう。天音も鎌田先輩も同じ気持ちだったらしい。設計。設計というのはたぶん、まだ存在しない作り方を自分で考えるということだ。そんなことが発明家でもないのにできるのか――。真宙はこれまで、何かを作る時は「作り方」を見たり、説明されたりしてやったことしかない。

『先生が設計したやつだから、結構、作りやすいと思うよ。もともとスターキャッチコンテストもうちの先生が前の学校にいた頃に考えた遊びだし』

『こら、遊びとか言うな』

『え、じゃや、ゲームって言えばいいですか?』

凜久と先生のやり取りが軽やかだ。活動を「勉強」とか「研究」とか思ってるわけじゃなくて、楽しんでいることが伝わってくる。

力のある顧問の先生がいるとこういう活動ができる――。ふっと、森村先生の言葉を思い出した。その時はよくわからなかったけど、それはきっと、こういうふうなことを指していたのだろう。

『で、これが、実際にオレたちが去年作った、コンテスト用の望遠鏡です』

凜久が画面の外側から、灰色の望遠鏡を持ってくる。両手に抱えられるほどの大きさで、真宙たちが資料で見た、あの望遠鏡だ。真宙や天音が画面に身を乗り出す。

『望遠鏡を載せる架台は、うちで何台か同じものを持ってるので、参加校にはそれを貸し出してました。だから、架台までは作る必要ないよ』

砂浦三高のみんなは、今日のためにいろいろ準備してくれたんだ、と思う。設計図を用意してくれたり、自分たちが実際に作った望遠鏡を見せてくれたり、誰がどういう順番で説明するかなど、彼らが決めている様子が伝わる。

『去年までは、毎年参加校をうちの学校に集めて、まずはこの望遠鏡を一緒に作ったんだ。その時一緒に架台も貸し出して、合宿までの間に各自、学校で星を見る練習をする』

『で――以上を踏まえて、うちの二年生から提案があるそうです。これは、じゃあ、亜紗ちゃんから、いい？』

『あ、はい』

部長に言われ、凛久と交代する形で、亜紗と呼ばれた女子生徒が画面の前にやってくる。他のみんなと同様にマスク姿で、髪を二つに結っている。亜紗が『え、と』と前置きをしてから、突然声を張り上げた。

『うちの天文部と一緒に、スターキャッチコンテスト、やってみませんか？』

画面の向こうから風が吹き抜けた――気がした。

真宙は黙ったまま、姿勢を正して画面を見返す。横の天音も、鎌田先輩も、少し離れた場所に座る森村先生もそうなった。亜紗が続ける。

『一緒に望遠鏡を作ることはできないし、同じ場所に集まって大会をするのは難しいかもしれないけど、東京と茨城でも、同じ時間に空を見れば、遠隔でコンテストは成立すると思います。違う場所にいても、空はひとつだから星は見られる』

一息に言った後で、亜紗がすうっと深呼吸する。

『私たち、今年の夏休みは合宿が中止になって、夏の活動らしいことがほとんど何もできないんです。もしよければ、この夏に、一緒にどうでしょうか』

「今からやって、望遠鏡作り、夏休みに間に合うものなんですか」

　聞いたのは鎌田先輩だった。亜紗が頷く。

『全然、間に合うと思います。もともと、うちの学校に集まってもらって参加校みんなで作っていたのですが、作業だけなら、午前からやって二時くらいにはだいたい完成していました。あとはファインダーの調整とか操作の練習で、それも一日あればすべて終わってました』

「一日……」

　今度は鎌田先輩ではなく、真宙の口から声が洩(も)れた。山崎部長が続ける。

『皆さんは中学生で、私たちは高校生でしかも経験者だから、もし、応じていただける場合には、うちの部は、一年生の二人を中心にコンテストに参加します。望遠鏡を作るのも、当日星を探すのも一年生に任せて、私たちは手伝うだけ』

　部長にそう言われて、先輩たちの後ろに座っていた一年生の女子二人が、あわてて、ぴん、と背筋を伸ばしたように見えた。ちょっと不安そうに先輩たちを見つめる姿に、あ、本当にこの人たちもまだ入部したばかりなのだ、と思えた。

『うち、望遠鏡作りみたいな屋内作業、コロナの影響で、まだ、学校側からやっていいっていうGO(ゴー)が出ないから、場合によってはオレたちの代が作った望遠鏡で観測することになるかもしれないけど、競技の時には手を出さないようにするから』

　凛久が言ってから、カメラの方を向く。

『そっちの学校はどうですか？　屋内作業とか、許可、もう出てますか？』

「あ、少人数でやるなら大丈夫だと思います。今も、理科部はみんなで調べものしたり、調べたことまとめるのもみんな、室内で窓開けて換気しながらしてるし……」

鎌田先輩が答えて、ちらりと森村先生の方を見る。森村先生も小さく頷いた。

真宙は不思議な気持ちになる。茨城は、東京より感染者数は少ないし、もっとのんびりしていると思っていたのに、屋内作業の許可が出ていないのか。

東京の真宙たちの中学ではできることが、まだできていないのだとしたら、コロナのあれこれが始まってからもう何度となく思ってきたことだけど、ルールって、本当に人がその時々の何かで決めているにすぎないことなんだなぁ、と思ってしまう。

『いかがでしょうか?』

部長が言う。まっすぐにこちらを見ていた。

『今年は、他校と集まって何かをする、という活動はおそらくはもうできません。だけど、安藤くんたちから問い合わせのメールをもらって、みんなで話し合ったんです。スターキャッチコンテストなら、それぞれ離れた場所にいても同じ時間にコンテストができるかもしれない、と。うちの二年生が思いついてくれました』

安藤くん、と名前を覚えられていて、嬉しくなる。照れくさくて、どんな顔をすればいいかわからずにいると、亜紗が微笑んだ。マスクをしていても、画面越しでも、その顔が笑ったのがわかった。

『もちろん、星が見られるかどうか、東京と茨城だと、環境とか天気とか、観測状況は完全に同じじゃないと思うんですけど、それでも、おもしろそうだし、盛り上がるんじゃないかな、と思って』

「中学生にもできますか？　オレたち、初心者ですけど」

真宙が思い切って聞いた。

画面の向こうの空気が揺れるのがわかった。亜紗や部長、高校生たちがどこか一点を見つめる気配があって――少しして、例の博士然とした綿引先生が姿を見せた。

『できると思うよ。ただ、コンテストにはジャッジが必要で、判定を正確にしてもらう必要がある。望遠鏡作りに関してもそうだけど、誰か星に詳しい人が周りにいたら、なお、できる可能性は高くなるんだけど』

「やります」

横から声がして――真宙は目を見開いた。

森村先生だった。離れた場所に座っていたはずの先生が、いつの間にか、真宙のすぐ横に来ていた。パソコンのカメラに向けて、頷いてみせる。

「望遠鏡作りも、星についても、正直まだわからないことも多いんですけど、私が勉強します。詳しい先生たちに聞いたり、手伝ってもらえるように環境はこちらで整えます。――綿引先生にも教えてもらわなければいけないことがたくさんあると思うんですけど、お願いできますか？」

真宙は驚いていた。理科部は初心者、そう言っていた先生が、「勉強する」「教えてほしい」と同じ大人相手に言う姿が――なんていうか、とてもかっこよかったからだ。

森村先生の声を受けて、綿引先生が笑った。こちらも、マスクをしててもわかる。今のは絶対、ニヤッとした。

『了解しました。こちらでも、できることは可能な限り教えます。よろしくお願いします』

「こちらこそお願いいたします」

森村先生も言う。その様子を見ながら、真宙の心が小さく震えていた。理科部に入ったのもメールを出したのも、そこからオンラインでこんなふうに会議をすることになったのも、全部なりゆきで、自分の意思ではなかった。そう思っていた。だけど——今、こんなに嬉しく、気持ちが高揚しているのはどうしてなんだろう。

綿引先生が言った。

『そうと決まったら、どうしましょうか。二校だけでやってもいいですけど、あと一校くらい、どこかに参加してもらいます？　本当は日本全国、北から南まで、全部の都道府県の学校に参加してもらってもおもしろそうだけど、今からだと、それもまとめるのが大変かな』

綿引先生がどこまで本気かはわからない——だけど、まったくの冗談というわけでもなさそうな口調で言い、『凛久、亜紗』と、向こうの二年生たちの名前を呼んだ。

『君たち、どこに行きたい？　修学旅行の代わりに、行きたいところあるか？』

その言葉を聞き——あ、と思う。修学旅行。真宙たちの学校も、三年生に予定されていたものが中止になった。凛久と亜紗もまた、中止になった人たちなのかもしれない。

『え？』

『え、どこでもいいの？』

二人が戸惑うように綿引先生に聞き返す。凛久の方が言った。

『つか、先生、どの都道府県でも知り合いいます、みたいなその感じ、マジすごい。すごすぎて引く』

『じゃあ――長崎』

亜紗が答えた。その瞬間、向こうの空気が変わったのが、見ていてわかった。

『修学旅行で行く予定だったから。やっぱ、長崎かな』

『オーケー、長崎ね』

綿引先生が、こともなげに言う。

『行く予定だった市内とはちょっと違う場所になるけど、長崎のグループも巻き込んでいいですか?』

自分の部員たちと、画面のこちらの真宙たちの両方に向けて、綿引先生がそう尋ねた。

「佐々野さんと小山、ちょっといい?　館長が呼んでる」

天文台を出ようとした円華を、武藤が呼び止めた。

七月最初の観測会を終えた、その帰りのことだ。

本格的な夏を迎えた今日の観測会では、夏の星座について館長が説明してくれた。

「夏の夜空といえば、まずは、織姫(おりひめ)と彦星(ひこぼし)の七夕伝説ですね。天(あま)の川(がわ)の両岸に引き離された二人が、一年に一度だけ会うことが許されるという物語。みんな、よく知ってる伝説だと思います」

こと座のベガ、わし座のアルタイル、はくちょう座のデネブを結ぶ夏の大三角形が輝く空を、館長が前の時と同じようにポインターの緑色の光で指し示しながら教えてくれる。

「この、こと座のベガが織姫、わし座のアルタイルが彦星です。間にあるのが天の川」

館長が示す二つの星の間に、宝石をばらまいたような輝きを放つ――そうか、あそこが天の川か、と皆で見惚れる。その中にあるはくちょう座のデネブが、天の川を渡って、彦星を織姫のもとに送り届ける橋を架けたとされる、伝説の中のカササギを表しているそうだ。

「ばってん、実際は、織姫のベガと彦星のアルタイルの距離は十五光年。一晩の間に会いたいと思ったら、相当、カササギにがんばってもらわんば難しか」

周りから軽い笑い声が起きた。だけど、円華は、へえ！　っと感心してしまう。今こうやって見ると地球から等距離の同じ平面上にあるように見える星同士の間にそれだけの距離がある。星空の世界の広大な奥行きに体ごと包まれる感覚があった。

星同士の距離がまだわからなかったような時代から、見上げた星空の世界に人が物語やドラマを見出そうとしていたことにも、ぐっとくる。星座の伝説は日本だけでなく、各地にある。国や距離を越え、だけど共通に同じ空を見て、それぞれの文化を通じた発想をそこにくっつけてきたのだ。

「あと、このデネブやけど――そうね、ちょっとおもしろか話ばしましょう」

館長が夏の大三角形の左端のデネブをポインターで指す。それから、その光を北極星の方に移した。

「皆さん、北極星はすぐわかるよね？　こぐま座で一番明るい、α星のポラリスと呼ばれる星。

だけど、実は、北極星は時を経て、かわっていきます」

マスクをしたままの皆の口から、は？　と声が洩れるのがわかった。円華の近くにいた小山と武藤も目を丸くしている。館長が続けた。

「皆さんもご存じのように地球は傾いたまま自転しています。北極星はそもそも北極を地球の自転軸に沿って延ばした先にある星のことば言うとですけど、実は、その自転軸が長い時間の間に向きを変えてしまうとです。地球には月や太陽などの引力が働いとるけん、そこから自転軸を立て直そうと約二万六千年の周期で首振り運動をする。現在の自転軸上で北にある明るい星がポラリスで、今から約三千年前はこぐま座で二番目に明るい、こっちの――」

ポインターの光がこぐま座の下の方に移動する。

「こぐま座β星のコカブがその時代の北極星でした。五千年前はりゅう座のα星ツバンがそう。そして、将来はこのはくちょう座のデネブが北極星になります」

「将来ってどれくらい先？」

武藤が手を挙げて質問すると、館長が嬉しそうに頷いた。

「約八千年後。そして、その後は、『織姫』である、この、こと座のベガが一万二千年後に北極星になる。夏の大三角形の星は、将来の北極星ば見とると思うとまた不思議な感慨があるな」

「――北極星って、ずっと固定ってわけじゃないんですか？」

円華の口からも自然と声が出た。この天文台の和やかな雰囲気の観測会は、驚くほど気軽に発言ができるのだ。円華の呟きに、別のグループにいた親子連れのお父さんが言う。

「僕も、北極星って、全部の基本って感じの星だと思ってたから、すごく意外です。大航海時代とか、北極星を目印に航海を進めたって話なんかをよく聞くし、方角を見る時とかの、これだけは変わらないものの象徴みたいなイメージがありました」

「ああ、古代エジプトで、ピラミッドを造る時なんかにも、星はとても重要なものだったと言われてますね。中でも紀元前二五〇〇年頃に造られたギザのピラミッドは、その四辺がほぼぴったり東西南北に向いとるとですけど、王の間から北へ延びる通気孔は、りゅう座のツバンを指しています。当時は、ツバンが北極星だったので、それば目印にしたとでしょう。昔から、北極星がとても特別な星だったことがよくわかります」

　館長が楽しそうに頷き、ポラリス——私たちの時代の北極星の方に顔を向けて言った。

「もっとも、私たちが生きとる間は、ポラリスが北極星であり続けるわけですが。それでも、八千年後の世界では、デネブを北極星にする文化になるんだと思うとおもしろいでしょう。どうあがいても私たちの寿命は尽きるけど、想像することくらいはできるから」

　ずっと、何があっても変わらないものの象徴のようだった星も、移り変わっていく。八千年、という遥か先の年月に圧倒されながら——その頃には、今いる誰も生きていないのだという事実に目が眩むような思いがした。その先を見届けたい、そこまで生きられないことを寂しい、と思うこともまた初めての感情で、これは、今、この星空の下にいるからこそ湧き起こってきた気持ちだとはっきり思った。

　大満足の観測会を終え、天文台を出ようとする。武藤に呼び止められたのはその時だった。

館長が呼んでる、と。

いったい、何の用だろう――。他のお客さんたちが帰るのとすれ違うように武藤、小山とともに中に戻ると、星や宇宙に関する本が図書室のようにたくさん並んだあの部屋で、館長はすでに待っていた。円華が入っていくと、「おー、きたきた」と声を張り上げた。

「ありがとうね、高校生たち。ちょっとお願いっちゅうか、君たちに聞いてみたくて」

「なんですか」

「あんさ、この夏休み、暇?」

「暇……ってこともないですけど」

いきなりの質問に、円華が答える。

休んでいた部活に、円華は再び出るようになっていた。顧問の浦川先生と母と、二人にかけられた言葉のおかげでそう決意できた。家の旅館には、例年に比べたら数は少ないとはいえ、県外のお客さんも来るし、気にする子は気にするかもしれないけれど、過度にみんなに気を遣うのはやめた。私もみんなと同じで感染対策はしている、特に気をつけている――だから、変に自分を卑下したり、かわいそがるのはもうやめようと、きちんと決めたのだ。

部活に戻ってきた円華を、浦川先生は特に大げさに歓迎するそぶりはなかったけれど、円華が「先生、ありがとうございました」とお礼を伝えると、ほっとしたように「よかった」と言ってくれた。すべてを察したように静かにそう言ってくれる、先生のそういうところがやっぱり好きだな、と思い、改めて感謝した。

とはいえ、吹奏楽部の活動を今のこの状況で再開する――というのは難しく、円華たちはパートのみでの練習を余儀なくされていた。合わせる時は代表の部員を決めて、少人数で練習することの繰り返しで、全員で音を合わせられる日はまだまだ遠そうだ。

今月に入って、円華たちの住む島でも、最初のコロナ感染者が出た。島外に出かけて帰ってきた住民が発熱し、その後、検査で陽性が確認されたもので、報道があった時には島の空気が一気にピリッとしたように感じた。それまでもコロナについては、感染予防を十分に意識してきたつもりだったけれど、実際に感染者が島内に、という事実の衝撃はやはり大きく、コロナは決して対岸の火事じゃないのだと皆が察した雰囲気がある。高齢者が多く、コロナの治療ができる病床にも限りがある環境の中で、観光シーズンとされる夏を迎え、五島は今、緊急事態宣言で休校になっていた頃よりも、むしろ皆の緊張感が高まっている。

部活に戻っても、円華は相変わらず、小春とはほとんど口を利かないままだった。一応、挨拶くらいは交わす。でも、表立っては、円華が一時部活を休んだことも、その後、戻ってきたことも何も言われないままで、円華はそれがとても寂しい。ひょっとすると、卒業までこのままなのかもしれない。コロナさえなければこんなことにはならなかったのに――という思いがこみ上げ、だけど、コロナがあったから、だから、これまで見えなかったことがわかってしまっただけなのかもしれない、とも思う。小春は最初から、円華のことは自分の日常にいなくていい友達だと思っていたのかもしれない。そう思うと、胸は今も痛む。

幸い、小春と円華は演奏する楽器が違う。円華はホルンで、小春はクラリネット。だから、練習が重なることはほぼないし、今は同じパートの子たちと話すことで、部活の時間はやり過ごせる。

館長に答えながらも、今年の夏が果たして本当に「暇」なのかどうかは自分でもまだわからなかった。本当なら、コンクールに向けた夏になるはずだったのに、と思うとやはり悔しさは募る。横の武藤も同じだろう。代替の県大会はあるけれど、今年の夏、甲子園はない。小山の弓道部も、八月に県大会があるようだけど、無事にできるだろうか。

円華たち三人に向け、館長が言った。

「そっかぁ、もし忙しかったら無理にじゃなくてよかとやけど、みんな、望遠鏡ば作って、星を見る活動に興味なかね？　オレの知っとる高校の先生で、そがん活動の仲間ば探しとる人がおって」

「その先生が天文台であれこれ教えてくれるってことですか？　ワークショップっていうか」

「いや、その先生は来んよ。茨城の高校の人やけん、こっちまではとてもとても。君たちに教えるとしたら、そうだな、きっとオレになるとやろうね」

茨城、という言葉を聞いて、尋ねた小山をはじめ、円華たちは微かに驚いた。県を跨ぐ移動を今は極力避けましょう、という呼びかけが緩和されたとはいえ、今の状況の中で他県の、しかも、関東の地名を聞くのがなんだか新鮮だ。

「そんな遠いとこの先生がどうして？」

「いやぁ、オレの星仲間なんだけど、いつもは県内だけでやりよる活動ば、今年は離れた場所同士をつないで遠隔でやりたかとって。活動名は、スターキャッチコンテスト」

それは、手作りの望遠鏡を使って、視界に星をつかまえるコンテストなのだという。

詳細を聞いて、三人ともまず驚いた。天文の分野で誰かと「競う」形の活動があるのか、とびっくりしたのだ。野球や弓道の大会や、吹奏楽のコンクールとも違う形の競技。観測のスピードを競うだけじゃなくて、同じスペックの望遠鏡を作るところから始めるということも、なんだかすごい。

「毎年、茨城で、周りの高校と一緒に合宿でやりよったらしかとけど、今年は合宿が中止になったから。ばってん、ひょんなことから東京の渋谷にある中学校と交流ができて、そのコンテストばリモートでやってみることになったらしくて。せっかくだけん五島の高校もどうですかって、オレに相談が来たとさ」

「なんで五島なんですか。星がきれいに見られるから？」

渋谷、という地名が出て、そんなところの学校と——現実感がない。渋谷なんて、それこそ、テレビの中でしか見たことのない都会だ。円華が聞くと、館長が首を振った。

「ううん。ま、それもあるとかもしれんけど、一番は、長崎の高校とやってみたかけんってことらしい」

「長崎の高校と？」

「茨城のその高校、修学旅行の行き先が長崎の予定やったとけど、そいが中止になったとって。だから、せめて、そこにある高校とやりたいらしい」

あ、と思う。

無言のまま、武藤や小山と顔を見合わせていた。円華たちの泉水高校でも、高校二年生たちは今年の修学旅行が延期になっている。秋に予定されていたものが一月に延期され、その頃にまた感染状況などを見ながら実施できるかどうかを決めていくとされている。

せめて、そこにある高校と——。

その気持ちが、円華たちにも理解できた。

「長崎市内じゃなくていいんですか」

冷静な声で聞いたのは小山だった。

「修学旅行って、だいたい、長崎市内を巡るんですよね」

「うん。そいけど、その先生の知り合いがおるとがここやったけん仕方なかよね。長崎の星仲間はオレしかおらんけんって、ひとまず電話がかかってきた」

館長の口からさっきから出る〝星仲間〟という言葉が新鮮な響きだった。初めて聞く言葉だけど、星を好きなことでつながっている友達という意味なのだろう。

「どがんね？」

館長が聞いた。

「五島の高校とって言われたけど、せっかくやけん、それ、五島天文台でチームば作ってみたらどう？　武藤や小山もよく観測会に来てくれとるし、佐々野さんも星に興味のあるなら、高校生三人でチーム作ってみらん？」

三人が、互いの顔を見つめ合う。館長がさらに言った。

「もし興味のなかなら、無理せんでよかよ。その時は、オレが長崎市内の高校にでもこの話、持っていくけん」

「ああー、興がいればなぁ！」

館長の声に重なるようにして、武藤が頭を抱え、大きな声を上げた。悔しそうな表情で、

「あいつ、こういうの、絶対好きだったのに」と続ける。

「やらせてやりたかった。興なしで、オレたちだけでもできそうなんですか、それ」

「うん。できると思うばい、何しろアドバイスするのがオレやけん」

かかっと、館長が快活に笑う。武藤がまた尋ねる。

「どれくらいかかります？　県大会でどれくらい勝ち残れるかにもよるけど、昼は部活の日もあるから、夜だったらできるかなって感じです。望遠鏡作るとか、相当大変ですか？」

「いや、設計図ば見たけど、組み合わせる部品は市販のものも多かし、そがん手間はかからんと思う。組み立てるのは、この部屋ば使ってもらってよかけん、ここに何日か通えばできるとじゃなかかな」

「コンテスト自体も、当然、夜ですよね。だったら、部活、平気かなー」

武藤が呟くように言い、それからふと円華の方を向いた。

「佐々野さんは？　吹奏楽部、どんな感じ？」

「今年はコンクールがもうないし、確かに早めの引退みたいな感じはある。昼間は学校と部活あるけど、そうだね、夜だったら」

何より、おもしろそうだ、という気持ちが湧き起こっていた。先月の観測会に来て以来、円華はこの天文台の雰囲気がすっかり気に入っていた。部活にも教室にも居場所を失っていた時、武藤や小山——新しい友達とともにやってきた天文台は、円華にとっては、新しい扉が開いた場所だった。何より、この二人と過ごす時間が楽しい。麓(ふもと)の高校ではクラスメートたちの目が気になっていたかもしれないけれど、山の上までくると、誰にも気兼ねすることなく彼らと話せる。

この夏、何か活動の目的ができることで、彼らとさらにともに過ごせるのかと思うと胸が高鳴った。

しかし――。

「オレは、ちょっと、考えてもいいですか」

思いがけず、小山の声がした。意表を突かれた思いで円華が小山を見ると、横の武藤が聞いた。

「なんで？　お前も部活？」

「いや、八月初めに県の大会があるけど、それで引退だろうから、オレはどっちかっていうと受験勉強もしなくちゃって感じかな。オレ、今年の夏はそのつもりだったから」

受験、の言葉が出て、あ――と思う。

円華もまた受験生だ。父母が卒業した長崎市内の大学への進学を、幼い頃から漠然と考え、そのために勉強してもいる。ただ、勉強に本腰を入れるのはもう少し先でいい、という気持ちもまだあった。でも、小山は成績もいいし、きっと難関校を狙えるはずで、受験に対しては自分たちよりもっと真剣な気持ちでいるのだろう。少し考えたら、わかるはずのことだった。

「じゃあ、小山くんは、やらない？」

円華が聞く。考えたのは、小山が参加しないなら――、なら私もやれない、ということだった。三人でならいいけれど、武藤と二人というのはちょっと抵抗がある。武藤は何しろ――モテるから。吹奏楽部の中にも、彼をいいと思っている子はいそうだし、他の女子たちに何を思われるか考えたら、これ以上、学校で浮きたくない。

円華の問いかけに、小山が考えるように黙り込む。ややあって、答えた。

「楽しそうだとは思うけど、――ちょっと迷ってて」

「何を？」

「この夏、帰るかどうか」

帰る、というのは、おそらく、実家に、という意味だろう。小山が留学する前に住んでいたのは、確か神奈川県だ。武藤が声を上げる。

「え、お前、帰んの？」

「まだはっきりと決めたわけじゃないけど。――武藤は帰らないんだよな？」

「うん。福岡に一回帰ると、またこっち来た時に周りが気にするだろうし、コロナ落ち着くまでは仕方ないかなって。ひょっとしたら卒業まで帰んないかも。ばあちゃんたちを心配させんのも嫌だし」

島内で最初に感染が確認された人は、福岡に仕事で滞在した後、戻って数日して発熱したと報じられていた。福岡、と一口に言っても広いから、状況は各地域によって違うはずだろうけど、武藤はそのあたりも気にしているのかもしれない。

「オレは寮に移るって言ったんだけど、下宿先のじいちゃんとばあちゃんが、ホームステイ、続けていいって言ってくれたんだよな。家の力仕事とかせっかく任せられるのに逃げないでくれよって冗談っぽく言ってくれて、だから、オレも、卒業まではもう、一緒にいたい気持ちがあるし」

「オレも、周りに心配かけたくないのは同じだよ。コロナに関して言えば、こっちにいた方が実家より安心だってわかってる。でも、実家のじいちゃんが入院したらしくて」

　武藤が、それに円華も唇を引き結んだ。小山が続ける。

「持病の簡単な手術をするだけだから、心配しなくていいって言われたし、今は帰ってこないようにって親は言うけど、でもなんか、いつまでそういうの続くんだろって思ったらすごくうんざりして、逆に帰りたくなった。帰省しても、今はコロナだから病院に入るのは難しそうだし、お見舞いにも行けないかもしれないけど、でも、なんか馬鹿らしい気持ちになっちゃって。コロナに罹らないためとか、健康は確かに大事だけど、じゃ、人間って何のために生きてるんだろう、みたいな気になって」

　一息に言った小山が、ふっと言葉を止め、大きなため息をつく。

「腹が立ったんだよな。会いたい時に家族にも会えないのか、みたいな」

「わかるけど」

　武藤が言った。だけどすぐ、首を振る。

「でも、今はみんな我慢してるんだから、仕方ないだろ。オレも、島に観光に来てるふうの他県の人とか見ると、いいな、みたいな気になるけど」

　武藤が言ってしまってから、はっとした表情になって円華を見た。その顔で気づいてしまう。円華の家は、観光客が泊まる旅館だ。

　沈黙が一拍あった。咄嗟に思ったのは、ここで武藤に謝られたりするのは、絶対にご免だ、ということだった。みんな、いろんな思いがあって当然だから、これ以上気まずい思いをしたり、動揺するのも嫌だった。微かに走った胸の痛みを封じるようにして、円華が言う。

「夏に帰るって、小山くん、それ、輿くんみたいに、ずっと戻っちゃうってことではないんだよね？　夏休み明けには、また戻ってくる？」

「……うん。今更、向こうの学校に転校するとかは、嫌だし。でも、戻ってきたら、周りに気にはされるんだろうな。――実は、寮で、他県から戻ったら二週間自主隔離みたいな決まりができそうで、その場合は、どこか、ホテルとかに泊まらないといけないかもだし……。そういうの考えると、やっぱり面倒は面倒」

小山の中でも、帰省するかどうかは考えがまとまりきっていないのだろう。迷いがそのまま口調に出たような、歯切れの悪い答え方だった。

円華は、それ以上何も言えなかった。

普段円華を気遣い、穏やかに接してくれる小山や武藤が、本当はどんな気持ちでいるのか。ひょっとしたら、彼らも無自覚で、今言葉に出したことで初めて気づいた部分だってあったかもしれない。

――今はみんな我慢してるんだから、仕方ない。

武藤の口から何気なく出た言葉。島に観光に来ている人たちをいいなと思う――島外から来たはずの武藤だって、今はそう思ってしまう。皆、自分でも気づかないうちに胸に沈めていた鬱屈（うっくつ）や葛藤（かっとう）がきっとある。思えば、円華だってそうだった。

ふと、北極星の話を思い出した。

さっき館長に説明を受けたばかりの、北極星が何万年、何千年という時間をかけて移り変わっていくという話だ。八千年後の未来には、北極星だってポラリスからデネブになる。そんな壮大な時の流れを、星空を通じて体感したばかりなのに、今、円華たちの生活はこんなにもままならない。宇宙から見たら本当に小さな、些末なことだ。けれど、その小さな世界で自分たちはあれこれあがくしかない。

皆の沈黙を破って、館長の声がした。

「一回だけ、会うてみるか」

全員が顔を上げ、館長の顔を見つめる。マスクに違和感があるくらい、健康的な日焼けした顔が笑う。それまでのやり取りなど何もなかったかのようにさっぱりした言い方だった。

「小山も武藤も、佐々野さんも、一回だけ、メンバーたちと話、してみたら？　オンライン会議の約束ばしとるけん、そこで話ば聞いてみて、やっぱり今回はやめとこうってことになったらやめればよか。遠くの学校の子らもそれぞれ、今はいろいろ考えとるはずやし、そういう仲間に会うのも、たまには刺激になるとじゃなか？」

「話だけ聞いて、やめてもいいんですか」

小山が尋ねる。館長が頷いた。「もちろん」と。

「向こうだって、もし参加してもらえたら嬉しかけど、くらいの気持ちやろうけん。軽い気持ちでよかよ」

話してみよう、と館長が言った。

スターキャッチコンテストについてのオンライン会議は、その二日後の夜に行われることになった。他の二校はそれまで、学校の部活の時間に会議をしていたらしいのだが、円華たちは学校としての参加ではないから、夜、家から参加できる時間帯に設定してくれたらしい。開始時間は七時半。その頃なら、小山も寮の夕食の時間が終わっていて、ちょうどいい、ということになった。

円華にとって、オンライン会議は初めての経験だった。コロナの休校期間中、クラスメートや部のみんなと連絡を取る時もＬＩＮＥグループでのやり取りがほとんどで、画面で相手の顔を見てのミーティングは初めてだ。

オンライン会議に参加する――と円華が伝えると、父と母が張りきって、あれこれ手伝ってくれた。母や父は、仕事で旅館組合の人などとオンライン会議をよくしているし、本土に住む従姉妹(いとこ)たちが祖父母と顔を見て話したいと、何度かネットをつないでテレビ電話のようなこともしていた。

父が、自宅のノートパソコンから円華の名前で会議に参加できるようにしてくれ、母はわざわざ円華の部屋に花を飾りに来た。

「ちょっと、この花、何？」

旅館の客室に飾るのと同じ鬼百合が生けられた花瓶を前に思わず尋ねると、母がすましたように笑った。

「画面がちっとでも映(ば)えてた方がよかでしょ。円華、画角は確認した？　カメラの位置、ちゃんと確認せんと、いざ、つながってみてから、太って見えるとか、顔色が悪く見えるとか後悔するよ」

「いいよ！　画面作り込んでるって思われたら恥ずかしいし」

「あらー。作り込んだ方がよかよ。映る範囲が狭くても、限られた情報量だけん、見てる人は見てるよ」

うきうきとした口調の母を見て、さすが、つばき旅館のサイトの一切合切を担当する女将だけある――と思った。旅館には五島の四季の写真などを載せるインスタグラムのアカウントもあって、円華もたまに撮影などを手伝うけれど、母は案外、仕事を離れたところでも、もともとこういうことが好きな人なのかもしれない。

「いや、でも、ほんと、過度に気合いが入ってるように思われるのも……」

もう一度反論しかけて、あ、だけど、武藤や小山もその画面を見るのか、と気づいた。初対面の子たちへの印象の方も気になるけれど、同じ高校の彼らに自分の部屋を見られることの方が、想像するともっと抵抗があった。ちょっと考えて――「応接、使っちゃダメ？」と尋ねる。

旅館とは別の自宅母屋の応接間は、両親の好きな画家の風景画が飾られていたりして、雰囲気がいい。テーブルや棚も飴色の光沢を放ったアンティーク調だし、あの部屋なら、背後の棚に花が生けられていても違和感がない。

「あら」と母が言い、それから心得たように「わかった。花はあの部屋に飾るね」と頷いてくれる。

母の手元の花は、旅館の部屋に飾る凝った雰囲気の陶磁器ではなく、透明なガラスの花瓶に生けられていて、円華の部屋に合うように考えてくれたのだな、とわかる。何より、母が純粋に娘の画面のコーディネートを楽しんでいる様子なので、円華もそこからは黙って母に従った。

「絶対にカメラを顔の下から写したらダメ」と言われて台を探し、パソコンの位置を決めていく。

七時半の、五分前。夕食を終えた状態で、ドキドキしながら、パソコンの前に座る。

あらかじめ、天文台の才津館長からもらっていたメールにある、参加するオンライン会議のURLをクリックすると、まもなく「参加しますか？」の表示が現れ、「はい」を選ぶ。ホストに参加を承認してもらうのを待つ間、そわそわと落ち着かず髪に何度も手をやった。

画面が切り替わる。

『おー、続々とみんな集まってくるな』

いきなり、声が聞こえた。

大きな画面がひとつ――これは、その時に話して音声が出ている人の画面がメインになるのだろうか？　その上に、小さな画面が一列にいくつも並んでいる。大きな画面に今映っているのは、馴染みのある天文台の館長の顔だった。上に並んだ小さな画面に映るのは、ほとんどが子どもで、それぞれの画面の下に「砂浦三高　渓本亜紗」とか「ひばり森中　安藤真宙」とか名前が表示されている。砂浦三高が茨城で、ひばり森中が渋谷の学校だろう。並んだ画面横の矢印をクリックして、さらに画面を見ていくと、武藤の画面が現れた。「Ｓｈｕ　Ｍｕｔｏｕ」と名前だけで、こちらは学校名は入っていない。

全員の顔がちゃんと同時に見られるように、表示の設定をあれこれいじると、それぞれの画面の大きさが均等になり、みんなの顔が同時に見られるようになった。等間隔に並ぶ画面は、それぞれの家につながる窓のようだ。

いろんな子がいる。これだけ人がいると、画面の上でもなんとなく、ざわざわしている――

という印象があるけど、実際に音声が出ているのは、ほとんどが大人の「窓」からだ。

『サイちゃん、ありがとうね』

『いやいや、声かけてもらって嬉しかよ』

「砂浦三高　綿引」と表示がある窓の大人が言い、それに館長の窓の枠が黄色く光って答える。

なるほど、音声が出ている画面は縁取りが光って発言者がわかるようになっているんだ、と理解する。

才津館長だからサイちゃんなのか——と思うと、館長が使っていた「星仲間」の言葉がふと蘇(よみがえ)った。きっと白髪で眼鏡のこの人が、館長の言っていた「先生」なのだろう。

パソコンの画面に、参加人数が「13」と表示されている。五島から参加する自分たち以外は、すでに何度かこういう会議をしてきたのだろうか。

皆、自分の家から参加しているようで、背景に本棚や、クローゼットなどが見える。蛍光灯の光が眩(まぶ)しい窓もある。殺風景な印象の部屋が多いと感じるのは、皆、参加するにあたって自分の私物を隠したり、片付けたりしたからだろうか。自分が母と「準備」したことを思い出しながら、つい、そんな想像をする。

武藤の部屋を、つい、長く見てしまう。画面ごしだから、円華が注目していることはバレないだろうけれど、部屋の中を見てしまうのがなんだか後ろめたい。壁や柱の様子から、古い木造家屋のようだとわかる。野球部のロゴが入った大きな肩掛けバッグの横に、バットが無造作に立てかけられていた。普段学校で顔を合わせていても、家の中を見ることはない。武藤はくつろいだ様子のランニングシャツ姿で、だけど、一緒に暮らす老夫婦のことを気にしているのか、前に言っていた通り、家の中であってもマスク姿だった。

長く見ていたらいけない気持ちになって、小山の窓も探すけれど、こちらは見当たらない。どうやらまだ会議室に入っていないようだ。時計を見ると、もう時間ちょうど。もしかして、やはり気が進まなかったのか——心配しかけたところで、ふいに、画面がひとつ増えた。ホストの承認を受けて、小山が入室した。武藤はローマ字表記だったけど、小山は「小山友悟」と漢字表記だ。学校名はやはりない。

小山は制服姿で、寮の部屋がそこまで広くないせいか、背後にある本棚がすぐ近くに見える。教科書や参考書にまじって、東京の難関大学の名前が背表紙に入った赤本が見えて、「あ、やっぱり頭いいんだ」と場違いなことを思う。他にも、図鑑や小説の文庫などが高さを揃えて並べられているのが、いかにも小山の部屋らしかった。

『これで、うちは全員かな』

才津館長の声がした。館長は天文台から参加しているらしく、見覚えのある天体関係のポスターや天球儀が背後に見える。

『五島天文台メンバーは全員揃いました。他のメンバーは揃っとる？』

『うちも全員いるよー。砂浦三高、天文部、手を挙げて』

綿引先生が言うと、いくつかの窓の向こうの手が上がった。女子が多い印象で、全部で五人。その手が下がると、次に、別の窓枠が黄色く光った。

『うちも揃ってます。東京のひばり森中学校、理科部から、今日は中心となる生徒が三人参加します。私は顧問教諭の森村です。みんな、手を挙げて』

館長やもうひとりの先生に比べると、こちらは随分若い男の先生だ。耳にイヤフォンが嵌まっていて、注意してみると、武藤や、他のメンバーにも何人かイヤフォンをつけている子がいる。みんな、オンライン会議に慣れているんだなぁ、と思った。

森村先生の声に合わせて、三人、画面が反応する。手を挙げたメンバーは、確かに高校生たちの画面に比べると、みんなまだ少しあどけない顔つきに見える。

『よろしくお願いします。あの……私、五島は学生時代に一度だけ、遊びに行ったことがあって』

森村先生が言い、それに、館長が反応する。

『え、本当ですか』

『皆さんの住む島とは別の島なんですが、サークルのメンバーに出身が長崎のヤツがいて、そいつに誘われて行きました。教会の建物を巡ったり、うどん食べたり……。いいところですよね。今回、ご縁ができて嬉しいです』

『いやー、それは嬉しかですね。五島天文台チームはまだ参加するかどうか迷い中なんやけど、今日はひとまず説明してもらって、それで決めたかと。皆さん、わざわざお集まりいただいてありがとうございます』

画面のあちこちで、会釈するように頭を下げる仕草がバラバラとある。森村先生が言った。

『みんな、音声、オンにしましょうか。それぞれ、自由に発言してほしいです。気づいてほしかったら手を挙げたり、アピールしてください』

円華も、それまでなんとなくオフにしていた音声をオンにする。ここからはみんなに聞こえるようになるんだと思うと、ちょっと緊張する。

綿引先生が言った。

『じゃ、コンテストの概要、サイちゃんから少し聞いてると思うけど、詳しい説明を経験校であるうちからしましょう。天文部、あと、任せます』

顧問の声を受け、さっき手を挙げた砂浦三高チームの子たちが真剣な顔になった。少し間が空いて、声が聞こえる。

『じゃ、今日は私から説明をします。五島の皆さん、よろしくお願いします。参加、してもらえたら嬉しいですけど、お話を聞いてもらえるだけでも、とても嬉しいです』

咄嗟にどこから声がしたか見失いかけたけれど、光る窓を探す。「砂浦三高　溪本亜紗」と表示された画面の、髪を二つに結った子だ。呼びかけられて、武藤や小山、円華が軽く会釈する。

亜紗が続けた。

『うちと、ひばり森中学も、ついこの間一緒にやろうって決めたばかりで、こうやって話し合うのも今回でまだ二回目です。長崎の学校とやってみたいと言い出したのも私なので、今日は会議に来てくれてありがとうございます』

『あ、オレたち、しゅう――』

別の声が重なり、亜紗が言葉を止める。もうひとつ、枠が光った窓に表示された名前は、「砂浦三高　飯塚凛久」とある。いったん、話すのを譲り合うような間があってから、凛久の方が言った。

『オレたち、修学旅行で秋に長崎に行く予定だったんだけど、それが中止になったんで、単純な思いつきで、長崎の高校生とやりたいって、亜紗が。でも、それ、オレも同じ気持ちだから、会ってくれてありがとうございます』

ネット越しだけど、「会ってくれて」という言葉を使われるのがおもしろい。

二人の話を聞きながら、オンライン会議は、確かに顔を見て話せるし、便利だけど、発言はタイミングに注意しないと聞きにくかったりするんだな、と気づく。掛け合いをするより、自分のターン、相手のターン、と順に話した方がよさそうだ。

ありがとう、と二人から繰り返されて、円華も何か返事をしたかった。だけど——自分が発言していいのかわからなくて、会釈を返すので精一杯だ。武藤と小山もそうしていた。

砂浦三高の二年生だという亜紗と凛久が、望遠鏡の設計図や、観測する星の点数表などを画面に示しながらコンテストの概要について説明してくれる。

『渋谷チームにも説明したことですけど、望遠鏡の製作にはそんなに時間はかからないと思います。だから、安心してもらっても大丈夫かな、と』

凛久が言う。ひばり森中学のメンバーが、それを真面目な表情でじっと聞いている。茨城と渋谷のチームも確かにまだそこまで打ち解けた雰囲気はない。

『あの……ちょっとすみません』

説明が一段落して、手を挙げて発言したのは、ひばり森中の眼鏡をかけた女子だった。真面目でおとなしそうな子だ。その子と隣の窓のひばり森中学の男子は、一年生なのか、まだ小学生の延長といった雰囲気があって、円華から見るとちょっとかわいい。

『前回、コンテストが一緒にできるって聞いて嬉しくなっちゃって、話し合いがそこで終わっちゃったんですけど、後からちょっと心配になったことがあって。今、質問してもいいですか？ 今日は五島のみんなへの説明のための会議なのにすみません』

亜紗と凛久、二人が『はい』と短く頷く。「ひばり森中　中井天音」と表示された画面のその子が続けた。

『東京でも……。星って見えますか？』

あ、と思う。円華だけでなく、みんなそうなった様子が伝わってくる。

『えと……、試しに自分で空見たらわかるだろって言われそうなんですけど、これまであんまり意識して夜空を見ることなんかなかったから、東京でも、スターキャッチコンテストで得点になるような星って、ちゃんと見えるのかなって気になりました。月くらいなら見えるけど、望遠鏡で星なんか見たことないし、どうですか』

見えるはずだ――と円華は思う。自分は東京には一度も行ったことがなくて、都会の空は星が見えない、というイメージも持っていたはずなのに、なぜ、そう思ったのだろうと考えて――思い出す。先月、輿とオンラインで会話をしたからだ。画面に映った彼の部屋で、カーテンの隙間から、輿は望遠鏡を夜空に向けていた。彼の家が東京のどこかは知らないし、渋谷とは離れているかもしれないけれど、少なくとも東京に住む彼は、部屋から星を見ていた。

そのことを言おうかどうか――迷った。教えてあげたい、という気持ちも強くある。だけど、自分がこの中で急に発言することを想像したら、心臓がドキドキしてきて、無理だ、と思った。自由に話していい、と言われたけど、でも。

二日前、武藤が悔しそうに「あぁー、興がいればなぁ！」と言った声も一緒に思い出すと、さらに胸の鼓動が速くなる。

『見えると思いますよ』

声がした。砂浦三高の綿引先生の声だった。

『東京の空は確かに明るいけど、僕も何度か、都心で観測会をしたことがあります。高い建物が障害になってしまうこともあるかもしれないけど、皆さんの学校の屋上からなら、スターキャッチコンテストで得点にするような星は十分見られるんじゃないかな。観測の練習をしてみて、もし見にくいようなら、また相談しましょう』

『わかりました。ありがとうございます』

天音がほっとしたように頷いた。質問への回答に安堵したこともだろうけど、オンライン上で発言するのに、この子もまた相当勇気が要ったのかもしれない。会話が落ち着くのを待って、亜紗が皆に聞いた。

『他にも何か質問はありますか。どんなことでもいいです』

長い間が空いた。

黙ったまま画面の前に座りながら、円華が気にしていたのは小山のことだった。彼が静かに座っているだけなのは、やはりこの活動に興味がないからなのかな、と心配になる。

『――天気って、どうですか』

聞き覚えのある声がして、見ると、武藤の窓枠が光っていた。おずおずと手を挙げて、彼にしては遠慮がちな口調だ。

『五島の、武藤です。星、東京でも見えるみたいですけど、やっぱり、天気はよくないとダメですよね。全部の地域が晴れてる日じゃないと』

亜紗の目がちょっと泳いだようになる。彼女がすぐに答えられないでいると、今度は、別の女子生徒が、『失礼します』と割って入った。

『砂浦三高、天文部部長の山崎晴菜です。――そうですね、天気は晴れていた方がいいから、天気予報を注意深く見て、コンテストの日を決めましょう。三ヵ所すべて晴れている日を選びたいですね。どこかが雨なら、延期できるように予備の候補日もいくつか設定させてください』

大人っぽい口調の、話し方も顔立ちも凛とした空気の人だ。部屋の棚に並んだ小物の置き方などもオシャレだけど、作り込んだ感じがなく、自然なのに素敵だ。部長ということは三年生なのだろうか。彼女の声に亜紗が頷き、『他にはありますか』とさらに尋ねた。

『どんなことでもいいです。――もし、今は思いつかなくても、後で何かあれば、メールでも大丈夫ですが――』

『あのっ！』

突然、声がした。

声変わりがすんでいない、明るく高い男子の声に、亜紗が声を止めて発言者を捜すのがわかった。「ひばり森中　安藤真宙」と表示された窓の中で、少年らしさが残るあの男子が手を挙げていた。

『はい、安藤さん。何ですか』

『関係ないこと、でもいいですか。星のことじゃないんですけど、ちょっと、すごく、気になって』

ちょっと、と、すごく、という矛盾した言葉を並べながら話すその男子の顔がぎこちなく上を向き、彼にとっても手を挙げるのは相当特別なことだというのが伝わってくる。

『あの、五島の——こやまゆうごさん。名前、読み方、合ってます?』

『え? はい』

『あのオレ、小山さんに聞いてみたいんですけど』

突然名前を呼ばれた小山が、びっくりしたように目を見開いている。円華と、武藤もそうなった。小山は今日ずっと静かで、一度も発言していない。急に、なんだろう。

真宙が言った。

『後ろに見えるそれ、〝きのこ図鑑〟ですか?』

へ? と、画面に今いる全員が思ったのが伝わってくる。小山が目を丸くする。真宙が続けた。

『違いますか? 「日本きのこ大全」』

『——そう、です』

小山が頷いて、皆、さらに驚く。小山が背後を振り返り、本棚から一冊の本を引き抜いた。表紙を画面に向けてくれる。全員が身を乗り出し、表紙を見つめるのがわかった。

『日本きのこ大全』とタイトルが書かれている。赤や茶色、水玉模様のきのこなど、色鮮やかなきのこの写真が何枚も並んだカラーのカバーに思わず見入ると、真宙が声を上げた。

『やっぱり!』

そう言って立ち上がり、画面の外に消える。少しして、その手にまったく同じ、分厚い『日本きのこ大全』を持って戻ってきた。

『オレも持ってるから、絶対同じ本だと思って。気づいちゃったら、なんかずっと小山さんの画面ばっか見ちゃったんです。ごめんなさい』

『いえ……』

小山がはっきりと面食らっている。戸惑いが徐々に落ち着いたのか、今度は小山の方から真宙に尋ねた。

『背表紙で気づいたの？』

『はい』

『なんだ、安藤はきのこが好きなのか？』

ひばり森中の顧問の森村先生が言う。顧問であっても、森村先生も初めて知ったのかもしれない。真宙がまだ興奮した様子の残る顔で、照れくさそうに頷いた。

『山形のおじいちゃんおばあちゃんが、家の近くの山によくきのこ狩りに行ってて。オレも一緒に行ったら、すごくたくさん、いろんな種類があるからおもしろいなって、好きになったんです。だけど、毒きのことかも多くて危ないから、勉強しようと思って、この図鑑、ずっと前に親に買ってもらったんです』

『……付箋だらけだ』

小山が呟くように言う声が聞こえた。見れば、真宙の図鑑はあちこち色鮮やかな付箋が飛び出していて、はっきりとは見えないけれど、何かメモのようなことも書かれていそうだ。自分の図鑑にじっと目を落とした小山が、視線を上げた。

『そっか。君は、おばあちゃんたちと一緒に山に行くから、実用として、説明書を読むみたいに読み込んだんだね。すごい』

『あ、でも、レアなきのこのページも好きです。特に冬虫夏草とか、これもきのこなのか！　こんな種類のきのこがあるのかって、ロマンみたいなの感じて』

『あー、わかる。このページでしょ？』

小山が慣れた手つきで図鑑をめくり、開いたページを、画面の方に向ける。それを見るや否や、真宙が嬉しそうに『そう！』と声を上げた。

『あと、図鑑で先に見てたきのこ見つけると興奮して。この本、買えるきのこのコラムとかもおもしろくないですか？　山えのきの説明読んだら、風味は白いえのきの比じゃない的なこと書いてあって、うわー、どんなおいしさなんだろって、近所のスーパーを親と回ったりしました。でも、その時は見つからなくて。だけど、家族旅行で箱根の旅館に行った時に、夕食で出た茶碗蒸しの中に入ってて、うわー、やっと食べられた！　って、興奮した記憶があります』

『そうかー、君にとっては、きのこってあくまで食べる感じなんだ』

『小山さんは違うんですか』

『オレは、食べるっていうか、形とか、生態とかが好きで』

小山が微笑んだ。

『中学まで住んでた場所だと普段はなかなか野生のきのこは見つけられなかったから、五島にきてからは道に群生してるのが日常的に見られて、感動したな。ホコリタケの実物見た時は、嬉しくて、つっついて、勢いよく胞子がぱんって飛ぶのとか見られて、その様子がすごくかわいくて驚いた』

『わかります！　あれ、結構飛びますよね』

円華は——それに、おそらくは武藤も呆気に取られていた。冷静沈着、といった雰囲気の小山の口から、きのこを褒める言葉としてあっさり「かわいい」という言葉が出たことにも唖然とする。

二人のきのこの話があまりに楽しそうで、それに、二人が、好きなきのこのページを図鑑で示し、色鮮やかな写真とともに説明を読み上げてくれるから、なんだかみんな聞き入ってしまう。途中、綿引先生が呆れたように『おいおい、今日はきのこの研究会じゃないぞ』と笑ったけれど、そう言いながらも、先生たち大人も興味を惹かれたようで、館長や森村先生も一緒になって『え、で、それはどういうきのこなの？』『やっぱ、素人は無闇に採って食べない方が無難？』など質問を挟む。

その姿に——、ふいに、館長と綿引先生が「星仲間」であることを思い出した。ひょっとすると、今、こんなふうに小山と真宙が盛り上がったような出会いが、この人たちにも昔、あったのかもしれない。

『小山さんって、中学までは五島じゃなかったんですか』

ふいに聞いたのは亜紗だった。小山が頷く。

『はい。オレと、武藤は違います。オレたち、五島の高校がやってる留学の制度で高校からこっちにやってきて、元は、オレは横浜、武藤は福岡から来ました。今は、コロナがあるからこっちに来たままで、この夏も帰れないんですけど』

帰るのを迷っていた小山が、みんなの前で「帰れない」ときっぱり言ったことに、円華はひそかに息を吞む。いろいろ考えて、そう決めたのだろうか。

と、その時——。

『でも、なんか……』

小山が顔を俯(うつむ)ける。手元の図鑑を見つめ、次の瞬間、大きく笑いだした。アハハハハ、という形容がものすごくしっくりくるような、とても、とても軽やかな笑い声だった。

小山の顔が画面の方を向く。全員の方を見ているように見えるけど、おそらく、見ているのはひばり森中の真宙の窓のはずだ。

『すっげ、こんなことってあるんですね。普通に会ってたら、お互いきのこ好きなこととか、きっとわからないままだったかもしれない。安藤くん、気づいてくれてありがとう』

お礼を言われ、真宙はびっくりしたようだった。猫が驚いて姿勢をしゅっとする時みたいに、首筋を伸ばす。小山が微笑んだ。

『嬉しいなぁ。オレ、中学までは、きのこが好きなんておかしいヤツだって、周りから気持ち悪がられてたから。だから、学校なんて一度も楽しくなかったし、友達も、ほしいと思ったことなかった』

円華は息を吞んだ。今度は、はっきり。

反射的に武藤の窓を見る。武藤も黙ったまま、微かな驚きを顔に浮かべていた。小山が図鑑の表紙に、なでるように手をやる。

『安藤くんみたいに実際に見て好きになった、とかじゃないんだけど、昔からきのこ、気づいたら好きだったんだ。なんでなんだろ、形や色も好きだし、種類でそれぞれ特徴があるのも知れば知るほどおもしろくて。普段、近くで見られない分、好きなことを知ったじいちゃんの友達が、ある日、遊びに来た時に買ってくれたのがこの本』

五島の留学は、中学まで不登校だったり、それまでの環境でうまくやれなかった子がやってくることも多い、と聞いてはいた。

小山が図鑑をパラパラめくる。

『この本には、すごく感謝してるんだ。じいちゃんの友達がたまたま買ってくれたんだけど、後から調べたら、これ、きのこ好きの間でもものすごく評価が高い本で、販売サイトのレビューなんかみると、ものすごい熱いコメントがいっぱいついててさ。安藤くんみたいに、実用書として考えた時にもすごくいいって書いてるきのこ狩り好きの人とか、価格は高いけど、その価値は絶対にある、とこれから買う人に向けて熱心に薦めてるコメントとか見ると、すごく力もらえた。周りにはいないけど、あ、オレ、仲間いるんだって思って』

思ってもみなかった話を聞いて言葉が出ないでいると、その時、ぽつりと真宙が言った。

『オレが、同じ中学にいればよかった』

声が悔しそうで、表情が張り詰めている。かけられた言葉に小山が今度は穏やかにふっと笑った。

『ありがとう。でも、今日、友達になれてよかった。スターキャッチコンテスト、オレたちも参加していい？』

小山と目が合う。実際は、大勢いる画面の中で彼が前を見ているにすぎない。だけど、はっきり、小山と武藤と意思が通い合ったのを感じた。円華の胸に、わあっと、大きな興奮が押し寄せる。小山の言葉が、とても嬉しかった。

『お。よかか。小山』

館長が言った。小山が頷く。

『はい。楽しそうだし、やってみたいです。佐々野さんと武藤も、いいかな?』

『おう!』

「うん!」

ほぼ同時に言っていた。初めて出した自分の声は、本当に画面の向こう側に届いているかどうかわからなかったけど、今は自然に言えた。

そして、改めて気づいた。さっきまで、オンライン会議は掛け合いに向いていないと思っていたのに、きのこの話をする二人はとても楽しそうで、引き込まれて聞いている間、不便さをほとんど感じなかった。

「あの、……私もちょっと聞いてみたかったんですけど、いいですか」

円華の喉(のど)から、するっと勢いづいて声が出た。静かだった応接間に、自分の声が響き渡り、言ってしまってから自分で戸惑う。みんなが黙ったのを見て、ちょっと不安になって、「私の声、聞こえていますか?」と尋ねると、画面の中のほぼ全員が、頷いてくれた。亜紗の声がした。

『はい、聞こえています』

「さっきのスターキャッチコンテストの説明の時、審判の話になったと思うんですけど。公平を保つために、これまでは他校の先生が審判を務めてたって」

『はい。去年まではそうしていました』

「東京の――ひばり森中の皆さんにお聞きしたいんですけど、審判って、もう誰がやるか決まってますか」

『私がしようと思っていました』

顧問の森村先生が答える。

『星にはそんなに詳しくないんですけど、勉強して、当日までには判定ができるようにしたいって。もちろん、顧問だからって、判定は甘くしないつもりですけど』

答えを聞き、円華は大きく息を吸い込む。本当は、事前に武藤や小山と示し合わせてその話をしておけたらよかった、と思ったけど、自分だけの判断で、一息に言ってしまう。

「あの、私たちの高校の友達で東京に引っ越していった子がいて。その子も小山くんたちと同じ留学生で、コロナの影響で、実家に戻ったんです。その子、星が好きで、本当は、私たち、その子と一緒に参加したかったんです。だから、もしよかったら、その子にひばり森中の審判が頼めないかなって」

武藤の様子を窺(うかが)いながら言う。急に不安になって、続ける声がだんだん小さくなる。

「家、東京のどこかわからないから、皆さんの中学と近いかもわからないんですけど。すみません、思いつきで」

『世田谷(せたがや)です』

言い終えて真っ白になった気持ちでいたところに、ふいに声が聞こえた。

『世田谷の、用賀(ようが)ってあたり。最寄り駅とかわからないですけど、遠いですか？』

武藤が話しているのだと、声を聞いてしばらくして気づく。彼がさらに言った。

『オレも、思ってました。その友達――輿っていうんですけど、星がきれいに見えるからって理由で五島に来たくらいなんです。東京に戻っちゃったけど、渋谷の中学のチームに入れたら、たぶん喜びます。まだ、本人に聞いてないし、皆さんが迷惑でなければ、ですけど』

『用賀なら、うちの中学まで、決して交通の便は悪くないと思います。ちょっと、この件、こちらで預かってもいいですか？　今、学校に校外からゲストを招くのはコロナの影響でいろいろ制限があるので、他の先生方に確認してみます』

森村先生が真面目な表情で言い、それから――笑顔になった。

『でも、僕自身は、そういう詳しい人に来てもらえるなら、すごく嬉しいし、歓迎したいです』

さっきまで、他の大人に比べて若いはずのこの先生が自分のことをずっと「私」と呼ぶのが気になっていた。だけど、それは意識してそう言っていたのかもしれない。「僕」と呼ぶようになった言葉遣いに、距離感が縮まった感じがする。

『うちの学校に来てもらえそうだとわかったら、確認が取れ次第、また、ご連絡します。その時は、皆さんにも、そのお友達にうちとの活動に興味があるかどうか、確認してもらってもいいですか？　審判も嬉しいけど、うちは中学生チームだから、詳しい高校生に手伝ってもらうのでも、本当に助かります』

『わかりました。うわー、あいつ、すっごい喜ぶと思う』

武藤が言った。だいぶ砕けた雰囲気になった会議の画面は、誰の表情も皆、最初の頃より和らいでいる。話しやすくなった空気の中で、砂浦三高の部長が言った。

『五島の高校では、コロナの影響で転校してしまった同級生がいるんですね』

『はい。一緒に卒業できると思ってたから、寂しいけど』

『皆さんの島では、コロナの感染状況はどうですか。今、離島はコロナの治療ができる病床に限りがあるから、クラスターが出たりしたら大変だし、皆さん、観光の自粛を呼びかけたり、特に気をつけていらっしゃると報道で見ますが』

武藤が黙った。どう答えていいか考えるような間があって、彼がなんとなく円華の言葉を待っている気がした。この中で、もともとの島民である高校生は円華だけだ。

円華が答える。

「確かに状況は厳しいです。うちの島は、今月になって、ひとり、島外から戻った人が感染してることがわかって、今はみんな、緊急事態宣言が出た四月より、むしろ敏感になっている気がします。うちの島では、コロナの治療ができるのは、四床って言われてるんですけど、ひとりがそこに入院してしまうと、もうひとり感染するだけで、病床の半分が埋まっちゃうことになるから」

円華の声に、しばらく、誰も答えなかった。息を呑んだように静かになってから、やがて、晴菜が言った。

『二人感染者が出ると、もう半分埋まる――それぐらいの状況なんですね。ごめんなさい、想像以上でした。それは皆さん、ご心配だと思います』

「うちは、島外のお客さんも泊める旅館をしているんですけど」

自分から言わなくてもいいことだ、とわかっている。そんな話をしないまま、この夏一緒にコンテストで星を見て、それで解散でもいい。そう思っていたはずなのに、この時の円華は気持ちが抑えられなくなった。

「だから、観光を控えてほしい、とも簡単には言えなくて、そこも難しいんです。誰にも病気で苦しんでほしくないし、自分や家族のことも守りたいけど、ちょっと苦しい時もあります」

自分のことを、今の私の気持ちを知ってほしい。

そんなふうに思うのは、人生で初めてかもしれない。こんなふうに言われてみんな、きっと困るに違いない。何か、笑ったりしてごまかすなら今のうちだ——と思っていると、晴菜が画面の向こうでまっすぐ、こちらを見て言った。

『行ってみたいです』と。

『五島の皆さんと、今日、お話しできるとわかって、昨日今日と、部活の時間にみんなで五島が紹介されているサイトを見たり、図書館で関連の本を探したりしました。天文台のあるあたりも見て、山がすごくきれいで、みんなで行きたいなって話していました。うちも、校舎の屋上から霞ヶ浦(かすみがうら)という湖や筑波山(つくばさん)が見えたり、なかなかきれいなんです。いつか、皆さんのところに行ってみたいし、こちらにも、ぜひ遊びにきてください。歴代の先輩が作った大きな望遠鏡があったり、観測会にもお招きしたいです』

『筑波山、昔、遠足で行ったこと、あります』

ひばり森中の、それまで一度も発言していなかった、頬っぺたがふくよかな眼鏡の男子が言う。

『ロープウェイに乗って』と、続けた。

『山が、猫の耳みたいな形してますよね。左右に二つ、頂があって』

『ああ、そうです、そうです。かわいいんです、筑波山』

晴菜が嬉しそうに言う。「ひばり森中　鎌田潤貴」と表示されたその窓を覗き込むような雰囲気で頷いた。

『渋谷のことも、テレビとかで名前を聞くと、前とは違った印象で意識するようになりました。――いつかリアルでも集まりたいですね』

そう言ってから、こほん、と咳払(せきばら)いをするようにして、改めて、全体に向け、彼女が言う。

『でも、まずは夏休みのスターキャッチコンテストですね。皆さん、どうぞよろしくお願いします』

よろしくお願いします、お願いします、という声が複数響く。皆がそれぞれのスマホやパソコンの前で頭を下げて、互いに礼をする。

『じゃあ、みんな、今日のところはこんなところでよかかな？　この三チームでやれることがわかってよかったよかった』

『あ、サイちゃん、せっかくだから、この画面、写真撮っていい？　記念のスクリーンショット。リモートコンテスト、記念すべき第一回大会の。みんな、いいかな？』

聞かれて、皆がぎくしゃくと頷く。『ハイ、チーズ！』のかけ声で、皆のやや硬い笑顔が並ぶ。

『では、また次回。質問等あれば、いつでもご連絡ください』

『はい』

『よろしくお願いします』

締めの挨拶があって、皆が遠慮がちに、ひとつ、またひとつ、と退出して窓を消していく。武藤と小山が消えたタイミングを見計らって、「退出」ボタンを押そうとした円華の耳に、その時、声が聞こえた。

『先輩たちって、そういう顔だったんですね』

今日、一度も発言していなかった砂浦三高の女の子の声だった。砂浦三高は、一年生を中心としてコンテストに参加する、と言っていた。その時に紹介された、一年生のうちのひとりだ。人が少なくなったことで、気安く呼びかけることができたのかもしれない。

『あ、そっか』

凛久が言う。

『マスクなしのオレたちの顔、そういえば初めて見るのか』

『はい。だからなんか、今日、嬉しかったです』

『そうだねー、私たちも初めて深野さんたちの顔がちゃんと見られたかも』

亜紗が言い、それにまた凛久が返す。

『いや、それ言うなら、オレ、今日、ひさびさに亜紗と部長見て、なんかすごい新鮮っていうか、違和感あるくらいだった。あ、そっか、みんなそういやこういう顔だったなって思い出したっていうか』

『えー、ちょっと人の顔、忘れないで』

『あ、私も凛久くんの言いたいこと、ちょっとわかりますよ』

晴菜が言う声を聞きながら、円華は「退出」をクリックした。画面が消え、部屋がしんと静かになると、全身からふーっと大きな息が洩れた。楽しかった——けど、緊張して力が入っていたことを、ひとりになると自覚する。

そして、「ひとりになると」、と咄嗟に思った自分がちょっとおかしかった。ひとりというなら、最初からこの部屋で自分はひとりだった。「ひとり」って、いったい何を基準に「ひとり」なんだろう？　コロナになってから、こんなふうにこれまでは考えてもみなかったことに思いを馳せることが多くなっている。

いつか、筑波山や渋谷に行ってみたいな、と思いつつ、だけど、遠くのどこかに行くのと同じくらい、今は近くにいる誰かのマスクの下を見ることすら難しいんだな、と思う。——武藤が今日、画面の向こうでもマスク姿だったことをふいに思い出す。彼のマスクなしの顔はもうずっと見ていない。

応接間の柔らかいソファに体を横たえて、深呼吸する。猫の耳のようだ、というその姿を見たくて、スマホを取り出し、ネットの検索画面に、「筑波山」と打ち込む。

第四章
星をつかまえる

夏休みがやってきて、いよいよ、望遠鏡作りが本格的に始まった。
七月の最後、全校集会を終えると、真宙は一度帰宅してから、また登校した。
気持ちはもう夏休み。ひばり森中学理科部の、夏休み最初の活動が、この日、夕方から行われていた。オンラインでつなぎ、砂浦三高、ひばり森中、五島天文台の三ヵ所で、それぞれ望遠鏡作りをスタートさせる。

夏休み期間中に部活ができるのかどうか、真宙は気になっていたけれど、もともと生徒の少ないひばり森中では、先生方がやり方を考えながら、一応どの部活も、〝密〟を避けて実施できる方向になったらしい。今、作業をしていても、外からは校庭を走る陸上部のホイッスルの音がしている。完全に通常通りとはいかないようだけど、真宙の家でも、今朝は、立夏が部活に出るためのお弁当作りを母に頼んでいた。

真宙たちの理科部は、今年、室内作業の人数が多くならないように、と、二手に分かれて夏の活動をすることになった。スターキャッチコンテストは真宙、天音、鎌田先輩の三人が行い、他のメンバーは別の日にまた集まって、風力をエネルギーにして走る車作りをするらしい。

活動の形が決まった後、気になって、真宙は鎌田先輩に聞いた。

「先輩は、どうなんですか」

「何が」

「車作りの方がロボットっぽいんじゃないかと思ったんですけど」

鎌田先輩がロボット作りに興味があることは真宙もよく知っている。尋ねると、先輩がなんてことはないように首を振った。

「なんていうか、流れで。もうこっち、抜けられないでしょ。真宙とか中井さんが迷惑だったら抜けるけど」

「いや、絶対いてください！」

なりゆきの流れであっても、鎌田先輩がこっちにきてくれたことがとても嬉しい。真宙の呼び方を、いつの間にか名前で「真宙」と呼び捨てにしてくれていることも、実はすごく嬉しかった。


スターキャッチコンテストの準備は、毎週金曜日までが、一区切りとなる。

まずは、今日。七月三十一日に、各チーム、材料の確認と望遠鏡作りの最初の説明を、砂浦三高のみんなから受ける。

第一週は、そこから各チーム、望遠鏡作りに専念することになる。設計図を見ながらひとまずそれぞれのチームでやってみて、わからないことがあれば、砂浦三高に連絡を取って、コンテスト経験者である天文部の部員や、綿引先生に聞く。天文部からは、「問い合わせ、いつでもどうぞ！」という心強い言葉をもらっていた。

八月七日金曜日までに各チーム、望遠鏡作りに取り組み、この日、無事にできたかどうかの確認と、星を見る最初の練習を行う。

翌週十四日の夜には観測の練習がどれくらいできているか、また確認をし合う。

スターキャッチコンテストの本番は、八月の二十一日金曜日の夜と決まった。観測の練習やコンテストは、もし天気が悪ければ、適宜、延期していく。

毎週金曜日、オンラインでつないでの会議は、茨城や五島の高校生チームは、コロナで休校になった分の授業などがあったりするから、基本、夜だ。今日は望遠鏡作りの最初の会で、夕方からの活動だけど、真宙たちのひばり森中学理科部も、森村先生ががんばって学校から許可を取ってくれたおかげで、少人数の条件つきで、来週から三週連続で、金曜日の七時頃から学校で集まれることになった。

真宙は嬉しかった。五島のチームには、きのこが好きな「小山くん」がいる。鎌田先輩もそうだが、クラスメートが女子だけの真宙にとって、部活の時間に男子の先輩と接することができるのが思っていた以上に楽しみになっていた。

今日は望遠鏡作りの説明で時間がかかるだろうから――と、夜ではなく、午後の四時半から、真宙たちはオンラインでそれぞれの場所からつないで、作り方の説明を受けていた。五島チームは、小山と武藤の男子二人は欠席で、今日は、館長と円華の二人の姿が画面の向こうにある。

「ここの断面のところって、どうして長めに切る必要があるんですか？」

理科室の黒板に貼った望遠鏡の設計図を見つめて、鎌田先輩が尋ねる。

真宙や天音の座る机の上には、塩化ビニール管やレンズ、接眼筒となる部品などが置かれている。砂浦三高の先生が、三ヵ所分まとめて購入して送ってきてくれた材料一式だ。

望遠鏡は、塩化ビニール管を鏡筒にして、市販の対物レンズと接眼筒を使う。レンズを研磨したりする必要もないし、先日聞いた通り、そこまで難しいわけではなさそうだ。

鎌田先輩の問いかけに黒板を見ると、確かに、設計図の中、鏡筒のレンズをつける部分に、手書きの文字で「長めに切っておいた方が失敗が少ない」と書いてあった。設計図は、この間のオンライン会議で見せてもらったものを拡大コピーして貼っている。

その声を受けて、『あー』と、広げたパソコンの向こうから声がする。気だるそうだけど親切な、いつもの凛久の声だ。

『この望遠鏡作りの一番のポイントが、断面をちゃんと垂直に切ることなんスよ。でも、どうしてもそこまできれいに切れないから、ヤスリで断面を削るんです。で、そうやってるうちにどんどん短くなっていっちゃうから、最初は長めに切っとく方がいいんです』

「なるほどー」

鎌田先輩の口から、感心した声が洩(も)れた。凛久の横から、亜紗が補足する。

『ほんとは、電動でできるといいんですけど、電動のノコギリ、ありますか?』

真宙たち三人が森村先生を見ると、先生が肩を竦(すく)め、「あるか、探してみます」と答えた。

『あ、でも』とすぐに亜紗の声がまたする。

『このパイプ、直径がちょっと大きいので、電動ノコギリで切る時は、刃をあてながらパイプを回転させる必要があるんです。そうすると切り口がどうしてもずれちゃうから、どっちみち紙やすりで直角にする作業は変わらないんですけど』

「わかりました。あの、今日は、綿引先生はいらっしゃらないんですか?」

質問に答えてくれるのは、二年生の二人が中心で、綿引先生の姿をそういえば今日は一度も見ていない。亜紗が答えた。

『さっき職員会議から戻ってきたんですけど、今は地学準備室の方かな？　呼んできましょうか？』

「いや、大丈夫です。でも、すごいですね。生徒さんたちに任せて、皆さんのことをものすごく信頼されてるんだなーと思って」

真宙も同感だ。凛久も亜紗もとてもしっかりしていて、頼もしく見える。森村先生の言葉に、しかし、凛久が首を傾げた。

『オレたちのこと信頼してるっていうよりは、やりたいって言ったのは君たちでしょっていう感じで、放置してるだけだと思います』

「その〝放置〟が、なかなか難しいと思うんですよ。僕も含めて、大人には」

すると、「あの」と天音が問いかけた。

「茨城チーム、前のオンライン会議の時にはまだ屋内作業の許可が出ないって聞いてましたけど、今はどうですか？　望遠鏡、今年の一年生が新しく作れそうですか？　それとも、先輩たちが作ったものでの参加になりますか？」

『あ、ご心配おかけしましたが、どうにか作業、できそうです。活動時間に制限はあるんですけど、密閉状態にならないように、換気も徹底してやるってことで、うちも一年生が新しく作ります』

「あ、よかったです」

亜紗の答えに、天音がほっとしたように言う。

茨城チームの一年生の姿は、今は画面の中に見えないけれど、真宙もよかった、と思った。それは、砂浦三高が活動ができてよかった、という思いはもちろん、その方が〝平等だから〟という思いもあってそうなった。このしっかり者の先輩たちが過去に作った望遠鏡との勝負だと、なんていうか、自分たち初心者とのコンテストではフェアじゃない。

そんなふうに思ったことに、真宙は自分でもちょっと驚く。今回のコンテストは、あくまで文化部の「活動」で、サッカーの試合とか陸上でタイムを競う時とは違うと思っていた。だけど、今はちょっと「負けたくない」という思いが芽生えている。

――まぁ、自分たちはこの三チームの中では星が見えにくい都会からの参加だし、そもそも中学生だから、最初から不利なことは間違いないんだけど。

届けられた材料と、黒板に貼られた設計図を見比べる。

真宙たちが主に作るのは、さっき話に出ていた鏡筒だ。あとは、鏡筒と接眼筒をつなぐ接合部や、対物レンズにかぶせるフード部分。驚くことに、それらのすべてが、太さの違う塩化ビニールのパイプの組み合わせによってできている。接眼筒や天頂プリズム、接眼レンズや対物レンズは既製品だけど、それらの既製品がそもそもこの塩ビ管にぴったり嵌まるサイズなのもすごい。まるで、雑誌か何かについてくるキットみたいに完璧な望遠鏡セット、という感じだ。

とはいえ、部品が入っている箱に書かれた「○○社製」という文字や、「焦点距離○○㎜レンズ」という表示は本格的な大人の世界の道具だという貫禄がある。

『とりあえず、最初の難関は、さっき言ったように断面を垂直にすることなんスけど、その後大変なのは、内側にやすりをかける作業かな?』

「それは何のためにそうするんですか?」

凛久に代わり、今度は亜紗が答える。

『よく見るためには、乱反射を抑える必要があるんです。で、内側のつやを消すために、中を削る。だから、鏡筒作りは、紙やすり必須ですね』

「へえ……」

綿引先生がいなくても、ただ手順を説明するんじゃなくて、何のためにそれが必要なのか、理由までちゃんと頭に入っているところがさすがだ。一通り説明を終えたところで、ふいに亜紗が尋ねた。

『五島チームからは何か質問とかありますか?』

それぞれを、茨城チーム、渋谷チーム、五島チーム、と呼ぶことがここ数回のオンライン会議で定着しつつある。五島チームは、確かに静かだった。男子二人がいなくて、今日は円華と館長だけだからかもしれない。

『やってみます』

自信なげに円華の声がした。

『ひとまずみんなでやってみて、わからなかったら、また、連絡させてください』

『了解です。五島チームは学校としての参加じゃないから、いろいろ時間帯とか合わないかもしれないですけど、遠慮なく、いつでもメールとかしてきてください』

『助かるばい、武藤と小山、明日が試合やけんね』

快活な大人の声がした。五島天文台の館長だ。へえ、と亜紗が頷いた。

『二人は、部活、何してるんですか？』

『武藤が野球で、小山が弓道。野球は今年、夏の甲子園はなくなったけど、県の代替大会があるけん』

この間のオンライン会議で一度にたくさんの人に会ったけど、「武藤」のよく鍛えられた様子の腕とランニング姿は特に印象に残っている。そうか、野球部だったのか。

館長が教えてくれる。

『今年で引退やし、二人とも、最後までがんばってほしかよね。円華さんは、今年は野球の応援、行けんで残念だ』

円華が『あ』と小さく唇を開き、画面のこちらに向けて補足する。

『私は、吹奏楽部なんです。野球部の試合は毎年、一緒に本土の球場まで行って、スタンドから応援の演奏をしてたので』

『そうなんですね。うちは野球部がないんですけど、そういえば、今年は独自で代替大会をやる県も多いってニュースで見ました』

『応援には行けないし、演奏も禁止ですけど』

円華がちょっと寂しそうに微笑んだ。

真宙は、そっか、と思う。

これまであまり意識していなかったけど、五島チームは皆、三年生なのだ。高校生最後の年。だとしたら、きっと、あのきのこ好きの「小山くん」も――と思ったのが伝わったように、画面の向こうから名前が聞こえた。

『小山も、弓道部で、県の遠的大会があるとです。今年は感染対策しながらだし、いろんなことがイレギュラーやろうけど。引退してからも、きっと今年の受験生は大変たい』

館長が言って、『今日、そちらの部長さんは?』とこちらを見る。どうやら茨城チームに聞いたみたいだ。そういえば、今日はあの毅然とした眼差しの晴菜部長がいない。

『晴菜先輩も塾です。来週からは来られるみたいですけど、今日はごめんなさいって謝ってました』

『そうかぁ、高校生は忙しかよなぁ。受験生ともなればなおさらやし、みんな、くれぐれも無理せんように。こんな年の夏に、せっかく自分たちの意思で集まってやるんだ。楽しまんば意味なかけんね』

「あ、はい」

館長に言われ、各自がバラバラと頷く。何気なく言われたことだけど、大事な言葉だという気がして、真宙は覚えておこう、と思った。

自分たちの意思でやる。楽しまなきゃ意味ない。

『——って、どんな、——なんですか?』

初めて聞く声がして、え? と思って顔を上げると、茨城チームの画面がちょっとざわざわしている。『こっちでちゃんと聞けって』と凛久が促す声が聞こえて、二年生が画面の前からいなくなり、替わって、一年生の眼鏡の女の子が画面の前にやってきた。

『あ、ごめんなさい。吹奏楽部、そっちでは、今どんな感じですか? 私、中学まで吹奏楽部だったんで、つい気になって。高校入って、最初は続けること考えたんですけど、吹奏楽部は今年は活動、できないかもって聞いて、それで、天文部に入りました』

『ああ――』

円華が頷き、答える。

『うちの学校の部活の中では、吹奏楽部は、部員が多い方なんですけど、やっぱり、全員一緒の活動は難しいです。基本は少人数のパート練習。合わせる時も、パートからひとりずつ代表が出て、距離を取りながら合わせてます。そこで先生に指摘されたことを他のメンバーにも持ち帰って伝えてっていう感じで、どうにか』

『そんなふうにしないと、今、練習って無理なんですね』

『はい』

円華が頷くと、ふいに沈黙が落ちた。

『あ、え……と』

話題を探すように、円華が言う。

『でも、普通に練習できるようになるまで、口の周りの筋力を落としたくないから、個人練習はちゃんとしてます』

『パートどこですか？』

『ホルン』

『あ、私は中学までですけど、クラリネットしてました』

生真面目な様子で茨城の一年生――確か名前は「深野さん」が言う。またちょっと沈黙があってから、円華が頭を下げた。

『次は、小山くんと武藤くんも参加できると思うんで、また、よろしくお願いします』

チームに自分ひとりなのが気づまりなのか、この間より、ちょっと声が硬い。

その後は、真宙たちはさっそく鏡筒作りに取り掛かった。

五島チームは、今日のところは退出し、後日、改めて三人で集まって作業をスタートするらしい。残された渋谷と茨城、二チーム合同の作業が続く。ほとんど同じスピードで同じ作業をするのは、教室が空間を拡大してつながっているような、不思議な一体感があった。離れた場所だけど、普段の授業などで班ごとに隣の机で作業している時と近い雰囲気がある。

まずは、机の上に置いた塩ビ管にメジャーを当てて、真宙が端を押さえ、鎌田先輩が長さを測って印をつける。

「ちょっと長めに、だよね？」

鎌田先輩が言ったすぐ後に、画面の向こうからも、同じようにパイプを押さえた一年生が、

『長めに、なんですよね？』

と二年生に聞く声が聞こえて、向こうは気づいてない様子だったけど、天音たちと顔を見合わせて、ちょっと笑った。砂浦三高には電動ノコギリがあるようで、ちょっと羨ましい。画面の向こうから刃が動き出す高い金属音がした。

こちらのノコギリと紙やすりは、森村先生が前もって用意しておいてくれた。ノコギリで何かを――しかも板とかではなく、パイプを切るなんて初めての経験で、おっかなびっくりノコギリを握り、森村先生の監督のもと、皆で押さえてパイプを切る。意外なほど力が必要で、切

る時にうまく力がこめられないでいると、見兼ねた鎌田先輩が「貸して」と替わってくれた。

作業をする机の中央には、アルコール除菌のスプレーとシートがある。ノコギリなど、道具を使った作業を替わる時には、ひとつひとつ、持ち手を消毒してから交代するのを徹底するように、と言われていた。

面倒だけど、皆、理解している。今は、楽しいと思う活動は、〝徹底して気をつける〟ことセットだ。もし何かが起こったら、できる範囲はどんどん奪われてしまう。できないことが圧倒的に多かったこの春からの日々で、真宙たちが学んだことだ。

「あれ、でも、これ、意外と難しいな。切るの、なかなか……」

「でしょう？　先輩」

悪戦苦闘する鎌田先輩に真宙が思わず声をかけると――。

『おーい、渋谷チームー！』

という声が響いた。

呼ばれて、はっとした。パソコンの前に戻ると、凛久たちが自分たちのパソコンのカメラの位置を変えて、机の上を見せてくれた。

紙やすりが、机の上にテープのようなもので固定されている。

『やすりをかける時は、やすりの方を動かすんじゃなくて、こうやって、やすりを机の上に固定して、筒の方を動かした方がやりやすいよ』

凛久の声の向こうで、茨城チームの一年生――さっきの眼鏡の子じゃない方の「広瀬さん」――が、塩ビ管を両手で持ち、紙やすりの上に煙突みたいに立てた状態で円を描くように動かした。大鍋の中身を混ぜる時とか、大きなレバーを回すような動きだ。

おお～、と思わず、ひばり森の理科室で声が上がる。確かにこの方が断然、やりやすそうだ。

『このやり方、五島チームにも後で教えてあげましょうよ』

『うん。そうだね。メールしとく』

深野と亜紗のそんな声が聞こえる。長時間画面をつないでいたせいか、だんだんと互いのチームに対しての「見られている」緊張感や、構えた感じがなくなってきた。

「あ、そろそろ接続の時間が切れちゃうかもな」

言ったのは森村先生だった。教室の壁の時計を見上げ、残念そうに茨城チームに呼びかける。

「オンライン会議に入っていられる時間が二時間までだから、今日はそろそろこの辺で。次の全体会議は来週の金曜日ですけど、必要に応じて連絡させてください。綿引先生にも、よろしくお伝えください」

『あ、じゃあ、うちの顧問、さすがに呼んできますよ。ちょっと待っててください』

凛久が言い、パソコンが教卓に戻される。少ししてやってきた綿引先生が『はいはい』とのんびりした声で画面に登場する。森村先生が姿勢を正した。

「今日もありがとうございました。いや、砂浦三高の天文部、みんな、素晴らしい生徒さんですね」

『あ、はい。そうですよ。この子たち、素晴らしいんです』

綿引先生が言い切った。その口調にあまりに迷いも躊躇いもなかったので、真宙は一瞬、耳を疑った。大人ってこういう時、謙遜みたいなことを言うんじゃないのか――、いやいや、そんなことないですよ、とか、え、そうですか？　って感じに。まして、天文部の部員は、先生に向けて軽口を叩いたり、距離感が近い印象だから、なおのこと、意外に思う。

するると、さらに綿引先生がこう言い直した。

『あ、でも、「この子たち」なんて言っちゃいけないか。そうですね、うちの天文部は素晴らしいんです』

綿引先生の言葉に驚いたのは真宙だけではないようだった。森村先生もまたびっくりしたように言葉を返せていない。けれど、褒められた当の凛久や亜紗の方は、特段驚いたり、動揺する様子がない。綿引先生は、普段からきっとこうなんだ、ということが伝わる。こんなふうに、みんなのことを褒めたりする先生なんだ。

ややあって、森村先生が「はい」と言った。

「勉強させてもらいます。綿引先生には、僕からまた個別に伺いたいこともたくさんあるので、また連絡させてください。今日はありがとうございました」

『いえいえ。では、またー』

綿引先生の軽やかな声の後ろで、凛久や亜紗、一年生の深野や広瀬が手を振る。オンラインが切れてすぐ、「ふーむ」という大きな声が聞こえた。

振り返ると、天音だった。手で切るのに苦戦して、切るのが途中になった塩ビパイプを見下ろしている。

「悔しいなぁ、電動ノコギリ、あっちの学校みたいにうちも使えたらいいのに」

「うーん。糸ノコくらいならあるかもしれないけど、ちょっと確認してみるよ」

「どこかから借りたりとかできないんですか？」

先生に熱心に尋ねる様子を見て思う。

天音もたぶん、やる気になってる。悔しい、という言葉を聞いて、思い出す。中学生だし、星が見えにくい東京の学校だし、もともと不利だけど、だけど、そういうことじゃないんだ。負けたくない、いいものを作りたい、という気持ちが、天音にもおそらく出てきた。

夏休みが始まるのだ。コロナで、いろいろ普通とは違うんだろうけど、真宙の、中学生生活、初めての夏休みだ。

その日の夜、真宙のスマホに天音からショートメッセージが届いた。姉にバレないようにもぐりこんだ布団の中で、文面を読む。

『電ノコ、貸してもらえる場所、発見！』

ピースサインの絵文字がついている。

電ノコって――と板についた略し方に笑ってしまう。天音、あいつおもしろいな、と心の中で呟くと、口元がにやつくように自然と笑っていた。

「綿引先生って、もともとああいう感じなんですか？」
オンライン会議の翌日、地学室で望遠鏡作りの続きをしていた一年生、深野木乃美が、亜紗たちにふいに話しかけてきた。

夏休み前に、学校が屋内作業を解禁してくれたことで、今、一年生はスターキャッチコンテスト用の塩ビ管の望遠鏡作りを、二年生以上はやりかけのまま止まっていたナスミス式望遠鏡の作業を、それぞれしている。一年生の手助けをしながらではあるけれど、自分たちのこれまでの活動が再開できたことはやはりとても嬉しい。

一年生二人は、ちょうど、塩ビ管の内側をやすりで削る作業をしていた。鏡筒の口を窓の方に向け、内側を陽光で照らして覗き込み、きちんと傷がついたかどうか、確認をしている。

「ああいう感じって？」

亜紗が尋ねると、深野が言った。

「なんか、捉えどころがないけど、すごそうな感じっていうか」

「その言い方は、なんかわかりますね。全然すごそうじゃないのに、え、実はすごい人なの？みたいな感じがうちの顧問にはあります」

今日は部活に来てくれた晴菜先輩が言う。深野が頷いた。

「入部したいって言った時も、『え、うちに入ってくれるの？　変わってるなぁ』ってまず言われて、私たちは歓迎されていないのかと思いました」

「あー、ごめん。たぶん、それは照れ隠し。そういう素直じゃない、天邪鬼なとこもあるんだよな。基本はいい先生なんだけど」

凛久が言うと、深野が眼鏡のフレームに手をやって掛け直しながら「そう、先輩たちのそういうとこもです」と続けた。

「尊敬してないようでいて、尊敬してますよね？　先生のこと。その感じも新鮮でおもしろいっ

「尊敬してないようでって——そんなふうに言える深野さんもおもしろいよ」

ていうか」

ふと、刺激される記憶があった。

先月、まだ今年の活動が決まりきらなかった時のことだ。今年は天文関係のイベントや施設見学が中止になってしまったのはとても残念だ、という話を皆でしていた。晴菜先輩の言葉を借りれば、「うちの顧問はちょっとできるんだぞってところを見せる」チャンスになるはずだったのに、と。そのことを思い出しながら、亜紗が言う。

「綿引先生、ああいう感じだから、いろんな場所に友達とか知り合いがとにかく多いんだけど」

「五島天文台の館長さんとかもそうですもんね」

「うん。だけど、私たちが一番驚いたのは、去年、JAXAの協賛であった、花井(はない)うみかさんの講演会の時」

ＪＡＸＡの宇宙飛行士である花井うみかは、当時三十八歳。その活躍を、亜紗も子どもの頃から新聞などで目にする機会が多かった人だ。茨城県牛久(うしく)市の出身だということもあって、二十代でＩＳＳ——国際宇宙ステーションに滞在する日本人宇宙飛行士の候補として選ばれた頃から、地元のメディアも特に大きく報じてきた。実際に彼女がＩＳＳの日本実験棟「かなた」に滞在した際には、全国ニュースでも扱いが大きくて、同じ県出身というだけの理由だけど、亜紗も妙に誇らしい気持ちがした。

県の記念行事として催されたその講演会は、告知ポスターを地学室に持ってきた綿引先生が

「刺激になると思うから、部として申し込んでみようか」と誘ってくれたのだった。

深野と広瀬が「わぁっ！」と声を上げた。

「いいなぁ。先輩たち、本物の花井さん、見たってこと？」

「見たし、話も聞いたよ。あ、でも、凛久は家族と行ったんだよね？」

「姉ちゃんと」

ぶっきらぼうな口調で凛久が答える。

「講演会、姉ちゃんが申し込んでて。母さんが一緒に行く予定だったんだけど、その日急に都合悪くなって、で、オレが代わりに」

「凛久先輩、お姉さんいるんですね」

「姉ちゃんも好きだから、宇宙とか、そういうの」

「あ、じゃ、凛久先輩が星に興味持ったのもその影響なんですか？」

「影響っていうか……、うん、まぁ、そんな大げさなもんじゃないけど、それはあるかも」

亜紗が言う。

「私たちもその時初めて、凛久にお姉さんがいるの知ったんだけど、でも会場では会えなかったよね？　あ、で、その講演の時……」

花井さんの話はとてもおもしろかった。

会場には、老若男女、さまざまな層の人たちが集まっていた。亜紗たちのような高校生や、それより小さい小学生、天文ファンらしき親子連れなどの姿も多く、その全員が顔を輝かせて花井さんに注目していた。本物の宇宙飛行士に会える、という高揚感もあったろうけど、花井さんが、人を惹(ひ)きつける明瞭(めいりょう)な話し方をしてくれるおかげで、その場の誰ひとり退屈していなかったと思う。

　会場に子どもの姿が多いのを見て取って、自分がどんな小学生だったか、子ども時代、宇宙関係の本や特集記事を多く読み込んだことが現在の自分につながっていることなどを語り、来年からまた宇宙ステーションの活動に従事するにあたっての決意を口にする姿も凛々(りり)しくて、亜紗はぽーっとなった。

　今、頭上にある空の向こう——宇宙に、この人は本当に行ったことがあるんだ、と思ったら、そんな人とこの距離で同じ空間にいることが奇跡のように思えた。

　すると、講演の最後に質疑応答の時間があり、司会の男性の「何か、会場から質問はありますか？」という問いかけに、亜紗たちの横に座っていた綿引先生がすっと手を挙げたのだ。

　亜紗たちは——、たまげた。

「え、こういう時って、子どもに質問するのを譲ったりするもんじゃないの？　先生が質問するの？　ってめちゃくちゃ驚いて……。他の聴衆はみんな、花井さんの話に圧倒されてて、誰も手を挙げていないし」

「そりゃそうですよ。え、で、綿引先生、質問したんですか？」

「うん。で、そこからがもっと驚き」

司会が綿引先生を指し、マイクが回ってくると、綿引先生がいきなり「こんにちは、うみかさん」と呼びかけたのだ。

　それはさすがに馴(な)れ馴(な)れしいんじゃないか——と部員はみんなハラハラした。しかし、次の瞬間、花井さんの表情に明るい光が差した。マイクを持って立つ綿引先生の姿に目を留めた彼女が、なんと、「あ、先生」と呼びかけたのだ。

「えええええーーー!!」

深野と広瀬、二人が目をまん丸にして叫ぶ。当時の亜紗や部員たちも、さすがにその場では声にしなかったものの、心の中で激しく絶叫したから、その思いはよくわかる。

「えっ、花井さん、先生のことを知ってたってことですか?」

「まさか、教え子だったとか……?」

深野だけでなく、それまで静かに話を聞いていた広瀬までもが聞く。問いかけに、今度は晴菜先輩が答えた。

「教え子じゃないですよ。花井さんは確かに茨城出身ですが、先生とは全然、無関係です。ただ、後で聞いたら、先生はそれまでも、花井さんが登壇したイベントや著作のサイン会にファンとして通っていたみたいで、挨拶(あいさつ)したり質問したりするうちに、顔を覚えてもらったようです。学校の先生だということも伝えたので、『先生』と呼ばれているんだ、と話していました」

「すごい」

深野が呟いた。

「教え子とかより、ある意味すごくないですか? 要するに、熱心すぎる単なるファンってことですよね。それで顔なじみになるって相当ですよ」

「うん。だけど、そういうことを飄々(ひょうひょう)とやれる人だから、花井さんも記憶に残ったんだと思う」

綿引先生は、そうやって人の懐に入っていくのが上手だ。相手を不快にさせることなく、気づくと距離を詰めている。オンライン会議でのふるまいを見ていても感じることだった。

「先生はその時、なんて、質問したんですか?」

広瀬が聞いた。亜紗が答える。

「『今日、僕の高校の天文部の生徒たちと一緒に来ているんですが、彼らに何かメッセージをお願いしてもいいですか』って」

なんてことを聞くんだ――と思った。実を言えば、亜紗はそういう感じの質問がとても嫌いだ。何かの分野の第一線で活躍している人に対してよく聞かれる「子どもたちに一言」は、大人がとりあえずする質問だ、という気がする。実のところ、そういう質問の答えを求めているのは「大人」の都合で、花井さんのことも、当の子どものこともちゃんと考えていない気がする。

だけど、この時ばかりは、亜紗はごくり、とつばを飲み込んで、花井さんの言葉を待った。ステージの上の、明るい水色のパンツスーツを着た花井さんが先生の横に座る亜紗たちを見た。通りのよい透明感のある声が一言、「星が好きですか?」と聞こえた時、全身から汗が噴き出た。自分たちに向けられた言葉だと思ったら、全身が一瞬で熱くなった。

大人の女性の、しかもとても尊敬している人の視線がこちらに向けられているのを感じると、あまりに恐れ多くて、声がうまく出せなかった。亜紗も晴菜先輩も、当時の三年生たちでさえ全員が言葉を発することなく、ただ頷いた。

花井さんがふっと微笑み、「私の憧れも、子ども時代から始まっています」と答えてくれた。

「当時、『科学』と『学習』という雑誌が出ていて――。各学年ごと、その学年にあった読み物がたくさん載っていて、付録も魅力的で」

　花井さんがそう言うと、会場にいた大人たちから、大きな反応があったのがわかった。亜紗も雑誌の存在は知っていたが、上の年代の人たちにはより馴染み深く思えるのだろう。

「私は、クラスの子の多くが『学習』を買ってもらう中、圧倒的に自分の興味が『科学』派だ、とその本を読む中で気づきました。特に、小学五年生の時、毛利衛さんがスペースシャトル、エンデバーに搭乗した際には、その詳細な記事が読みたくて、学年の違う姉にも、その時だけ『科学』の方を買ってほしいと頼み込んで大ゲンカになったり。姉は『学習』派だったので」

　花井さんが、ふふっと笑った。

「皆さんも、自分が何を好きなのか、ある日、気づいたらそうだった、ということがあると思います。そして、私は、そういうものに恵まれた自分がとても幸せだったのだということを、今、実感しています。皆さんは高校生ですよね？」

　亜紗たちがぎくしゃくと頷くと、花井さんが言った。

「現実的に進路を考えると、好きなことと向いていること、得意なことや苦手なことのギャップで苦しむ時もくるかもしれない。好きだけど、進学先や、職業にするのには向いていない、ということもひょっとするとあるかもしれません。だけど、もし、そちらの方面に才能がない、と思ったとしても、最初に思っていた『好き』や興味、好奇心は手放さず、それらと一緒に大人になっていってください」

　花井さんのその時の答えは、あまりにぽーっとなりすぎたせいで、正直、その場で完全に理解できたとは言えなかった。しかし、講演会が終わった帰り道、亜紗たちよりさらに興奮した様子の綿引先生が「さすが花井うみかだなぁ」と感嘆のため息とともに教えてくれた。

「たとえば君たち、今、理系と文系で進路を迷ったりするでしょう？　天文は好きだけど、どうも、テストでは理科や数学は点数が取れないとか、できないってほどじゃないけど、国語や社会の方が点数取れるから、進学も文系の学部にしようとか、そうやって現実的に進路を選ぶ。——だけど、要するに、うみかさんが言ってくれたのは、進学とか就職とか、何かに活かせないとしても、好きなことへの情熱は捨てることないって、そういうことを言ってくれたんだよ。問題なのは、即物的な何かに対して役に立つかどうかじゃないんだよなぁ」

「趣味として続けてもいいとか、そういうことですか？」

亜紗が聞くと、綿引先生が「うん」と頷いた。

「趣味っていうと軽く聞こえるかもしれないけど、案外、人生を豊かにするのは、そういう役に立たないところにある興味や好奇心なんだよ。オレだってそうだ」

「先生は好きなこと、仕事に役立ててるじゃないですか」

「いや、本当に好きにしていいなら、もっともっとやりたいことはたくさんあるよ。だけどなぁ、うみかさんみたいに、憧れてて好きだったことの、その最たるもののど真ん中にいて格闘してる人が、普通はああいうことはなかなか言えないよ。君たち、今日、行ってよかったね。僕もあの言葉が聞けてよかった」

鼻歌でも歌いそうなほど上機嫌な綿引先生の横で、亜紗も、会場にいろんな人がいたことを思い出していた。花井さんの姿が見たくて、宇宙の話が聞きたくて集まったあの人たちは、全員が全員、宇宙に関する仕事をしてるわけじゃもちろんない。だけど、あの場でああやって皆とあの話を聞けたことが、その日はとても嬉しかった。

「すごい」

広瀬が言った。心の底からの呟きのように聞こえた。

「綿引先生って、本当、誰に対しても、そういう感じなんですね。相手が花井さんだったとしても」

「相手を不快にさせることなくその姿勢を貫けるところは、あの先生の美点かもしれません」

晴菜先輩が微笑んだ。横の机で作業する凛久の方を見つめながら言う。

「優秀で、面倒見のいい先生でもあると思います」

晴菜先輩は受験生だ。春の休校が明けた後の地学室で、綿引先生が晴菜先輩に対して、これまでの活動を、研究費をくれた財団などにきちんと報告して実績にすることを勧めたり、その実績をもとに推薦で受けられそうな大学の学部をいくつか紹介しているところを、亜紗たちも見ている。

天文部の活動は今年はできないならできないで仕方ない——と言いつつ、先生は受験生の部長に対しては「晴菜はそろそろ研究まとめないとな」と要所要所で助言していた。

屋内作業の許可が出て、本当によかった、と思う。ナスミス式望遠鏡が今年完成するなら、それは、晴菜先輩の十分な「実績」になる。

深野に向け、亜紗が言う。

「昨日のオンライン会議で初めて知ったけど、深野さん、中学までは吹奏楽部だったんだね」

「あ、はい。でも、休校が明けたら、今年は、コンクールはもうないって話だったし、高校からは新しいことやってみたかったので。星とか、理科系のことはこれまで興味がまったくなかったから、『生徒会だより』の紹介文読んで、ああ、こんな活動してる部もあるのかって驚いて」

「あれを読んでくれたなんて本当に嬉しいよー！」

あの欄を書いた亜紗としては光栄だ。深野が「はい」と答えた。

「広瀬もそうだよね？」

「あ、うん」

もうひとりの一年生、広瀬彩佳が、深野の声に頷いた。

「カッシーニって名前くらいは聞いたことあったし、載ってた大きな望遠鏡の絵もなんかぐっときて。おもしろそうだし、見てみたいなぁと思ってたら、深野に誘われました。見学、行ってみない？　って」

最初、真面目そうな印象を持っていた眼鏡の深野は、意外とおしゃべりで、サバサバした口調で亜紗たち先輩にも物怖じせず話すのに対し、活発そうに見えていた広瀬の方は、むしろおっとりというか、よく考えてから発言するタイプのようだった。今も、急に自分に振られてびっくりしたようにひと呼吸おいてから、亜紗の方を見て答える。

「広瀬さんは中学までは何部だったの？」

「あ、私は中学までは部活、入ってなくて」

「バレエ一筋だったんですよ、この子」

二人は同じ中学出身で、その頃から親しい付き合いらしい。広瀬が曖昧に微笑む表情を浮かべると、深野がさらに補足する。

「習い事のバレエが忙しくて、部活には入ってなかったんです」

「バレエってあのバレエ？　バレーボールじゃなくて、踊りの方の？」

「——です。子どもの頃から習ってて」

広瀬がおずおずと頷いた。

「小さい頃は週に一回か二回のレッスンだったんですけど、小学校の中学年くらいからは週五で通ってたんで」

「週五！」

では、平日だけなら毎日だ。亜紗が思わず声を上げると、広瀬ではなく、今度も深野が説明する。

「バレエって、ちゃんと体力つけなきゃならないから、本当に続けたいなら、それくらいやらないとダメらしいです。基本は毎日レッスンしないと、トウシューズで自分の体を支えるような体力も筋力もつかないそうで。だから、広瀬は部活には入らないでバレエのレッスン。驚きますよね？」

「ええーっ！　そんなに本格的にやってたのに、今は？」

「春に、やめたんです」

亜紗が咄嗟に思ってしまったのは、「もったいない」ということだった。だけど、それを口に出すほど、亜紗は無神経でもぶしつけでもない。ちょっと間があってから、広瀬が訥々と続ける。

「五月に発表会がある予定だったんですけど、それに出るか出ないか、先生が生徒の家に希望をとったんです。休校も決まったし、各家庭に『自己判断してほしい』って。私は、ずっとレッスンしてきたし、衣装も借りて、フィッティングもサイズのお直しも全部済んでたから、当然、自分は出るものだって信じて疑っていなかったんですけど……」

だけど、広瀬の両親が、二人してそれを止めたのだと言う。

今は危険な時だし、いろんなものが中止になっている。参加して万一のことがあったら、周りにだって何をどう言われるかわからない。先生たちも悩んでいるけど、私たちも、あなたに何かがあったら、参加を許可したことをすごく後悔すると思う――そんなふうに説得された。

今、コロナの新規感染者は、厳戒態勢だったあの春の最初より人数はむしろ多いくらいで、だけど、亜紗たちはだいぶいろんな活動ができている。――できている、というより、している、というべきか。物理的に「する」ことだったらきっとあの頃だってできた。

だけど、あの春の緊張感は、今思い出しても、やはり特別だった。

「親と、ものすごく言い合っちゃって」

ぽつりぽつり、と広瀬が説明する。

「父と母は、先生に対しても、口には出さないけど、はっきり苛立(いらだ)ってました。『なんで先生が中止の判断をしてくれないんだ』って思ってるのが伝わってきて。家族で散々ケンカして険悪になった後、先生から『やっぱり中止します』って連絡がきて、発表会はなくなりました」

あの頃の――四月の空気を思い出す。プロの世界であっても、コンサートとか演劇とか、さまざまなイベントの実施の判断をめぐっていろんなニュースが飛び交っていた。参加するしない、の判断が各自にゆだねられる、その「責任」と「判断」が重苦しく、いっそ誰かに決めてほしい――と広瀬の両親が思ったというのも、亜紗自身にそんな場面はなかったけれど、我がことのように想像できた。

机に置いた塩ビ管を手でさすりながら、広瀬が続けた。

「今考えると、別にやってても平気だったろうな、とは思うんです。クラスターにも、あの時期だったらきっとならなかった気がする。でも、万一のことがあったらどうしようっていうあの感じとか、ひとまず全部なくしておけば間違いないっていう雰囲気、あの時はありましたよね」

「広瀬さん、それで燃え尽きちゃったとかそういう感じ？」

横から口を挟んだのは凛久だった。

話を聞いていないように思っていたけれど、ナスミス式望遠鏡の設計図に落としていた目線を上げて、広瀬の方を見ていた。広瀬がはにかむように笑って首を振る。

「あ、そんなかっこいい感じじゃないです。単純に、毎日のレッスンに見合うほど、自分が周りの子に比べたら才能ないなってその頃もう思ってたことと、あとは、その時に思い切って親と話したことで、いろいろ本音が聞けて。――申し訳ないけど、うちはここまでだよって」

口調は明るいけれど、広瀬の目が、微(かす)かに翳(かげ)ったように見えた。

「この先バレエを続けたいって言っても、もっといい先生についたり、留学するのはうちじゃ無理だけど、いつまでやる？　ってはっきり聞かれました。今、うちは相当大変だから、気持ちを聞かせてって」

「大変？」

「うち、焼き鳥屋なんですけど……。常連さんとかもそこそこ多いお店で」

「めちゃくちゃおいしくて、結構有名なお店なんですよ。私、もともとかねぎ間くらいしか食べたことなかったんですけど、中学で広瀬と仲良くなってから、砂肝とかハツとか、全部食べられるようになりました」

深野が言うと、広瀬が「ありがと」と微笑んだ。凛久や亜紗に向き直る。

「毎日のレッスンは——当然だけど、お金がかかります」

広瀬が微かに首を竦めたように見えた。

「特に私は、最初に母がなんとなくで連れてってくれた近所のバレエ教室から、もっと大きい教室で習いたいって、別のスクールに移ったんですけど、親たちとしても、ここまでやるとは思ってなくて大誤算だったみたいで」

広瀬の顔が微笑みを絶やさないまま、同時に困ったような表情になっていく。

「将来的にバレエで食べていくわけでもないのに——そこまで一生懸命にやることないんじゃないかって、発表会の口論の時にはっきり言われました。私のレベルじゃ、留学なんてまず無理だし、考えてなかったんですけど、母は、私の知らないところで、留学するとしたらどれくらいかかるのか、とかも実は計算してたみたいで、それはうちでは絶対に無理だよって。両親が想像以上に私のバレエのことであれこれ悩んでくれてたことも、その口論で初めて知って、で、反省しました。うち、今、そんなに苦しかったんだって」

あっけらかんとした口調で広瀬が言う。けれど、その口調は、おそらくは彼女がこの話を繰り返し友達などにする中で徐々に獲得したものだという気がした。

凛久が尋ねた。

「それはやっぱり、コロナの影響でお店が大変になったとか、そういうこと？」

「まあ、そうですね。でも、びっくりしました。うち、人気あるお店だと思ってたから、数ヵ月くらいお客さんが減っても大丈夫だろうと思ってたところあったんですけど、飲食店を経営するって、そんな単純なもんじゃないんですよね。たとえ貯金があったとしても、流れてく日々の中で収入がないっていうのは、こんなに大変なことなのかって気づいて。わかってたつもりだったんだけど、これまで見えなかった部分が初めて見えたっていうか。そういう意味では発表会のことで揉めたのは、かえってよかったかもしれないです」

「まあ、それぞれ、いろんな影響あるよな。コロナでは、どんな家も」

凛久が言った。広瀬の話がとても深刻で、簡単に言葉をかけられないと思いながら話を聞いていた亜紗は、凛久があまりにあっさりそう言ったので、「え、お前！」みたいな気持ちになる。

けれど、当の広瀬がすぐに頷いた。

「はい、あります。――だから、さっきの先輩たちの話には、ちょっと励まされました。花井さんの、向いてるものと好きなものの話。その二つは確かに一緒じゃないこともあるかもしれないけど、向いてないことへの好奇心も、手放さなくてもいいって聞いて、なんだか、ほっとしたっていうか」

「あ、私もです。実は、私も、親とか、中学の頃の部活仲間から、吹奏楽続けないのかって、聞かれたりしてて」

深野が隣で、小さく挙手する。

「みんな結構、辛辣なんですよね。楽器やめて後悔しないのか、天文部って、星見るの楽しいかもしれないけど、そんなのただ楽しいだけじゃないかみたいな」

「楽しいだけって、深野さん……！」

言葉を選ばずにズバズバと言う深野に思わず声を上げる。彼女が表情を変えずに言った。

「これでも迷ったんですよ。楽器は確かに目に見えて演奏の技術がつく気がするけど、何のためにやるのかって悩んだこともあって。どんなこともそうだけど、始めたはいいけど、やめる時って、本当に自分で決めるしかないんだなーって。プロだけがそれを仕事にできるんだとしたら、〝何のためにそれをするのか問題〟って、絶対誰にでもあると思うんです。なんか、コロナのあれこれが始まってからは、特にそういう圧を感じる気がする」

圧。

深野の言葉に、その場の全員が彼女を見た。

「これって役に立つのか、何のためなのか。――将来、何かの役に立つのか、受験の足しになるのか、みたいなことを、前より考えるようになっちゃった気がして」

「その感じはよくわかりますね」

晴菜先輩が言った。マスクの上の切れ長の瞳が鋭く輝く。

「私は受験生だから、特にそうかもしれません。コロナ禍が始まってそうなった気がするという点にも同感です。みんな、ステイホーム期間があったり、家で時間を持て余した期間もあったはずなのに、不思議なものですけど、今、何が役に立つのか、何をすべきなのかに、より追い立てられるようになった感じは確かにありますね」

「はい。だけど、ここ数日はいろいろ勉強になるなぁって思ってます」

語る深野は、嬉しそうだった。

「星の知識とか、望遠鏡作りとか、確かに今すぐ学校の勉強に結びつくってわけじゃないけど、それ知ってる綿引先生とか、すごく楽しそうだし、ああ、なんか別に何のためとか、目的なんかなくてもいいのかなって」

「役には立つし、目的もありますよ」

晴菜先輩が微笑む。

「実際、私は、天文部でこれまでやってきた活動を実績として、推薦入試を受けたりもしますし」

「あ、だけど」

凛久が横から口を挟む。

「別に晴菜先輩とかオレたちも、進学のためだけでもないっていうか……。遊びながら、ついでにそれが利用できるならしよう、くらいの感覚。つまり、何を『目的』と思うかが違うのかもな。受験みたいなものだけを目的と思う人もいれば、遊ぶことそのものが目的の綿引先生みたいな人もいる」

「でも、先生だけじゃないですよね」

広瀬が言った。

「この間のオンライン会議で、中学生の子と、五島の三年生がキノコのことで盛り上がってるの見て、あの二人も別に将来はキノコ関係の仕事がしたいとか、そういうわけじゃないだろうけど、あんなふうな好きになり方もあるんだなって、結構、驚きました。それで、いいのかもって」

広瀬が笑って、そう言った。

興凌士がひばり森中学にやってきた。

五島の高校に留学して通っていたが、今は東京に戻ってこちらに住んでいるという、五島チームの同級生。

高校生が来る、と聞いて、真宙は内心、どんな人なんだろう、と緊張していたけど、やってきた興は童顔で背が低く、見た目に威圧感はまるでなかった。

「よろしくお願いします」

森村先生と一緒に理科室に入ってきてすぐ、真宙たちに丁寧に挨拶してくれる。向こうも緊張しているみたいだ。真宙たち三人も、森村先生と一緒に「よろしくお願いします」と頭を下げた。

「興くんは五島から東京の学校に転校するんじゃないかって聞いてたけど、それ、新しい学校の制服？」

森村先生が尋ねる。ジャージ姿の真宙たちに対し、興はシャツとスラックスの、どこかの制服みたいなスタイルだ。問いかけに、興が首を振った。

「あ、制服はまだ五島の、泉水高のです。実はオレ、まだ、あそこの生徒ではあるんです。授業もオンラインで泉水高のものを受けてて、出席扱いにしてもらってました。だけど、今日、学校に行くのにいきなり私服も変かなって、一応、制服で来ました」

「じゃ、この夏の状況で五島に戻るかどうか決めたりするの？」

「いえ。さすがにもう、こっちの学校に転入するつもりです。春から、親と一緒にコロナの状況、落ち着かないかなーって様子ずっと見てたんですけど、厳しそうなので」

輿が残念そうに、肩を竦めた。

「親からも、これから先、冬になったらコロナは必ずまた第三波がくるだろうから五島には戻せないって言われて、この夏休みで、どうするか決めることにしました」

大変だな――と真宙は思う。ただ、それがすぐに言葉としてかけられない。黙っていると、輿がふいに、真宙を見た。

「君が安藤真宙くん？　小山のキノコ仲間の」

「えっ、あ、そうです」

「そっかぁ、よろしくね。小山から話、聞いてさ。うっわぁ、そのオンライン会議、オレもいたかったなぁって悔しかった。すごいよ、オレ、小山とは一年から寮が一緒で結構あいつのこと知ってるつもりだったんだけど、あいつがキノコ好きなんて全然知らなかった」

「そうなんですか？」

「うん。いきなり知らない中学の部活に割り込んで大丈夫なのかなって思ってたけど、小山からその話聞いて、オレ、爆笑して、リラックスした気持ちで今日も来られたよ。ありがと！」

輿は目がくりっと大きく、話し方も人懐こい。その一言で真宙たちの間にあった人見知りの空気が薄れていくようだった。あ、この人、本当に五島のあのみんなの仲間なんだ、とわかる。

「改めまして、輿凌士です」

「中井天音です。中一です」

「鎌田潤貴です、二年です」

自己紹介しあった後で、輿の興味は、やはり真宙たちが作っている望遠鏡に注がれた。まだ電動ノコギリを使っていないから断面が粗い鏡筒の中を覗き込みながら、輿が「おもしろいなぁ」と声に出す。

「うちにも望遠鏡はあるけど、手作りってすごいね」

「輿くんには、スターキャッチコンテストの審判を頼みたいんだ」

「あ、武藤たちから聞きました。オレで役に立てるならやってみたい気持ちはあるんですけど、オレはオレで、審判の練習が必要かもしれないです。この望遠鏡で見た時にどう見えるのか把握しときたいし――望遠鏡作りも、もし迷惑でなかったら、何度か顔、出させてください」

「あー、それはこちらも大歓迎だよ」

森村先生が嬉しそうに言って、「じゃあ、そろそろ」と理科室の壁掛け時計を見上げた。今日は理科室に集合した後、電動ノコギリを貸してもらえる場所に皆で行くことになっている。輿もよかったら一緒にどうか、と誘い、同行してよい旨をすでに先方からも取りつけていた。

「おー、真宙に天音ちゃん、ひさしぶり」

東京都立御崎台高校。

その入り口で、柳が出迎える。よその学校――しかも高校の校舎に入る機会なんて初めてだから、微かに緊張しながら、真宙は「どうも」と頭を下げた。

「今日はありがとうございます！」

やってきた柳に向け、天音が嬉しそうにお礼を言う。

その横で、校舎に入ってすぐの場所に置かれた来校者名簿に森村先生が全員分の名前を書く。真宙たちは出されたスリッパを履き、名簿の横のアルコールスプレーで手を念入りに消毒した。生徒が書いたと思しき注意書きが、スプレーの下に「アルコールは手のひらと手の甲、両方に揉みこむようにしましょう！」と貼られている。

ひばり森中学から十分と離れていない、この御崎台高校こそが、天音が見つけてきた「電ノコを貸してもらえる場所」だった。

宇宙線クラブの活動をきっかけに天音と柳はちょこちょこと連絡を取り合っていたようで、天音が今回のスターキャッチコンテストと望遠鏡作りについて説明し、ついでに、電動ノコギリについても聞いたところ――柳から「うちの高校にはあるよ」と教えてもらったそうだ。

「いやー、本当に助かります。図々しくお邪魔してすみません」

森村先生が、高校生の柳相手にも丁寧な口調で挨拶する。

「いえ。使って減るもんじゃないし、うちの顧問に話したら、あっさりオーケーもらえました。おもしろそうだから自分もスターキャッチコンテストの話聞きたいって言ってたし」

柳は中学までスポーツをしていただけあって引き締まった体型をしているし、背もすらっと高いから、まだ二十代の森村先生と並ぶと大人同士みたいな雰囲気がある。同じ高校生だけど、輿とはまた感じがだいぶ違う。

「で、それが望遠鏡になるの？」

抱えるように持ってきた真宙の胸の塩ビ管を見て、柳が尋ねる。

「あ、そうです」とすぐに天音が返事をするのを聞いて、微かにムッとした。望遠鏡一式を運んできたの、ほとんどオレと鎌田先輩なのに、なんで天音がちゃっかり返事するんだよ、とおもしろくない。

あと、柳くんがいつの間にか中井のことを〝天音ちゃん〟とか呼んでいるし。

『電ノコ、貸してもらえる場所、発見！』

嬉しそうに絵文字とともに報告してきた天音のことをおもしろいやつだ、と笑ったのも束の間、続けて、その場所が御崎台高校の柳のところであることを知って、真宙の胸にモヤっとしたものが広がった。

もともと、二人が知り合うきっかけを作ったのは自分だ。宇宙線クラブの活動のことで、柳の連絡先を天音に教え、天音からも「楽しかった」と報告を受けていた。——だけど、参加はその一回限りだと思っていた。その後も天音が部外者なのに参加し続け、こんなにも柳と親しくなっていたことを、真宙は何も聞かされていなかった。

——柳くんは、オレの友達だったのに。

サッカーチーム時代のプレーヤーとしての柳のかっこよさを、天音は全然知らないはずだ。自分でも、こんなふうに思うのは嫉妬だとわかっているから、口に出したりしないけど、気分はよくないし、もっといえば今日だって来たくなかった。だけど、自分のいないところで、天音が柳とますます仲良くなるのかと思ったら、それも嫌だ。

真宙の内心の思いになど誰も気づかないまま、柳が電動ノコギリがあるという「技術室」に案内してくれる。校庭では運動部が部活をしている様子だし、廊下ですれ違う生徒の姿もあり、御崎台高校もまた、この夏は部活動ができている様子だ。

「柳くんの物理部は、今日は活動、あるんですか？」

一歩前を歩く天音が、階段をのぼりながら横の柳に聞く。――天音も天音で、いつの間にか、柳を〝くん〟づけで親しげに呼んでいる。

「あ、今日はないよ。人数があんまりいない時の方が、作業しやすいかと思って」

「えっ、じゃあ私たちのためにわざわざすみません」

天音が謝る。別にお前だけのためじゃなくて、オレたちみんなのためだから――と真宙の心の中のツッコミが止まらずにいたその時――、三階の角の部屋のドアを、柳が開けた。

「市野(いちの)先生、ひばり森中の子たち、来ました」

柳が中に向けて呼びかける。その声に、技術室の中にいた人が立ち上がり、真宙たちの方を見た。

長い髪をひとつに結んだ、痩(や)せた女の先生だった。大人の年はよくわからないけど、真宙の母親より少し年下くらいに見える。切れ長の一重瞼(まぶた)で、明るい緑色のロングスカートをはいていた。

真宙は――ちょっと驚いた。なんとなく、物理部の顧問と聞いて森村先生や綿引先生のような男の先生を想像していたからだ。

「こんにちは。ひばり森中、理科部の森村と申します」

「お待ちしていました。物理部顧問の市野です」

市野先生はハスキーボイスというか、少し声が低く、それが本人のちょっとクールな雰囲気によく合っているように感じた。

森村先生が名刺を取り出して渡し、市野先生からも名刺をもらって——そこで、森村先生が「あれ」と呟く。

「市野先生は——国語が専門でいらっしゃるんですか」

「そうです。主に古典を担当しています」

それが何か？　という静かな視線で、市野先生が森村先生を見つめ返す。真宙たちも森村先生の手元にある名刺を覗き込んだ。

『東京都立御崎台高校　国語教諭　市野はるか』とあった。

いや、あの、と戸惑う森村先生をよそに、遠慮のない声を上げたのは鎌田先輩だった。

「物理の先生じゃないんですか？　物理部の顧問なのに」

「物理の先生もいるにはいるんだけど、兼部っていうか、その先生、昔から剣道やってて、今はメインが剣道部の顧問の方なの」

市野先生が答え、横で柳が頷く。

「オレたちも、物理のその先生の方に聞きに行ったりすることもあるけど、基本は市野先生にいろいろやってもらってる」

「あんまりやることもないんですよ。うちの生徒は、基本的には自分たちで活動を進めてくれるので、こちらはその調整役というか」

市野先生が淡々と答える。

「今は人工衛星作りと宇宙線クラブの活動が主なので、教務主任に私が適任なんじゃないかと勝手に判断されて、なりゆきで顧問になりました。興味のある分野ではあったので」

「そうなんですね」

森村先生が、市野先生の堂々とした雰囲気に押し切られたようにして頷く。

だけど、森村先生もまた、前の学校ではバスケ部の顧問で、理科教諭だけど理科部の活動はしていなかったと言っていた。どの教科の先生が何部の顧問になるかは、いろんな巡り合わせとか、それこそ〝なりゆき〟の事情などもあるのかもしれない。

名刺交換をする大人同士を横目に、真宙は改めて、初めて入った高校の技術室の室内を見回す。名前のわからない機材がたくさんあり、壁際まで使って乱雑に置かれている。近くの壁際にはコンテナボックスが積まれて、中にぐるぐる巻きにされた何かのコードがたくさん入っていた。

目当ての電動ノコギリは、先に市野先生と柳が用意しておいてくれたのか、中央付近の机にすでに置かれていた。色鮮やかな青の大きな持ち手がついている。初めて見るけれど、あれがたぶんそうだ。

「まずは真宙がやってみなよ」

鎌田先輩に言われ、真宙が「げ」と言うと、「発案者でしょ」とぶっきらぼうに言われた。

「じゃ、君やってみる？」

市野先生に言われて、手の中の塩ビ管を持ってノコギリに近づいていく。

使い方を教わりながら、おそるおそる、まずは、手近にあった木片をもらって、切る練習をした。木片を台に載せ、持ち手部分にある引き金を引くと、刃が回り出して、思わず背筋が伸びて指を離してしまう。すると、市野先生から注意された。

「ちゃんと押さえてないと、残りや破片が飛んで危ないよ」

「あ、じゃ、オレも手伝うよ」

鎌田先輩が端を押さえてくれて――仕切り直し、緊張しながら、電動ノコギリの刃をあてる。木に電動ノコギリの刃が入るギーッという鈍い音がして、しっかりとした手応え(てごた)えが手の中に返ってくる。

「うまいうまい」と森村先生と天音が拍手してくれて、いよいよ本番で、塩ビ管を切ることになる。

「本当にオレがやっていいんですか⁉」

往生際悪く真宙が言うと、「大丈夫だって！」と鎌田先輩がうんざりしたように言い、天音までもが「失敗してもいいように、そのために長く切ったんでしょ！」と言ってくる。じゃあ、お前やれよ――と思いながらも、「失敗してもいい」と言われて、気持ちがちょっと楽になった。

鎌田先輩にまた端をしっかり押さえてもらって、思い切って、前回やりかけになった塩ビ管の切断部分にノコギリの刃を近づけていく。茨城チームに教えてもらった通りに、慎重にパイプを回転させながら刃をあてる。木片の時より短くて高いウィン、という音がして、塩ビ管の先がスッパリと切れた。

わ、と声が出る。スイッチを止め、断面を見た。

きちんと切れた。その切り口が、真宙の方を向いている。

「お、きれいだな。角度もいい気がする」

「うん。このまま、あとはやすりかけるのに進んでもいいんじゃない？」

森村先生と天音に言われる。真宙も「そう？」と答えつつ、ほっとした。すると、すぐ後ろから市野先生の声が聞こえた。

「この望遠鏡、すごいですね」

柳たちから事前に、見せてほしいと連絡をもらっていたので、真宙たちは今日、鏡筒の部分の他にも、望遠鏡の部品と設計図をすべて持ってきていた。それらに目を落としながら、市野先生が続ける。

「専門的な部品も使うけど、全部、既製のすぐ手に入る材料だけでできるように設計されてる。気軽に作れることを最優先にしてありますね」

「あ、そうなんです。この望遠鏡を設計した先生が、そこに一番こだわったみたいで」

森村先生が説明する。

「その先生が若い時に、星の観測会をした時の経験をきっかけに考えられたそうです。その観測会にはいろんな人が来ていて、中にはかなり本格的に活動をしているアマチュアの観測サークルなんかもいて、その人たちが一般の人たちに、自分たちの持つ望遠鏡を貸してくれたそうなんです。高性能の、それこそ何百万もするような望遠鏡だったそうで、その場にいた子どもたちにも星を見せてくれたらしいんですけど、その時、子どもたちの反応がいまひとつだったようで」

「なぜですか？」

「最初は、きれいに観られるからやはり反応がとてもいいし、感動するらしいんですけど、高価な望遠鏡は扱うのが怖いし、みんな緊張して、一度覗き込んだら、それでおしまいになってしまったらしいんです。で、その時に、その先生——綿引先生と言いますけど、綿引先生も、自作の望遠鏡を持ってきていたそうで。綿引先生は、子どもの頃から望遠鏡作りが好きだったそうで、その頃もいくつか作っていたから、その時の観測会でも、オマケみたいな気持ちで、子どもたちに『壊してもいいから好きに観ていいよ』って貸したみたいです」

森村先生が微笑む。

「そしたら、高性能な方じゃなくて、先生の自作の望遠鏡の方に長蛇の列ができた。きれいに、はっきりと見えることも大切だけど、やっぱり、子どもにとったら、自分の手で操作できることに勝るものはないんだって、綿引先生はそう思ったそうで。それで、簡単に作れる望遠鏡ができないか、ホームセンターに行って考えたと言っていました。そしたら、いろんな太さの塩ビ管が売っていて、そのひとつにレンズをつけるセルが嵌まるんじゃないかと思ったことが、この望遠鏡ができるきっかけだったそうです。スターキャッチコンテストも、安価で気軽に作れるこの望遠鏡があるからこそできることでもある、と仰っていました」

初めて聞く話だった。

真宙もオンライン会議に出ていたけど、聞いたことがない。そういえば、会議の最後、森村先生は綿引先生に『またご連絡します』とか、『僕も教えてもらいたいことがあるので』とか、よく言っている。真宙たちの知らないところで、森村先生も、本当に綿引先生から〝勉強〟しているのかもしれない。

「へえー」

感心したような声がした。少し高いその声は、輿のものだ。初めて会う人たちばかりの中、遠慮がちに黙っていた彼の表情が明るくなっていた。

「同じスペックの望遠鏡を作るのって、競う上で公平を保つためにそうしただけかと思ってました。すごく理にかなった理由なんですね」

「うん。オレも、子どもに望遠鏡作らせるのって、構造を知る勉強になるからっていう理由できっと大人が考えたんだろうなぁって思ってた。勉強させるためっていうか。でも、なるほどね。壊してもいいとかって、めっちゃいい理由」

今日初めて会ったばかりのはずなのに、輿の声に柳があっさり相槌を打つ。輿が五島から来たこと、高校生であることなどはまだちゃんとは説明していないのに。

「先生、これ、うちでもできないかな」

柳が言った。その声を受けて、市野先生が黙って望遠鏡の設計図を見た。ややあってから、聞く。

「柳、やってみたいの？」

「はい。おもしろそうじゃないですか？　うちも、部員全員じゃなくて、有志募る形で。興味あるメンバー、絶対いると思う」

「やりたいのは、スターキャッチコンテスト？　それとも、望遠鏡作り？」

「できたら、真宙たちのやるコンテストにうちもリモートで参加させてもらえたら嬉しいですけど、今からだと、途中で加わるのは迷惑かな？」

「あ、迷惑じゃないと思います！　渋谷チームは、二ヵ所でやるってことにすれば」

天音が答えるのを聞いて、真宙がまたイラッとする。みんなでやってる活動なのに、どうしてお前が全員分の意思も確かめずに勝手に返事するんだ！　――思ったけど、これもまた、口には出さない。

市野先生は、しばらく何も答えなかった。また考え込むような間があってから、「森村先生」と、先生を呼ぶ。

「綿引先生なんですね、この活動考えたの。柳から茨城の高校の主催だと聞いていたので、ひょっとしたらと思っていましたが」

「あ、そうです。ご存じなんですか？」

「昔、ちょっと」

おおー、あの先生、やっぱりすごいんだ、と真宙たちが感心していると、市野先生が森村先生に向けて言った。

「コンテスト、全チーム一斉にやって得点を競う形と、二チームずつ見つけるスピードを競うトーナメント形式があった、という話でしたね。それ、どうしてかわかりますか？」

「えっ？　さぁ、単純に形式の違い、というだけじゃないんでしょうか」

「たぶん、綿引先生も、最初は全チーム一斉に、と思ったんだと思います。でもきっと、審判を見つけるのが大変になったんでしょうね。星を見つけた、と申告してきても、それが得点になる該当の星なのか、その場で即座にきちんと判定できる人を、チームの数だけ確保するのが難しかったんじゃないかと。だから、やむを得ず、二チームずつのトーナメント形式にしたこともあった、ということだと思うんです。つまりは、審判を見つけるのが、それだけ難しいということですね。そこ、どう考えていましたか？」

「あ、その助っ人を実は、彼にお願いしようと思っていました。五島のエースだった、輿くんに」

森村先生が気圧されたように言う。勢いで出た言葉なのだろうけど、〝五島のエース〟って、なんだその言い方……と真宙たちは面食らう。当の輿も「えっ」と戸惑うように呟き、「星が、好きなんで……」とおずおずと答えた。

「昔から、天体観測は結構してきた方なので、星を見分けるくらいなら、できるかなって。完成した望遠鏡でどう見えるのかは、確かめたり、みんなと練習しながらですけど」

自分に全員分の視線が集中してるのを意識してか、声を少し上ずらせて、輿が答える。

「自分のところのチームを絶対に依怙贔屓しないっていう条件つきではありますけど――五島は天文台の館長が審判をするだろうし、茨城は綿引先生がきっとやりますよね」

「ああ、なんだ。じゃあ、審判の数は揃う。じゃあ、輿くんと私、チェンジでどうでしょう」

さっぱりとした言い方で、市野先生が言った。

え、チェンジ――？　と皆が思ったタイミングで、市野先生がにっこり笑う。皆さんさえよければ、と耳に心地いいハスキーボイスがした。

「私は天体観測、得意ですから、審判は問題なくできます。もしご迷惑でなければ、うちの物理部の有志の参加も、検討してもらえますか」

クールな印象の市野先生が、初めて真宙たちに見せた微笑みだった。

◆◇◆

「ええっ！　そいやったら、私らが東京行くとと一緒たい」

その声が耳に届いた時、一瞬、何が起きたのかわからなかった。

え？　と思って振り返ると、ひとりのおばさんと目が合った。そんなによく話をする、というわけじゃないけれど、道ですれ違えば挨拶は交わすし、「今日はよか天気ね」とか「もう夏休みになった？」とか、ちょっとした世間話のようなものもしてきた――よく知る顔の、近所に住むおばさんだ。「おばさん」というか、おばさんとおばあさんの中間くらいの年だけど、この辺ではみんなその年代を「おばさん」と呼ぶ。

円華と目が合っても、そのおばさんに気まずそうなそぶりはまるでなかった。むしろ、ムッとしたように見つめ返してくる。バツが悪そうなのは、そのおばさんと話していた別のおばさんの方で、円華は思わず彼女たちから顔をそむけた。自転車に跨り、何も聞こえなかったふりをして、道へ漕ぎだした。

天文台に向かおうとしていたはずだけど――無意識に、全然違う方向に自転車を走らせていた。頭の中を空っぽにしたくて、ただ、強くペダルを踏んで、前だけを見る。

　円華の通う泉水高校の夏休みは、春の休校分の夏期授業があるため、今年は十日ほど。その短い夏休みも、間には登校日や部活があるし、今年は特に受験生だから、模試があってさらに慌ただしい。

　堂々とする、と心がけた部活の、新しい練習方法にも円華はだいぶ慣れてきた。毎年あった野球部の応援演奏や、コンクールに向けた練習がない分、最後の夏の部活は、楽器にただ向き合える清々(すがすが)しさもあり、円華の中では折り合いが付き始めていた。シンプルに、ホルンを吹けることが楽しい。パートの中で円華に何かを言ってくるような子はいなかったし、小春たちと顔を合わせない日々にもだいぶ慣れた。

　部活を終えて、オンライン会議のために天文台に向かおうとして、そして、あのおばさんたちに会ったのだ。家の前の小道で、数人で立ち話をする姿を見かけて、何かの帰り道なのかな、くらいに思っていた。しかし——。

「お客ばまだ泊めよるらしかよ。本土からも」

　そんなふうな声が、自転車に乗ろうとした時、聞こえた。ああ——と胸が抉(えぐ)られる感覚がした。声がまだ続く。

「東京からっち何ばしにくると」

「観光とか、ほら、毎年星ば見に来る東京の大学の人とか」

「ええっ！」

　そして、あの声が聞こえたのだ。

「そいやったら、私らが東京行くとと一緒たい」

頭の中が真っ白になった。振り返ると、円華も顔をよく知る近所のおばさんたちの——小さい頃の自治会のお祭りとか、子どもの球技会とかで自分たちの世話をしてくれたあの人たちの顔が見えて、息が詰まった。

顔を伏せ、自転車を漕いで——逃げるようにぐんぐん遠ざかりながら、今のがどういう意味だったのかを、考えた。

自分たちが東京に行くのと一緒——。

それは、コロナに対して用心に用心を重ねて、この場所で注意して過ごしているのに、東京からの人が五島に入ってきてしまうのは——その人たちを旅館に泊めるのは——自分たちの努力を台なしにしていると、そういう意味だろうか。

まさか、そんな露骨な嫌みのはずがない、という思いが、考えることにブレーキをかけようとする。そんな直接的な言葉で、自分たちが攻撃されるわけない。そう願いたい。でも、でも、でも。

部活のみんなや顧問の浦川先生が優しくても、それが全部じゃない。みんなが優しいのは円華を気遣ってくれるからで、そういう人ばかりではないのだと、唐突に突きつけられた思いだった。父や母は——さっきの人たちと世代が近いはずの祖父母は、知っているのだろうか。うちがあんなふうに言われていることを。それを、聞こえてもいいと、向こうも思っているような、あの雰囲気を。

自転車のペダルをぐんと踏み、坂道で立ち漕ぎの姿勢を取ると、夏の濃い草の匂いがした。

少し前まで赤い鬼百合が囲んでいた山道は、今は白い百合の花が咲き始めていた。白い花が目立ち始めた山道を、汗だくになりながら、ただ、登る。

自転車が山道を抜けて、海が見える高台の上に出る。太陽の光が惜しみなく降り注ぎ、眩しく照り返す海が見えてくる。家を出る時からずっとしていたマスクが息苦しくなって、途中で外した。風があたって気持ちよく、一気に呼吸が楽になって、空気を大きく吸い込んだ。

ああ、気持ちいい、と思った次の瞬間、去年までは、これが〝当たり前〟だったなんて信じられない気持ちになる。

天文台でその日始まった渋谷チーム、茨城チームとの最初の望遠鏡作りのオンライン会議に、小山と武藤は来られず、参加したのは円華と館長だけだった。小山も武藤も、部活の夏の大会を翌日に控えていたためだ。

望遠鏡となる材料はもう届いていたけど、他のチームと一緒に作り始めなかったのは、ひとりだと負担が大きいから、というより、始めてしまうのがもったいなかったからだ。自分の手で作った、という気持ちを、武藤たちにも円華と一緒に共有してほしい。

「じゃあ、帰りますね」

他のチームが設計図を見ながら次の作業に入る中、今日は自分だけ何のために来たのかわからないな——と思っていた。別れの挨拶を口にすると、館長が「うん」と言ってから、円華を改まった顔つきで見つめた。

「円華さん、今日はなんか元気のなかね」

はっとした。無意識に、出がけに聞いたあのおばさんたちの言葉を引きずっていたのだろう。

咄嗟に言葉が出ない円華に、館長がさらに言った。

「うちは、他のチームに比べるとスタートで出遅れたけん、ちょっと寂しかね」

「あ――はい」

「でもがんばってもほしかよな」

館長がふっと笑う。

「武藤には、こっちにも来てほしかけど、野球もがんばってほしか。複雑よな」

「そうですね」

円華も頷いた。


小山の遠的大会は一日で終わるが、武藤の野球の代替の県大会は、勝ち進めば、まだ試合がある。どうなることか、と見守っていたけれど、結局、武藤たちは準決勝で敗退という結果だった。ただ、強豪校相手に接戦を繰り広げ、かなり白熱した試合内容だったと聞いている。前に武藤と話した時、彼は、「今年はあんまり練習できなかったし、モチベーションも上がってないからなぁ」と弱気なことを言っていたが、準決勝まで勝ち進んだことがそもそも本当にすごい。

士気の上がった野球部は、最後に一・二年生チームと三年生チームで対抗試合をしようということになり、武藤たちはその試合を最後に、引退することになったそうだ。

野球部が県大会を敗退し、小山の遠的大会があった三日後、泉水高校はちょうど、終業式だった。

武藤と直接話すタイミングはなかったけれど、準決勝を闘い切ったことで、野球部みんなのテンションがどこか高い感じが、校内で部員たちの姿を見かけるとよくわかった。その姿を見て、よかったな、と思う。すごいと思う。だけど、一抹の寂しさがあるのもまた、事実だった。

去年までなら、スタンドで応援演奏をしながら、円華たち吹奏楽部は野球部の試合に立ち会えていた。今年、県内のテレビ局に中継される野球の試合は、毎年の応援のメロディがどこからも聞こえず、ただ、キン、と抜けるようなボールがバットに当たる音や、ベースに走り込むスパイクの足音、体がグラウンドに擦(こす)れる音が響く。もともと地元高校の試合は欠かさず見ている円華の祖父などは、応援のないスタンドを「これはこれで新鮮たい」と話していたりして、なるほど、そういうものか、と思いもする。

声援も、応援演奏もない夏。——コロナさえなかったら、こんな気持ちにならずに済んだのに、と思うことが、あまりに多くて嫌になる。

「佐々野さん」

終業式の後、部活の夏休み前最後のミーティングに向かおうとしていた円華を呼びとめる声があって、顔を上げると、廊下の向こうに小山が立っていた。通学用のリュックを背負い、帰る前に円華の教室にわざわざ寄ってくれたようだ。

「あ、小山くん。——大会、お疲れさま」

「ありがとう」

微笑む小山は、大会前に気合いを入れるために整えたのか、髪型がすっきりしていて、夏らしく爽(さわ)やかな印象だった。心なしか、表情も少し柔らかくなった。

大会では、小山は入賞しなかった、と他の弓道部の子たちから聞いていた。気安く結果について触れることができずにいる円華の前で、小山が微笑んだ。

「オレは入賞できなかったけど、後輩で入賞したヤツがいて、それがすごく嬉しかった。他の後輩も、今回の大会はいい経験になったと思うから、やっぱり、試合ができてよかった」

胸がきゅっとなる。それは今、吹奏楽部でも、三年生たちとよく話すことだった。自分たちの代はもう大会がない。来年からの、二年生のために何ができるかを考えたい、と、よく話題に出る。吹奏楽や合唱は、どの地域も、今、翌年に向けて経験を積むためのコンクールや大会すらない状態が続いている。

「そっか。よかったね」

悔いなく、部活の最後の夏を終えたのだ、というのが小山の表情からわかる。「ありがとう」と小山が続けた。

「武藤の対抗試合も明後日だね。望遠鏡のこと、佐々野さんと相談しようと思って。武藤、試合終わるまではたぶん来られないけど、もう始めちゃう？」

「あ、そうそう。天文台にもう材料届いてて、この間、オンラインでつないで、茨城チームから作り方の説明も受けたよ。三人で一緒に作り始めた方がいいかな、と思って、まだ手はつけてないけど、観測の練習もすること考えると、確かにもう作り始めた方がいいのかも」

全員が揃わないとしても、小山が来てくれるなら心強い。「でも」と続ける。

「部活が明後日までなら、武藤くんを待ってもいいのかも、とも思うけど」

「うん。あ、それか、武藤が来る前に、なんなら明日とか、東京の輿とオンラインでつないでアドバイスもらったりするのもいいかなって思ってる。昨日輿と連絡とってみたら、渋谷チームの手伝いに行ったんだって。向こうの学校のメンバーと気が合ったみたいで、意気投合したって言ってた」

「ええっ！　そうなんだ」

「うん。あと、本当にごめんね、佐々野さん」

「え？」

「オレたち、思い通りに参加できてなかったから、気を遣わせたんじゃないかと思って」

館長から何か聞いたのかもしれない、と咄嗟に思った。武藤や小山は、館長と直接ＬＩＮＥのやり取りをしている。思わず首を振った。

「ううん。大丈夫。私は別に」

「武藤も心配してたよ。佐々野さん、いろいろ気にしすぎるとこがあるからって」

「え？」

ちくり、と胸に何かが引っかかる感覚があった。「気にしすぎる」という言葉を聞いてそうなったのだと自覚するまでに、少し時間がかかった。

小山が使いそうな言葉ではないから、きっと武藤がその通りの言葉で言ったのだろう。彼には前に、家の近くの堤防で泣いているところを見られている。あの時、慰められたと思ったし、その後も気にかけられていると思っていたけれど——そんなふうに思われていたのか。

気にしすぎる。

モヤっとした。こみ上げてきたのは、決めつけないでほしいという思いだ。

だってみんな、うちのことを実際に気にしているし、直接言われるのだ。意識して当然じゃないか。悪いことはしていないと堂々と言えるけど、それでも——どこかで申し訳ないという気持ちが拭えないのは、気にしてしまうのは、もう、仕方ないじゃないか。

「……ありがとう」

引っかかるものが確かにあったはずなのに、円華はそれでも言ってしまう。こういうところが、武藤からすると「気にしすぎ」なのかもしれない。でも、だとしても腹が立つ。

「じゃ、明日オンラインできるか、ちょっと輿に聞いてみるね。確認して、また連絡する」

小山が行ってしまう。「うん、また」と答えながら、円華はその時、ふと、教室の中を振り返った。深い意味はなく、ただ、なんとなく視線を感じたような気がして顔を向けた先で、思いがけず、はっとした表情の小春と目が合った。

まだ残っていたのか、と驚く。もうとっくに他の子たちと部活に行ってしまったと思っていたのに。

小春はひとりだった。ひょっとしたら、円華が小山と話す様子をずっと見ていたのかもしれない。だけど小春が目を伏せる。露骨に無視するわけじゃなくて、いつものように少しだけ、曖昧に微笑んで。

いつもだったら、円華も曖昧に微笑み返す。でも、今日に限ってはそれができなかった。どんな表情も作れずに、ただ、教室を後にする。

落ち込む時、何かがあった時、円華はいつも、小春に話を聞いてもらってきた。今のこの胸の中のモヤモヤも、前のように小春に話せたらどれだけいいだろう。——ああ、でも、こうやってうじうじ考え込んでしまうところも、武藤には「気にしすぎ」に見えるのか。

こっちだっていろいろあるんだよ！　ムカつく！

心の中で地団太を踏む思いがした。


翌日の夜、円華は自宅の応接間からオンライン会議に入ることにした。今回は少人数で、小山と輿だけ。武藤は来ない。

約束の時間に入室して――おや、と思った。表示されているのは、輿と円華の画面だけ。小山がどうやら遅れているらしい。

『あっ』

先に入っていた輿が、円華の画面が現れたことに気づいた。彼は前と同じく自宅の部屋からのようで、恐竜柄のカーテンや、天体望遠鏡が背後に見えている。

「こんばんは」と円華は言った。

『こんばんは。佐々野さん』

「まだ私たちだけなんだね」

『うん、そうみたい』

輿が頷く。それから――長い間が空いた。

輿は渋谷のひばり森中に行ったと聞いているけれど、その話は、小山が来てからの方がよいだろうか。だけど、沈黙の気まずさに耐え兼ねて、円華の方から、つい「元気？」と間の抜けた声が出る。

『小山、遅いね』

「輿くん、元気だった？」

『あ、うん、元気。佐々野さんは――』

「元気だよ」

本当は心の中にモヤモヤは募っているし、釈然としないことも多いのに、どうしてこういう時、人は単純に挨拶みたいにして、こんなふうに言ってしまうんだろう――思っていると、輿が言った。

『そっか。よかった』

「東京、どう？　こっちと比べると、みんな、大変なんじゃないかと思って」

『うん。でも、思ってたより人も外に出てるし、みんな、コロナに気をつけてはいるけど、日常生活をしてるって感じ』

「そうなんだ」

『うん』

近所のおばさんの声が、また耳に蘇る。ふいに、今、輿にそのことを話してしまいたい衝動に駆られ――でも、黙ったままでいた。実際の東京と、今、五島でみんなが感じている「東京」の感覚は違う。そのことがもどかしいけど、円華の中でもうまく整理できなかった。おばさんたちが「東京の大学の人」が「星を見に来る」と話していたことも、やはりとても引っかかる。今、この時に星を見ることが、とんでもなく優雅なことをしていると非難されているように感じて悔しく、だからこそ輿には絶対言えない。

会話が途切れがちなのを気にしてか、輿がそわそわした様子で言う。約束の時間を、もう七分ほど過ぎている。

『寮の夕飯の後、誰かに捕まったのかも。小山、頭いいから、勉強のわかんないとこ、聞くヤツも多いんだ。教え方もうまいから』

「うん、すごくうまそう。私も教えてもらおうかな」

『あ、いいんじゃない？　オレも、数学の証明問題とか、寮にいた頃はよく小山に聞いたよ。あいつ、図形に強いんだよな』

「あ、輿くん、渋谷のひばり森中に行ってみたんだよね。小山くんに聞いた。審判引き受けてくれたって」

『あ、そうそう』

「すごいね。輿くん本当に東京にいるんだね」

『ひばり森の子たちに会えたの、楽しかったし、おもしろかったよ。渋谷の子たちと一緒に、電動ノコギリを借りに近くの都立高校に行ったんだけど、そこの物理部の人たちとも話してさ。なんか、すごいんだよ、そこの部。人工衛星を作ったり、宇宙線っていうのの研究してたり』

「え、宇宙船？」

『佐々野さん、今、船（ふね）、の方の意味で言った？　最初、オレもそう思ったんだけど――』

輿の話を聞くうちにだんだんと二人きりでいることの気まずさが薄れてくる。ひばり森中の、あのキノコ好きの男の子や、その先輩との掛け合いがおもしろい、ということや、彼らと訪ねて行ったその都立高校の物理部有志もスターキャッチに参加することになりそうだ、という話などを、輿が話してくれる。彼の方でも、話すうちにだんだんと円華に対して打ち解けていくようだった。

『あ、小山からLINE。って、ええっ！　まだ遅れるって』

「え？　あ、本当？」

言われて、円華もスマホを確認すると、同じように小山からメッセージが届いていた。寮の清掃当番で忘れていたものがあり、それを終えたら参加する、とある。画面の向こうで、輿が頭を抱えた。

『なんだよー、あいつ、自分が呼び出しといて、こういうとこマイペースなんだよな』

「どうしようか。もうちょっと後になってから、会議、入り直す？」

『うーん……、と』

輿が考え込むように言って――しばらくして、画面の前に向き直った。妙に改まった顔つきになった――と感じた次の瞬間、ふいに、彼が言った。

『あの……オレ、五島にいた時、佐々野さんのこと好きだったんだけど、気づいてた……かな？』

自分の瞳の表面が大きく揺れたのがわかった。

次の瞬間――円華の喉から、「ええええええーーーーっ！」という大きな叫びが洩れる。自分でもびっくりするほど、反射的に声が出ていた。輿があわてる。

『ごめん！　ごめん！　気づいてなかった？　うわ、なんか驚かせてごめん』

「別に……それはいいんだけど、え、え、え、でもそれって」

円華にはこれまで恋愛経験がほとんどない。今、自分は生まれて初めて男子から告白をされたのではないか、と認識が後から追いつくと、肩と頬が一気に熱くなった。無意味になぜか、口元を両手で覆ってしまう。どんな仕草をしていいか、わからない。

「好きって、どういう……」

『好きっていうか、その、去年同じクラスだった時に、いいなって思ってて……』

「そう、なんだ……」

『うん。あの、雰囲気とか、その、すごく、いいなって』

輿と円華は、同じクラスだったとはいえ、二年生の時はほとんど話したことがなかったはずだ。まだパニックを引きずったまま、円華が、「あ、うん」と曖昧に頷くと、輿がさらに言った。

『周りのみんなが気づかないようなことも、よく気づいて——そういうところも、すごくいいなって思ってた』

目を見開いた。

口元を覆っていた手を離し、画面の前に向き直る。その時になって気づいたけれど、円華以上に、言ってしまった輿の方がさらに赤い顔をしている。

『確か、班替えかなんかの時、だったと思うんだけど……』

「うん」

『佐々野さん、その頃、おんなじ部活の子と三人で仲がよくて……。一緒にいたけど、班替えで、誰かひとりは別の班にならなきゃ、みたいなことあったよね?』

記憶を探るまでもなく——すぐにどの時のことかわかった。班替えの人数調整でそんな場面になったことがある。円華と小春と、もうひとり、同じ部の梨々香。その時に、自分がどうしたのかも覚えている。

『佐々野さん、それで、オレの班に来たよね。二人には、「あ、ごめん。私、視力落ちちゃって黒板見えにくいと困るから、席が前の方になる班に入るよ」って』

「――あったね、そんなこと」

班番号が奇数の班は前の席になり、偶数は後ろになる。そういうルールだったから、円華が咄嗟に口にしたことだった。小春たちは、きっと、誰と誰が同じ班になるか、誰があぶれるかにすごくこだわる。平等にジャンケンか何かで決めたがる気がしたし、どんな結果になっても何かしらのしこりが残る気がした。

でも、違う班になることが、円華は実は平気だった。だから、申し出た。班なんて違っても、掃除や一部の授業での活動の間離れるというだけのことだ。

「え、輿くん、あれ、私の気遣いかなんかでそうしたと思ってたの？」

『ってか、気遣いでしょ。残りの二人は、「え、ほんと？」「大丈夫？」とか言いながら圧倒的にほっとした顔してたし、佐々野さん、揉めないためにわざとそう言ったのかなって』

「いや、私もそんなすごい優しさとかでそうしたわけじゃないよ。班なんて別に離れてもいいやって思っただけで」

『うん。でもさ、それでもすごいと思ったんだよ。それって、本格的に揉め始めたタイミングで口にしても遅いから、ぱっと気づいて先手を打ったんだとしたらすごいなって。ジャンケンしよう、とかになってからじゃ遅いじゃん』

黙ってしまう。まさにそうなる展開を回避しようとして言ったことだったからだ。

輿の口元が笑った。

『先手を打ったのかどうか、わかんなかったけど、ただこれで、佐々野さんの目が悪くなさそうだったら、そんなのなんか好きになっちゃうなって。そのまま、ずっと気になってたっていう……』

「よく、見てるね」

『うん』

再び「好きになっちゃう」という言葉を聞いて、円華の心は動揺しまくりだ。輿も内心はどうなのかわからないけれど、頷く。

『佐々野さん、視力いいでしょ？　困ってるふうなとこ、結局一度も見たことなかった。その後、後ろの席になってたこともあったけど、大丈夫そうだったし』

「……うん、両目とも、1・2より落ちたことない」

言いながら、思い出していた。輿もまた、自分に負けず劣らず、気を遣う人だったということを。お調子者で騒がしいタイプの男子だけど、みんなの空気が悪くなりそうな時、話し合いが行き詰まりそうな時、彼が道化を演じて発言することで、流れががらりと変わることがよくあった。実は頭のいい人なのだろうと、ひそかに思っていた。

そうか——と思う。

輿は、見ていてくれたのか。

『あ、でも、なんか今こういうこと言い出したからって、その、別に付き合ってほしい、とか、そういうことが言いたいわけじゃないから！　自分から言っといて、いったいなんなんだって自分でも思うけど、付き合ってほしいとか、返事聞かせてほしい、とか、そういうわけじゃまったくなくて。だから、返事とか、オレのことどう思ってるとかはその、お願いだから言わないで！　まだフラないでくれると助かるっていうか……』

輿が忙しい口調で言う。呆気に取られたように最後まで聞いて——円華は思わず、噴き出してしまった。

「何それ、まだフラないでくれると助かるって。言い方がおもしろ過ぎるんだけど」

『今日、そこまで聞いたら、オレもさすがにショックが大きいから！　——佐々野さんが別にオレのこと、なんとも思ってなかっただろうなってことは知ってるんだよ。ほとんど喋ったこともなかったし、オレも、好きっていうか気になるって思ってただけくらいだったのに、なんか今、急に「好き」とか言っちゃって、自分で驚いてる。ごめん』

輿が困ったように視線を逸らし、頰をかく。

『小山や武藤には言ってたからさ。五島にいる時から、佐々野さんのことが、その、いいなって思ってるって。だから、今、小山が遅れてるの、オレに気を利かせてるつもりとか、そういうのだとしたら、なんかごめんって佐々野さんに謝りたくて、そういうことを説明したかったんだけど、伝えようとしたら、うっかり告白みたいになっちゃいました。すみません』

「えー！　そんな謝り方するの？」

大きな声が出て——それから、円華は本格的に笑いだした。うっかり告白ってなんだろう。輿の言葉の選び方がいちいち誠実な感じがして、それが恋愛感情かどうかはわからないけれど、円華も純粋に嬉しくなった。

「小山くんの遅刻は、そういうんじゃない気がするけど。あの人、あんまりそういう気を遣えるタイプじゃなくない？」

『いや、だって、あいつら、前も、いきなり佐々野さんとオンラインで話させたことあったから。天文台から連絡するって言われて、館長たちと話すんだろうな、と思ってたら、いきなりサプライズみたいに佐々野さんを呼んできて。二人だけで話すことになって、どんだけ緊張したか……』

あ、と思う。初めて武藤に天文台に誘われ、輿とテレビ電話をしていたスマホを渡された。

――あれは、そういうことだったのか。

一気に腑に落ちる。自分がどうして、天文台に誘われたのか。

「武藤くん、あの時期、私のこと気にしてくれてたんだよね。うちが旅館で、コロナのせいでいろいろ言われてそうなこと、気づいてくれて」

その武藤も、最初は小山から聞いた、と言っていた。留学生たちの寮がつばき旅館のすぐ裏手で、つばき旅館は島外からのお客を泊めている様子だけど大丈夫なのか、とそんなふうに声をかけられたことを、小山は武藤に伝えていた。

「輿くんが、私のこと気になるって言ってたからだったんだね」

飄々とした様子のあの男子二人がそんな気遣いをしていたなんて、なんだかびっくりだ。円華の言葉に輿が、『いや』と首を振った。

『それだけじゃない、とは思うけど……。五島にいた頃、武藤に佐々野さんのこと話した時、あいつも、佐々野さんのことは、よく知ってたし』

「えっ？」

それはないだろう。ちゃんと口を利いたのだって、今年の五月に堤防で会った時が初めてのはずだ。円華がそう伝えようとすると、輿が言った。

『佐々野さんって、あの泣かない子だよな、って言ってた』

「へ？」

『吹奏楽部、野球部の試合で応援演奏の時、毎年、勝っても負けても、感極まって泣く子が多いって聞いたよ。特にうちの学年はそういう女子が多いけど、佐々野さんはいつも絶対にもらい泣きしないから、よっぽどクールか、オレたちの試合に興味ないかなんだろうなって言ってた』

虚を衝かれる。そういえば、小春なんかは感激屋なところがあって、確かによく泣いている。去年やおととし——応援演奏だけじゃなくて、吹奏楽部のコンクールの後も、結果が出た後はいつも泣いていた。対して円華は、確かに大っぴらに人前で泣くことはなかったかもしれない。感激していない——というわけではないけれど、涙までは出なかった。

「え、ひどい。別に試合に興味ないわけじゃないよ。だけど、勝っても負けても、嬉しいのも悲しいのも、野球部のみんなが一番そう思ってるはずだし、応援してるだけの私が泣くのはちょっと違う気がして」

『うん。武藤もそう言ってた。佐々野さん、みんなにつられないで淡々と片付けとかしてて、なんかそういうとこ、すごいなって思って見てたことあるって』

ふいに——触発される記憶があった。

——ひょっとして、泣いてました？　佐々野さん。

なんで敬語？　と思った、あの時。五月、学校が再開されたばかりの堤防で、最初に武藤と口を利いた日のこと。武藤が円華の名前を知っていたことに驚いたし、まずいところを見られたと思っていたけど、あの言葉の真意が今、やっとわかった気がした。

あれは、普段泣かない円華が泣いていたから、だからだったのだ。

輿がそれ以上、何か続けるかどうか、円華はしばらく待った。あの日、円華は武藤に頼んだ。泣いていたことを他の人には言わないでほしい、と。言葉を待ったが、輿はそれ以上何も言わない。——武藤は約束を守ってくれたのだろう、とそれでわかる。

なぁんだ、と思った。

人のことを気にしすぎって言っておきながら、自分だって、周りのことちゃんと見てるじゃないか。

「私、すごいとか思われてたんだ。泣かないってだけで」

『だけってことはないと思うけど、武藤ってさぁ、あんまり言葉選びがうまくないから、そういう言い方になったんじゃないかな』

「輿くん、ありがとね」

『え？』

「なんか、元気出た。私のこと、そんなふうに見てくれてたんだって。あと、その——好きって言ってくれたことも、あの、ありがとう」

円華にしては、精一杯、照れを押し隠して思い切って言うと、輿が再び、あわてた様子で『いやいや！』と顔の前で大きく両手を振る。

『今年、オレたちもう受験だし、そもそも、オレもう五島にいないし、本当に、付き合ってほしいとか、そういうんじゃないからね！　この先、星の活動する時も絶対、気にしないで。佐々野さんが星に興味持ってくれたの、それだけですごく嬉しいから』

「うん。輿くんも、渋谷の子たちのチームで審判がんばってね」

『うん。いやほんと、佐々野さんのおかげだよ』

輿が笑った。晴れやかな、とてもいい笑顔だった。

『オレのこと、審判として推薦してくれたの、佐々野さんなんでしょ？　小山たちから聞いた』

「あ、それはたまたま思いついて」

『でも、嬉しかったよ。忘れないでいてくれて。あと、前に、もう五島に来られないみたいな言い方するなって言ってくれたのも、すごく、実は感動してた。宇宙に比べたら全然近いんだからって言われて、佐々野さん、そんなことも言える人だったんだって、ちょっと驚いて、で、感動した』

輿が照れくさそうに言う様子に、胸がいっぱいになる。自分が何気なく言った言葉を覚えていて、大事にしてくれている人がいる、という事実に、大げさでなく、自分がここにいてよいのだと救われる気持ちになる。

わかってくれる人ばかりじゃないけど――それでも、私をわかってくれる人が確かにいる。

「また来て」

東京にいる輿に手を伸ばすような気持ちで伝える。

「転校、残念だけど、私も、輿くんが五島に来てくれてよかった。また、絶対に来てね」

『佐々野さんも、いつか、こっち来てよ。ひばり森の子たちも、きっと、オンラインだけで会ってた佐々野さんとか五島チームに会えたら、めちゃくちゃ感動すると思うよ』

「うん」

そんな話をしていた——時だった。

ふいに、画面の中の円華や輿の窓が小さくなり、もうひとつ、新しく窓が現れる。小山が参加するのだ。本棚を背景にした寮の部屋が現れ、画面の中央の小山が音声を確認するように「聞こえる？」と尋ねる。

その声を聞いて、円華と輿が互いの目を見る。画面ごしに不思議な感じだけど、確かに今、秘密を共有する目配せがオンライン上でもしっかりできた、と感じた。

「遅いよ！」

『遅いって！』

と、二人で声が揃う。画面の向こうの小山が「ごめんごめん」と謝った。

翌日、武藤の引退試合である、野球部の一・二年生対三年生の対抗戦が行われた。

結果は、三年生の勝利。——どうにか面目が保てた、と、日焼けでところどころ顔の皮がむけた武藤が、笑いながら、夜の天文台に現れた。「お疲れさま」と言った円華に、武藤が「うん」と頷く。

部屋にひろげた望遠鏡の材料を手に取りながら、彼が続ける。

「でも、さみしかった」と。

「応援演奏がない試合は、やっぱりいつもと違うし、さみしかった。佐々野さんたちにも、試合、見てほしかったな」

大きく息を吸い込んで——そのまま止める。なぜかわからないけれど、それまでスタンドで一度もそんなふうになったことがないのに涙が出そうになって、あわてて「うん」と頷いた。

「私も、試合、球場で見たかった。応援したかったよ」

ひばり森中の屋上で、空に向けて望遠鏡を構える。
灰色の塩ビ管の筒を固定する三脚の架台は、砂浦三高から借りたものだ。その上にしっかりと載せられた自分たちの望遠鏡を、真宙は惚れ惚れする気持ちで眺める。
あの日、最初に、スターキャッチコンテストの写真で、真宙が見たのと同じ、あの望遠鏡だ。鏡筒にする塩ビ管を切り、断面をやすりで削って整えてから、手製の望遠鏡作りは順調に進んだ。細かい部品も砂浦三高からあらかじめ設計図をもらっていたから、それに従って切ればよかったし、できあがった鏡筒にすっぽりと市販のレンズが収まった時には感動した。レンズが嵌まると、望遠鏡は一気にそれらしくなり、続けて取り組んだ鏡筒と接眼筒をつなぐ接合部の作製も鏡筒ほどには難しくなかった。市販のファインダーを取りつけ、鏡筒の先端にレンズを覆うカバーを嵌めて、望遠鏡は完成した。

御崎台高校の物理部顧問の市野先生が言った通り、本当に「既製の材料だけで気軽に作れることを最優先にした」望遠鏡なのだ。

「レンズを嵌めちゃったけど、内側、もっと艶消した方がよかったかな」

ひとつ工程が進むと、その前の工程でやり残したことがあったんじゃないか、とつい気になる。真宙の言葉に、鎌田先輩が「大丈夫だって」と答えた。

「うまく見えなかったら、後から外して調整すればいいって。壊しても直してもいいのが、この望遠鏡の気楽なとこだろうから」

「あ、そっか」

「うん」

八月七日、金曜日二十一時。

その日、真宙たちはオンラインで、各チーム、望遠鏡作りの進捗を報告し合い、最初の観測の練習をすることになっていた。

できあがった望遠鏡を屋上に運び、架台に載せて、空に向ける。これまで夏休み中に部活のために学校に来ることはあっても、こんな遅い時間まで学校に残ったことはなかったし、作り上げた望遠鏡で星を見るのも今日が初めてだ。

屋上に椅子を一脚持ち出し、そこに置いたノートパソコンの中に、画面が四つ、並んでいる。

砂浦三高と、五島の天文台、真宙たちのひばり森中学と、そして、今回から参加することになった御崎台高校の画面だ。

こうやって画面が並ぶと、長崎の五島チームも、すぐ近所にある御崎台高校も、距離に関係なく等しく「別チーム」であることがおもしろい。

望遠鏡が完成して屋外にいるのはどうやら茨城チームと渋谷・ひばり森チームの二つだけ。五島チームは、前回と同じく天文台の屋内の部屋からのようだし、御崎台高校はこの間とは別の、どこかの教室のようだ。

『今回から参加させてもらいます、東京都立御崎台高校です。突然のお願いだったのに、仲間に入れていただき、ありがとうございます』

画面の向こうから、市野先生が言う。その横に柳と、他にも数人、こちらは真宙も知らない部員らしき高校生の姿がある。そのメンバーが、それぞれバラバラと『よろしくお願いします』と頭を下げた。市野先生が続ける。

『砂浦三高の綿引先生に連絡を取って、今、材料を手配してもらっているところなので、まだ望遠鏡作りには着手していないんです。今日のところは見学させてください』

『構いませんよ、こちらこそ、手配が遅くなって申し訳ない』

答えたのは、茨城チームの画面の向こうにいる綿引先生だった。それまで屋上の床しか映っていなかった画面にふいに綿引先生の顔が映り込む。

綿引先生が微笑んだ。

『おひさしぶり。エントリーのご連絡をもらってとても嬉しかったですよ、市野先生』

『はい。どうぞよろしくお願いいたします』

以前から面識がある、と聞いていたから、連絡もスムーズにいったのかもしれない。ただ、その後で綿引先生が『スタートが遅れて申し訳ないですね』と言った声に、市野先生が『いえ』と続けた後の言葉は聞き逃せなかった。

『設計図を見ましたけど、うちの子たちだったらおそらく、すぐに完成させられると思います。次回の観測練習までには、追いつけるかと』

その言葉に、カチンときた。確かに柳たちならそうかもしれないけど、コンテストでは負けたくないな――と思う。その時、すぐそばで「あ」と声がした。天音が身を屈(かが)め、パソコンの画面を覗き込んでいる。

「――色、塗ってない？　ズルい」

真宙も横から画面を見ると、茨城チームのパソコンの、カメラのアングルが変わっている。望遠鏡が見えているのだが――薄闇の中に見える鏡筒が、確かに塩ビの灰色とは違う色だ。大きさや長さが同じでも、まるで違う望遠鏡みたいに見える。

森村先生も気づき、茨城チームに呼びかける。

「すみませーん、茨城チームのそれって、今回作った手作り望遠鏡ですか？　今、画面に見えてるやつ」

『ああ、そうですよ。一年たちがあのままじゃ味気ないからって、色を塗りました』

凛久が答え、カメラを望遠鏡に近づけてくれる。鏡筒は黄色に、接眼筒は緑色に塗ってあるようだ。

「色って、塗ってもいいんですか？　見え方がそれで変わったりは……」

『しないはずです。うちは、主催校だってこともあって望遠鏡、早めに完成したんで、一年生たちが余った時間で塗装しました』

亜紗が答えると、背後から一年生のものらしい『月の色にしましたー！』という声が聞こえてきた。

「さすが、主催校は余裕あるなー」

森村先生が呟く。その横で、天音が唇を引き結んで黙り込んでいるのは、きっと、自分たちもそうしておきたかった、と思っているんだろう。たぶん、来週、オレたちも塗装することになる。オレ、別にこのままの灰色でもいいけど、天音は絶対にやりたがる。

続いて、五島チームの画面の枠が光った。

『五島もまだ望遠鏡は完成しとらんです。この子らの部活の引退試合が終わるとば待っとったんで、来週からこっちも急いで追いつく予定』

館長の後ろで、五島の三人が全員、手を振っている。中から『輿、いるー？』という声が聞こえて、真宙の後ろから、輿凌士が「おー！」と手を振り返す。

今日の観測練習には、また、輿が来てくれた。高校生がひとりここにいてくれるだけで、真宙たちも心強い。

その時、『あ』とまた、別の画面から声がした。茨城チームの眼鏡をかけている方の一年生――深野が画面に寄ってくる。

『長崎の野球大会、結果見ました。泉水高、準決勝まで進んでましたよね？　強いチームだったんだなぁってびっくりしました』

突然言われたせいか、少し間が空き、しばらくして、五島の画面の中で、武藤が答えた。

『あざっす。見てくれたんですか。嬉しい』

『うち、父が高校野球オタクなんで。今年の代替大会はあちこち注目してるって言ってました。甲子園ないの、かわいそうだけど、球児の人たちにはその分、がんばってほしいって』

『でも、オレたち、本当はそんな強いチームってわけじゃなくて。今年はむしろ、強豪校の方が練習のペースが乱れたりしたせいか、番狂わせで勝ち進めたチームも多かった気がします。うちもそう』

でも、と武藤が言う。

『悔いなくはやれた、と思います』

「小山さんは、どうでした？」

真宙が声をかけた。前は緊張していたオンライン会議での発言も、今は、屋外にいるという解放感も手伝って、だいぶ気安い。武藤に替わり、今度は小山がカメラの前にやってくる。彼も弓道の試合があったはずだ。三年生で、今年が最後の。質問したのが真宙だと気づいたのか、目がちょっと優しくなった。

『オレも、悔いなくやれたと思う。入賞はできなかったけど』

「よかったです」

『うん』

茨城の凛久の声がした。

『じゃ、そろそろ、観測練習、してみます？　残念ながら、うちの方は今日、ちょっと空、曇ってますけど。みんなのところ、天気どう？』

「うちも、ちょっと曇りって感じです。星はちらほら、見えますけど」

天音が答える。砂浦三高の晴菜部長の声がした。

『あ、五島チームも、御崎台高も、退屈だったらいつでも退出していいことにしましょう。今日は程よく、ゆるくやるということで』

『はーい』

『了解です』

いよいよ初めての天体観測――ドキドキしながら、まずは架台に載せられた望遠鏡に近づく。この時間になると、空はすっかり闇が降りて、いくつか星が輝いている。その下に、このあたりの高層マンションや商業ビルの窓の光がたくさんたくさん、光っている。いつもだったら、見えて嬉しい東京タワーの明かりも、今日は、星を見る方に集中したいから、邪魔にならないといいな、と思ってしまう。

まずは、先生と一緒に地上の景色を使って望遠鏡とファインダーの軸合わせをする。

「せっかくだから東京タワーのてっぺんに合わせるか」

と先生が言った。

望遠鏡の周りで、誰から触れるか、遠慮がちに距離ができる。すると、「一年生、やりな」と鎌田先輩が言った。

「真宙と中井さんで、まずは」

「わかりました」

天音と一緒に近づいて、望遠鏡のピントを東京タワーに合わせる。架台の微動装置を使って視野の中心に入れ、十字線がクロスしているところに、ファインダーの三本のネジを使ってタワーの先を合わせていく。この軸合わせまでは、すでに先生と何度か練習済みだ。

『では、まずは月を見てみましょうか』

茨城チームが言って、ドキドキしながら、望遠鏡の向きを変え、レンズを覗き込む。望遠鏡は、背が小さな真宙でも、ちょっと屈んで覗き込む体勢を作らないといけない。レンズ越しの夜空が片目をつぶった視界の中で少しぼやけて見える。こっちの方角が月だろう――と思って覗いたのに、視野に入っていない。

「何も見えない」

真宙が言う。望遠鏡の本体の向き自体を変えるべきなんじゃないか――とレンズから目を離す。確かにこっちに月があるのに――と思っていると、屋上にじかに座っていた輿が教えてくれた。

「天体望遠鏡は、それほど視野が広くないから、ファインダーで調整しないとただ覗いても星はつかまえられないんだ。月くらい大きくても、なかなか導入できない」

「えー、どうやればいいの？」

「覗き込むのは片目だけど、もう片方の目も閉じないで。右目で覗くなら、左目も肉眼で空の月の位置をきちんと把握しておいて。その二つの視界が合う瞬間に、月が見られるよ」

輿に言われた通り、やってみる。しばらくして、先に、パソコンの画面の方から、『あ！　見えた！』と声が聞こえた。

『見えた、見えた。すごい、月だ！　わー！　図鑑とかで見るのとおんなじ。広瀬も見て』

『え……、わー！　感動！』

茨城チームの一年女子たちの声を聞き、焦る。ああ、ミュートにしたい！　と念じると、その心の叫びが聞こえたかのように、「うちはうちだよ」と鎌田先輩に声をかけられた。

「平常心、平常心。望遠鏡はちゃんとできてるはずだから、大丈夫。見られるよ。月、そこにあるんだし」

「あるはずなのに、つかまえられないからじれったいんだって、先輩」

ファインダーを覗きながら、じりじりと望遠鏡の向きを変える。やっぱり、鎌田先輩か、せめて天音に交代した方がいいんじゃ――と泣きそうな気持ちになっていると、輿が横からアドバイスをしてくれる。

「じゃあ、両目でファインダー、覗いてみて。十字線の真ん中に月が来るように」

「でも、その月自体が――あっ！」

思わず声が出た。輿の言う通り、両目で覗いたファインダーの視野が、ふいに銀色を捉えたのだ。胸に一気に興奮が駆け上がる。

「見えた見えた見えた！　月、見えた！」

同じ言葉を夢中で叫ぶ。うわあ、と思う。輿が言った。

「よし。じゃ、メイン望遠鏡を覗いて、ピントを合わせてみようか」

「こうですか？」

輿の言う通りにピントを合わせる。丸い視界に、白銀の世界が――月が、だんだんと鮮明になって広がる。見えた、つかまえた。クレーターのひとつひとつが、今、真宙の目に見えている。写真や映像じゃなく、この目で。

「中井も見て！」

興奮気味に、天音に場所を譲る。自分が視野につかまえた月だと思うと、それだけで誇らしく、早く見せないともったいない気持ちになった。急いで交代した天音の口から「わあ！　本当だ！」と歓声が上がるのを聞きながら、屋上を跳ねまわりたい気分だった。

鎌田先輩と森村先生が「見えた？」「ほんと？」と、望遠鏡に近づいていく様子もすごく嬉しい。先輩なんて、さっきまで「平常心」とか言ってたのに。

「わかるなぁ、その感じ」

輿の声がした。屋上の床に足を投げ出して座る輿だけが、この場で冷静だ。笑って言う。

「オレも、最初に望遠鏡で星をちゃんと見た時は興奮したから。自分たちで作った望遠鏡だったら、感動はもっとだよね」

「ほんとに見えるんですね」

呟く真宙の横で、天音と鎌田先輩が交互に望遠鏡を覗き、「見えた！」とか「おおー！」と声を上げてくれる様子までもが誇らしい。

「他の星も見てみたい」と続けた真宙に、輿が空を見上げて、「うーん」と呟いた。

「今日、曇ってるからなぁ。あっちの方向にさっきまで木星が見えてたけど、今は雲の中だし」

輿の視線を辿って真宙も顔を向ける。言われてみれば、確かに雲がかかっている。これまで、真宙にとって、「夜空」はただ「夜の色」としか認識されていなかった。雨でも降っているならともかく、昼間と違って、こんなふうに、夜の「曇り」を意識するのは初めてだ。

観測を続けるうちに、望遠鏡を覗いていた天音が言った。

「なんか、動いてる」

「えっ！」

一瞬、月の表面に何か——月面人とか、観測のロボットとか、何かそういうのが見えたのかと思って、真宙はぎょっとしたのだが、天音がすぐにレンズから目を離し、「月が動いてる」と言った。

「さっきまで真ん中にちゃんと見えてたのに、ずれていくっていうか、視野から逃げてくような」

「ああ、自転してるからね」

輿が立ち上がり、天音のすぐ横に行く。ファインダーを覗き込んだ。

「地球が自転してるから、一度星を捉えても、どうしてもまた外れるんだ。視野に留めておくには、細かく調整しなきゃいけないんだよ」

はい、と場所を譲り、そのまま天音に調整の仕方を教えてくれる。どうやら、視野の真ん中に月を戻す方法を教えているみたいだ。地球の自転なんて、頭ではわかっているつもりだったけど、本当に観測に影響するんだ。輿が空を見上げ、楽しそうに言う。

「おもしろいよね。地球が回ってるなんて、普段、考えたりしないからさ」

「本当に……知らないことばっかりだ」

「うん」

思えば、今日の観測練習のオンライン会議の集合時間からして、真宙にはまず驚きだった。前が午後四時半集合だったから、今日もそれくらいだと思っていたら、森村先生から「九時頃からじゃなきゃ月は見られない」と言われてびっくりした。月なんて、夜に見上げたらいつでも出てるもんじゃないの？　と思っていたけれど、今日、注意深く夜空を観察すると、実際に月が出てきたのは確かにその頃だった。

夜遅い時間の活動は、真宙にはだいぶ新鮮だったけど、天音たちは「小学校の頃通ってた塾の終わる時間とか、それくらいだったし」と慣れた様子だった。今日は終わった後、森村先生が順番に部員を家まで送ってくれることになっている。

「うーん、木星も土星も、今日はもう出てきてくれないかもなぁ、残念だけど」

輿が思いを巡らすように星の名前を呟き、それらの星があるのであろう方向を見つめる。その姿を見て、うわ、かっこいい、と思った。望遠鏡の覗き方を教える姿もそうだけど、あんなふうにすっと横に立って、いろいろスマートにレクチャーしてもらえたら、女子なんかきっと好きになっちゃうよな、と思う。すると、まさにパソコン画面の向こうでも、茨城の天文部で一年生の横に立った凛久があれこれ、彼女たちに教えている最中だった。高校生の先輩たちは、エキスパートって感じがする。

ただ、横に並んだ五島天文台と御崎台高校の窓は、みんな、パソコンの画面の方を覗き込んでいるけれど、ちょっと手持ち無沙汰な様子だ。真宙がパソコンの画面を見ているのに気づいて『いいなぁ』と五島の小山が声を上げた。

『オレたちも早く追いつきたいよ』

『あ、あさっての日曜日の午前中とかだったら、うち、またオンラインでつないでアドバイスしたりするの、できますよ？』

声を聞きつけて、茨城の画面から凛久が言う。

『一年たちの望遠鏡は完成しましたけど、二年生以上の望遠鏡作りの作業、その日、やろうと思ってたんで、こっちの作業のついでにオンライン、つないどきます？』

『え、凛久。日曜くるの？』

『あ、そのつもり。だから、五島チームどうかなって』

亜紗に言われた凛久が画面に向き直る。

申し出に、五島の画面で、みんなが一瞬、『本当ですか？』と嬉しそうな表情を浮かべ——しかし、すぐに『あ、でも、ダメだ』と武藤の声がした。

『サーセン。今度の日曜って九日ですよね？　うちの高校、登校日で午前中が無理で。午後だと遅いですか？』

サーセン、は「すみません」の崩れた言い方だろう。

日曜日なのに登校日？　横で聞いていた真宙が怪訝に思って輿を見ると、輿もまた、何かに気づいたような顔をしていた。パソコンの中で、五島の窓がまた光る。

『長崎の学校、八月九日は、平和学習の日になってるんです。夏休み中でも、毎年登校日で』

はっとする。五島の高校、でなく、「長崎の学校」という言い方を聞いて、真宙にもわかった。八月九日は、長崎に原爆が投下された日なんだ、と。

『あ、そっか』と、今度は円華が言った。

『東京や茨城では、学校ないんだね？』

円華のその言い方に、真宙は軽く衝撃を受けていた。

長崎で生まれ育った円華には、八月九日が登校日なことが普通で、そうでないことの方がきっと「普通でないこと」なのだ。社会科の歴史の授業で、真宙も戦争や原爆については学んだけれど、それよりずっと身近なこととして円華たちは原爆投下の歴史におそらく接してきたのだ。

『ごめんなさい、私たち、気づかなくて』

茨城の画面が光って、凛久の横にはいつの間にか亜紗と晴菜先輩がいた。

『あの、なんか、無神経な提案しちゃったんだったら、すみません』

凛久が謝ると、円華が『いえいえ！』と大きく手を振った。

『全然、気にしないでください』

凛久の横から、晴菜先輩が身を乗り出す。

『私は去年、修学旅行で長崎に行ったので、平和祈念公園にも行ったし、長崎の歴史についても勉強しました。でも、九日が登校日になっているのは知りませんでした』

真宙のそばにも、いつの間にか、天音や鎌田先輩が来ていた。みんな——おそらく、茨城チームのみんなも、同じ気持ちだろうと思った。それは、画面の向こうの五島チームが本当に「長崎」なのだ、という思い。自分たちの無知を恥じるような、そんな思いもあって、簡単には何も言えない。

円華の横で、小山が言う。

『オレたちも、五島に留学してきて、初めて、平和学習の登校日があることを知って、驚いたんです』

「──オレもそうだけど、こっちに戻ってきたらきたで、ちょっとショックだったんだよね」

輿が言った。五島の画面を見つめる。

「あっちにいると、八月九日のことをやっぱり、すごく意識する感じはあったから。だけど、東京に戻ると、長崎にいた時みたいな、みんなが自分のこととして考えてる感じはどうしても薄い気がして、そうなると、悔しい、みたいな気持ちにもなるっていうか。留学してただけのオレが言えることじゃないかもだけど」

『あ、でも、うちのお母さんたちも、そんなふうに言ってたことある。他県の人と話してると、みんな、戦争のことも原爆のことも、自分たちほど詳しくなくて驚く時があるって。ごめんなさい、だから、今は、そっか、それって本当なんだってなんか、ちょっと思っちゃっただけなんです。気にしないでください』

『いや、でも……』

まだもどかしさが残ったまま、どこかのチームの誰かがそう言ったところで、ふいに、それまで沈黙していた御崎台高校の窓枠が光った。

『みんな、つながってよかったですね』

御崎台高校の、市野先生だ。静かな、毅然とした言い方だった。

『それぞれの場所だからこそ、学ぶ内容が違ったり、同じ知識でも接する近さが違ったり、みんなくらいの年でそれに気づけるのは、すごく羨ましい。そういう経験は興味の幅を広げてくれるから』

「あ、それは僕も、思います」

ふいに真宙の背後で、森村先生が言った。パソコンのマイクに届けるように、先生が声を張る。

「先生は大学時代に福岡の小倉出身の友達ができて、その時に、その人から聞いたんだ。小倉は、八月九日、本当は原爆が投下される第一目標だったんだけど、その日は上空からの視界が悪かったから、長崎に変更されたことを学校で習うって言っていた。だから、やっぱり八月九日をすごく特別な日に感じてみんなが育つって聞いて、とても驚いた」

『私は、妹が海外の人と働く仕事をしているんだけど――』

御崎台高校の画面の中で、市野先生が、ふっと微笑む。

『妹からもそういう話をよく聞きます。違う環境で育った、それぞれの国や地域の歴史を学んできた人との対話は、びっくりすることも多いし、新しい視点を持つのに本当に勉強になると。――海外まで範囲を広げなくても、同じ日本の中でもこれだけ違うんだから、おもしろいよね。これを機に、みんな互いの住んでいるところについて知るのもきっといい。ひょっとすると、自分が住んでる土地のことだって、まだ知らないことはたくさんあると思うよ』

『あ、確かに。オレも、渋谷の歴史とか、そういえばあんまり知らないかも』

先生の横で柳が言う。『マジ、楽しい』とさらに呟いた。

『やっぱ、参加させてもらってよかったです。飛び入りだったけど、みんな、ありがとう』

この夏、亜紗はだいぶ、凛久を見直していた。

夏から始まった望遠鏡作りと、それが完成してからの観測の練習を手伝う凛久の様子を見て、案外面倒見がいいヤツだったんだな、と感心したのだ。これまで後輩がいなかったからわからなかったけれど、「先輩わかりません」の声に、ナスミス式望遠鏡の作業中であっても、「おー、ちょっと待ってて」とか言いながら、嫌な顔ひとつせずに応じる。その姿勢は後輩たちに対してだけではなく、スターキャッチコンテストの他のチームに対しても同じで、他のチームに説明をする姿や質問のメールに答える様子を見て、こいつ、意外としっかりしてたんだなぁ、と認識を改めていた。

ナスミス式望遠鏡の製作についても、ようやく再開できた嬉しさからか、凛久はとりわけ熱心に取り組んでいる。

ただ、ちょっと熱心すぎる、とも感じる。うっすらずっとそう思ってきた気持ちが頂点に達したのは、凛久が、日曜日に作業の時間を取ることにしていると知った、あの時だった。コンテストを一緒にやる他のチームと合同のオンライン観測練習の最中、その話が出て、亜紗は内心、え？　え？　とパニックになった。

日曜日に作業するなんて、そんなの、私、聞いてない。

五島チームが平和学習の日にあたるため、同時に作業するのは無理になったけれど、その日曜日はちょうどお盆も近いということもあって、亜紗にも用事があった。

「私、日曜日、おばあちゃんの家に泊まりに行くから無理だよ」

コロナの影響もあってなかなか会えていなかった県北に住む祖母のところに、家族で行くと前から予定していた。今は、「人と会う」「移動する」ことを極力避ける状態にあるから迷いに迷って――でも、同じ県内だし、会っておこう、と家族で話し合ってようやく決めたのだ。

金曜日のオンライン会議が終わった後、凛久に向けてそう言うと、凛久が望遠鏡やパソコンの片付けをしながら、「へ？」とこちらを見た。

亜紗の声を聞きつけたのか、綿引先生がこっちにやってくる。

「お、なんだ。凛久は日曜日の部活、亜紗と相談して、やろうって決めたわけじゃなかったのか？」

反応から察するに、綿引先生にはすでに許諾を得ている様子だ。亜紗は、ふくれっ面のまま「はい」と答える。

「何にも聞いてない。なんで、勝手に決めてんの」

「いや、亜紗がいなくても、ひとりでもやろうかなって思ってたから」

特に気まずそうな様子もなく凛久が答えて、亜紗の口から「はあっ？」と怒りの声が洩れる。

「何それ、晴菜先輩には言ったの？」

「――私も初耳です。凛久くん、明後日の日曜日は、私も塾で模試があるため、都合が悪くてこられません。聞いてもらわないと困ります」

晴菜先輩が横から言ってくれる。凛久が大げさに肩を竦め、首を傾げる。

「え、そんな怒られることだった？　だったらすみません。でも今のままじゃ、SHINOSEからのフレームも納品の目途が立たないし、いずれ、オレたちがフレームも作った方がいいってなるかもしれないですよね？　だとしたら、本当に時間が足りないなって」

「フレームは、今は納品を待つって、みんなで決めたじゃん！」

かっとなって、思わず強い声が出た。こめかみの横で血が沸騰するのがわかる。晴菜先輩とそう決めたはずで——部長に対しても失礼すぎる。

「ナスミスは、凛久だけのプロジェクトじゃないでしょ！」

亜紗が唇を尖らすと、凛久が「あー、はいはい、ごめんなさい」とピアスの嵌まった耳を両手で押さえる。その仕草がまた癇に障る。

「ごめんよ。ただ、オレ、夜に部活来るのが来週はちょっと無理かもだから、日曜、やれるならやりたくて」

「え？」

それも初耳だった。

「夜だと、親が心配して」と凛久が続ける。

「今日も出てくるの、ちょっと大変だったから」

「何その、小さい子みたいな理由」

女子の友達には親が帰宅を心配して迎えにくるようなことはよくあるけど、凛久は高二の男子だ。おどけて言っているのかと思ってついそんなふうに言うと、しかし、凛久は、「だよな」と短く呟くだけで、笑わなかった。

「ま、いろいろあるんだよ。コロナだし」

あ、と思う。夜遅くなることと、凛久の家の心配が、「コロナ」の一言で結びつく。すぐに言葉を返せない亜紗の背後から、綿引先生が言った。

「来週来るのが難しいのはわかったけど、コンテスト当日は大丈夫なのか？」

「はい。それは、大会だからって、押し切りました。だから、ごめん、亜紗たち、勝手なことして。日曜の作業、オレだけ来るのもやめといた方がいい？」

「いや、もう、それは、やりたいなら、来てもいいけど……」

気圧されたように頷くと、凛久が「サンキュ」と呟いた。

「ごめんなー、一年生。来週、観測手伝えないかも」

凛久が一年生たちに向けて言うと、深野と広瀬も「いえ」と首を振る。

「だけど、望遠鏡で星を追い続けてるのって、意外と背中とか痛いんですね。姿勢も屈まないといけないし、体があちこち攣りそう」

自分たちの作った望遠鏡をなでながら、深野が言った。それに広瀬が「ほんと？　私、平気だけど」と答え、深野が不服そうに「あんたはバレエで、体幹が鍛えられてるから」と言い返す。

「こっちは普段から運動不足だし、大変なんですー！」

「あー、そうか」

「そうかって何。ちょっと嫌みに感じたなー、今の言い方」

一年生二人の会話が場の空気を和まそうとしてくれているように感じた。気まずい雰囲気を引きずったまま皆で望遠鏡を片付けていると、綿引先生が凛久に呼びかけるのが聞こえた。

「凛久、もし親が心配するなら、今日ももう帰っていいよ」

「え、本当ですか？」

「うん。後は僕らでやるから。その代わり、来週、七時台からの観測だったら、ちょっとは手伝えるか？　その時間帯、木星や土星なら見られるだろ。晴れたらだけど」

凛久がちょっと言葉に詰まる様子があった。綿引先生が言う。

「無理にとは言わないけど、その方が、凛久も楽しいんじゃないかと思って」

亜紗は今日初めて聞いたけど、綿引先生はひょっとしたら凛久から前もって何か聞いていたのかもしれない。先生の言葉に、凛久が躊躇うような間の後で、頷いた。

「オレも、そうしたいです。八時くらいに、学校出られる感じなら」

「そのためにも、今日は帰って、少しでもお母さんを心配させない方がいいだろ。亜紗、晴菜、凛久は片付け免除でいいかな？」

凛久がちらりとこちらを見たので、亜紗は「いいよ」と答える。

「あと、任せて」

「悪い、恩に着る」

凛久が言って、そそくさと屋上のドアの奥に消えていく。その背中を見ながら、亜紗は複雑な気持ちでいた。

綿引先生に話していたとしても、なんで同学年の仲間である自分に言わなかったのだろう。心に広がったモヤっとした気持ちが消えない。ひとりで作業するつもりだったなんて、亜紗はそんなふうに軽んじられる存在なのか――。

去年、凛久と一緒に設計図から望遠鏡を作る時、亜紗はとても楽しかった。みんなでデザインを決めた八角形の鏡筒。図面通りに切断した八枚の板を八角形の形になるようにつなぎ、それがぴったりときれいに合わさった時には、地学室で歓声が上がった。一辺の長さや切片の角度をどうすれば、きちんと八角形に合わさるか、もちろん計算してはいたけれど、実際に手を動かして、計算通りにいくと、ただそれだけのことにとても大きな達成感があった。数学の問題で図形についてやることも多いけど、ああ、そういう時の勉強って、実際に役立つことだったんだ、と、頭の中の計算と、目の前の手仕事が一致したことに感激したのだ。

それなのに。

「日曜の作業はね、凛久ひとりじゃなくて、僕もいるから、心配しなくていいよ」

亜紗の心を読んだような間合いで、地学室に架台を運ぶ途中、綿引先生が言った。亜紗がはっとして先生を見ると、先生が飄々と首を振る。

「もともと、僕が学校に来る予定があるから、それを知った凛久が、だったら、自分も来ていいですかっていう、そういう話だったんだ。だけど、亜紗はおばあちゃんの家に行って大丈夫。凛久が楽しそうな作業に手をつけようとしたら、それはみんなでやれよって止めとく。接眼部の部品の切り出しがまだだから、そこだけ先にやっときたいんだと思うよ。フレームも、もちろん、作らないで今は納品を待とうって言っておく。凛久だって、大事な作業はみんなと一緒にやりたいはずだ」

「……ですかね」

「うん。早く仕上げたいんだろ。晴菜が卒業する前に。地道なところは自分が担当しておこうって思ってるんだとしたら、先輩思いで泣かせるよねぇ」

そういえば、凛久は前にそんなことを言っていた。まだ部活が十分にできなかった頃、晴菜先輩が「もし、コロナの状況が変わらなければ、私がいなくなった後も、二人で製作を続けてください」と言い、それに凛久は強い口調で、「いや、部長も一緒に始めたんだから、最後まで付き合ってください」と言っていた。「今更、あきらめるのはダメです」と。

でも、だからってちょっと自分勝手が過ぎないか。

一年生たちと地学室まで架台を一緒に運び、棚にしまう途中、深野が教室の隅のナスミス式望遠鏡に目を留めた。

「先輩たちが今作ってる望遠鏡も、おもしろいですよね。うちらが今回作ったのよりずっと大きいし、本格的に見える。コンテスト終わったら、こっちの望遠鏡の詳しい説明も聞かせてもらえるんですか」

「うん。っていうか、深野さんたちにも何か手伝ってもらうことになると思う。二学期からよろしくね」

「了解です」

「楽しみです」

深野と一緒に広瀬も頷く。

彼女たちがあえてナスミス式望遠鏡に触れたのは、おそらく、先輩たちがぎくしゃくした雰囲気になったことを察してくれたからだろう。さっきもそうだけど、うちの後輩は、なんて気遣いができるいい子たちなんだろう。そんなかわいい後輩に心配させてしまったことが、申し訳なくもある。

凛久のバカ。

地学室の脇、自分たちが鞄をまとめておいた場所から、さっさと凛久のリュックだけが消えている。その様子までもが、今日は恨めしかった。

ファインダーを覗き込みながら、三本の調整ネジに手を添える。視界に映る十字線をメイン望遠鏡の視野に合わせられるように、慎重にネジを押し引きしていく。

望遠鏡の鏡筒とファインダーの向きを合わせるための、この光軸調整と呼ばれる作業に、真宙も天音も、渋谷・ひばり森チームは全員、だいぶ慣れた。森村先生によると、この調整作業を観測の前にいかにきっちりやっておくかが、スターキャッチコンテストでは勝敗を分けるのだという。

二回目の合同天体観測練習は、十九時から。その時間は月を見ることはできないけれど、木星や土星なら観測できるという。

空は――晴天。

曇り空の前回と違って、雲のかからない屋上からの空は、あちこちに都会の街の光が輝く様子までもが美しく、広々と感じられる。月くらいしか目標にできなかった先週と違って、はっきりと輝く星もいくつか確認できる。

今日のために、真宙たちは独自で観測の練習を重ねてきた。だけど、本格的に星を見る練習がめいっぱいできるのはこの合同の会の時くらいだ。だから、とても嬉しい。

真宙たちの望遠鏡には今、シールが貼られている。星と鳥――ひばりのイラスト。茨城チームの望遠鏡に色が塗られているのを見て「ズルい」と言った天音の提案で、真宙たちのひばり森中チームも、まずは色を塗ることを考えた。しかし、それだと、単に茨城チームの真似みたいになるからつまらない――と天音が言い出し、話し合って落ち着いたのが、このシール方式だった。森村先生に用意してもらったシール用紙に、みんなで月や星、ひばりの絵を描き、切り抜いて貼りつけた。星は、よくある五つの角がある記号の星じゃなくて、ちゃんと図鑑で土星や木星の写真を見て描いた、本物の「星」に近いイラストだ。

『わー、ひばり森の望遠鏡、かっこよくなりましたねー!』

茨城チームの画面から、一年生女子の二人がこちらを覗き込み、褒められた天音が胸を張る。

「茨城の皆さんのものを参考にしましたー!」

オンラインでつないだパソコンの向こうでも、それぞれのチームが、今日は完成した望遠鏡を空に向けて設置していた。前回後れをとっていた五島チームや御崎台高チームも、ともに灰色の塩ビ管の望遠鏡が大砲みたいに空を向いている。色を塗っていない、このままの武骨な感じもそれはそれでかっこいいんだよな――と思っていると、五島チームの望遠鏡には、よく見ると、明朝体の太い文字で「五島天文台」と側面に大きく書かれている。高校野球のユニフォームに入っているような、立派な書体だ。

「五島チーム、文字、大きくてかっこいい」

真宙が思わず呟くと、画面の向こうで、円華が『ありがとー!』と顔を見せた。

『武藤くんの提案なんだ。うちも、今日に間に合ってよかったよ』

後ろで、小山と武藤が架台の上の望遠鏡を操作している様子が見える。真宙の口から「五島はいいなぁ」と小さく声が出た。

「きっと、ものすごく星、はっきり見えますよね。コンテストでも速そう」

「確かにそうかもしれないけど、こっちは、空が明るい分、五島より、目標の星が定めやすいかもしれないよ。五島は見え過ぎるから、目標に迷うかも」

真宙をそうやって慰めるのは輿だ。自分の元同級生たちに向けて「お手柔らかに！」と言ってくれる。

『みんな、準備はいいですか？』

茨城チームの窓から声がした。いつもの凛久の声だ。

『すみません。今日、オレ、八時くらいには抜けちゃうんですけど、その後は亜紗とか晴菜先輩が手伝いますんで。よろしくお願いします』

「はい」

『はあーい』

『ウス』

凛久の声に、他の画面からもバラバラと返事がある。凛久の横から、亜紗が顔を出した。

『各チーム、今日までに観測の練習はしてきたと思いますけど、来週はいよいよスターキャッチコンテスト本番なので、最終調整というか、わからないことがあれば互いに聞き合ったり、そういう会にできればと思います。じゃ、まず、木星、見てみます？』

亜紗の合図に、それぞれの画面の中で、チームが観測の態勢に入る。

今はこんなふうにゆっくりだけど、きっと当日は、誰がどんな順番でファインダーを覗いて、どうするかっていうのもちゃんと決めておかないといけないんだよな、と思う。本番は、きっとスピード勝負だ。

ひばり森チームは、天音がひとまず望遠鏡を覗いた。木星は、今日までの練習でも何度か確認できている。天音が星を探すのを待つ間、先生たちが横で、「当日のコンテスト形式はどうしましょうか？」と話している。

「目当ての星を『これ』と読み上げて、見つけるスピードを競う方がいいか、それとも得点形式にして制限時間いっぱい、チームごとに探すか」

森村先生の声に、五島天文台の館長が、『いやー、制限時間いっぱい、自由に探すのがおもしろいでしょう』と返す。

『スピード競うだけだと、オンラインじゃ、どっちが速かった遅かったっていう判定にも不公平が出そうな気がするし』

『私も、せっかく審判がこれだけの数そろってるから、自由に探す方がいいかな、と』

市野先生も言って、森村先生が「わかりました」とそれを受ける。主催校の綿引先生の声がしないけど、綿引先生はみんなが決めた通りでいいって思ってるんだろうな、そういうところも貫禄（かんろく）あるな――と真宙は思う。

やがて『見えた！』『木星、あった！』という声がバラバラ、パソコンの画面から聞こえ始めた。だけど、目の前の天音はまだ望遠鏡を覗き込んだままだ。

「中井！　焦ることないから」

声をかけると、横の鎌田先輩が、ぷっと笑った。

「何？　先輩」

「いや、自分が望遠鏡見る番だとめっちゃ焦るくせに、人には優しいんだなぁ、と思って」

「……そりゃそうでしょ」

真宙が返す声と、天音が「見つけた！」と叫ぶ声が同時だった。当日、御崎台高校で審判を務める輿が、「どれどれ」と言いながら、望遠鏡に近づいていく。その時ふいに、森村先生が真宙たちに聞いた。

「さて、ここでクイズです。木星の衛星はいったいいくつあるでしょうか？」

――木星、オッケー！

輿が判定する声が重なる。観測の練習で真宙もすでに木星の姿は何度も見ていた。だから、答えを知っている――自信を持って答える。

「四つ」

望遠鏡で見た際、小さな衛星四つとともに一直線に並んで見えるのが木星の特徴だ。観測の練習で最初に視野に導入できた時、すごく特徴的な並び方をしてるんだなぁ、と驚き、これなら木星を見間違えることはきっとない、と思った。

しかし――森村先生が、ニヤッと笑う。

「残念。正解は、七十以上。真宙が言っているのは、望遠鏡でも確認できる、ガリレオが発見したガリレオ衛星って呼ばれてる衛星だな」

「えー！　そうなの！」

真宙が声を上げると、先生が「うん」と頷いた。

「小型望遠鏡で見えるのは、残念ながら、ガリレオ衛星の四つまでなんだよな」

「この四つだけが特別大きいから見えるってこと？」

「大きさもだけど、明るいことが重要なんだろうね」

「へえ！」

明るい、という言い方に、星の光が遠くから来るものだということを改めて思う。

「七十以上っていうことは、まだ見つけてない衛星もあるかもしれないってこと？」

「そうだよ」

鎌田先輩が尋ね、森村先生が頷く。その声を横で聞きながら、真宙は天音が嬉しそうに手招きする望遠鏡の方に歩き出す。天音がつかまえた木星を、望遠鏡の中に覗く。

ガリレオ衛星は、今日はひとつが薄くかすんで見えるけど、それでもそれらと一直線に並んだ木星の姿がしっかり見える。

「おんなじ太陽系の星でさえ、まだ観測しきれてないんだったら、木星とか行くのなんて、人類にはやっぱ無理なのかな」

真宙が言うと、森村先生がまた笑った。

「どのみち木星に降り立つのは無理だよ。太陽系の木星より先の惑星は、だいたいガスだから」

「へ⁉」

「木星や土星はガス惑星って呼ばれてて、木星の主成分は水素とヘリウムガス。だから、観測カメラなんかを飛ばしても、中に入った時点できっと壊れちゃって、最後の映像を送るのが精一杯ってところだろうなぁ」

「ええー、あんなにはっきり見えるのに、あれ、ガスなんですか⁉」

「地面とかないってこと⁉」

驚いたのは真宙だけではなかったようで、天音や鎌田先輩までそう言う。二人は真宙よりだいぶ理科系のことに詳しいだろうと思っていたのに、それでもそんなふうに驚くなんて意外だ。

「びっくり」

真宙も呟く。

「どの星も——酸素とか、重力とかなくても、宇宙服とか着ていけば、今は行くのが難しくても、普通に着陸できるもんだと思ってた」

着陸するための、その「陸」さえない世界は想像もできない。太陽系の惑星を覚える、水金地火木土天海、という呪文(じゅもん)のような言葉をなんとなく真宙も知っていたけれど、それらの星のどれもに無意識に地球と同じような感覚を自分が持っていたことに気づく。

「まあ、宇宙を舞台にしたフィクションのアニメとかだと、だいたいどの星にも地面があるように描かれるからなぁ、先生もそういう作品は好きだし、みんながそう思うのも無理ないよ」

「って、なんでそんな重大な事実、オレたちこれまで知らないできたわけ？　びっくりなんだけど」

「うん。それと、先生、なんか今日、ちゃんと理科の先生みたいですごい」

鎌田先輩と天音が言い、それに森村先生が「おいっ！」と返す。

「綿引先生みたいなベテランじゃないかもしれないけど、先生だって、一応、理科の勉強が好きで理科教員になったんだよ」

「へえ」

各チーム木星を探し終えた後、茨城チームの画面に今度は晴菜が現れた。

『皆さん、いいですか？　では、次は土星をつかまえてみましょう！』

「あ、次はオレが探す」

号令の声に、鎌田先輩が望遠鏡に向かう。残された一年生二人に向けて、森村先生が言った。

「あ、そういえば、安藤、中井」

「はい」

「はい」

二人で揃って返事をすると、先生が続けた。

「夏休みの宿題の自由研究、二人で、一緒にやったらどうだ？　このスターキャッチコンテストのことを二人でまとめればいいいんじゃないかと思うんだけど」

「あ」

今度も、天音と声が揃った。二人して顔を見合わせる。夏休みの自由研究の宿題はグループで研究してもいいことになっているため、クラスメートは複数で取り組む子たちも多いようだ。だけど、真宙は、クラスに男子がひとりだけ。誰とも一緒にできないいんじゃないか、と森村先生になんとなく気にされていそうな気配は、前から感じていた。

「まあ、無理にとは言わないけど」

真宙と天音が目を合わせたのを見て、先生が言う。真宙は首を振った。

「違うんです、先生。ただ」

「うん。安藤くんは――」

天音と二人、森村先生に向き直る。

『木星や土星はガス惑星って呼ばれてて、木星の主成分は水素とヘリウムガス。だから――』

渋谷・ひばり森チームから森村先生のそんな声が聞こえて、円華たちは思わず「えっ！」と顔を見合わせる。みんな観測しながら、聞くともなしに森村先生の話を聞いていた。

「五島天文台」と大きく書かれた望遠鏡のファインダーから顔を離した武藤と、横にいた小山に、円華は「知ってた？」と尋ねる。二人がそろって首を振るのを見て、観測の様子を黙って見守っていた館長が、かかっと笑った。

「そっか。みんな、知らんか」

「うん。なんか学校で習ったような気もするけど、ちゃんとは考えたことなかったっていうか……」

「だよな。大事なことなんだから、もっとしっかり教えといてほしかった」

小山と武藤が順に言うと、館長が「ほうほう」と嬉しそうな表情になる。

「遠くて、一生行くこともないような星のことを『大事なこと』って思うようになったか。そうね、みんな、行くなら、木星より火星の方が現実味のあっぞ」

「……なんか、納得」

円華が呟く。

「昔から、もし宇宙人がいたりするなら、火星人って言われたりしてたのって、ちゃんと根拠があってそうだったんだ。生命体がいる可能性があるなら火星って言われてたのも、今、きちんと腑に落ちた感じ」

それまでイメージもできなかった宇宙の世界が、本当に広大で、自分たちの持っている概念を超えるのだということをやっと想像できた気がする。

望遠鏡を眺めながら、この後、火星も見てみたいな、と思う。確か、コンテストでは、火星は木星や土星と同じ、すぐ見つけられる難易度のグループに入っていたはずだ。

『皆さん、いいですか？　では、次は土星をつかまえてみましょう！』

茨城チームの画面から晴菜が言う。

「あ、私、やりたい！」

円華が手を挙げる。

二人が場所をあけてくれた望遠鏡に近づき、土星の方角に望遠鏡を向けて、ファインダーを覗く。今、土星は木星の少し東にある。星の周りを覆う特徴的なあの輪は、ファインダーでは確認できないから、黄色く光る星を探す。

「これかな？」

ファインダーで土星を捉えると、中心に来るようにハンドルで調整する。それから望遠鏡の接眼レンズを覗いて、中心に来るように、さらに調整する。星を探す作業は、こんなにも同じ姿勢を保たなきゃならないのか、とここ何回かの観測の練習で円華は思い知っていた。首筋と、目の周りがちょっと痛くなる。

でも、楽しいのだ。

土星の輪が、本当に「輪」として見える。自分たちがテレビや本などで得ていた知識は本当にその通りで、ちゃんと存在する。当たり前かもしれないそんなことにいちいち感動して、見つけると大きな喜びがある。事実とされていることを確認するだけでこれだけ興奮するのだから、これをひとつひとつ発見してきた天文学者たちの喜びは、どれくらいのものだっただろう。

「本番では、土星や木星はきっとどのチームもすぐに得点にするやろうけん、得点の高い星をどれだけ見つけられるかがきっと勝負の分かれ目になるな。あとは当日が、今日くらい晴れたらよかけど」

館長が言い、それに、「あ、そうだ」と武藤が声を上げる。

「提案なんだけどさ、小山と佐々野さん、来週のコンテスト当日、もし晴れたら――」

「では、ここからは得点になるような星探しを各自、もう少しやって、それで今日は終わりにしましょうか。今、ちょっと画面共有しますね。見てくださーい」

亜紗がパソコンを操作して、配点表の画面を出す。この表にある星をどれくらい望遠鏡の視野につかまえることができるかが勝敗の鍵だ。

『難易度1　月　1点
難易度2　1等星・金星・火星・木星・土星　2点
難易度3　2〜4等星・明るい星団・星雲　3点
難易度4　ファインダーで見える星団・星雲　5点
難易度5　天王星・海王星・ファインダーで見づらい星団・星雲　10点』

配点表が表示された画面を、亜紗の横から、深野と広瀬が食い入るように見つめる。

「えー、月ってたった1点にしかならないんですか？」

「木星や土星も、月と1点しか違わないの？」

これまでもルールは説明してきたはずだけど、実際に自分たちで観測をするようになると星を導入する難しさや感覚がわかってきた分、具体的な想像ができるようになった。チームそれぞれから声が上がる。

『天王星や海王星って、見つかったらかなり有利だけど、実際この望遠鏡で見えたことあるんですか？』

『星団とか星雲って、どんな種類があるの？』

皆の質問に、亜紗が答える。

「えー、それを、今日を含めて、これからまだ一週間あるから、練習を繰り返して皆さんに見つけてもらいます。うちの場合は、二年生以上や綿引先生が教えていきますし、五島も天文台の館長さんに教えてもらってください。もちろん、主催校のうちに問い合わせてもらうのも大歓迎。渋谷チームは――」

『あー、ねえねえ、真宙たち、一回、うちと合同で観測の練習しない？　そっちの輿くんに、オレたちももっと教えてもらいたいし』

渋谷・御崎台高チームから柳の声がして、それに、ひばり森チームから『ぜひ！』という輿の声と、『先生、いいでしょ？』と森村先生に尋ねる天音の声がした。

その様子を見ながら、亜紗は満足して頷く。この感じに覚えがある。ただ頭上に広がっているだけだと思っていた空に、星の名前や位置がわかるようになってきたことで、地図ができていく、この感じ。去年、一年生で入部したばかりの頃、亜紗も凛久とともに味わった感覚だった。

『あれ、凛久くんはいつの間にか、帰っちゃったんですか？』

星団や星雲を見る練習をする中で、画面共有していた表を閉じて通常画面に戻すと、御崎台高の柳が聞いてきた。

その声に、亜紗はまだちょっと複雑な気持ちのまま頷く。さっき、自分たちの活動を中断させまいと気を遣うように、挨拶もなくそそくさと屋上から出ていく凛久を、亜紗はやっぱり睨むように目で追ってしまった。きちんとオンラインの向こうのみんなにも挨拶していけばいいのに――とそんな気持ちでいたのだ。

お前が挨拶していかないから、ほら、聞かれちゃったよ――という気持ちで、亜紗が答える。

「はい。来週のコンテスト当日はきちんと最後までいると思いますけど、今夜はさっき帰りました」

柳が尋ねる。

『そういえば、砂浦三高の天文部って、男子、凛久くんひとりなの？』

亜紗と柳が話していると、いつの間にか、五島やひばり森チームの画面にもメンバーが揃い始めた。柳が続けて尋ねる。

『今、改めて画面見ると、茨城チーム、女子しかいないなって気づいて。普段は凛久くんが説明してくれてるから気づかなかった。そっち、天文部、そんなに環境が整ってるのに、男子はあんまり星に興味ないんですか。なんかもったいない。オレなら入るのに』

「あ、天文部に男子ひとりっていうより、うちの学校、もともとほとんど女子しかいないんです。各学年、男子は二人とか、多くても五人とか、それくらい。元女子校だったのを数年前に共学校にしたんで、凛久のクラスも、男子は凛久ひとりだし」

『えっ！』

ふいに、大きな声がした。見回すと、どうやらひばり森チームの真宙のようだった。確かに珍しいかもしれないけど、そんなに驚くことかな――と亜紗が思っていると、真宙の横に森村先生と鎌田先輩がやってきて、気遣うように真宙を見つめながら、両隣に立つ。その真ん中で、真宙が『あの』と、カメラの方に視線を向けた。

『凛久さんは、ほとんど女子しかいない学校だって知ってて、それでも砂浦三高を進学先に選んだんですか？　何かの間違いとか、よく知らないで来ちゃったとか、そういうことじゃ……』

「あー、それはないと思います。もともと、女子が多いとか男子いないとダメとか、そんなのあんまり気にしなかったんだと思う。私のこと『亜紗』って、呼び捨てにしたりするのも、なんか他の男子いるといろいろ気にするかもだけど、もうそういうの面倒だからいっかみたいな理由だって言ってました。だから、私ともこんなふうに性別とか関係なく仲いいんだと思うし」

自分で言葉にしながら、亜紗は驚いていた。「仲いい」――、そうだ、私は凛久と自分が仲がいいと、そんなふうに思ってるんだ。

「確かに、男子が他にほとんどいないの知っててわざわざうちの学校受けるの、相当な変わり者だとは思いますけど。でも、凛久は、さっき、柳くんが言ったみたいに、うちの天文部の環境に惹かれてうちの高校を志望したんですよ。望遠鏡が作りたいって」

『望遠鏡……』

真宙が呟くように言う。亜紗が頷いた。

「やりたい活動があるからうちの学校に来たってだけで、他のことはどうでもよかったんだと思います」

『そうだったん、ですね』

「だから、今年も活動ができて、とても喜んでるし、張りきってるんです。皆さんに質問してもらえたりするのも、すごく嬉しそうだし」

亜紗の横に、晴菜先輩がやってくる。先輩が微笑み、そして言った。

「来週は、いよいよスターキャッチコンテストですね。お互い、がんばりましょう！」

晴菜先輩の声が、よく晴れた星空の向こうに広がるようだった。

『晴れるといいな』と、どこかの窓から声がした。

一年生二人がやってきて、「五島は台風とか大丈夫ですか？」と声をかける。夏の台風が九州地方を直撃することが多いことを、二人は気にしているのだろう。

五島の窓から、円華が『はい』と返事をする。

『先月には、長崎、集中豪雨があったり、大変でしたけど、今のところ台風の予報はないって館長ともさっき話してました』

「ならよかったです」

『心配してくれてありがとうー!』

声が夜の屋上にこだまする。武藤も小山も、画面の向こうで嬉しそうに手を振っていた。

八月二十一日、金曜日。

スターキャッチコンテスト当日、五島は晴天だった。

参加チームのどこかの天気が悪ければコンテストを延期することも考えていたけれど、今日は、茨城も東京も、ともに晴天。

夜も、雲のかからない星空になると見られている。こんなふうに、自分が住んでいる地域以外の天気を気にするなんて、円華にとっては初めてのことだ。今、おそらく、茨城も渋谷も、同じように五島の天気を気にしてくれているだろう。

「おー!　見えてきたよ。やっぱすげえ、きれい」

武藤、小山、円華。

列になった三台の自転車が、山道を下る。眼下に、太陽に輝く海が見えてくる。

「提案なんだけどさ、小山と佐々野さん、来週のコンテスト当日、もし晴れたら、海行かない？」

先週の合同観測練習の日、武藤がそう提案した。

「五島で過ごす夏は、これで最後だから」と続ける。

「コンテストの前、気合い入れる意味でも、一緒に行かない？」

「いいね」

すぐに答えたのは小山だった。眼鏡をはずし、レンズの内側を指で軽く払いながら、それを掛け直して言う。

「オレも、最初の年は海行ったけど、せっかく五島にいるのに、去年は行かなかった。今年、もし行けるなら行きたいな」

「うん、行こう」

円華も頷く。頷きながら、そうか——と思っていた。

五島、最後の夏。

武藤も小山も、島で過ごすのは今年度までなのだ。スターキャッチコンテストの練習をはじめ、ずっと続くように思っていた天文台チームの活動ももう終わる。

島の海は、東西南北、どこから見るかで色が違う。浜によって、全然違う表情をしている、と昔から円華は思っていた。北は、深い緑色。南は水色。より透明感があるのは、南でもさらに西の方の浜だろうか。

観光客が泳ぐような大きな浜じゃなくても、島には、足を入れて水遊びができるような小さな浜や浅瀬がたくさんある。武藤が行きたい、と言ったのも、自転車で四十分程度の、そういう小さな浜のひとつだった。石を積み上げた低い堤防が続く浜は、円華たちが着いた時は水着で遊んでいる親子連れのグループが数組いたけれど、少しするといなくなり、そうなると円華たち三人だけになった。

昼下がりの海は、静かで、落ち着いていた。堤防につながれた小舟が微かに揺れ、この位置からだと、湾のようになった反対側の岸の山の濃い緑もよく見えた。

「野球部で一年の時に来たことあるんだよなー」

武藤が口にして、素早くシャツを脱ぎ、水着になって海に入る。日焼けを気にして、円華は今日、出がけに日焼け止めを入念に塗ってきた。今日も、足を浸すくらいにしようと思っていたけれど、自分と違って、日差しを気にすることもなく、こうやって躊躇いなく海に入れるところ、武藤はさすが運動部だな、と思う。

小山も武藤の素早さに呆(あき)れたように笑いながら、自分もシャツを脱いで海に入っていく。痛いほどの日差しを浴びながら、「佐々野さん、泳がないのー?」と無邪気に尋ねる二人に手を振って、円華はかぶってきたキャップに手をやりつつ、浅瀬にたくさんいるヤドカリに目を落とす。砂と同化しているような色の小さなヤドカリが、よく目をこらすとたくさんいる。

泳ぐ武藤と小山が、時折、足をついて、何かを話している。その姿を見て、あ、と気づく。

海の中で、二人はマスクをしていなかった。マスクなしの二人の顔を、この距離だけど、見られることが嬉しかった。

自転車をずっと漕いできたせいで、円華もまた、苦しかった。

他に誰もいないし、二人とも距離が離れているし——、思い切って、円華もマスクを外す。

二人には前から顔を知られているわけだけど——新鮮で、なんだかちょっと恥ずかしい。海の潮が混じった、湿った風が顔の前を過(よ)ぎる。

とても——とても気持ちいい。

「武藤くん、小山くんー！」

つい呼びかける。二人が、こっちを見て「何ー？」と聞き返す。

「楽しいねー！」

円華は言った。言いながら、実はその言葉に感謝を込めていた。輿から聞いた、二人が自分を気にかけてくれていたことへの感謝。それから、この夏、これまで興味がなかった天体観測の世界に自分を引っ張り込んでくれたことへの感謝を込めて。

ありがとう、と胸いっぱいに呼びかける。

「なんだ、改まって」と武藤が笑う。

「うん、何、今更」と、小山も笑っていた。

ヤドカリを追いかける目線の先に、小さな波がやってきて、小さな魚の群れが波の下をくぐるように泳ぎ、通り抜ける。

海に来たからと言って、一緒に泳ぐわけじゃないし、特に深く何かを話すというわけじゃないけど、こういうなんでもない時間の別行動や沈黙が怖くない相手と、一緒にここに来て時を過ごせることそのものが、とても尊いものに思えた。

空を仰ぐ。

太陽が出て明るい空は、だけど、今は光があるというだけで、その向こうには確かに星の存在が広がっているのだ。見えていないというだけで、実はずっとある。コンテストに向けて覚えた星や星団の位置を、この時間だとあっちかな――と、昼間の光の中でも円華の目が追いかける。

すると、その時だった。

ピンポンパンポーン、と聞き慣れたチャイムが響き渡る。島のあちこちで聞く、島内放送だ。

『こちらは、五島南部町役場です。昨日、島内北部、泉水地区で新型コロナウイルス感染症の陽性者が新たに一名、確認されました。皆さん、感染対策に努め、手洗い、うがいなどの励行にご協力、よろしくお願いします』

職員と思しき女性の声が、ゆっくりと告げる。『繰り返します』と、もう一度。

見えない音を辿るように、胸まで海につかっている武藤や小山も、声のする方に顔を向け、放送を聞いていた。島内最初の新型コロナウイルスの陽性者が出た後から、新規で陽性者が出ると、この放送が定時に流れるようになった。今ではだいぶ慣れたし、病床が限られた狭い島内でクラスターでも発生したら大変だから、必要なことなのだとはわかる。けれど、住んでいる地域名までこうやって告げられると、やっぱり――胸が苦しくなる。

陽性者が出た地域では、近隣住民が特に注意を払わなければならないから、地域名まで明かすことは確かに必要なのかもしれない。理屈は頭ではよくわかる。だけど、陽性になった人は、近所ではもう誰がそう、というところまで全部あっという間に知れ渡っているのではないか——。そう思うと、まるで自分がその人になったかのように、息が苦しくなる。

「そろそろ行こうか」

しばらく泳いだ後で、武藤と小山が円華の待つ浜まで戻ってきて言った。

「いったん帰って、着替えたり、夕飯食べたりして、天文台には今日は七時くらいに集合でいい？　最後、もう一度、練習したいよな」

「うん」

円華も頷き、放送のことについては二人同様、触れなかった。

帰り道、自転車で二人の後ろを走りながら、少し前までは、白い百合の花でいっぱいだった山道に、百合がないことに気づいた。青々とした緑は目に心地いいけど、季節が変わっていくのだということをはっきり感じる。

夏が終わる。

円華に合わせた、ゆったりとしたスピードで走る二人の背中を見ながら、円華は思っていた。

二人と友達になれて、私、本当によかった。

「真宙、なんだか雰囲気変わったよね」

その日、スニーカーを履く真宙を玄関で呼び止めたのは、姉の立夏だった。

立夏とは普段、同じ部屋だけど、話すのはいつも「それ、とって」とか「あれ、貸して」みたいな必要最低限のことだけで、最近はあまり会話らしい会話をしていなかった。だからそんなふうに言われて、ちょっと面食らう。

「どういう意味？」

「なんか、落ち着いたっていうか、やさぐれてないというか」

「なにそれ、ウケる」

やさぐれる、という普段聞かない言葉を聞いて、思わず笑いそうになると、立夏が「あ、ほら」と言った。

「前はさー、やたらつっかかってきたじゃん。私がこういうふうになんか言うと、は？　違うし！　みたいに問答無用で臨戦態勢だったのが、笑ったりして余裕あるっていうか」

「え、そうかな」

「うん。お母さんたちもそんな感じのこと言ってたよ」

「あー……」

「今日も午前中、図書館行ってたんでしょ？」

「それは自由研究のためだから」

「でも、そういう調べものとかも、あんた、前は全部ネットで簡単に調べて写すだけだったじゃん。図書館行くとか、うちの弟、なんか大人になったなぁって思って」

「何、その言い方」

言いながら、でも、確かにそうかもしれない、と思う。前はもっと、姉さんぶるなよ、とか、一歳しか違わないだろ、とか、そういうトゲトゲした気持ちの方が先に立っていたけど、今は不思議と気にならなかった。

「褒めてんの」

と立夏が言う。

「感心してんの。素直に喜んでよ」

「はいはい。――父さん、もう行くよ」

スニーカーの紐を結び、振り返って父を呼ぶと、父が「おー、ちょっと待ってて」とやってくる。

スターキャッチコンテスト、当日。

夜の外出に合わせて、真宙の家では父が学校まで送っていってくれることになっていた。父がやってくるのに合わせて、母も一緒にキッチンから出てくる。

「真宙、これ持っていきなさい」

見れば、母は手に水筒と、なぜか、お菓子の「オレオ」を持っている。なんでオレオ？　と思っていると、母が言った。

「みんなでこれ、分けて食べなさい。夜、おなかすくかもしれないから」

「えー、学校にお菓子持ってくのはダメでしょ。それに、飲食禁止だってば。コロナなんだし」

「そんなの、バッグに隠して持ってって、終わった後に帰り道でみんなで食べればいいでしょ」

「そんなの意味ある？　途中で食べないと腹ごしらえにならないじゃん」

「でも」

「いいってば」

真宙が言い返すと、父が横で笑った。

「母さんも、真宙のために何かしたいんだよ。大会なんだし、応援したいっていうか」

「大会って」

言いながら、びっくりする。スターキャッチコンテストは確かに大会だけど、まさか両親から応援なんて言葉が出てくるとは思わなかった。まるでサッカーをやっていた時みたいで、文化部の活動なのに、あの頃の試合の時みたいな気持ちで父と母がいるのかと思ったら、なんだか、ぐっときてしまった。父が言う。

「いや、大会だろ。今日は」

「その応援でやるのが、オレオ持たせることなの？」

「うーん、何もできることがないから、オレオでも持たせなきゃってことなのかも」

父が言い、母がまだオレオをこっちに差しだしたままなのを見て、ふうっと大きく息を吸う。

「ありがと。でもオレ、大丈夫だから」

父と母が顔を見合わせ——、玄関に座る真宙と同じ目の高さまで体を屈める。そして言った。

「真宙には、ずっと、ちゃんと謝らなきゃって思ってたんだ」

「何を」

「お父さんたち、きちんと調べなかったから。ひばり森中の一年生が、男子は真宙ひとりになっちゃうって」

二人とも、真面目な顔をしていた。廊下で、興味なさそうに脚を伸ばしてストレッチなんかしてる立夏も、今は黙ってそれを聞いている。

こんなふうに家族みんなに見送られるなんて、これから自分はどんな遠い世界に冒険に行くんだろう、と思うけど、そんなふうに茶化したりできないくらい、なんだか今は照れくさい。

「きっと心細かったよな。正直、真宙がいつ転校したいって言ってきてもおかしくないと思ったし、そうなったら、真宙が行ける学校を探そうって、母さんと話したりもしてたんだ」

「だけど、真宙、そんなこと、一度も何も言わなかったね」

母が言う。オレオを持たせることをあきらめたのか、水筒だけを真宙に手渡す。真宙も立ち上がって、それを受け取った。

「元気に学校に通ってくれて、ありがとう」

母に言われると、かあっと頬が熱くなる。あわてて顔を伏せた。

「大丈夫だよ。オレ、ひばり森中でいい」

ピンポン、とマンションのエントランスに設置されたインターフォンのチャイムが鳴る。鎌田先輩とお父さんだ。今日は一緒に学校まで行くことになっている。

「いってきます」

真宙が言う。父が横で靴を履く。母と立夏の「いってらっしゃい」の声が、真宙たちを送り出した。

スターキャッチコンテスト当日、オンラインをつないですぐの打ち合わせは、まずは輿の報告から始まった。

『みんなー、オレ、夏休み明けから、御崎台高校に転入することが決まりました』

今日の輿は、市野先生とチェンジして審判をするため、御崎台高校の方の屋上にいる。

画面ごしの輿の報告に、真宙たちからは「ええっ⁉」と驚きの声が出た。他の画面にも動きがある。とりわけ五島チームの窓は、『え、本当？』『マジかっ！』と反応が大きい。

横の画面で、輿が照れたように微笑む。

『転入試験、本当は夏休みの最初くらいにもう考えてたんだけど、きちんと受かるかわからなかったから、今のタイミングの報告になっちゃった。コンテストの前に、みんな、ごめん』

『ううん。おめでとう！』

五島の窓から円華が言う。その言葉に輿がちょっと姿勢を正して『あ、ありがとう』と畏(かしこ)まった雰囲気でお礼を言う。

『これまでも、こっちの高校、いろいろ調べてたんだけど、あんまりピンとくるところがなくて。途中から転入しても馴染めるかわかんないし、心配だったんだよね。だったら、来年にはもう卒業だし、五島の泉水高のリモート授業で卒業って形でもいいんじゃないかって親とも話してたんだけど、御崎台高校に通うのはちょっと楽しそうだなって』

輿が横にいる柳を見る。

『友達もできたし』

『そんなわけで、輿くんはこっちの高校で引き取りまーす。五島のみんな安心してくださーい』

柳のおどけた言葉に輿が『なんだよ、それ』と笑う。そのやり取りが、まるで何年も前から友達だったみたいだ。武藤や小山が『おー！』と返す。

『うちの輿をよろしく』

『ちょっとマイペースだけど、いいヤツだからさ』

『オッケーです！』

小山と武藤の声に柳が返し、それを輿本人も笑いながら見ている。高校生たちが軽やかにそんなふうに言葉を交わす様子が、真宙には、大人っぽくてかっこよく見える。

すると、その時だった。

「うちの真宙からも、報告があります。今年の夏の自由研究、皆さんと話したことがヒントになってテーマを決めたみたいで」

「え、ちょっと、先生！」

森村先生に急に言われて、あわてる。その横で、「なんだよ」と言うのは鎌田先輩だ。

「自分で言ってたじゃん。今日、五島のみんなにお礼言いたいって」

「それはそうだけど……」

『え？　え？　なんですか？　自由研究、ひょっとして、星についてやることにしたの？』

五島の名前が出て、円華がこちらに尋ねる。高校生の年上の女子に画面ごしとはいえこんなふうにまっすぐに見つめられてしまうと緊張の度合いが跳ね上がる。「違います」と答える自分の声がちょっと喉に絡んだ。

「オレ、長崎の原爆投下について、調べることにして……。まとめとかは、まだこれからなんですけど」

森村先生に、天音とスターキャッチコンテストについてをまとめるのはどうか、と言われたけれど、その頃には、自分でもう決めていた。天音と共同でやるのもいいけれど、純粋に自分で調べてみたくなったのだ。

「調べてみたら、驚くことも多かったです。あの、長崎の平和祈念像。オレ、これまで、平和になったことを〝記念〟して建てた像なんだって、そんなふうに思ってたんですけど、あの像の名前は、平和を祈るって意味の〝祈念〟なんですね。その言葉も今回調べたことで、初めて知りました」

天に向けて高く掲げた右手と、横に水平に伸ばした左手の、あの有名な像。写真や映像で見て真宙も知っていたはずなのに、自分がずっと間違えていたことに驚いた。

祈念、という言葉は美しいと思った。平和を願う、祈りの気持ちを表す言葉。その言葉に出会えただけでも、自分で調べてよかった、と思った。

「長崎、オレ、行ったことないんだけど、いつか、行きたいです」

『私たちも行きたい』

別の窓が光る。茨城チームだった。真宙は気づく。亜紗や凛久は、本当だったら修学旅行で今年、行く予定だったのだ。

「いつか、私たちも行っていい？」

『絶対来て』

円華が答える。大きく頷いた。

『私たちも行くとなったら船に乗るんだけど、みんなで、長崎市内で会えたらいいね』

『うん』

「はい」

亜紗たちと真宙の返事の声が重なる。五島の窓から、ふいに武藤が言った。

『茨城チーム、この星図もサンキューな！　星の位置、これがきたことでだいぶ見やすくなったし練習しやすくなった。感謝！』

『いえいえー！　五島のみんなが館長さんとアップデートしてくれたのも助かりました。こちらこそありがとうございます』

亜紗が言って、手元に星図を持ってくる。真宙たち渋谷・ひばり森チームも、望遠鏡の横に広げていた同じ星図を手に取る。

先週の観測練習の後、数日して茨城チームから届いたものだ。やはり、コンテストで星を観測するにあたって、おおまかな星の位置がわかる図のようなものがあった方がいいのではないかと茨城チームで話し合ってくれたそうで、亜紗たちが中心になって作り、送ってきてくれた。太陽系の惑星の他にもうしかい座のアークトゥルスやおとめ座のスピカ、夏の大三角形のベガ、アルタイル、デネブなど、得点になる星の名前を詳細に書き込んでくれて、一気に観測の目標が捉えやすくなった。

その図に、五島チームが館長とさらに星団の位置などを書き足して共有してくれたものがこの星図だ。

おもしろいな、と真宙は思う。コンテストは競うものだから、本来はライバルのはずなのに、どうしたらやりやすいか、とか、みんなで助け合ったり、協力してる。変なの、と思いつつ、だけど、いいな、と思った。

「あの……茨城チームが先日話してましたけど、砂浦三高は元女子校で、男子がほとんどいないんですよね？　凛久くんのクラスも、男子は凛久くんひとりだけ。あ、今日、凛久くんはいますか？」

森村先生が言うと、亜紗が頷いた。

『いますよ。ちょっと、凛久、来て』

仲間たちに促されて、画面に凛久の姿が押し出される。森村先生の横で、真宙は先生の顔を見る。今日、このことを凛久と話したい、ということも、真宙が先生に頼んだ。

やってきた凛久の顔を見て、真宙が尋ねる。

「凛久さんは、嫌じゃ……なかったんですか。砂浦三高に入ったら、男子が少ない環境になるって、最初からわかってたんですよね？」

『いや、まあ、それはそうだけど、やりたいことやれるのがこの学校だったから、あんまり深く考えなかった。確かに男子少ないと、気を遣わなきゃならないこともあるけど、逆に気楽なとこもあるし』

「オレも、男子ひとり、なんです」

真宙が言うと、他の画面のメンバーもこっちを見たようだった。注目を浴びて、緊張するけど、画面ごしだから、それでもまだ前を向いていられた。凛久が、『へえ』と頷いた。

『そうなんだ！　あ、でも、同じ部に男子の先輩いるじゃん』

「部活は男子の先輩たちがいるんですけど、学年では、オレだけで……。普通の、公立の共学校だったのに、たまたま、そうなっちゃったんですけど」

真宙が説明する。小学校時代の男子の同級生が、みんな中学受験で私立や都立の中高一貫校に進学してしまったり、引っ越していったこと。他の小学校からも男子は入学してこず、気づいたら、入学式で男子が自分ひとりだったこと。そのため、学校がとても嫌だったこと――。話す自分の姿を、森村先生や天音たちが黙って見ている。同じ中学のみんなの前で自分の気持ちを話すのが、他のチームに見られているのよりよほど気恥ずかしかった。

だけど、先生も天音たちも、きっと真宙を馬鹿にしたりしない。口から本音がこぼれる。

「学校、なくなればいいと思ってたし、コロナの緊急事態宣言で大変だった春も、休校やコロナがずっと長引けばいいって思ってました。だから、凛久さんみたいに、自分からそういう学校を選んだ人がいるっていうのに、すごくびっくりして。しかも、そのこと、この間話に出るまで、オレ、全然気づかなかった」

それくらい、男子だから、女子だから、という雰囲気が砂浦三高天文部になかったことにも、真宙はとても驚いていた。男子ひとりの環境を、自分はずっと気にしてきたのに、凛久はそんなことにまるで囚われていないように見えた。

「凛久さんが砂浦三高で作りたい望遠鏡ってどんなのなんですか？」

『あ、いやー……。じゃ、ちょっとだけ持ってきて、見せようか』

『っていうか、パソコンを移動させて見せた方がよくない？』

凛久と亜紗が、画面の向こうで互いの目を見る。亜紗の姿は見えないけれど、凛久の視線の動かし方でなんとなくわかる。

『ナスミス、地学室で見せよう』

『……サンキュ、亜紗』

やり取りの後で、画面が揺れる。動き出す。人物の姿が消え、屋上から、どこかに移動する気配があった。階段や廊下と思しき場所が次々流れ去り、廊下の眩(まばゆ)い蛍光灯が映ると、ああ、夜の学校って感じだ、と思った。

少しして、画面が止まった。

地学室に来たのだろうか。パソコンのカメラが部屋の壁の方を向く。その前に置かれた不思議な形の何かに、画面が近づいた。角がたくさんある、大きな筒。その形に、真宙は咄嗟に神社でおみくじを引く時に振る箱を思い出した。角を数えると、全部で八個。八角形をしている。

『オレ、これを作りたくて』

画面に姿が映らないまま、凛久が言った。手で支えているらしいパソコンのカメラが微かに揺れている。

『見えますか？』

「それが望遠鏡ですか？」

『ナスミス式望遠鏡っていいます』

「なんで八角形なんですか？　かわいいけど」

真宙の横から、天音が身を乗り出して問いかける。それには、凛久ではなく、亜紗の声が答えた。

『あー、それは、凛久がそうしようって。接眼筒を取りつけやすいのと、あとは、車椅子の人たちが見るような場合でも、その方が観察しやすいんじゃないかってことで』

「車椅子の人たち？」

『ナスミス式望遠鏡は、接眼部が、姿勢を変えなくても覗けるようになってるんです』

亜紗の声の後で、凛久が説明する。

『オレがこの望遠鏡の存在知ったのが、そもそも、老人ホームで観測会をしたっていう海外のネットの記事だったんです。車椅子の人たちもいて、その人たちもみんな、星を見られて嬉しかったたって言ってた』

パソコンのカメラを自分の方に向ける。凛久の顔が半分映る。

『みんなも実際に観測してみたからわかると思うけど、望遠鏡って、星見つけるのも、視野に星を入れ続けるのも姿勢が大事だから。屈んだり、寝そべるのに近い姿勢取らないと見られないことも多いんだよな。うちの一年も、体があちこち攣りそうって言ってたし』

『わかるー！』

御崎台の窓から、柳が言う。真宙たちも、大きく頷いた。

茨城の窓には、凛久の後ろに、いつの間にか一年生たちの姿もある。凛久が笑った。

『うちの一年生は、広瀬さんがバレエやってたこともあって、長時間見てられるんだって。広瀬さんのそれ、ほんと、これまでの練習の賜物（たまもの）っていうか、才能だよな』

『え、褒めてくれてます？』

『うん』

先輩に言われ、広瀬が目をパチパチさせている。

『で』と凜久が続ける。

『ナスミス式望遠鏡は、その点、接眼部が架台の耳軸にあるから、車椅子の人たちでも楽に星が見られる。こんな望遠鏡があるんだって感動して、で、茨城でそういうことに詳しい人、誰かいないか探して、綿引先生に辿り着いた』

凜久がパソコン画面を自分から遠ざけてきょろきょろとあたりを見回す気配があった。先生の姿を捜しているのかもしれない。やがて、軽く吐息を落とした。

『今、いないけど。——そんなわけで、これが、オレがこの学校に来た理由です』

「見てみたいです」

真宙が言った。呟きは、考えるまでもなく、素直に口から出ていた。凜久がこっちを見る。

「完成まで、がんばってください」

高校生は自分から見れば大人で、わざわざ真宙にそんなことを言われるまでもないことはわかっていた。だけど、凜久が微笑んだ。マスク姿だけど、口元が笑ったのが、目の表情ではっきりわかった。

『ありがとう』

凜久が答えた。

『真宙くんも、全然、男子ひとりで困ってるようには見えなかったよ。先輩や先生ともいい雰囲気だし。一年生の、もうひとりの女の子とのコンビもいい感じに見える』

「ありがとうございます」

横に天音がいるから、ちょっと照れくさくて、そっちの方向が見られない。耳が熱くなったけど、きちんと、お礼が言えた。

「では、行きますよー！」

夜空の下で、号令をかけたのは市野先生だった。輿と審判をチェンジしたから、今日は市野先生がひばり森中学の屋上にいる。

先生や館長――各チームの大人たちの中で誰がその役目をするか。話し合いの末、画面ごしのジャンケンに負けた市野先生になった。大人なんだから、ジャンケンなんかで決めないでよ、自主性でやってよ、と各地のメンバーに言われながらのスタートだ。

頭上で、星が瞬いている。星の瞬きが、まるで空から挨拶されているように感じる。

深呼吸して、真宙たちはその瞬間を待つ。作り上げた自分たちの望遠鏡の横に立ち、鏡筒の角度を変えないように注意しながら、空に向けて構える。

「スタート！」

空に向け、市野先生のハスキーボイスが響き渡る。

望遠鏡を最初に覗くのは真宙だ。

最初に目指すのは、土星。

南南東の空に向けて、ぐいっと望遠鏡を動かす。

他チームは皆、きっと、一番に目指すのは月ではないか——と真宙たちは予想していた。だから、自分たちは、月は最初に目指さない。入りの時間にさえ気をつければ、一番捉えやすい天体だからだ。時間に余裕があるうちは、難易度と配点が高い別の目標を少しでも先につかまえておこう、と作戦を立てていた。

ファインダーを覗き込む。

パソコンから、『月！』という声が聞こえた。どこかのチームの声だ。確認したことを告げる、『オッケーです！』という声が続く。この声は、御崎台高校の審判、輿。

続いて、『オッケー、1点、加点』という五島の天文台館長の声が聞こえた。

前は、他のチームの動きが気になって焦ったけど、今はもう平常心でいられる。先輩たちとの読み通りだ。みんな、思った通り、最初は月を目指す。

真宙の視界に、土星を捉える。

何度も練習したから、間違いない。この星だ。

きた！　と思うと同時に鼓動が高まる。微動ハンドルで、きちんと捉えられたことがわかる位置まで動かす。

「土星！」

叫ぶと同時に素早く移動して、審判の市野先生に接眼レンズを譲る。

ほんの短い時間なのに、市野先生が「オッケー！」と言ってくれるまでの間がとても長く感じられた。

「先輩！」

「まかせて！」

真宙と鎌田先輩がタッチして代わる。先輩が望遠鏡を少し南に向けて、「あ、木星を目指すんだ」とわかる。最初はわからなかった空の中の星の位置が、もう自分にもわかる。

「アルビレオ……」

「え？」

「アルビレオ、探してもいいかな」

天音が言う。

静かな声が、だけど、興奮に高まっているのがわかった。はくちょう座のアルビレオは、3等星。難易度は3。天頂付近の星は、見つける姿勢を取るのがまずとても難しい。

ただ、今回のコンテストでは、天頂ミラーや天頂プリズムの使用も許されていて、それを使えば、見つけられる確率は上がる。

「木星、ゲット！」

鎌田先輩の声がして、市野先生が接眼レンズを覗く。判定が出るまでの短い間で、真宙が「後で」と天音に向け、言う。

「北斗七星にある1等星を確実に入れてから、その後で探して。天音なら、できる」

市野先生の「オッケー！」の声に、どこかのチームの『木星！』の声や、『オッケー！』の判定の声が重なって響き渡る。

「うん！」

真宙の言葉に天音が頷いた。

戻ってきた鎌田先輩が、「中井さん！」と天音にタッチする。走り出す天音の背中を見送りながら、真宙は、ああ――と思った。

空に顔を向ける。吸い込む空気に、夜の匂いがした。東京の空は明るいと言われる。できることなら、五島のきれいな空もいつか見に行きたい。凛久が完成させたら、茨城でナスミス式望遠鏡も絶対に覗かせてもらいたい。

『M13球状星団です！』

『わー、さすが五島！　ズルいな、速い！』

円華の声に、思わずというように反応する茨城チームの声がした。真剣勝負だけど、みんな思っているのが同じことだということがわかる。

離れていても、伝わる。

「アルビレオ！」

天音の声がした。天頂付近まで、望遠鏡をぐいっと向けて、興奮気味に息を切らして――、あいつ！　と真宙は思う。

1等星を見つけてからにしろって言ったのに！

望遠鏡から離れ、市野先生に場所を譲る天音の目が、キラキラしていた。真宙の忠告を聞かなかったことは腹立たしいけど、その顔が――びっくりするほど輝いて、かわいく見えてしまって、真宙はあわてる。

「お願い、お願い、アルビレオ！」

両手を胸の前で組み、祈るような恰好(かっこう)をして、天音が屋上でジャンプする。

その姿を見て、空を見て、画面からのみんなの声を聞いて、思う。

——楽しい。

「オッケー！」という市野先生の声を聞きながら、もう一度、真宙は思った。泣きたいくらい、強い気持ちで。

——オレ、すごく、楽しい。

「真宙、行け！」

天音にいつの間にか呼び捨てにされている。

「おう！」

その声に送り出されるようにして、真宙は望遠鏡に向けて、また駆け出していく。

第五章 近くて遠い

九月、四週目。

地学準備室のドアをノックする。

ドアの前に立つ亜紗と晴菜先輩は無言だった。どうしていいかわからなくて、気持ちはぐらついていて、どちらかが口を開いたら、そこから言葉が止まらなくなりそうで、二人とも、何も言わずにここを目指した。

「はあい、開いてるよ」という綿引先生の声が遠い。

「失礼します」

そう言ってドアを開けたのは晴菜先輩で、部屋にまず入って綿引先生の前に立ったのは亜紗の方だった。

「先生！」

呼ぶ声が自分でもわかるくらい、動揺して揺れていた。窓の向こうに広がる夕日のオレンジ色を背に、マスク姿の綿引先生が座ったまま亜紗を見上げる。

「何、亜紗」

「凛久が転校するって、先生は知ってたんですか」

声が上ずっていた。我ながら、祈るような必死な声だと思った。だけど、何を祈っているのか、自分にもわからない。綿引先生が亜紗を――それから、その後ろに立っている晴菜先輩を見た。先輩がどんな顔をしているのかは、亜紗にはわからなかった。

綿引先生の目がゆっくりと少し、細くなる。先生が言った。

「うん」

その声に、足から力が一気に抜ける。膝（ひざ）が急にその場に落ちそうになったことで、亜紗は、自分の全身がずっと力んでいたことを、やっと自覚した。

綿引先生が続けた。

「そうか。ようやくみんなに言ったか、凛久は」

八月、渋谷や五島とのスターキャッチコンテストを終え、二学期が始まると、亜紗たちの天文部では、ナスミス式望遠鏡の製作がいよいよ佳境になった。コロナの感染対策は相変わらずしなければばならないし、遅くまで残れないから、作業時間にも制限がある。「日常」はまだ戻ってきたとは言い難い。

だけど、コロナにまつわる「新しい生活様式」の日々にも慣れて、こちらの方が「日常」になった、という感覚はあった。いつまでこれが続くのかとうんざりする気持ちも相変わらずあるけど、うっすらとあきらめ、いつかの「終わり」を漠然と期待して過ごしているような、そんな感じだ。

　夏休みの間に凛久を中心に部品の切り出しが概ね終わっていたこともあり、九月に入ると、望遠鏡はいよいよ組み立ての最終段階に入った。そのうえ、大きな進展があった。

　鏡筒のフレーム部分について、SHINOSE光学研究所から、納期の目途が立った、と吉報が入ったのだ。フレームについては、亜紗たちはただ、工場の納品を待つことしかできなかったから、とてももどかしかった。

　そして――「できましたよ」と、今週になって連絡があった。

　いてもたってもいられず、亜紗たちは人数を制限した三人だけで、水曜日の放課後、電車とバスを乗り継いで、つくば市の工場に様子を見に行った。今は、校外学習や移動することが学校活動の中でも厳しいのだが、綿引先生が特別に許可を取ってくれたのだ。

「こういう時って普通、顧問も一緒に来るんじゃないんですか？」

　亜紗が聞くと、綿引先生は職員会議があるのと、「まずは、様子が見たいんだろ？　まだ微調整も必要かもしれないから、自分たちの目でいろいろ確認してきたら」と呑気そうに言うだけだった。

　フレームの引き取りは、後日、綿引先生に車を運転してもらって一緒に行くことにして、取るものも取りあえず、亜紗たちは念願だったフレームを、まずは見せてもらうために出かけた。留守番になる一年生に「ごめん！」と謝ると、気のいい二人は、「いってらっしゃい」「写真、後で見せてくださいねー」と送り出してくれた。

　緑色の樹脂材の床が広がる工場内に入って、まず、その場所に案内された。

黒い軽量アルミフレームを前に、しばし、言葉がないくらい、三人とも放心したように見入った。

まだ鏡は嵌まっていないけれど、トップリングと呼ばれる一番上の部分の曲線がとても美しい。トップから下に向けて、八本のアルミパイプが延びている。「鏡筒をフレームだけのスケルトンにすることで、内部を見ることができ、反射望遠鏡の構造を学ぶには向いている」と、助成金を受ける際に皆で書いて強調した部分だ。

「何度もご連絡もらっちゃったけど、ようやく、見せられる段階になったよ。部長さんからのメールの指示のおかげで調整もスムーズにいった。お待たせしたね」

工場でいつも応対してくれる社員の野呂さんに言われて、晴菜先輩が「いいえ」と首を振った。野呂さんは三十代半ばのエンジニアで、凜久たちが最初に手紙を書いた時から、この件を担当してくれている。

「素晴らしいです。本当にありがとうございます」

そのやり取りを見て、気づいた。晴菜先輩はただ待っていたんじゃなかったんだ、ということに。おそらく、亜紗たちが知らないところで、何度も進捗を問い合わせる連絡やアングルに関する修正などを伝えてくれていたのだろう。凜久も、同じことに気づいたようだ。

胸に「ＳＨＩＮＯＳＥ光学研究所」の名前が入った作業着姿の野呂さんに向けて、凜久が九十度に近い角度でお辞儀をする。

「ありがとうございます。今、フレーム見て、ああ、これで、ほんとにもう望遠鏡できるじゃん！　ってオレ、初めて思えました。すごい、完成できます」

「いやいや、お待たせしちゃって申し訳なかったけど、完成したら、オレたちにも星を見せてよ」

「もちろんです」

答えながら、野呂さんたちと一緒にさまざまな点を確認していく。設計図に従って作った箇所がその通りにできているか、作ってみたけれど、現場の感触でここは改良を提案したい点なども教えてもらう。そうやって具体的に話せるひとつひとつが、とても嬉しかった。

「次は綿引先生と一緒に、また来ます。ありがとうございました」

「先生にもよろしく言っといてね。だけど、――すごいなぁ、先生は。連絡もらったけど、本当にみんなだけで進められるって信じてるんだね」

「いやー、そんないいもんじゃないですけど」

最近、そんなふうに言われることが多いなぁ、と思う。スターキャッチコンテストを一緒にやったひばり森チームの先生からもそんなふうに言われたけれど、亜紗たちの感覚としてはピンとこない。

凛久もきっとそう思っているはずだ、と顔を見る。しかし、凛久は亜紗の視線に気づかないまま、まだフレームをじっと見ていた。

「ねえ、凛久もそう思うよね」

亜紗が言うと、ようやく「え?」と凛久が気づいた。話聞いてなかったのかよ、と亜紗が言いかけると、凛久が「あ、本当に……ありがとうございます」と呟くように、またお礼を言った。

「野呂さんにも星を見てもらえるように、オレたち、がんばります」

話題の流れがおかしくなった、と思うけれど、野呂さんが「うん」と頷（うなず）いて、話がおしまいになる。

その帰り道のことだったのだ。

バスから電車に乗り換えた頃から、凛久は口数が少なかった。だから、亜紗と晴菜先輩が部のことや、先輩の受験のこと、他にも最近観ておもしろかった動画の話なんかをしていたら――ふいに、凛久が言った。

「二人に、話があるんだけど」

「うん。何、改まって」

いつになく真剣な顔つきに――亜紗は咄嗟（とっさ）に、「えっ、告白だったらどうしよう」と思った。やめろよ、そんなの、今更気まずいから――晴菜先輩にだとしても、可能性は低いと思うけれど亜紗にだとしても、そんなの、付き合っても付き合わないとしても気まずいじゃん――みたいなことまでつい考えてしまった亜紗の耳に、次の瞬間、その言葉が届いた。

「オレ、転校する」

ふざけてるんだ――とまず思った。

それくらい、亜紗の中ではない考えだった。

凛久と転校。

凛久がここから、天文部からいなくなるなんて想像できない。晴菜先輩が驚きに目を見開いている。だけど、亜紗は、どんな表情を作るべきか、どんな感情を持ち、どんな反応を返すのが正しいのか、思考の一切が停止した。

「……は？」

という一言が自分の喉から出るまで、すごく時間がかかった。凛久の顔は笑っていなかった。ふざけている様子はまるでなかった。

「本当なんですか？」

晴菜先輩が言った。つくばからの帰りの電車は帰宅する高校生やサラリーマンの姿などもあり、そこそこ混んでいた。三人とも座れていなくて、ドアの前に立ったままだ。なんでこんな時に、電車の中でこんな話をするんだ——と信じられない気持ちで、目の前の、つり革をつかむ凛久を見る。

「本当です。残念ながら」

晴菜先輩の方を見て、凛久が軽く言う。マスク越しでも、ようやくちょっと笑ったのがわかって——その顔を見たら、切羽詰まった真剣な顔をされていた時より、逆にちゃんとわかった。

本当なのだ、と。

「転校って、どうして」

ようやく言えた。凛久が亜紗を見る。目が合い、だけど、一瞬の間の後で凛久がすぐに目を逸らす。まるで、逃げるように。

「その、——だいぶ前から、親がうまくいってなくて」

亜紗も晴菜先輩も言葉が継げなかった。車窓の向こうに目をやった凛久が、途切れ途切れに続ける。

「離婚、することになって。で、オレと姉ちゃんは、父さん、こっちに残して、母さんの実家のある香川に行くことにしたから、引っ越す、ことになった」

「香川……」

日本地図が咄嗟に頭に浮かぶ。四国地方。亜紗は、香川はもちろん、四国のどの県にも行ったことがない。

「凛久くんだけ、こっちに残るのはダメなんですか」

晴菜先輩が聞いた。聞いてくれた、と亜紗は思う。自分では、とてもそんなこと、思っても言えない。窓の外を見ていた凛久の視線がこちらに戻ってくる。晴菜先輩がもう一度聞いた。

「凛久くんの家の事情に、踏み込んだようなことを言ったり、聞いたりしてしまうようで申し訳ないのですが、凛久くんは、卒業まであと一年半です。お父さんが茨城に残るのだったら、凛久くんだけ、卒業まではこっちにいてもよいのではないかと思ったのですが」

亜紗は頷くこともできずに、だけど、気持ちは先輩と同じ思いでただ黙って凛久を見た。凛久がちょっと困ったように先輩を、それから亜紗のことも見た。だけど——首を振る。

「それもまぁ、考えないわけじゃなかったんですけど……あー、どっから話せばいいかな。あの、うち、姉ちゃんいて」

凛久の声が、さっきよりさらに気まずそうに、ちょっと早口になった。

「姉ちゃんがちょっとその、障がい、みたいなのがあって」

亜紗は静かに息を呑んだ。わざとそうしたわけじゃなくて、本当に、喉の内側が膨らむようになって、そのまま呼吸が止まった。

そこまで言うと、凛久の表情がふっと緩んだように——思えた。どうしてだろう、と思う間に、凛久がマスクの上から右頬をかいた。

「香川には、ばあちゃんや親戚もいるから、まぁ、大丈夫かな、とは思うんですけど、姉ちゃんのこと、やっぱり母さんひとりじゃ大変だから、オレもいないとって感じで」

「お姉さんの障がいって」

障がい、という言葉を遣う時、自分がそう言っていいのかどうかわからないような——そんな思いが胸を掠めた。よく知らない自分が無遠慮にその言葉を口にしていいのかどうかわからない、という迷いのような感覚があって、そんなふうに思うこと自体が凛久や凛久の家族に対して失礼なんじゃないかと思ってしまう。

凛久が「あー」と声を出してから、答える。

「小学生の時に、脊髄に腫瘍ができて、手術して今はもう元気なんだけど、下半身に麻痺っていうか、そういうのが残って。普段は全然、普通にしてるんだけど、ただ、姉ちゃんがもしコロナにかかったら、普通の人がかかるよりいろいろ大変だろうからって、うちの母さん、結構、今、ナーバスになっててさ。オレや母さんがかかった場合も、姉ちゃんの介助、できる人いなくなっちゃうし。それもあって、離婚や引っ越しの話に」

引っかかる記憶があった。凛久が夜あまり遅くなれない、家の人が心配する、と話していたこと。その分、日曜日に作業をしたがっていたこと。

「母さんはいろいろ気を遣ってるのに、うち、父さんはそのあたり、結構、通常通りだったっていうか……。仕事も、ニュースでやってるみたいなリモート勤務にならなかったし、残業も多くて、母さんに車の中で寝泊まりするように言われたりとか、ケンカ、多くなってきて。父さんも、母さんのこと心配しすぎだって怒ったり、でもま、仕事だから、仕方ないんだけど」

「凛久くんのお父さんは何をしている人なんですか」

「システム開発の仕事なんですけど、仕事に必要な機器が会社にしかないから、やっぱ出社はしないとならなくて」

凛久の目がまだ遠い。亜紗たちをまともに見ない。

「春の、緊急事態宣言の頃はまだよかったんです。一斉に世の中のいろんなことが止まったから、父さんの仕事も開発が止まって家にいられたし、母さんも、父さんに家のこと手伝ってもらえるのは助かってたし。――でも、宣言が解除されていろいろ動き出したら、どんどん、家の中、嚙み合わなくなってって」

何も言えないまま、亜紗には凛久を見つめることしかできなかった。

「だけど、一番の理由は、やっぱ、あれかな」

凛久が呟くように言う。

「夏休みのちょっと前、父さんの会社の同僚でその――陽性の人が出て」

周りの耳を気にしたのか、「コロナ」ではなく、「陽性」という言葉を凛久がわざと選んだように、亜紗には聞こえた。驚き、それと同時に身が竦むような感覚があった。テレビで感染者数が報じられても、亜紗の身近には罹患した人は誰もいない。

「母さんは、父さんに、家に絶対に帰ってこないでほしい、とか、しばらく、どこか借りて住んでほしいとか、そんなふうに言ったんだけど、だけど、父さんはその人とはそこまで近くで仕事してたわけじゃないし、濃厚接触者とかそういうのでもないから大丈夫だって言って。でも、母さんは、私たちはともかく、カエデを危険にさらすのかって」

カエデ、というのが、お姉さんの名前なのだろう。凛久の家での様子が、その名を聞いてより鮮明になる。

「そんなわけでいろいろ意見の不一致が生まれて、離婚、することに。でも、年内はこっちにいるから、ナスミス式望遠鏡の完成には、ギリギリ間に合うと思うんだ。よかった、野呂さんが約束守ってくれて。今日もひさしぶりに会えて、ちょっと感激っていうか、嬉しかったよな」

凛久が言う。強がって言っているわけじゃなくて、心から安堵した表情に見えた。

その顔を見て、わかった。

なんで今、このタイミングでそんな話をするんだ――と亜紗は思っていた。もっと前から転校の話はきっと出ていたはずなのに、なんで、望遠鏡のフレームを作ってもらって嬉しいはずの帰り道、しかも電車の中を選んでそんな大事なことを――と。でもきっと、凛久は、今だからこそ話した。

望遠鏡を完成させられると確信が持てた、今だから。亜紗たちと作るのが間に合いそうで、ほっとしたから、だからきっと言ったんだ。

電車が凛久の住む最寄り駅に近づいてくる。高校のある駅より手前。亜紗や晴菜先輩が降りるのより、凛久の方が先に降りるのだ。

「年内って、十二月まではまだ茨城にいるってこと?」

亜紗が尋ねる。聞きたいこと、言いたいことがたくさんあった。どうして、どうして、どうして。頭の中で、大きなサイレンみたいな音がずっとしているみたいだ。考えたいのに、その音が邪魔をして、うまく言葉が見つからない。

本当は聞きたかった。

一番聞きたい言葉は別にあった。

――凛久、どうして教えてくれなかったの。

亜紗は何も知らなかった。家のことも、お姉さんのことも、転校のことも、早く望遠鏡を作らなきゃ、と凛久がそんなに焦っていたことも。

何も気づけなかった。

「うん。引っ越すの年末で、一月から新しい学校に通えるように準備する予定」

凛久が頷いた。亜紗の方を見ないまま答えるその横顔に、胸が引き絞られるように痛んだ。それ以上、かける言葉が出てこない。

凛久は言えなかったんだ、と気づく。

悔しかった。頼ってほしかったし、話してほしかったけれど、さっきの話を聞いてしまったら、それ以上責めることもできなかった。

お姉さんのことを、『障がい、みたいなのがあって』『麻痺っていうか』と凛久は言った。「障がい」や「麻痺」は、本来なら、凛久の中では、お姉さんについて当たり前に使っている日常の言葉なんじゃないか。だけど、亜紗や晴菜先輩が動揺したり、困るんじゃないかと思って、あんなふうに「みたいなの」とか「っていうか」というぼかすような言い方をしたんじゃないか。そんなふうに言わせてしまったことが、途轍もなく悔しかった。

そして、亜紗はまんまと凛久が心配した通りに萎縮した気持ちになっている。こうなることがわかっていたから、凛久は言えなかったんだ。

情けなかった。でも、聞くのが怖い。自分が何か無神経な言い方をして、凛久やお姉さんを傷つけてしまうんじゃないかと思ったら。

わずかな沈黙の後で、凛久が言った。

「あ、で、二人にお願いがあるんだけど」

「なんですか」

晴菜先輩が答える。

凛久の家がある駅まで、あと、一駅。凛久が言う。

「ナスミス式望遠鏡が無事に完成したら、その観測会に、うちの姉ちゃん、呼んでもいいですか？　綿引先生にも、前から、それ、相談してて」

胸の真ん中を、冷たい槍のようなものが貫く感覚があった。人って、何かショックを受ける時には、本当にこんなふうに体が衝撃を受けたように感じるのか、と驚いてしまう。

「もちろん」

晴菜先輩が答える。だけど、その先輩の声も、いつもと少し違って、緊張しているように感じた。

「よかった」

凛久が言う。先輩に軽く、頭を下げる。

「ありがとうございます」

車内のアナウンスが駅名を告げる。電車が速度を緩め、止まる。

真面目な話をすることに慣れていない凛久が、バツが悪そうに、だけどようやく晴菜先輩と亜紗を正面から見た。

「じゃ、オレはここで。いきなりこんな重い話して、すみません。亜紗も――ごめんな」

「……いいけど」

引き留めたかった。

普段ならそうできた。お前、それだけ話して、ここであっさり別れるとかできると思ってんのか――胸ぐらをつかんでそうする自分が思い浮かんだけど、体が凍ってしまったみたいに動かない。凛久の帰りを待っているお姉さんや、家族がいるんだ、と思ったら、自分なんかがそうしていいか、わからなかった。

重い話、なんて、言わせてしまったことが、申し訳なくて、泣きたいくらい――自分にイライラする。

凛久が電車を降りる。まだ言いたいことがあるし、話したいことがあるのに。凛久が「じゃ」と手を振って、ホームを歩き出す。他に降りた人たちとともに歩き出し、その姿が見えなくなるまで、亜紗も晴菜先輩も、ホームの方をただ見てしまう。

「……亜紗ちゃん」

晴菜先輩が話しかけてきたのは、電車が再び動き出してからだった。亜紗は先輩の顔が見られなかった。唇を嚙みしめて、自分の内側からこみ上げてくる感情に耐えるので精一杯だった。

晴菜先輩が亜紗の顔を覗き込んでいる。先輩だってきっと凛久に対して言いたいこと、聞きたいことがいっぱいだったろうに、同学年の亜紗の存在を気にしてできずにいる雰囲気を、亜紗も感じていた。

先輩の腕がゆっくりと亜紗の肩に伸びてくる。先輩自身もこらえきれなくなったように、車内で一度、ぎゅっと強く亜紗の肩を抱き締め、すぐに離れた。

「ソーシャルディスタンスを破って、接触、すみません」

先輩の言葉に、気が緩んだ。嚙みしめていた唇を開くと、ふっ、という笑い声と一緒に情けなく頬も緩んだ。先輩も、一緒にちょっと笑った。肩に触れた先輩の手の温度や、顔の前を掠めた髪のいい匂いが、嬉しかった。こんなふうに友達や誰かと躊躇(ためら)いなく近づいたのはひさしぶりだ。

「学校に、寄っていきますか」

先輩が言った。

「綿引先生が、まだ残っていると思います」

「――行きたいです」

亜紗は答えた。

「そうか。ようやくみんなに言ったか、凛久は」

凛久の転校や家庭の事情を、綿引先生は知っていた。それを知って、亜紗の体に入っていた力がするすると抜けていく。

自分は話してもらえなかった、相談してもらえなかった、という思いは依然として強くある。だけど、その時亜紗が抱いた感情には、わずかに安堵が混じっていた。よかった、と思う。

凛久、綿引先生には話せていたんだ。

「先生、教えてください」

「何、晴菜」

「凛久くんのお姉さんは車椅子を使っているんですか」

その言葉に——はっとする。

車椅子、ナスミス式望遠鏡。凛久が見つけたという海外の老人ホームの観測会の記事と、それを作りたいから綿引先生のいるこの学校に来たという入学動機。

晴菜先輩が続ける。

「下半身に麻痺があると聞いたので、ひょっとしたら、と思って」

「うん。凛久がナスミス式望遠鏡を作りたい理由には、それもあったみたいだね」

綿引先生がゆっくりと椅子から立ち上がる。自分たちを——とりわけ、亜紗をまっすぐ見つめて、続ける。

「凛久のお姉さんには、ぼくも一度、実は挨拶したことがあるんだよ。去年、花井さんの講演会に行った時に、車椅子専用スペースに、凛久とお姉さんがいるのを見かけて、ちょっとだけ、挨拶した」

そうだったんだ、と思う。

凛久のお姉さんの話を、一度だけ、そういえば亜紗も聞いたことがあった。

去年、まだいろんなイベントができた頃、宇宙飛行士の花井うみかさんの講演会があった際、凛久は亜紗たちと一緒に行かず、お姉さんと行った。お姉さんも星や宇宙が好きで、本当はお母さんと行く予定だったけれど、お母さんの都合が悪くなったので、凛久が一緒に行ったのだと。だけど、亜紗は凛久の姿を見つけられなかったし、あの日、会場に車椅子の人たち向けのスペースがあったことも、まったく気づいていなかった。

さっき車内で聞いたばかりの、凛久の声を思い出す。

――ナスミス式望遠鏡が無事に完成したら、その観測会に、うちの姉ちゃん、呼んでもいいですか？　綿引先生にも、前から、それ、相談してて。

「……悔しい」

亜紗の口から、声が洩れた。

凛久、あいつ――、と思う。本人を前にしたら、次もまた、言えないかもしれない。だけど、今の正直な気持ちが止まらなくなる。

「なんで、何も言ってくれなかったんだろう。悔しい。悔しいし、すごく……」

亜紗は、気づけなかった。

凛久が何も言えなくて当然だ、と思う。

亜紗ちゃん、と晴菜先輩が呼んで、こちらを見ている気配がする。これ以上話すと涙が出てきそうで、そんなの、嫌だ、と強く思った。悔しいし、情けないけど、泣くなんて、そんなの、凛久にもきっと失礼だ。

「凛久はあいつ、溜めこむタイプだからなぁ。亜紗、ごめんな」

先生が謝る必要なんてないはずなのにそう言われると、いよいよ気持ちのやり場がなくなって亜紗はぶんぶんと首を振った。

それを言われてきたのは、私だったはずだ。決意を内に秘めて、溜める。綿引先生のところで勉強したくてこの学校を選んだことを、友人たちからよくそう言われてきた。だけど、私なんて、凛久の秘密主義に比べたら、全然だ。本当に全然、そんなことなかった。

「ナスミス式望遠鏡のフレームはどうだった？　野呂さんにも会ってきたんだろ」

綿引先生が二人に尋ねる。話題を変えたわけじゃなくて、きっと凛久の件の延長だ。こくんと頷く亜紗の横から、晴菜先輩が補足する。

「フレーム、微調整は必要ですけど、すごくきれいで、やっぱり、ＳＨＩＮＯＳＥさんにお願いできてよかったです。これで、たぶん間に合う」

「そうか、よかった」

間に合う、よかった、という言葉が、これまでは晴菜先輩の卒業を指していたけれど、今は違う。綿引先生が言った。

「あとは、ここからまたコロナの状況がひどくならないといいけど。観測会、無事にできたら、凛久にも思い出になる」

思い出、という言葉を聞いて、強烈に湧き起こる感覚があった。

思い出は――確かにそうかもしれない。だけど、まだそんなふうになってほしくなかった。亜紗は、ここにいるのに。ここに全部残していってしまうような言い方、やめてほしい。

「先生」

「うん？」

動揺と混乱と、激しいショックの中で、亜紗は聞いてしまう。答えを知りたくて。

「凛久のために、私たち、何ができますか?」

そんなこと考えるなんて、きっとおこがましい。凛久だって、そんなふうに思われたらきっと迷惑だ——。ずっと迷っていた思いが、だけど、この瞬間、吹き飛んだ。今日初めて知った、凛久の抱えていた事情。踏み込めないし、萎縮した。傷つけるのが怖いから、黙ったし、動けなかった。だけど——。

「凛久とまだ、何か、したいです」

混じりけのない、亜紗の本音だった。

あれ、小春、昨日も休みだったよな——。

教室の、誰も座っていない小春の席を見て、円華は思う。

九月四週目。

たった一ヵ月前なのに、スターキャッチコンテストがあった頃がだいぶ遠い記憶になったように感じる。それくらい、九月の教室は、空気が違った。それはたぶん、夏を節目に武藤や小山のように部活を引退する生徒がたくさんいたことや、ここから先の受験や進路に向けてそれぞれの意識が変わり始めたからだろう。

円華は進学組だ。ものすごく行きたい学部や志望校がある、というわけではないけれど、母や父が卒業したのと同じ長崎市内の大学に進学することを、幼い頃から漠然と考えていた。そのための勉強を、夏休み中も前より本腰を入れてやっていた。

するると、そんな空気の中、円華たちの吹奏楽部で、大きな動きがあった。

夏休み明け、最初の部活のミーティングで、ひさしぶりに部員全員が揃った前で、顧問の浦川先生からこんな提案があったのだ。

「十一月、オンラインの演奏会をしようと思う」

受験に向けて気持ちは切り替わっていたけれど、浦川先生のその言葉に、純粋に胸が高鳴った。その気持ちは円華だけではなかったようで、部員——中でも三年生が皆、互いに顔を見合わせる。驚きと喜びが、そこにあった。

「演奏会って言うても、前のような形で合奏することはできません。パートごと、横一列で演奏したものを映像で合わせて、ひとつの演奏に聞こえるように編集します。だけど、そうやってできた映像を、みんなで観る会を開きます。校庭にスクリーンを設置して、屋外の上映会ができるように、夏休み中、校長先生たちと話し合って考えました。当日現地に来ることができん人や、人が集まる場に抵抗がある人には、配信で観てもらえるようにもします」

浦川先生が、間隔を空けて座った部員たちを見回す。換気のために開け放した音楽室の両サイドの窓から、風が抜けていく。

「実際の合奏じゃなかし、本番一発の緊張感がある演奏会とは違う形になるけど、皆にとっては、演奏している自分たちを、観客と一緒に観るという貴重な体験ができます。そして、三年生は、この演奏会が引退の演奏ということになります」

先生の目が、円華たち三年生を見る。その時——わかった。おそらく、円華だけでなく、全員が。

これは、私たちのためなんだ、と。

吹奏楽部は、コロナ禍では活動が難しい部活だと春からずっと自分に言い聞かせるようにあきらめてきたけれど、それでも燻る思いはあった。皆がおそらく一番気にしていたのは、節目がなくなった、ということだ。今年はコンクールがない。武藤や小山が、例年通りとはいかないまでも、夏に大会を終えて清々しい顔をしていたことが、実を言えば、円華はずっと羨ましかった。

「三年生は、もう受験や進路に向けて気持ちを切り替えとった人も多かと思うけど、どうですか。一緒にやってくれますか」

「やりたいです」

三年生、部長の有紀が手を挙げて言った。

「先生、ありがとうございます。考えてくれて」

「よかった」

浦川先生の表情が緩む。普段、あんまり感情を表に出さないヨーコちゃんが伝える、精一杯の喜びの顔に感じた。

上映会で流す動画の制作は、十月中に行い、上映会自体は、十一月上旬の、本来なら文化祭が予定されていた日曜に行うことになった。毎年、外部の人にも公開して模擬店や舞台発表を行っていた通常の文化祭は、今年はもう早々に中止が決まっている。

そうやって、吹奏楽部は新しくスタートを切った、はずだったのだが——。

小春が休んでいる。

春以降、一緒に帰ることはなくなっていたし、教室でも部活でも微妙に距離を取るようになっていた。でも休んでいるのが気になって、どうしても席の方を見てしまう。

風邪かな、くらいに思っていたけれど、今日で二日目だ。すると、休み時間に同じ部のクラスメート、梨々香と話して、理由がわかった。

「小春、あれなんでしょ。――コロナ」

「えっ！」

胸がドキン、とした。驚きに声を上げた円華に、梨々香が「あ、小春じゃなくて」と声をひそめた。

「小春のお姉ちゃんが勤めてる介護施設に出入りしてる業者の人がさ、コロナになっちゃったんだって。シーツとかのリースの会社の人」

「え……」

「ちょっと前にさ、浜狭地区で陽性一名ってニュースで言ってたの、その人なんだって。なんか、福岡に遊びに行った後で発熱したらしくて」

「そうなんだ」

「小春のお姉ちゃんの、彼氏なんだって」

黙ったまま、息を吞んだ。梨々香が無言で目配せしてから、さらに小声になる。

「小春のお姉ちゃんも福岡、一緒に行ってたんじゃないかって噂になってる。デートか何かで遊びに行ってたみたい」

「梨々香はそれ、誰に聞いたの」

「うちのお母さん」

そのお母さんは誰に聞いたのか——聞きたいけど、言葉を呑み込んだ。夏に、自分の家の前で近所のおばさんたちが噂話をしていたのを思い出した。「本土からもお客さんをまだ泊めてる」と話していた、あの人たち。

誰に聞いたのか、は問題じゃない。みんなが言ってる、知っている、この春からずっと続いてきたことだ。

「で、私たち、小春に聞いたの。小春は普通に学校来てるし、それ、本当なのかなって。ほら、私たち、パート一緒だし、練習も一緒にするから、一、二年生でもちょっと気にしてる子がいて」

梨々香は、小春と同じくクラリネット担当だ。円華が小春とぎくしゃくするようになってから は、梨々香と小春がクラスでは主に二人で行動していた。でも、円華は二人は同じパートだし、仕方ない、と思ってきたのだ。

なのに——。

「小春、なんて言ってた?」

複雑な思いを押し殺して、円華は聞いた。梨々香が答える。

「陽性になった人、確かにお姉ちゃんの彼氏だけど、福岡は一緒に行ってないって。でも、お姉ちゃんの施設も今、大変みたいだよ。入居者でその人に接触してた人はいるのか、とか、入居者の家族にも気にしてる人はいるみたいだし、うちの近所でデイサービスで利用してたおばあちゃんがいる家も、みんな、しばらくはあそこは行かないって話してた」

「でも、なんでそれで小春が休むの? お姉ちゃんが、濃厚接触者認定されたってこと?」

「付き合ってたんだったら確実にそうでしょー。気を遣ったんじゃない？　きっと小春は濃厚接触者の濃厚接触者だし、うちらにまで知られてるって、きっと思ってなかったんじゃないかな。黙ってるつもりだったのに、バレてたのがショックだったとか」

「バレてたって……」

まるで悪いことをしてるみたいだ。「濃厚接触者の濃厚接触者」という言い方にも眩暈がする。いったいどこまで範囲を広げて、私たちは相手を怖がらなきゃならないんだろう。

「小春に、学校に来るなとかは言ってないんだよね？　梨々香」

「まさかー！　そんなひどいこと、言うわけないよ！」

梨々香があわてたように首を振る。そうだ、直接口に出すなんて、そんなひどいことを、うちの部のみんなはきっとしない。ただ、噂になった当人が、空気の圧みたいなものを感じて、ものすごく追い詰められてしまうだけで。

「落ち着くまでだよねー」

梨々香が言った。心から残念がっているような、だけど、のんびりとした言い方だった。

「小春はたぶん、大丈夫だと思うんだけど……。でも、私も、一緒にパート練習してたし、二週間くらいは発熱とか、注意しないと。円華も一応さ、注意だけ」

落ち着くまで、という言葉に、自分が苦しめられてきたことを思い出す。一学期、部活をしばらく休みたいと職員室の浦川先生のところに言いにいった時の、あの覚悟も。

梨々香に悪気はおそらくない。無意識に怖い気持ちがあるのはみんな一緒だ。小春が本当に「濃厚接触者の濃厚接触者」だったら、本人が登校を自粛したり、人と距離を取ることは、感染防止の観点に立てば、それはそれで正しいのかもしれない。
でも、梨々香の言葉を、その時の円華は、どうしても受け入れられなかった。

『今日、話せる？』

一文だけのＬＩＮＥを、円華は送った。

小春とその前にやり取りしたのは、五月の日付だ。まだ緊急事態宣言下だったあの頃、互いに家にいて、退屈しながらオススメの漫画について情報交換していた軽いやり取りが、小春とのＬＩＮＥの画面の最後。それ以降、自分が親友とやり取りをしていなかった事実を、やりきれない思いで見つめる。

無視されてもいいと思ったし、無視されたら、今度こそ小春とはもう絶交なのかも、とも思った。でも、小春はたぶん、返してくる。

既読がつくのと同時くらいの速さで、案の定、画面にメッセージがすぐに現れる。

『話せる』

円華は、すぐ、今度は『元気？』と打つ。

『元気だったら、外でどっか、会って話さない？　もし暇だったら』

この「元気」が単なる挨拶で言ってる「元気」を意味しないことは、今の小春ならわかるはずだ。案の定、またすぐに返信があった。

『元気。暇』

言葉と裏腹に、泣きべそをかいたウサギのスタンプが入る。ウサギの背後にある文字は、なぜか『Ｔｈａｎｋ　ｙｏｕ』だ。

そのスタンプを見たら、なんだかわからないけれど、胸のつかえがとれた。許せる、と思った。その時まで、自分が怒っていたかどうかもわからなかったし、表立ってケンカをした認識もなかったはずなのに、そうか、私は小春を許せなくなっていたんだ、と気づいた。

嫌いになりそうだったんだ、とも思ったし、それでも、嫌いになりたくなくて、今連絡してるんだ、ということも自覚していく。

許せなくなっていたけど、私、この子のこと、好きなんだ、と。

『うちの旅館の近くの堤防、こない？　小さい頃、遊んだとこ』

春に、武藤に寝そべって泣いているところを見られた、あの堤防。

小春からの返事は、今度はちょっと時間がかかった。だけど。

『ＯＫ』

スタンプの中で、目を激しくうるうるさせたキャラクターが、謝るように、祈るように、手を胸の前で組んでいた。


待ち合わせた堤防に、小春はＴシャツとジャージ姿で現れた。

如何(いか)にも部屋着という感じだ。ＬＩＮＥでやり取りしていた時は元気そうだったのに、先に堤防に座っていた円華の方を見て、ちょっと離れた場所から「ん」と短く挨拶した後、なかなかそばに来ようとしない。ちょっと俯(うつむ)いている。

何を話せばいいのか、わからないのは、円華も一緒だった。

だけどたぶん、ここなら学校の他の子は誰も来ないはずだ。

「おいでよ」

突っ立ったままの小春に言う。小春がようやく、戸惑うように顔を上げた。円華は、えっと思う。目が赤く、潤んでいる。

「泣いてるの？」

小春が「だって」と目を右手の甲で押さえる。「うー」と小春の口から声が洩れ出た。泣き声を聞いたら、なんだかほっとした。気を遣わないで、本題から話していいんだ。

「お姉ちゃんの彼のこと、聞いたよ。あの……お姉ちゃん、濃厚接触者認定とかされた？」

「ううん」

小春がぶんぶんと首を振る。

「最近は仕事でも会うの減ってて、彼が忙しかったり、あんまり、会ってなかったみたい」

「そうなんだ。じゃ、小春、学校休む必要ないじゃん。元気だったんでしょ？」

「でも、噂になってるし……」

わかるよ、と円華は思う。

気持ちはよくわかる。だけど、言った。

「部活、来なよ。最後の演奏会だってあるんだし」

わあーん、と声がした。

子どもみたいな大きな泣き声を上げて、ぶわっと感情が溢れたように小春がその場に蹲る。

「円華、ごめんねえ」

「……いいよ」

唇を噛みしめる。小春と再び本音で話せるようになった嬉しさが半分、ああ、やっぱりそうか、とあきらめるような気持ちが半分。小春、私に対して、やっぱり悪気があったんだ。無邪気に避けてたわけじゃなくて、謝るような後ろめたさもあったんだ。

だけど、それでもよかった。円華だって、こういう立場じゃなかったら、梨々香みたいにただ小春を避けたかもしれない。

ぐずぐずと泣きながら、小春がようやく近くまでやってくる。わざとかどうかわからないけれど、気を遣ったのか、二メートルほどのソーシャルディスタンスを取って、円華から離れた場所に彼女が座る。

空と海は、今日も、異なる二色の青でとてもきれいだ。話したいことはたくさんあったし、お互いに思っていることもたくさんあるはずだけど、全部を言葉にしなくても、今はいい気がした。

先に口を開いたのは小春の方だった。

「……連絡くれて、ありがとう」

目がまだ、だいぶ潤んでいた。

「円華は、武藤くんや小山くんと、私のこと、相当悪口言ってるんだろうなって、思ってたから」

「へ？」

「なんか、私の知らないところで、急に仲良くなってる感じあったから。どっちかと付き合い始めたのに、私、教えてもらえてないのかなって思って。……新しい友達もできて、円華は私のこと、もうどうでもいいんだろうなって思ったら、すごく寂しかった」

「ええー、ひどくない？　一緒に帰れないって言ってきたの小春の方だし、こっちこそ、梨々香とかと私のこと、相当悪く言ってるんだろうなって思ってた」

「そんなことないよ！　一緒には帰れないけど、学校では話しても大丈夫だと思うって私、ちゃんと最初に言ったよ。なのに、円華、私のこと避けてたじゃん」

「それは、小春が私を避けるから」

「だから、ごめんってば!!　最初にあんな言い方したの、ひどかったかもって、後から反省したよ。謝ってるじゃん。ごめん！」

悲鳴のような声で謝られると、あー、もう、小春ってこういうめんどくさいとこある子だった、と思い出す。だけど、悪い気はしない。言いたいことをようやく全部話せる気がした。

「ショックはショックだったよ。うち、旅館なんだから、仕方ないじゃん。コロナのせいで、私、友達失ったんだって思ってた」

「……ごめん」

小春が謝る。今度は感情的にならず、頭を下げて、きちんと言ってくれた。

「円華に……あんなふうに言ったのに、お姉ちゃんのこと、噂になっちゃってどうしようって思って、ここ数日は特に反省してた。ごめんね」

「いいよ。悪いのはコロナだし、別に誰も悪くない」

誰も悪くない。

コロナのあれこれが始まってから、よく聞く言葉だ。誰も悪くない。だからこそ、コロナさえなければ、という理不尽に対する怒りや悲しみが止まらなくなる。

「お姉ちゃんも、かわいそうなんだ」

　ポツポツと、小春が打ち明ける。

「今の彼と付き合ってるの、あんまり人に言ってなかったはずなのに、同僚とか、うちの親にまで、今回のことで一気にばーっと広まっちゃって。何も悪いことしてたわけじゃないのに、親にも注意が足りないとか言われて、ほんと、かわいそう」

「うん」

「お姉ちゃんの彼だって、福岡に遊びに行った、みたいに言われてるみたいだけど、転職活動の面接だったんだって。……高齢者の施設で働いてるから、お姉ちゃん、本当にずっといろいろ、注意して過ごしてたんだよ。お姉ちゃんの彼だって、そもそも福岡で感染したかどうかだって、わからないのに」

　浜辺にある大きな岩に、太陽の光が照り返している。この頃、また海の色、空の色が変わり始めた。夏の頃、手や足を入れて触れていた水が、だんだんと、秋から冬の深い色になっていく。夏が終わったのだ。潮の匂いも、夏の終わりはなぜこんなに物悲しく思えるのだろう。

「みんな、普通のこと、してただけなのに」

「うん」

「円華」

「何？」

　小春の声がまた、涙声になる。声が途切れて、詰まる。顔を向けると、小春の目から、ぼたぼたと涙がこぼれた。野球の応援演奏の時もそうだけど、感情が表に出やすく、表情がくるくる変わる。そういうところが小春の魅力だ。

「ほんとにごめん、連絡くれて、ありがとう」

「いいよ。私も、もう一度話せるようになって嬉しい」

「……部活、戻っていいのかな。学校も」

「来なよ」

円華は言った。躊躇いなく。

「ヨーコちゃんも、待ってるよ。簡単に休ませてくれないから、うちの顧問は」

そこはもう、経験者だからわかる。落ち着くまでは、とか、しばらくはそれでもいい、なんてことはない、高校三年生の一年は今年しかないから、部活に戻ってきてほしい、あきらめないでほしいと、円華も言われた。

円華も、今はヨーコちゃんと同じ気持ちだ。

私の今は、今しかない。

「あ、あと」

これだけはちゃんと言っておかなきゃ、と円華が急いで言う。

「武藤くんや小山くん、どっちかと付き合ってるとか、そういうのはないから」

「えっ、ほんと？　つまんない。どっちなんだろって思ってたのに。円華はやっぱ武藤くんかな、とか。武藤くん、モテるのにすごいな、って、話、ずっと聞きたかった」

「小春も武藤くん、タイプなの？」

「ううん。私はどっちかっていうと、小山くんかなぁ。知的な感じ、かっこいいよね」

「あー、確かに。小春は小山くんだろうなー」

声が軽い。こんなふうに男子の話をするのも、本当にひさしぶりだ。

「なんで仲良くなったの？　やっぱ小山くんの寮が家と近いから？」

「うーん、っていうか、話すと長くなるかもなんだけど」

今ならきっと嫌みなく話せるな、と思う。

天文台と星のこと。この夏の自分が、すごく特別な夏を過ごしたことを。

十月に入った。

衝撃的な——亜紗にとって、あまりにも衝撃的な凛久の転校についてが、他の生徒たちにもだんだんと周知され始めたようだ。亜紗と晴菜先輩に打ち明けたことがひとつのきっかけになったように、本人が自分のクラスメートや友達に話し始めたらしい。両親の離婚やお姉さんのことなど、詳しい事情までは話していないようだけど、コロナの影響で香川の祖父母のもとで暮らすことになったのだと、そんなふうに言っているようだ。ここにいられるのは年内いっぱいだと、みんなに別れの時期を予告している。

年内。十二月。

それまであと、三ヵ月もない。

凛久は、本格的にこの場所を離れる準備を始めたのだと、亜紗は思った。

——凛久とはまだ、何かしたい。

もちろん、ナスミス式望遠鏡の完成を目指すのが一番だし、完成した暁には凛久のお姉さんを呼んで観測会をしたい。だけど、それ以上に何か、もっと——。

天文部の合宿は、夏に続き冬ももう中止が決定している。そんな中、亜紗が真っ先に思いついたのは、年末までにもう一度、カッシーニの空気望遠鏡を組み立てて観測会ができないか、ということだった。天文部のＯＧたちが作り、入学してすぐの亜紗や凛久が土星を見せてもらった巨大なあの望遠鏡は、砂浦三高天文部の財産だ。

コロナの前は、年に数回は必ず観測会をやっていた。部外の友人たちにも頼んで、放課後、屋上に大人数で集まって組み立てていたあの感じが、今思うととても特別な時間だったのだと思う。まだ明るいうちから作業して、完成と同じくらいにうっすらと夜の闇が降り始める、あの高揚感。

去年は、亜紗と小学校からの親友である美琴や菜南子にも頼んで、組み立てを手伝ってもらった。意見を聞いてみたくて、ある日の放課後、亜紗は美琴と菜南子に残ってもらい、思い切って聞いてみた。

空気望遠鏡の観測会をやるとしたら、また手伝ってくれる？　と。

「そりゃ、手伝うけど、でもそれ、学校から許可下りる？」

凛久が転校予定であることを、二人はもう知っていた。亜紗がそう聞いた意味も、すぐに理解したようだった。しかし、美琴にあっさりそう言われ、亜紗は、返事の代わりに、はあーっと大きなため息をついた。

「うん……。そこ、なんだよね」

屋外での作業とはいえ、部外からも人を集めて大人数で作業をすることは、今の状況で許可されるとは思えなかった。こっそり持ち出して隠れて組み立てるにしても、空気望遠鏡はあまりに大きい。勝手なことをすれば、今は許されている屋上でのスターキャッチコンテストのような天体観測の活動全般が禁止されてしまうかもしれない。

「だけどさぁ、亜紗ってやっぱり飯塚くんのことが好きだったんだね？」

「へ？」

「私たち、たまに話してたんだよ。亜紗は付き合ってないって言ってるけど、でも、二人、実はお互いのこと好きなんだろうねって。ね、なっちゃん？」

「うん。亜紗、自分でも気づいてなかったけど、飯塚くんが転校することになって、やっとわかったってこと？　亜紗は決意、内に秘めるタイプだから」

「だとしたら協力するよ。亜紗、飯塚くんのために、何かまだやりたいって思ったんでしょ？」

「あー！　もう！」

大声を上げて遮る。深く息を吸い込み、それから二人を順に見た。

「……いいよ。じゃ、私が凛久のこと好きっていう、もうそういうことでいい。だから、何か一緒に考えてよ。ナスミス式望遠鏡の観測会をもっと盛り上げるための工夫とか、ほんと、なんでもいいから！」

亜紗がうんざりした表情で返すと、ニヤニヤしていた二人が同時に笑うのをやめた。思いがけず真面目な顔つきになった美琴から、「ごめん」と謝られる。

「ごめんね。――その、私たち、恋愛とか、付き合うとか、そういう意味で言っちゃってたけど……亜紗、飯塚くんのこと、ほんとに、そういうの超えた感じに、きっと大好きなんだね」

「いや、そんな大げさなもんじゃなくて」

「からかってごめん！」

菜南子も顔の前で手を合わせて詫びる。亜紗が「いや」とか「別に」とか、口の中でモゴモゴ言っていると、本格的に相談に乗る雰囲気になった美琴から、「じゃあさー」と声が上がった。

「うちらに相談するんじゃなくて、あの人たちに相談してみたら？　亜紗が夏にスターキャッチコンテストで友達になった人たち。長崎とか、東京の。その人たちの方が星にも詳しいだろうし、助け、求めてみたら？」

「えっ、それはさすがに迷惑だよ。みんなそれぞれ忙しいだろうし、高校三年生の人たちは受験勉強もあるし」

各地のメンバーの顔を思い浮かべながら、亜紗が首を振る。

「あと、みんな、こういう時だから、たまたま一緒に活動したってだけのつながりだし」

けれど、実を言えば亜紗もみんなのことは考えないわけではなかった。オンラインの画面上でしか会ったことがなかった彼らと直接会って天体観測ができたら、それはすごく楽しいし、凛久にとっても嬉しいことなんじゃないかと。それが自分たちで作ったナスミス式望遠鏡で叶ったら、最高だ。

だけど――長崎は遠い。東京も、距離だけ見れば比較的近いかもしれないけれど、今、人が都道府県を跨いで移動することは心理的なハードルが高い。学校という公的な場所の活動としてそれを行うのはさらに難しいだろう。今年、さまざまな大会や修学旅行のような行事が次々中止になったことからも明らかだ。

「そうかなー」

亜紗の答えに、菜南子と美琴が顔を見合わせる。

「夏休み、ずっと一緒に活動してたわけだから、それだけのつながりってことはないんじゃない？　向こうもきっと迷惑とは思わないでしょ」

「でも……、連絡先も交換してないし」

オンライン会議はすべて、先生たちが間に入って設定してくれていた。最初に問い合わせがきたのは、渋谷のひばり森中の真宙からで、彼のメールアドレスくらいはわかるけど、それだって学校の授業で使っているアドレスだろうから、個人的なことで連絡していいのかどうかは微妙だ。

亜紗が遠慮がちにそのあたりの事情を口にすると、菜南子から「えー！」と声が上がる。

「いいって、全然。連絡しちゃえば」

「でも、アドレスわかるの、中学生だよ。いきなり相談されても重いかもしれないし」

「じゃあさ、それこそ、綿引先生に頼めば？　みんなと、また何か一緒に活動したいから、相談のオンライン会議させてほしいって、つないでもらったら」

「いやそれもちょっと……、大々的にやって、凛久にあんまり気を遣わせたくないんだよね」

凛久と何かがしたい。それは「凛久のために」ももちろんあるけれど、何より、亜紗自身のためなのだ、とわかっていた。これで終わりにしたくない。

でも、凛久は気にするだろう。今の時期に無理にまだ何か活動をしたいと亜紗たちが動くのは、自分のためだとすぐに気づくはずだ。家のことも、お姉さんのことも、そもそもどうしてナスミス式望遠鏡に興味を持ったのかという理由さえ亜紗たちに明かさなかった凛久が、飄々として見えて実はものすごく気を遣う人なのだと、亜紗はもう知ってしまった。

考えながら——だけど、ふいに声が出る。

「でも、そっか、もう一度、年末にスターキャッチコンテストをするのはありなのかもしれない。凛久が転校しちゃう前に」

夏のスターキャッチコンテストは、とても楽しかった。離れた場所にいると思えないくらい、同じ屋上で時を過ごしているように、互いに夢中で星を探した。

「夏の活動は——確かに望遠鏡を作るのが大変だったから、時間がかかったけど、もう望遠鏡ができてるなら、その日だけまた集まればいいから」

ナスミス式望遠鏡は、おそらく年末までには確実に完成する。そのお披露目を兼ねて、受験生のみんなにもその夜だけ集まってもらうことなら、できるかもしれない。

ただ、コロナの感染状況によっては、お披露目自体が敵わない。今以上に悪くならないことを亜紗は祈るしかない。

春からいろんなことがこうやって「コロナの状況次第」と言われることに、亜紗はすっかり慣れたつもりでいた。けれど、今、亜紗はその意味を改めて捉え直していた。コロナさえなければ、凛久は転校なんてしなくて済んだ。両親が離婚することだってなかったかもしれない。

「部長か先生にだけ、まずは相談してみたら？　飯塚くんが気にするようなら、こっそり聞いてみるとか」

菜南子が言ってくれる。「うん」と亜紗は頷いた。

「二人とも、ありがとう」とお礼を言う。


遠隔のスターキャッチコンテストを、もう一度、年末にできないか。

晴菜先輩に話すなら、凛久がいない時だよな――と思っていた亜紗に、予期しない角度から〝相談〟があったのは、そのすぐ後だった。

昼休み、会話自粛がすっかり定着した食事を終えた時間帯、亜紗の教室に天文部の一年生たちが訪ねてきた。

背の高い深野と、小柄な広瀬のコンビが教室の入り口に立ち、こちらに向けて手を振っているのが見えた時、亜紗は驚いた。後輩が訪ねてくるなんて、他の部の子同士では見たことがある光景だけど、自分には縁のないことだと思っていたからだ。

急いで廊下に出ていくと、二人がぺこりと頭を下げた。

「亜紗先輩、すみません」

「今、大丈夫でしたか？」

「うん。どうしたの？　何かあった？」

「私たち、亜紗先輩に相談があって」

話なら部活の時でもいいのに――と思っていると、思いがけず、二人の目が気遣うように自分を見ていた。広瀬が言う。

「私たち――、年内にもう一度、スターキャッチみたいなことできないかなって、実は、相談してたんです。五島チームとか、渋谷の中学生たちに」

「えっ……！」

思わず亜紗の口から声が出る。二人の顔をまじまじと見てしまう。

「どうやって？　ひょっとして綿引先生に頼んだり――」

「あ、違います違います。私たち、コンテストの準備してる合間にいろいろ話しながら連絡先交換してて。私は、五島の円華さんと。私も中学まで吹奏楽やってたから、なんか仲良くなれそうだなって」

「私は、ひばり森中の天音ちゃんとショートメッセージつながってます。好きなアニメの推しがかぶってたんで」

いつの間に――と絶句する。

スターキャッチコンテストの望遠鏡作りは、亜紗たち上級生はあくまでお手伝いで、確かに一年生が中心だった。二人が作業している横でナスミス式望遠鏡の製作に集中している時間帯も確かにあったけれど――一年生の二人を前に、亜紗は、ああ――と思う。最初からこの子たちに相談すればよかったのか。

一年生たちの逞しさがあまりに眩しい。息を呑む亜紗の前で、深野の方が「あ、で、ですね」と平然と続けた。

「また、一緒に何かできたらいいねって気持ちは、みんなもあるみたいです。来年またスターキャッチコンテストができればいいって話にもなってたんですけど、五島チームとか、今年で卒業の人たちも多いし、来年の夏はもうみんなバラバラだから、やるなら受験が落ち着いた三月とかなのかなって話してて」

そこで、深野と広瀬が顔を見合わせる。二人で話した後なのだろう。小さく頷き合った後で、深野が続けた。

「だから、私たちも話したんです。凛久先輩が年内で転校しちゃうこと。現地に来るのは無理かもしれないけど、ナスミス式望遠鏡ができたら、そのお披露目にはみんなのこともオンラインで招待したいって。そしたら――」

「ひばり森の天音ちゃんから、スターキャッチや観測会もいいけど、年内なら、一緒にできるか検討してほしいことがあるから、今度またオンライン会議をしませんかって誘われたんです。また、全チームで」

目を見開いた。

わかったからだ。この子たちも、亜紗と同じ気持ちだったのだと。

亜紗たちが聞いたのより少し遅れて凛久から転校のことを聞いた一年生二人は、とても驚いていたし、ショックを受けた様子だった。二人は、凛久から転校の詳しい事情やお姉さんのこと、ナスミス式望遠鏡の観測会にお姉さんを呼ぶこともきちんと聞いたようだった。そのうえで、凛久に遠慮がちに接するようになった亜紗のことを、きっと見ていた。

だから、他のチームの子たちと改めて連絡を取ってくれたんじゃないか。

「で、亜紗先輩に相談っていうのは、そういうこと、今の部の空気の中で提案してもいいですかっていうことなんです。晴菜先輩は受験生だから迷惑かけたくないし、先輩たちのナスミス式望遠鏡の製作の邪魔になるのも嫌なんで」

「いいと思うよ」

ナスミス式望遠鏡は接眼筒がほぼ完成していて、今はＳＨＩＮＯＳＥの工場から調整を終えたフレームが届くのを待っている状態だ。それに──。

「活動の内容にもよるけど、あんまり大変なようなら負担の大きな作業は私が中心に受け持てば──」

言いながら、だけど、言葉を止める。言い直す。

「一年生の二人と私が中心になれば、凛久にも先輩にも迷惑はかけなくて済むと思う」

頼ろう、と思う。この後輩たちの優しい気持ちを亜紗もしっかり信じたかった。

「よかった」と広瀬が笑う。

その横で、深野が「あ、でも」と手のひらを開いて挙手する。

「準備はたぶん、そんなに必要ないと思います。それに、ものすごく楽しそうなんですよ。私ちょっと聞いただけですけど。ね、広瀬？」

「うん。天音ちゃん、すごく張りきってました。もともと、提案してきたのは御崎台高校の人たちみたいですけど」

「亜紗先輩や凛久先輩も、きっと興味あると思います。すごいんですよ。私たちが、次にキャッチする相手」

「へ──？」

二人の興奮した様子に興味を惹かれる。いったい何をしようというのか──顔を向けた亜紗に、広瀬がにっこりと笑って答えた。

「国際宇宙ステーション。キャッチしてみたくないですか?」

国際宇宙ステーション、通称ISSの日本実験棟「かなた」を観測する。

夏休み以来、ひさしぶりに開いたオンライン画面に五島天文台と、渋谷のひばり森中学、御崎台高校の名前が表示されるのを見て、亜紗の気持ちが、わあっと浮き立つ。二ヵ月足らず顔を合わせなかっただけなのに――しかもその「顔を合わせる」もオンラインだったのに、それでも、懐かしい、という気持ちになった。

嬉しいことに、それは他のみんなも同じだったみたいだ。スターキャッチコンテストの活動の只中(ただなか)は、まだお互いに遠慮がちだった会議が、今回はスタートから、『ひさしぶり!』『元気?』『受験勉強、どうですか?』などの声で溢れた。

凛久も、その気持ちは一緒のようだった。

「なんか、ちょっとの間会ってなかっただけなのに、めっちゃ『再会』って感じするな」

みんなに向けてそう言う様子が、飄々としているけれど嬉しそうだ。

「かなた」の観測は、御崎台高校の物理部の提案によるものらしい。

柳たちがあらかじめ用意したという画面が、『共有します』の一言で表示される。星空を背景に、文章が書かれていた。

『〝かなた〟をキャッチしよう』

共有した画面の横、縦一列に小さく並んだ窓の一番上から、柳の声がする。

『えー、ISSの中にある日本の実験棟の名前が「かなた」っていうんですけど、ISS、条件が揃えば、オレたちが肉眼でも観測が可能なんです』

柳が続ける。

『市野先生に、先日提案されたんです。うちの部は人工衛星を作ってるんですけど、そのメンバーと観測する日を作ってみたら？　って。OBの先輩たちは実際にそうしてたことも、コロナの前にはあったみたい。で、今回、せっかくだから、皆さんのことも誘いたいなって』

画面がスクロールされ、次に映し出されたのは、亜紗も本や映像で見たことがあるISSだ。まるで、巨大な機械の鳥のよう。写真は、左右対称のフォルムで、両側に翼のようなパネルを四枚ずつ広げているところだ。

俯瞰(ふかん)してみた姿は、華奢(きゃしゃ)なようにも見えて、その中で人が作業しているなんて想像もできないけれど、この中で、各国の宇宙飛行士たちが実験や研究、地球や宇宙の観測をしている。写真の中で、ISSの下に広がるのは、青い地球の姿だ。

『これが、ISS。この中に、日本の実験棟、「かなた」があります。今だとたぶん、宇宙飛行士の花井うみかさんとかが乗ってる』

「花井さん、講演会、行ったことあります。うちの県で、コロナの前にイベントがあって」

亜紗が言うと、『え、すごい』と他の窓から声がした。柳も言う。

『いいなー。でもそう考えると改めてすごいですよね。普通に地上にいて講演とかしてたのに、今は宇宙にいるなんて』

その時、声がした。

『ISSって、どのくらい〝宇宙〟にいるの？』

『へ？　どのくらいって――中の人たちは入れ替わりがあるだろうけど、ISS自体はずっと宇宙に』

『あ、そうじゃなくて』

声は、どうやら、五島の武藤だ。

『どのくらい、地球から離れた〝宇宙〟にいるのかってこと。距離の方』

『え……っと、待ってくださいね。確か』

柳が手元で何かを調べるそぶりがあってから、読み上げる。

『地上約400キロメートル。大きさは、約108・5メートル×72・8メートルとほぼサッカーフィールドくらいってあるから、うちで想像すると、校庭か、それより大きいぐらいか』

ほうー、と画面の全体から感心したような声が上がった。一気にイメージがつかみやすくなる。それほど大きな施設がまるごと宇宙に浮かんでいること、そこから地球を見る光景を想像すると、改めてすごいことだ。

『400キロって、東京からどの辺りまでですか？　先生、すぐわかったりする？』

真宙の声がした。ただそれは全体に向けての発言というより、自分の近くにいた先生について聞いたという感じだった。いきなり質問を振られた森村先生が『えっと、ね』とスマホか何かで検索する気配がある。すると、すぐに別の声が答えた。

『東だと宮城県の気仙沼（けせんぬま）市、西だと大阪市の大阪城あたり』

御崎台高校の市野先生だった。答えを聞き、真宙が『わ、そんなに』と呟くのが聞こえる。亜紗のすぐ隣でも深野が「えっ、遠っ！」と短く声を出した。柳の画面に、市野先生がひょこっと顔を出す。マスクをしているけど、笑っているのがわかった。

『遠いと思うか近いと思うかは感じ方次第だけど、私は、意外と近くにいるんだなって思ってる。宇宙っていっても、具体的に想像できる距離なんだなって』

「いやー、４００キロ離れてるものが肉眼で確認できるんだ」

深野が感心したように言う。

『で、ですね』

仕切り直すように柳が再び、画面の中央に戻ってくる。市野先生の姿はいったん消えた。

『ＩＳＳは、いつも同じ軌道を回ってるんですけど、地球は自転してるんで、毎回、通過する位置が少しずつずれるんです』

共有された画面が切り替わり、黄色い斜めの線が入った地球の映像が現れる。ぐるぐる回る地球の左下から右上に、たすきをかけるように引かれた細い線の上を丸い点が動いている。この線がおそらくＩＳＳの軌道だ。

『ＩＳＳは赤道面に対してこういう斜めの軌道を九十分かけて一周するんですが、その間の地球の自転は22・5度。地上から見ると、ＩＳＳの通過地点はどんどん西にずれていきます。で、ＩＳＳの軌道と地球の自転を計算すると、日本の上空でＩＳＳが見えるのがいつかっていうことが予測できる。「かなた」の観測予報を出してくれるサイトもあって、オレたち、それ見ながら、今年、観測する日を作ろうって市野先生と話してたとこで——で、もしよかったら、五島と茨城も、一緒にやりませんか?』

「同じ日に見られるもんなの?」

質問したのは凜久だった。亜紗はその様子を黙って見守る。凜久が顎先に手をやり、ちょっと考え込むような仕草をしていた。

「日本中で見られる日、ある?」

『日本中、とまではいかないかもだけど、調べたら、五島や茨城からも見られそうな日があるんだ。西から東に移動する軌道になるから、最初に見られるのは五島かな』

『逆なのか』

呟くような声がした。どの画面なのか、亜紗は目を凝らす。五島天文台の画面の、小山のようだった。柳が説明を止めて『逆?』と尋ねる。注目されると思っていなかったのか、小山がちょっと間を置いてから、全員に向けて言った。

『五島って、西にあるから、最後に日が沈む場所とか言われてたりするんだ。でも、そっか、ISSは五島の方から東の空に昇っていくんだなって思って』

『あー、そっか。そう考えるとおもしろいね』

御崎台の画面から声がした。柳じゃなくて、今度は輿だ。輿と小山が、互いの顔を確認したように頷き合う。輿が言った。

『でも、実際にはほとんど時差なく、広範囲で見られる時は、五島も東京も茨城も、日本でだいたい同じ時間帯で見られるみたいだけど』

小山が聞いた。

『見られるのって、何時くらい？』

『日によって違うんだけど、広範囲でちょうどいい時間に観測条件が合うのは、やっぱりすごいことみたい。オレも市野先生や柳に聞いて、いろいろ勉強になった』

小山の質問に答える輿が、当たり前のように柳を呼び捨てにしたことに、亜紗は気づいた。昔からの後輩のように新しい学校の友達を親しげに呼ぶ。輿が御崎台高校に溶け込んでいるのが嬉しい。『そっか』と頷く五島チームのみんなは、もっとそうだろう。

『ＩＳＳの観測については、ただ、日本の上空を通るってことだけじゃダメで、地上が夜で、ＩＳＳが昼っていう条件じゃないと見えないんだって』

『そうそう。そもそもＩＳＳって、自分で光ってるわけじゃないから、月とか金星みたいに太陽の光を反射して輝くことで、地上から見えるってだけなんです。で、地上は夜じゃないと当然その光を確認できないから、観測条件としては、地上は夜、ＩＳＳには太陽の光が当たっているっていうのが大前提』

輿の発言を受けて、柳が続ける。

『具体的に言うと、ＩＳＳが地上から４００キロ離れてることで、地上で日が落ちても、ＩＳＳはしばらくの間は太陽に照らされてる。同じように、地上の日の出より、ＩＳＳの方が先に太陽の光が当たる。だから、季節にもよるけど、日の入り後や日の出前の約二時間は、地上は夜だけど、ＩＳＳのいる地上４００キロは昼っていう条件が整う』

共有画面が終わる。再び、それぞれの窓が見やすい大きさで並んだパソコンの画面の中で、柳が皆に言った。

『そういう観測条件がいい感じで揃うのが、十二月九日。今の予測だと、だいたい夜六時少し前に、観測できそう』

おおー、と、複数の声がした。ひばり森の真宙と、その先輩・鎌田の声が特にはっきり聞こえた。

『普段はほんと、観測できても夜明け前とかなこともあるし、こんないい時間帯に広範囲で見られるのって、なかなかないらしいんだよ。ただ、ＩＳＳは細かく軌道を修正したりもするから、正確な時間や見える方向は直前にまた確認する必要があるみたいです。だから、もし一緒にやってくれるなら、十二月に入ってから、こまめに連絡取り合えるといいなって思ってます。そんな頻繁じゃなくていいから、情報共有しましょう』

「やりたいです」

亜紗の口から声が出ていた。他の部員の気持ちを確認していない――と思うけど、素直に言ってしまう。

十二月九日という日付に、胸がぎゅっとなる。まだずっと先のように思えるけれど、その頃は、凛久が天文部にいられる最後の月だ。

『うちもやりたい』

『うちも！』

亜紗の言葉を後押しするように、五島天文台やひばり森チームからも声が上がる。

「やりましょう」と近くから声がして、顔を上げると晴菜先輩だった。にっこり笑って、部員みんなを見ている。

「一年生たちも、凛久くんも、いいですか？」

「はい」

砂浦三高の天文部でも、声が揃う。一年生より先に凛久が頷き、亜紗はきゅっと唇を噛む。渋谷・御崎台高の画面から、柳の声がした。

『ええと、じゃあ、この四チーム、みんな参加ってことでいいですか？　十二月九日水曜日、一緒にＩＳＳの観測会をする。スターキャッチの時みたいにオンラインでつないで』

『あの、質問。いいですか？』

五島の窓が光る。見れば、武藤が手を挙げていた。五島はあたたかいのか、十月になっても半袖（はんそで）のＴシャツ姿なのが健康的な印象だ。

『その日って、福岡からもＩＳＳ、見られる？』

『えっと、今のところの予測だと、その日は日本全国で見られる雰囲気。沖縄や北海道は地平線に近いところで、ちょっと見えにくいかもだけど。福岡もいけるんじゃないかと思いますけど、武藤くん、どうして？』

『いや、オレ、実家が福岡なんだけど、もし見られるなら、妹とか両親にも教えてやろうかと思って』

『あ、武藤の家族って、妹とか星好きだったの？』

柳の横から輿が聞く。武藤が『いや、違うけど』と首を振った。

『普段は星に興味なくても、ＩＳＳは普通に見てみたくない？　テンション上がるっしょ。見ないと損だよ』

『あー、それは確かに……』

『オンラインつなげる、とかはもちろんしなくていいですから、教えてやろうかと思って』

「あのー、オレからも発言、いいですか？」

亜紗の隣に誰かが来る気配がして、顔を上げると凛久だった。今日、初めて積極的に発言する姿に息を呑む。

「福岡もつなげちゃったらどうですか？　その、武藤くんの妹のとこも。っていうか、これ、せっかくだから、ちょっと大規模に広げません？」

『広げる？』

「あー、うん。だって、こんな機会、滅多にないですよね？　武藤くんの言う通り、見ないと損だから、他の学校にも呼びかけたらどうかなって」

凛久が、いつもの凛久の顔をしていた。いつも——というか、転校の話を聞いて、亜紗たちが遠慮がちに接するようになってしまうより前の、〝通常運転〟の凛久の顔だ。

凛久がカメラに向き直った。

「あの、夏に、最初にうちとひばり森でスターキャッチコンテストをしようってなった時、うちの顧問が何気なく言ったんです。スターキャッチコンテスト、本当は日本全国でやったらおもしろそうだけど、今からじゃそれは大変かなって。あれ、今からじゃ準備不足って意味で言ったんですよね、先生？」

「うん。あの時は夏休みまで、もうそんなに時間がなかったから」

離れた席に座っていた綿引先生が、こちらを見て頷く。のんびりとした口調で言い添える。

「でも、どこかもう一ヵ所くらいは誘おうって話で、五島にお願いしたわけだけど」

「でも、今回は準備が間に合うんじゃないかなって思って。年末までに、他の学校も巻き込めば、結構広範囲で、同じ時間にＩＳＳが一緒に観られる」

『あー、確かに、屋外活動だし、特別な準備もあんまいらないから、コロナの今でも、これくらいなら活動の許可取れるとこも多いかも。どうかな？　市野先生』

『夜の活動の許可が取れればだけどね。夜の外出は、今、みんな気にするから』

柳が画面の外に座る顧問に尋ねると、声だけで市野先生が答えた。

『いやでも、六時前だったら、ギリギリいろいろ許されません？』

柳が言って、目を画面に向ける。凛久を見たのだろうとわかる。

『確かに、あちこちの学校とつないで見られたら、すごく盛り上がるだろうし楽しそうだけど、どうやって呼びかける？　凛久くん、アイデアある？』

「あ、そこはうちの顧問を頼ったらいいかなって勝手に思ってたんだけど……。綿引先生、やたらと顔が広いし、引くぐらい知り合い多いから」

「なんだ、凛久。相談もなく勝手に」

綿引先生が珍しく、眉間(みけん)に皺(しわ)を寄せて言うと、凛久が「ええー、頼みますよ」とおどけた声を出す。すると——、勢いのよい声が、

『あのっ！』

と割り込んできた。高くて細い、ひばり森中学校の天音の声だ。画面を見ると、小さく手を挙げている。

『柳くん、そこは、「宇宙線クラブ」のみんなに声をかけたらどうかな、と思うんだけど、ダ

メですか？』

『あ』

柳の目に、気づきのような光が浮かぶ。「ウチュウセンクラブ？」と首を傾げるメンバー（砂浦三高天文部の一年生たちもそうだった）に向け、柳と天音を中心に、御崎台高校物理部が取り組んでいる「宇宙線観測」の活動についてが説明される。仙台の大学が中心になって始めたこの活動に、現在、日本全国、さまざまな学校が参加していることも。

『宇宙線クラブのメンバー校だったら、きっとみんなISSには興味があるだろうし、普段から天体観測をしてる部も多そうだから、夜の観測会もオッケーしてくれる学校があるかもと思ったんですけど、どうですか』

『天音ちゃん、めっちゃナイス。あのメンバー校なら、確かに、一回の呼びかけで、結構多くの学校が参加したいって言ってくれると思う』

みんなの声を聞きながら、亜紗は大きく息を吸う。そうしないと、なんだか胸がいっぱいになりすぎて、この場にいられなくなりそうだった。

『いいね』『やろう』『じゃ、御崎台が今回は主催校ってことにさせてもらってもいい？』――話がどんどんまとまっていく。

みんなで、同じ時間帯に空を見上げ、通過するISSを見送る。

それをなるべく広範囲でやりたい、他の学校もなるべく多く巻き込んでやりたい、と凛久が提案して――みんなにその気持ちが広がった。

静かな声がしたのは、その時だった。

『凛久さん、転校しちゃうって本当ですか』

真宙の声だった。見れば、ひばり森の窓の中で、真宙、天音、鎌田の三人が正面を向いている。ざわついていた画面が、その一言で静まり返った。どこもみんな真剣な表情になり、窓枠の、発言者を示す黄色い光がなくなる。やがて、亜紗の隣で、凛久が「うん」と頷いた。

「亜紗から聞いたの？」

『ううん。一年生の広瀬さんたちから聞きました』

真宙が呟くように言う。

『オレ……凛久さんには勝手に、自分が今の学年で男子ひとりってこともあって、親近感みたいの持ってたから、寂しいなって思って。砂浦三高の天文部は凛久さんが中心って感じだったし』

「いや、そんな中心なんてことないけどさ。でも、不思議。もともと違う学校なのに、転校のこと気にしてくれるなんて、ありがとう」

『ISS見る頃までは、そっちにいられるんですか？』

「おう。それは大丈夫。だから、あとは天気だよな。晴れてないと、たぶん、観測会自体無理だから、晴れること祈る。うちの方だけじゃなくて、全国的に晴れてくれないと」

「あとはコロナの状況もですね、先輩」

凛久の背後から、深野が眼鏡を押し上げつつ言う。「祈ります」と胸の前で手を組む仕草をした。

「絶対に、できてほしい。これ以上、私たちから何も奪わないでって感じ」

おどけた口調――のはずだった。それは全員わかっていたと思う。だけど、その時、画面の中が再び、しん、と静まり返った。皆の胸に思いのほか、その言葉が響いてしまったのだと、亜紗は思った。皆の反応を察して、深野が急いで、「いやいや」と手を振り動かした。

「あ、ごめんなさい。今の冗談っていうか、ちょっと大げさに、私——」

「でも」

優しい後輩に気まずい思いをさせたくなくて、亜紗の口から声が出た。

「コロナの年じゃなかったら、私たちはこんなふうにきっと会えなかったから。どっちがいいとか悪いとか、わからないね。悪いことばかりじゃなかったと思う」

単純に割り切れない、とはもちろん思う。何より、凛久がここからいなくなるにあたって、何度も何度も、コロナさえなければ、と亜紗は思い続けた。だけど、今だけはこう言ってもいいような気がした。

ただ、同じ時間帯に空を見る。そのための約束をした、というただそれだけのことが、どうしてこんなに特別に思えるのか。

きっと、みんなにもわかったはずだ。

今年だから、という思いがそこに含まれていることを、はっきり感じる。

屋外活動だし、コロナの今でも、これくらいなら——。柳がさっき使った言葉を嚙み締める。私たちには、それくらい、許されていい。目に見えない、誰でもない、「神様」というほど明確でもない何か大きなものに対して、亜紗は思う。とても、強い気持ちで。

これくらいの特別は——お願い、私たちにください。

「楽しみです」

声がした。凛とした、我らが部長の声だった。にっこりと微笑んで、亜紗や凛久、部員全員の顔を見てから、カメラの前に進み出る。

「御崎台高校の皆さん、本当にありがとうございます。私は受験の年ですが、年末のその日、まだ天文部の活動ができるなんて、とても嬉しいです。五島の皆さんも受験生ですよね。大丈夫ですか？」

『その夜だけなら、私たちも大丈夫。参加します。みんな受験生だけど、いい気分転換にもなるし、その日を励みに勉強もがんばれる気がする』

円華の声がした。彼女の目が、誰かを捜すように画面を見た。

『あ、と。砂浦三高の深野さんに、ついでだから、私もお誘い、してもいいかな？』

「なんですか」

深野が晴菜部長の横から、画面に顔を向ける。円華が言った。

『来月、うちの吹奏楽部で、演奏会をするの。っていっても、その場で演奏するわけじゃなくて、各パートごと演奏したものを合成して編集した映像を作って、うちの高校の校庭で上映するんだけど、そのURL、送ってもいい？　来られない人にも観てもらえるように、配信もする予定になってて』

「え、めっちゃ観たい！　いいんですか」

『うん。今、みんな練習して張りきってるから、ぜひ観て』

「パートごとの演奏を合成って、普通に合奏するのよりむしろ難しくないですか？」

『そうなの。最初は、その形ならできるかなって軽い気持ちだったんだけど、むしろ、みんなの連携が試されてるっていうか』

　言葉と裏腹に、円華は笑顔だった。

『ミーティングとかもしながら合わせてかなきゃいけなくて、想像以上に大変。でも、その分、おもしろいよ』

『えー、その演奏会、うちの中学でも観たいけど、ダメですか？』

『あっ！　ズルい。ごめん、佐々野さん、それ、全体共有してもらえないの？　オレも観たいんだけど』

　ひばり森中の天音の声に続いて、輿の勢い込んだ声がした。その声に円華がびっくりしたように目を見開き──それから笑った。

『や、ごめん。なんか、大ごとになっちゃったけど、もしご希望の人がいればぜひ……』

『っていうか、今いるチームには全部、配信で観てもらえるように共有しなよ。せっかくなんだし』

　円華の横から、武藤の声がする。円華が頷いた。

『じゃ、そうさせてもらいます。興味ある人がいたら、観てくださいね』

「絶対観ます！」

　深野が言う。その声に他の窓からも、『了解！』『ありがとうございます』と声が続く。

「じゃ、うちも、お願いしようかな」

　ふいに、凛久の声がした。いつの間にか、すぐ横にいて、亜紗の腕を軽く引く。カメラの方へ行こう、と合図されたように感じて、二人で一緒にパソコンの正面に立つ。

「うちも、来月には前に話聞いてもらった、ナスミス式望遠鏡ができそうなんだ。それ、みんなにお披露目する日、作っていい?」

『もちろんっ! わー、すごーい。とうとうできるんだ』

『え、見せてくれるの?』

『やった! 嬉しい』

たちまち、また皆の興奮した様子の声が上がる。話す時、凛久に、画面の前に一緒につれていってもらったことが、亜紗はとても——とても嬉しかった。

「楽しもう」

という声が、聞こえた。

柳の声のようにも、真宙の声のようにも、武藤の声のようにも聞こえたし、誰の声でもないような気もした。凛久の声だったような気もする。

楽しもう。

その響きを、亜紗は嚙み締める。

最終章　あなたに届け

二〇二〇年十二月二日。

砂浦第三高校地学準備室で、綿引はパソコンを立ち上げる。

すっかり短くなった日を惜しむ、最後の夕焼けの光がカーテンの向こうをオレンジ色に染めている。外からは、運動部が部活を終え、片付けをする声が響いていた。

綿引が顧問を務める天文部は、今日は活動がない。先月完成したナスミス式望遠鏡を、部員たちは毎日のように覗（のぞ）き込みたくて仕方がないようだけれど、星が観測できる夜の時間帯まで残るのは活動日だけにするよう、注意してあった。

来週のＩＳＳの合同観測会では、おそらくまた、屋上にこの望遠鏡を運んで、星の観測もするつもりだろう。

立ち上げたパソコンの画面の向こう、他のメンバーが入室するのを待っていると、約束の時間ちょうどになって、立て続けに画面が現れた。全員が揃う。表示された名前を見る。

ひばり森中学校理科部顧問の『森村』。

御崎台高校物理部顧問の『ｈａｒｕｋａ　ｉｃｈｉｎｏ』。

五島天文台の館長の『才津勇作（ゆうさく）』。

それから、砂浦三高天文部顧問の『ＷＡＴＡＢＩＫＩ』の画面。

『お待たせしてすみません』

まず挨拶したのは森村だった。その声に綿引は首を振る。

「いえいえ、時間ちょうどですよ。今日もお集まりいただいてありがとうございます」

市野はるかの画面を見つめ、「いよいよ来週ですね」と笑いかけた。

「市野先生も、ありがとうございます。御崎台高校が上手に呼びかけてくれたおかげで、あの子たちがまた一緒に活動ができる」

『いえ、私は何も』

市野が微笑んだ。

『もともと、ＩＳＳの観測を提案してくれたのは、綿引先生じゃないですか。私はそれを部員に伝えただけです』

「提案というほどじゃ……。市野先生が御崎台高校にいると聞いて、そこから連想したんですよ。そういえば、今、うみかさんがＩＳＳに乗ってるなって」

各校の顧問と、五島天文台の館長の間でオンライン会議が頻繁に行われるようになったのは、夏のスターキャッチコンテストの準備によるところが大きい。理科部の顧問は初心者だという森村から、綿引が何度か質問や相談を受けるうち、大人だけで集まろうということになった。

もともと、綿引と才津は、綿引が若い頃に五島天文台を訪問して以来の星の愛好仲間で、これまでもよく電話やメールをしていた。コロナ禍に見舞われた今年から、そのやり取りは顔を見てのオンラインに変わり、そこに市野と森村が加わる形で、時には互いの自宅からもつないで、夏以降も交流が続いてきた。

凛久の転校のこと、それを受けて、亜紗や晴菜が「何かしたい」と自分に相談してきたこと。どれだけの思いで彼女たちがそれを口にしたのかが、綿引には深く、理解できた。

綿引が各校の顧問たちに相談を持ち掛けたのは、そのすぐ後だ。

「ＩＳＳの観測の発案は確かに僕かもしれないけど、余計な手を回す必要なんてなかった。子どもたちは、僕が手伝ったり助言するまでもなくそれぞれに動いて、きちんと自分たちでつながりましたから」

『でも、驚きました』

森村が言う。秘密を共有する者同士の微かな笑みがそこに浮かんでいた。

『今回のことがあって初めて知りましたけど――市野先生って、宇宙飛行士の花井うみかさんのお姉さんなんですね。綿引先生から聞いて、びっくりして』

市野はるかが口元だけ笑顔のまま、目を細くして、綿引を睨んだ。

『先生、言っちゃったんですか』

「うん。ごめんね、はるかさん」

綿引の口調が昔の呼び名に変わる。市野が、やれやれというように肩を竦めた。

『結婚して、お互い苗字が変わったし、顔もそんなには似てないから、あまり指摘されることもないんですけどね。でも、学校側にはバレてて、おかげで物理部の顧問ですよ』

『僕も、最初お会いした時に気になってはいたんです。市野先生は国語教諭でいらっしゃるのに、どうして物理部の顧問なんだろうって。そういう理由だったんですね』

『宇宙オタクだった妹のおかげで、星に詳しいことは詳しいし、好きは好きだったんで』

「みんなに言うのは、やはり気が進みませんか」

綿引が聞いた。

「そもそも僕が今回、ＩＳＳ観測を提案したのは、先生がお子さんやそのイトコとたまに家の屋上から観測をしているって聞いたからですよ。休みの夜明け前とかにみんなで起きて、うみかさんに向けて手を振ってるって」

夏を終えてすぐの頃、このメンバーで集まったオンライン会議で、市野は自宅からの参加だった。映った画面に『ママ、何してるのー？』と騒々しく飛び込んできた子どもたちの数が多い気がして、「全部、はるかさん家の子？」と聞くと、市野が『姪たちもいます』と答えた。『妹が仕事に行っている間は、うちで預かって過ごすこともあって』と。

楽し気にこちらに手を振り、はにかむように笑っていた子どもたちのその様子を思い出しながら、綿引が尋ねる。

「市野先生の妹さんがあそこに今いる。離れていても、つながっているんだとわかるのは、うちの亜紗や凛久にも勇気を与えてくれるんじゃないかと思っていたんですけど」

『こちらがそんなことを教えなくても、きっと、あの子たちには伝わりますよ。大人がそんなこと、言葉にして押しつけなくても』

市野が言う。ゆっくりと首を振る。

『うちの部員なんかは、知ったら喜びそうですけどね。柳なんて、きっと大はしゃぎ。――だけど、いいんです。あんまり身近に感じ過ぎない方が、憧れる気持ちは育つでしょう？　私も騒がれたりするのは嫌だし。宇宙飛行士なのは、私じゃなくて、うみかだし』

「そうですか。残念だけど、まあ、仕方ない。了解しました」

『綿引先生こそ、私たちの子どもの頃のこと、天文部の子たちに話してないみたいですよね。亜紗さんに聞いたら、講演会に行ったのも、単にうみかのファンだからって話してたって』

「うん。まあ、でもそれもはるかさんとおんなじような理由かな。有名人と昔から知り合いだってはしゃぐのはダサいから」

『ダサいって、また、ワタちゃんは』

五島天文台の画面から、才津の笑い声が響く。

だけど、綿引の正直な気持ちだ。

はるかとうみか。姉妹がまだ小学生だった頃、毛利衛宇宙飛行士が宇宙に行き、日本中が宇宙への憧れに沸いた。宇宙や天体観測に関するブームが起き、すでに高校で理科の教諭をしていた綿引も、いろんなイベントのお手伝いに出かけて行った。

別の団体が持ってきた何百万もする市販の望遠鏡も覗ける中、だけど、子どもたちに人気になったのは、綿引が持っていった手作りの望遠鏡だった。「壊してもいいから好きに観ていいよ」と見せてやると、そこに、彼女たち姉妹がいた。

「わたしたちにも、これ、作れますか」

話しかけてきたのは姉のはるかだったけれど、その後ろで好奇心に目を輝かせているのは明らかに妹だった。話しかける勇気が出ず、見兼ねた姉が代わりに綿引に声をかけたようだ。彼女たちの身の回りにあるもので作れる望遠鏡——ホームセンターであれこれ見て、綿引が思いついたのが、今回スターキャッチコンテストで使用した、あの塩ビ管の望遠鏡だった。姉妹の小学校に行き、皆で組み立てた。

『今年、ひさしぶりにあの望遠鏡を作れて、懐かしかったです。うみか、中学の頃まではずっと、先生と作ったあれで星を見てましたから』

「いや、こちらこそ光栄です。そんなふうに覚えていてもらえて」

市野の声に、綿引も懐かしくなって笑った。

うみかの講演会で質問に立った時、彼女が自分を覚えているかどうかはわからなかった。はるかとは、同じ教員同士ということもあってなんとなくやり取りを続けてきたけれど、うみかとは随分会っていなかったからだ。だけど、顔を見てすぐにうみかが『あ、先生』と言ってくれた時は、やはり嬉(うれ)しかった。だから質問した。

――今日、僕の高校の天文部の生徒たちと一緒に来ているんですが、彼らに何かメッセージをお願いしてもいいですか。

その答えを聞き、遠い存在になってしまったように思っても、ああ、この子は、あの頃の興味や好奇心の先に今、本当に宇宙に行く人になったのだと、感動が全身にこみ上げた。

姉のはるかの方は、茨城から東京の大学に進み、そこから東京都の教員採用試験を受け、教師になったと聞いていた。今、同じ大人という立場からともに子どもたちと接することができるのもまた、綿引には、うみかが夢を叶(かな)えたのと同じくらい、大きな喜びだ。

才津が、画面の向こうで大きく頷(うなず)く。

『あの望遠鏡、よかよねぇ。オレもコロナが落ち着いて天文台に修学旅行生が戻ったら、次は作り方ばレクチャーしようかなって思っとるけど、よかかな？』

「どうぞどうぞ、ご自由に。五島は、手製の望遠鏡でもかなりきれいに星が見られるだろうからなぁ」

『あ、才津館長、その節はお世話になりました。星の見分け方、都会でも何をどんなふうにしたら見やすいか、教えていただいたおかげで、うちも夏のスターキャッチコンテスト、皆さんと互角に戦えましたから』

『都会は空が明るかけんねぇ。その中でコンテスト、準優勝やもん。あれは、ひばり森中のお子さんたちの執念ばい。大健闘やった』

五島に勝てなかった、悔しい――顔を真っ赤にした、一年生の天音が俯いていた。その様子を見て、才津が言った。いつか、五島においで。そこで星を探したら、間違いなく、君は星をつかまえる、日本一の結果が残せると思うから――。

はい、と力強く返事をする天音を、感極まった目で見つめる森村が、実は、彼女以上に泣きそうな顔をしていたのを、綿引は見ていた。

『都会でも星は見える――そうは言っても、不利なことに変わりはないと思うんです。結果が大事なコンテストじゃないとわかってはいますが、どうしたら、あの子たちにも、勝機がありますか』

そんなふうに、熱心に自分たちに質問をしてきた森村に、「敵に塩を送るのはちょっとなぁ」と言いつつ、綿引も才津も、あれこれとアドバイスをした。都会はたぶん、飛行機やヘリコプターが多いから、星との見間違いにまず気をつける必要がある。ただ、目立つ星が決まってる分、星がたくさん見える五島より、ある意味有利かもしれない。見える星の名前と時間をきちんと当日までに覚えておけば、得点にしやすい。アルビレオなんか、最初の方で探すといいかもしれない――。

そのコツの数々を、市野が『わー、ズルいですね。羨ましい』と聞いていた。

『うちも同じ渋谷だから、参考にさせてほしいとこですけど……そこは、高校生ですから、うちの子たちには自分で考えてもらいます。ハンデってことで』

『市野先生、随分余裕がある発言ですね。悪いけど、負けませんよ』

いつか、亜紗や凛久、天文部のメンバーに教えてやりたいな、と思う。

君たちのおかげで、大人たちもこんなに楽しませてもらっていたんだよ、と。

「来週、よろしくお願いします」

綿引が言った。改めて、画面に向き直る。

「十二月九日、大きいズレなく、十八時前――予定だと、十七時五十二分頃からＩＳＳが観測できそうです。市野先生、参加校、結局どのくらいになりましたか」

『五十二校です。沖縄から北海道まで、全都道府県というわけにはいきませんが、日本の南から北まで、参加してくれる学校があります』

森村と才津が息を呑むのが聞こえた。『すごいな……』『おっ、そんなにか』その声を満足そうに聞いて、市野が笑う。

『晴れるといいですね』

『今年の子たちは、いろいろ我慢してきたから、やらせてあげたいですよね』

『まったくなぁ』

皆が頷き合う。それを見て、綿引が言う。

「――失われたって言葉を遣うのがね、私はずっと抵抗があったんです。特に、子どもたちに対して」

春からずっと、感じてきたことだった。

今年の子どもたちは、新型コロナの影響でいろんなものが失われた。奪われた。修学旅行、部活最後の大会、友達と机をくっつけておしゃべりしながらの昼食時間――本当なら、一緒に卒業できるはずだった友達と離れることさえ、仕方ない、と互いに言い聞かせながら、皆でそれを受け入れてきた。顔には常にマスクだ。

だけど。

「実際に失われたものはあったろうし、奪われたものもある。それはわかる。だけど、彼らの時間がまるごと何もなかったかのように言われるのは心外です。子どもだって大人だって、この一年は一度しかない。きちんと、そこに時間も経験もありました」

画面に向き直ると、全員が真剣な顔をしていた。

「私は、ずっと怒っているんです」

珍しく、声が喉に絡んだ。

「ISSの観測会をしようって決めたオンライン会議で、うちの亜紗が言いました。コロナの年じゃなかったら、私たちは会うこともなかった。どっちがいいか悪いかわからないねと。私は――」

大きく息を吸い、一息に言う。

「そんなことを、子どもに選ばせなきゃならなかったことが悔しい。コロナがあったから失われ、でも、コロナがあったから出会えたこともある。どちらがよかったのかなんて葛藤をあの子たちが持たなきゃならないことがもどかしい。本当だったら、経験は経験で、出会いは出会いのまま、何も考えずに飛び込んでいけたはずなのに、そうじゃなかったことが」

『見せてやりましょう』

森村の声がした。

『きちんと、君らが考えたおかげでできたんだってとこを、あの子たちに、ぼくも見せてやりたいです』

「ええ、お願いします」

綿引の声に、皆が頷く。

できたばかりのナスミス式望遠鏡を、視界に捉える。その途端、ありがとう、という強い思いがこみ上げた。

今年、教員としても、ひとりの人間としても、天文部の部員たちやオンライン画面の向こうにいるメンバーにどれだけ救われ、励まされたかわからなかった。脱帽する思いで、改めて思う。

君たちは、本当に素晴らしい。

十二月九日。

ＩＳＳ観測会、当日。

五島天文台の、芝生で覆われた山の頂上付近から、円華は空を見上げる。

「そろそろかな……」

ＩＳＳが現れるのは、予報では、午後五時五十二分。その時間が近づくのを、円華たちはそわそわしながら待つ。

ＩＳＳが日本上空で見え始める時間に、ほぼ差はない。わかっているけれど、軌道は日本上空を西から東に動いていく。幹事チームの中では、最初に見えるとしたら五島になる。

冬は、星がきれいな季節だと聞いていたけれど、本当にそうだ。三つ並んだオリオン座のベルト。見上げながら、空に向けて吐く自分の息が白い。

山の上、開いたパソコンの画面の中で並ぶ窓の向こうが、ざわざわしている。みんな、同じ瞬間を待ちわびている。

今日の参加校は、初めて会う人たちが大半だ。けれど、観測に先駆けて昼に行われた顔合わせは、不思議ととても和やかだった。同じ目的があるせいか、なんだか初めましての気がしない。

よろしくお願いします、誘ってくれてありがとうございます、〇〇県の〇〇高校です、今日は楽しみにしています——五十を超える参加校が、一言ずつ挨拶する。円華たちの五島天文台では、武藤が挨拶をした。

「五島天文台チームです。学校じゃなくて、天文台からの参加です。今日、全国的に晴れるって聞いて、奇跡だって思ってます」

並んだたくさんの窓の中、武藤が、一ヵ所を指さしてこっそり、「あれ、妹のとこ」と教えてくれた。福岡の、武藤の妹が通う中学にも話が通り、今日は一緒に参加してくれるのだ。直接話すことはできなかったけど、小さな画面に見える武藤の妹は、武藤に目が似た、凛々しい顔つきの女子だった。

顔合わせのオンライン会議は、いったん終了が告げられた後、スターキャッチコンテストの縁で結ばれた渋谷、茨城、五島チームだけが残った。今日は、ひばり森中と御崎台高校は合同で御崎台高校の屋上に集まることになったようで、渋谷チームの画面はひとつだ。

全チーム合同の画面と別に、今日はこの三ヵ所だけのオンライン画面も別のパソコンでそれぞれ開いておこう、ということになっていた。

『円華さん、先月の演奏会、ありがとうございました。聴けて、よかった。リアルの開催が難しいのは残念ですけど、配信って、こうやって離れていても聴けたり見られたりするのがいいですね』

砂浦三高の深野がそんなふうに円華に声をかけてきてくれた。

『オレも！　オレも聴いたよ！　演奏もだけど、すっごい懐かしかった。音楽室とか、校庭とか、あ、泉水高の校舎だって興奮しながら、演奏聴いて、泣きそうになった』

東京から、輿も言ってくれる。円華は「ありがとう」と返しながら、先月の、自分の演奏会のことを思い出す。各パートごと、それぞれの場所からメンバーと間隔を空けて最後の演奏をする時、そこに観客も審査員もいないけれど、ものすごく満ち足りた気持ちになった。

全部で三曲演奏した中に、ホルストの組曲『惑星』の一曲、『ジュピター』があった。

吹奏楽の定番曲。円華は一年生の時に、部で演奏したことがあったけれど、今回、ホルンに息を吹き込み、曲を聴いて思ったのは、望遠鏡を通じて観た、夏の空のことだった。ずっと知っていた曲だったはずなのに、まったく違う聴こえ方をする。こんなにも広い宇宙の中で、自分が他の星のことをまだほとんど知らないという事実。一生行くこともない遠い星が、今、ここから見える事実。そんな中で、今、自分がここにいることの凄さを思い、──そして、今年のことを絶対に忘れないでいようと思った。

『今年を経験した三年生には、卒業しても、また一年生や二年生の力になってあげてほしい。これから先も』

演奏会の後で、ヨーコちゃんが言った。その声に円華たちは皆、『はい』と声を揃えた。

「しかし、佐々野さんて、お人好しだよなぁ」

「えっ？」

今、五時四十七分を過ぎたところ。

ＩＳＳの通過を今か今かと待ち構え、夜空に目を凝らす円華のすぐ横で、武藤が言った。顔を向けると、彼が続ける。

「吹奏楽部でいろいろあったのに、あの友達のこととかすぐに許しちゃって、一緒に何事もなかったように部活しててさ。オレや小山は、えー、それでいいの？　って思ってた」

「ええっ！　何それ、そんなふうに思ってたの？　私と小春のこと……」

「思ってた。オレだったら絶対許さないのにって。な、小山？」

思いがけない言葉を聞いて、小山を見ると、彼は声に出さずに肩を震わせて笑っていた。え、っていうか、二人とも、私と小春のこと知ってたの——面食らっていると、笑いをこらえながら、小山が言った。

「武藤、結構やきもきしてたよ。ま、オレもだけど」

「あー、もう、いいんだよ！　小春はああいう子だって、まあ、わかってたし」

「いや、でもさ」

その時だった。

「あっ！」

小山が頭上を指さす。光の点が北側の空に見える。

ＩＳＳは点滅しない、と教えてもらっていた。４００キロ離れた場所で太陽の光を受けて、同じ明るさで通っていく。

「来た！」

武藤が目を見開く。円華も叫んだ。オンライン画面の向こうにいる、仲間に聞こえるように。

「来ました！　今、うち、通過します」

口の前で合わせた手に、熱い息がかかる。興奮して、その場に跳び上がる。

『来ました！　今、うち、通過します』

全チーム合同で開いたパソコンの画面の向こうから、声がした。

その声に、空に向けて目を凝らしていた真宙と天音たちに緊張が走る。

「あれかな？」

「え、どれ？」

「あの、ちょっとオレンジっぽい……」

「違うよ、あれ、点滅してる。たぶん飛行機」

二チーム合同で観測するため、御崎台高校の屋上に、真宙は今日初めてきた。

視界のかなり向こうまでマンションや家々、高いビルの光が続く都会の空は、地表に光の絨毯が広がっているみたいだ。都会の空は明るくて、色が薄い。

山形のおばあちゃんの家の方とは全然違うし、五島の方ともきっと違う。空にも星より、飛行機の光の方が目立つくらいだ。

だけど。

「来た！　あれだよ！」

屋上のフェンスに手をかけた天音が、いきなり真宙の背中をバン！　と叩いた。フェンスに胸が押しつけられ、真宙の喉から「ぎ」と変な声が出る。だけど、天音はお構いなしだ。

「見えたよ！」

光の点が、西側の空を昇ってくる。

点滅しないはずの光が途中、小さくなったり大きくなったりするように見えるのは、星が瞬いて見えるのと同じ原理だろうか。まるでＩＳＳが呼吸しているみたいだ。

あの光の点が、ＩＳＳ。

400キロ離れていても、きちんと見える。地表に広がるあたたかな夜景の絨毯の上を横切っていく。思っていたより、速度はゆっくりだ。

見えた！　いた！　え、どこ⁉　いたよ、いた。見える！　動いてる！

開きっぱなしにしたオンライン画面の向こうから、いろんな声がさざなみのように広がる。

みんなの興奮がつながり、輪が広がっていく。

自分もその輪の中にいるのだと思うと、痺れるように興奮する。

「ＩＳＳからはこっちって見えてるのかな？」

フェンスに体を預け、空の点を見つめる柳から、声がした。それにすぐ、「見えてるよ」と別の声が答える。

「あっちからも見えてる。夜景は特に。ＩＳＳから撮った東京の夜景の写真を、私、前に見たことある」

ハスキーな、市野先生の声だ。

「星を観測するのには、東京の空は明るくて不利だけど、宇宙からはきっと、逆に私たちの街は見つけやすいよ」

市野先生がフェンスに身を預け、真宙たちのすぐ近くから、「おーい！」と光に向けて手を振った。

「手を振ってみれば？　さすがに見えないだろうけど、思いは届くかも」

「いや、届かないでしょ。でも——、おーい！」

口調と裏腹に、柳が両手で大きく手を振り動かす。輿や、他の御崎台高校のメンバーたちもそれに続く。だから、真宙と天音も、鎌田先輩も、森村先生も一緒になって手を振る。おーい、おーい、おーい！

「ありがとー！」

途中で、なぜか天音が言った。どうしてお礼？　と思うけど、その横顔を見て、理由なんてなくても真宙も胸がぐっと押された。

ＩＳＳの光が、だんだん、遠ざかっていく。通過するまで、見えるのは四分かそのくらいだと聞いていた。光が消えてしまうのが惜しくて、真宙も大きな声で「ありがとう！」と言う。

真宙たちの声が聞こえたのか、オンライン画面の向こうの学校からも『おーい』と『ありがとう』の声が多くこだまするようになっている。

あっ——。

天音の横で夢中で手を振りながら、その時、気づいた。

いつの間にか、オレ、天音より、背が高い。入学した頃は、一緒くらいだったのに。

こんなに近くで横に並ぶことないから、気づかなかった。

実感した途端、天音の顔があまりに近いことにも気づき、急にドギマギする。ちょっと、お前、距離感近すぎだから……思いながら、必死になってＩＳＳにまた手を振る。大声で叫ぶ。

「おーい！」

夜を、あたたかい、と感じるのは初めてだった。

毎日毎日、頭上に広がる夜空。当たり前にあるはずの、夜の星空。

どちらかと言えば普段は夜道を怖く感じる方だし、暗いところも苦手で、昼間の太陽のない時間は、冷たく味気ない、そんなイメージだった。

だけど、今日は違う。

正確には、きっと、今日だけじゃない。みんなとこうやって空を見上げる夜は、毎回、まるで初めて足を踏み入れたような別世界だ。

「あ、そろそろだ」

学校の屋上、北側の手すりに等間隔に並んだみんなの中から声がする。その声に緊張が感じられた。屋上に広げっぱなしになったノートパソコンの向こう、参加校の数だけ開いた画面が、たくさん並んだアパートか何かの窓みたいだ。そこに覗く顔たちもみんな真剣で、それぞれ、ちょっとずつ緊張している。

オンラインでつながる、画面の向こうの窓のひとつから声がした。

『来ました！　今、うち、通過します』

五島の、円華の声だ。頭上では、砂粒をまぶしたような星が瞬いていた。

わあっと歓声が上がる。いよいよだ、と気持ちが高まっていく。

ああ――と思う。

一際はっきりと輝いた光の点が、空を昇る。

二〇二〇年。

春の頃にはまだ、まさかこんなことになるなんて思っていなかった。ここにいる誰も――パソコンの向こうでつながる子たちだって、たぶん誰も。

「来るよ、準備して！」

「あれかな？」

「そうだよ！　きっと、そう」

みんなの声を聞きながら、亜紗もまた、空を仰ぐ。眩い光の点が、思っていたよりゆっくり、空を昇っていく。一瞬も見逃すまいと、空の奥に、その光を追いかける。

あの点が、ＩＳＳ。

はっきりわかる。見つけられた。

「いた！」

「すごい！　ほんとに来た！」

「みんな、見てる？」

『見てる！　見てるよ！』

パソコンの画面の向こうから、興奮の声がひっきりなしにしている。まるで、地面を強く打ちつける雨粒の音みたいに、バラバラと。どこかの窓からは、みんなが拍手をしているのが聞こえた。

『おーい！』

『おーい！　こっちだよー！』

『いってらっしゃーい！』

『ありがとー！』

いろんなバリエーションのそれらの声を聞きながら――くすり、と笑う声が聞こえた。

天頂を翔ける光の点を見上げながら、車椅子に座った凛久の姉――花楓が空を見上げて微笑んでいる。

先月に行われたナスミス式望遠鏡のお披露目会で、亜紗たちは初めて、彼女と出会った。つややかな黒髪を顎のあたりで切りそろえた、切れ長の目をした、美しい人だった。色がとても白く、眼差しが凛久と似ていた。

実際に会うまで亜紗はとても緊張していたけれど、「はじめまして」と挨拶してくれた凛久のお姉さんの声は落ち着いていて、柔らかだった。

凛久と綿引先生、他にも先生たちが数人手伝って、車椅子を屋上に運び上げる。お姉さんが屋上に上がるのを、皆で支えて助ける。

亜紗と目が合うと、花楓が言った。

「あなたが亜紗さん？」

「はい」

「凛久から、よく話を聞いてます。それから——あなたが晴菜先輩ですか」

年は凛久の二つ上らしいから、実際は晴菜先輩よりお姉さんの方が年上のはずだ。「先輩なんてそんな……」と恐縮する晴菜先輩に、彼女が言った。

「ナスミス式望遠鏡は、二人がいなかったら絶対にできなかったって、凛久に言われました。今日は、ご招待、ありがとうございます」

屋上に設置された、完成したナスミス式望遠鏡を前に、彼女の口から「わあ」とため息のような声が出る。

「すごい」

砂浦三高天文部のナスミス式望遠鏡は八角形のフォルムをしている。車椅子に座ったままでも接眼部を覗き込みやすいようにと、凛久の提案でそう設計したのだ。

約束通り、望遠鏡のお披露目会には、ＳＨＩＮＯＳＥの野呂さんをはじめとする作業着姿の人たちと、オンライン上に、ひばり森中学校理科部や御崎台高校物理部、五島天文台のみんなも招かれていた。

完成した望遠鏡について、凛久と亜紗が中心になって説明する。

凛久が、まず、この望遠鏡の発明者であるナスミスの経歴を十九世紀に遡（さかのぼ）って話し始めて、亜紗は正直、「えっ、そこからかよ」と思った。だけど、誰ひとり退屈そうな人はいなくて、皆、興味津々といった顔で聞き入っている。説明の中では、凛久が高校入学前に見つけたという、海外の老人ホームでの観測会の記事も紹介された。

説明を終えると、いよいよ観測。凛久と亜紗が接眼レンズを覗き込み、天体を導入する。最初に入れるのは、土星と決めていた。

亜紗や凛久が入部してすぐの頃に空気望遠鏡で先輩たちに見せてもらって感動したあの星。亜紗が最初に見て思ったのと同じ感動が伝わりますように、と祈る。

視野に土星を導入した望遠鏡から、凛久と亜紗が離れ、観測する人たちに場所を譲る。

花楓が覗き込む時、亜紗は思わず呼吸を止めていた。

彼女が車椅子を進めて、接眼部に向けて身を傾ける。亜紗も凛久も、それにおそらく、他の天文部のメンバーやパソコンの向こうのみんなも、固唾(かたず)を呑んで、その様子を見守る。

ＳＨＩＮＯＳＥから鏡筒部のフレームが届けられた後、凛久は何度も、本当に座ったまま観測ができるのか、微調整を繰り返していた。最初は普通の椅子でやっていたのだが、少しして、綿引先生が「近くの施設から借りてきたよ」と本物の車椅子を用意してくれて、みんなで順番に座って、無理ない姿勢でどうしたら観測できるか、背が高い人が利用する場合、低い人が利用する場合、いろんな想定をしながら、改善点を探っていった。

花楓が片目を閉じて、レンズの向こうを見る。声が、出た。

「きれい」

姿勢に無理はさせていないようだ——と思う。大事なものに触れるように、花楓の右手がそっと接眼部に添えられる。きれい、とまた声が聞こえた。

「ほんとに土星だ。見えるんだね」

「はい」

亜紗たちが作ったナスミス式望遠鏡の最低倍率は120倍。土星の輪まできちんと見える。これまで図鑑などで見てきた通りのあの輪の形、あの土星が本当にあるんだと、昔、亜紗も凛久も感動した。

「美しいな」

花楓が言う。美しい、というその響きが夜空にまるごと吸い込まれていくようで、その声を聞きながら、亜紗は思い出していた。ナスミス式望遠鏡の最終調整をしている時に、凛久から聞いた話だ。

――車椅子バスケとか、あるじゃん。パラリンピックとかでも競技種目になってる、障がい者のためのスポーツ。活躍してるスターがいっぱいいるけど。

ちょっと不服そうに、笑わない顔で凛久が言っていた。

――あれ、すごいなって思いながら、だけど、ずっと思ってた。うちの姉ちゃん、スポーツにはあんま興味ないから、別の方向で長所、広げてほしいなって。そうできないとしたら、なんかおかしいなって。

「凛久、言ってました。――姉ちゃんは、子どもの頃からオレのスターだったんだって」

花楓が望遠鏡から離れた後で、亜紗がそっと話しかけた。凛久は一年生たちと一緒に、パソコン画面の向こう側に向けて、ナスミス式望遠鏡から見える天体の様子を解説している。綿引先生が今日はレンズに取りつけるカメラを用意してくれたので、設置した大きなモニターに、望遠鏡から見える光景が表示できるようになっていた。

凛久がこちらを見ていないことを確認して、こっそり、教える。

「勉強ができて、学校で教えてくれないこともすごくたくさん知ってるお姉さんのことが自慢で、特にお姉さんから聞く宇宙の話が大好きだったたって」

身内をそうやって堂々と褒めるのは、なかなかできないことだと思う。凜久だって、普段はおそらくそうしない。――亜紗たちにだから安心して話してくれたのだろうと思ったら、とても光栄だと感じた。

「そっか」

亜紗の声を受けて、花楓が微笑んだ。弟の方を見て、眩しそうに目を細める。そして言った。

「亜紗ちゃん」

「はい？」

「星を見せてくれてありがとう」

花楓から、親しげに「亜紗ちゃん」と呼んでもらえたことが嬉しくて、むずむずする。だから、その日、亜紗から誘った。もしよかったら、来月のＩＳＳもまた一緒に観ませんか――と。

「こんな楽しいことが待ってるなんて、思ってなかった」

天を昇っていくＩＳＳの光を見つめながら、亜紗の隣で花楓が言う。その声を聞いて、どう言っていいかわからないくらい、亜紗も嬉しくなる。

ＩＳＳが、空をよぎっていく。

興奮したみんなの声を受けながら、山の向こうへと消えていこうとしている。光を惜しむように、亜紗たちは声を送り続けた。ありがとう、バイバイ。

バイバーイ!

というどこかの声を聞きながら、その時、屋上の上で、ふいに声が破裂した。

「あーーーっ!」

凛久の声だった。ISSの光の点が完全に視界から消え、あとには、冬の星座と、赤く点滅する飛行機の光だけが残った空を仰ぎ、大声で、凛久が叫んだ。

長い声は、しばらく、止まらなかった。凛久が少し息苦しそうにし、口元のマスクの位置を直したところで、姿勢を元に戻す。そして言った。

「転校、したくねぇーなーー!」

唇を、噛み締めた。そうやって耐えようとしたけど、——ダメだった。亜紗の目から涙が噴き出る。完全なる不意打ちだ。一気に瞼(まぶた)が熱くなる。

「凛久、やめろっ!」

亜紗も叫ぶ。

「泣いちゃうじゃん。勘弁してよ」

「わ、すげ、亜紗、泣いてる?」

「だって……」

恥ずかしくてあわてて瞼を押さえて俯くと、一年生の深野のとても冷静な声がした。

「っていうか、凛久先輩も泣いてません? 目、潤んでます」

「いやー、そりゃ、泣くでしょ。青春ですから」

青春ですから。

その声に顔を上げると、凛久が目を押さえ、マスクをずらしていた。

それを見て、驚きつつ、同時に、すごいなぁ、と思う。深野さん、普通、こういう時、指摘しないであげるのが礼儀な気もするのに、うちの後輩は言っちゃうんだなぁ。なんだか無性におかしくなって、泣きながら笑ってしまう。

「え、亜紗、笑うのかよ。ひどくない？」

凛久の肩が亜紗の肩に触れた。男子が女子に、付き合ってもないのにするには近すぎる距離感だけど、それを茶化すようなメンバーが、オンライン含めて誰もいなそうなのが、亜紗には心地よかった。みんなと出会えてよかったと思った。

肩に、凛久の体温を感じる。

ずっと一緒にいたけど、こんなふうに触れ合うのは、そういえば初めてだ。凛久が亜紗から離れ、幹事の三ヵ所だけをつないでいたパソコンの方に近寄っていく。

「輿くーん、いる？」

『いますよー、なんですか』

それまで、そちらのパソコンは、声が二重になってしまうから、と音声を切ってあったのだが、ミュートを解除したようだ。画面を覗き込み、凛久が尋ねた。

「転校って、大変？」

心細そうに聞く声に、一度引いた亜紗の涙がまたこみ上げてきそうになる。平然として見えた凛久が、本当はずっと不安だったのかもしれないこと、それを、ようやく今日になって口に出せているのかもしれないこと。考えたら、胸が押しつぶされそうになる。

『大変は大変だけど……大丈夫。どこに行っても』

凛久の問いかけを受けた輿が、動揺する様子もなく答える。笑顔だった。

『離れても大丈夫だって、オレは、みんなが教えてくれたから』

五島天文台の窓から、円華や武藤、小山が『おー！』と手を振り動かしている。輿が笑い、そして言った。

『だから、大丈夫。凛久くんも』

「そうかなー？」

「私も卒業ですよ」

凛久の横に、晴菜先輩がやってくる。

「卒業しちゃうけど、みんながずっと私のことも仲間だって思ってくれてるって、信じています」

屋上に立つ天文部のメンバーを、晴菜先輩が見回す。「すっごく楽しい」と彼女がにっこりした。

「今日、私たち、なんか、ものすごく青春って感じがしませんか？　凛久くんの言う通り。素晴らしい。青春、万歳ですよ」

「え、なんですか、それ」

普段はクールな晴菜先輩の、いつになくはしゃいだ様子の声を聞き、亜紗と凛久が思わず笑う。マスクごしだけど、冬の静謐（せいひつ）な空気を鼻と口からいっぱいに吸い込むと、その時、御崎台高校の柳の声がした。

全チームをつないだパソコンと、幹事三ヵ所のものと、両方からの声が二重になって聞こえる。

『皆さん、ありがとうございました。ＩＳＳ、無事に、通過しましたでしょうか。――これで、今日のプロジェクトは大成功！　終了です。お疲れさまでした！』

空で星が瞬いている。

その星の瞬きに呼応するように、画面のあちこちから拍手が聞こえた。パチパチパチパチパチパチ。バイバーイ、ありがとう。またねー！　楽しかったー！　たくさんの声がこだまする。

その声を全身で受けて、空を見上げながら――。

最高だな、と亜紗は思った。

エピローグ

二〇二一年三月――。

五島港の桟橋にフェリーが泊まっている。白い船体に入った赤いラインが鮮やかだ。

フェリーのデッキからは色とりどりの紙テープ。卒業して島を去る先輩や友人、異動する先生を見送る、この時期にはお馴染(なじ)みの光景だ。ただ、今年も去年同様見送りにかけつけた皆の顔にマスクがある。

「佐々野さん、見送りありがとう」

武藤と小山も、この便で島を去る。

港には、彼らとの別れを惜しむ部活や寮の後輩たちも来ていて、それぞれ挨拶(あいさつ)を終えた後で、二人は円華のところに来てくれた。

泉水高校の吹奏楽部は旅立つ卒業生や先生のために、見送りの際には演奏をするのが恒例だった。今年の演奏をどうするかは、学校側との話し合いが必要だったけれど、ヨーコちゃんが屋外で演奏者の人数を絞って、短く演奏する許可を取ってくれた。卒業生の円華も、今日は特別にホルンを吹かせてもらう。

「ううん。だけど、寂しくなるね」

海が、光を通した春の色をしている。翼の大きな海鳥が海面すれすれに低空飛行する姿も見える。美しい。ターミナルの建物の向こうに目を凝らすと、五島天文台のある山もかろうじて確認できた。

先月山焼きが行われたばかりの、まだ、茶色い山肌に、新しい芽吹きがポツポツと起こり始めている。

二月の半ば、何台もの消防車が周囲に待機し、麓（ふもと）から火を放つ山焼きの様子を、円華は、小山や武藤、館長と一緒に、母の知り合いが経営するカフェのテラス席から見守った。

山の下手から山肌をオレンジ色の大きな火が頂上に向かってまだらに上っていく様子もすごかったけれど、その後、火の姿が消えて、山の地表が煙に覆われ黒焦げになった光景にも息を呑（の）んだ。芝や枯れ草の焼けた匂いが、遠目で見ているこっちまでうっすら漂ってくるようだった。防火服姿の消防士や消防団の人たちが、山焼き後の山に踏み入る様子に目を向けていると――本当は、この山焼きは去年のうちにやるべき行事だったのだ、と館長が教えてくれた。二〇二〇年に予定されていたのだけれど、新型コロナウイルスの影響で、今年に延期になったのだ。

「見られてよかった」

小山が目の上に手をかざし、青空の下で煙に覆われた山を見つめる。

「オレたちが五島にいるうちにやってくれて、よかった」

その頃は、大学の入学試験を受けるため、小山や武藤は本土に行くことも多かった。山焼きのその日もひょっとしたら都合が悪いかもしれないと思っていたけれど、二人は来てくれた。

山焼きを終えた数週間後には、泉水高校の卒業式が行われた。

卒業式を終えると、島の高校はまた、一気に慌ただしくなった。島外への進学や就職を決め、島を離れる子たちの準備が始まる。神戸(こうべ)の大学に受かった円華の親友の小春は、すでに先週島を出ていて、円華はその時もここまで見送りに来た。

今日はとうとう、小山と武藤の番だ。大きな肩掛けバッグと、お土産の紙袋を提げた二人は、こっちで住んでいた部屋の荷物は、もう別便で送ったそうだ。

円華は、卒業後も五島に残ることに決めていた。

円華は、第一志望だった長崎市内の大学の文学部に受かった。本土にある学生寮に入ったり、ひとり暮らしをすることも考えたのだが、当面の授業はまだオンラインだということなので、ひとまずはこちらにいようと思っている。

「また絶対来るけど、この中で一番五島から遠くなるの、オレかぁ」

海面をなでる風に、潮の匂いがする。その風の流れる先を辿(たど)るようにして、小山が島の山々に顔を向ける。彼にしては珍しく感傷的な声に聞こえた。

「また来るつもりだけど、名残惜しい」

小山は、北海道にある大学の理学部生物学科に進学する。実家のある神奈川や東京の大学もいくつか受かっていたようだけど、最終的にそこを選んだ。その学部は、二年生までは生物全般について学ぶそうだが、三年生から選択できる課程に真菌類を専門とする研究コースがあると聞いて、円華は思わず聞いた。

「キノコ、研究するの？」

真宙とのオンライン会議のやり取りを見ていなかったら、小山の志望動機は絶対にわからなかったろう。尋ねると、小山が薄く笑い、「まあ」と答えた。

「これまでは、漠然と、オレの成績で行けそうな大学をなんとなく考えてただけだったんだけど、ひょっとして、大学って、もっと自由に考えていい場所なのかなって、その大学にいる教授の専門とか、研究内容について調べるようになって。偏差値とか大学の名前とかじゃなくて、何をやってるのか、どんな先生がいるのかっていう方向から進路、考えてみたんだ」

小山の進む大学は、真宙とともにあの日盛り上がった『日本きのこ大全』の著者陣に名前を連ねる教授もかつて籍を置いていた学校なのだという。

「親からは、菌類の研究なんて将来的になんの役に立つんだって最初言われたけど、そこは、じいちゃんが味方してくれた。一度しかない人生だから、好きなことやらせてやれって」

「入院してた、あのおじいちゃん？　元気になったの？」

「うん。退院したから、北海道行く前に、神奈川で一度会っていくつもり」

頭の中に日本地図を思い浮かべる。「北海道」や「神奈川」を、以前に比べてそこまで遠く感じないのは、おそらくあのＩＳＳ観測の経験が関係している。空を通過するＩＳＳを、円華たちはほとんど時差なく、日本中で観測できた。

小山の横、武藤が言う。

「オレはまた、夏休みにでも帰ってくるよ。こっちのじいちゃんやばあちゃんにも会いたいし、前はフェリーの移動大変だなって思ってたけど、慣れたし。佐々野さんなんて、ここから大学通うんだもんな。それに比べたら、たまの移動なんて全然軽いよな」

「まー、オンラインの授業がいつまでかにもよるよ。本格的に授業始まったら、私も長崎でひとり暮らししたくなるかもしれない」

武藤は、東京の私立大学の体育学部に進学する。第一志望ではなかったようだけど、教員免許も取れる学部のようで、部活では野球も続けるつもりだと話していた。

「武藤くんが体育の先生ってなんか似合う気がする」

「そう？　先生になるかどうかはわかんないけど、体のことはいろいろ勉強できそう」

円華の言葉に、武藤が答えた。

「コロナの休校中とか、いろんな動画見てたら、家でできるストレッチとかトレーニング紹介してる人も結構いて。オレも部活で筋トレとかよくしてたけど、ちゃんと人に説明できる形で知識持ってるのってかっこいいかもって思った」

体を動かすことが好きだからこそ、そう思ったのだろう。それもまたとても武藤らしい。

「夏、またやるんだよな。スターキャッチコンテスト」

ふいに、武藤が言った。天文台は見えないけれど、山の方向を見ながら言う。

「五島に帰ってきて、天文台からまた参加できたら最高だけど、無理だとしても見学はしたいから、近くなったら、ＵＲＬ教えて」

「オッケー。私が館長に聞いて、みんなにちゃんと連絡入れるね」

「サンキュー」

「ありがと」

二人が言って、円華の顔を見る。他にもフェリーに乗り込む人が列を進み始めていた。二人が乗る順番も近づいてくる。船の前に立つ乗降口の係員に二人がそれぞれ切符を見せる。

「じゃあ」

「また」

「うん」

円華もしっかり、二人の顔を見て言う。

「元気でね」

武藤と小山が重たい荷物を引きずるようにしながらフェリーに乗り込もうとする。

春の日差しが、その時、待ち構えていたように強く降り注いだ。フェリーの向こうに広がる海が輝く。その眩（まぶ）しさに目を細め、円華が両手で手を振ろうとした――その時だった。

「やっぱり、オレ」

ふいに武藤が引き返し、人の列に逆らって戻ってくる。荷物をドサリ、と桟橋に下ろす。忘れ物でもしたのだろうか、と思う円華の目を見て、いきなり言った。

「やっぱ、言っとく」

「何？」

「オレ、佐々野さんのこと、好きだから」

「ひぇ!?」

しゃっくりみたいな、自分でもどこから出たのかわからない声が出た。目を見開く。武藤が続けた。

「輿がこっち来られないうちは、言うの反則かなって思ってたけど、オレも五島からいなくなるし、もういいよな」

「いつから……」

「輿が、佐々野さんいいなって言うようになったすぐ後くらい。そういえば、オレもいいなって思ってたなって。だから、アイツとあんま、時期は差、ないから」

頭の中がパニック状態で、助けを求めるように、武藤を追って戻ってきた小山を見ると、円華と目が合った小山がぶるぶると大きく首を振った。

「オレは別に、そこに参戦しないからね。オレも好き、とかは言い出さないから安心して」

わかってるよ！　そんなこと！

声に出さずに円華があわあわ、心で叫ぶ。告白（ああ、本当に、信じられないけれど武藤からの告白なのだ！）をしたというのに、言われた円華に比べて動揺など微塵も感じさせない武藤が笑う。思い切りのいい、気持ちがいいほどの笑顔だった。

「輿と違ってオレは返事、ほしいから」

「うわー、輿、泣きそうだな。お前、後でちゃんとあいつにも話せよ」

武藤の後ろで、小山が呆れたように言う。ええっ、それ、どういう意味⁉　とさらに混乱する円華の耳に、その時――。

汽笛の音が届いた。

出航が近い。船を振り返った武藤が、係員さんに「すみません」と謝る。その言葉に「いいえ」と答えるその人の顔も笑っているのを見て、円華は顔から火が出そうだった。武藤が桟橋に置いた荷物を肩にかけ、「じゃあね、佐々野さん！」と円華に手を振る。

「考えといて。よろしく！」

「武藤、お前、ほんとすごいな。——佐々野さん、じゃあ、また！」

小山も言って、二人の姿がバタバタと船の中に消えていく。

最後の最後に——まるで竜巻に巻き込まれたみたいな衝撃だ。去っていく武藤と小山の背中を見送りながら、今更のように胸の奥がドキドキして、頭がのぼせたようにかーっとなる。

なんなんだ、もう！　と思いながら、だけど、円華もあわてて吹奏楽部の後輩たちが待つ見送りの人垣の方に走って行く。演奏位置に置いておいたホルンを取り出し、スタンバイする。

今の、この子たちの方にまでは聞こえてなかったよね、と祈りながら、船のデッキを見上げた。

船と陸をつなぐ色とりどりのたくさんのテープ。眩しくて目を開けていられなくなる。フェリーに乗り込んだ武藤と小山の顔がデッキに見えた瞬間、理由のわからない涙がこみ上げる。

彼らのことが、自分も大好きだなぁ、と思った。

声を限りに叫ぶ。再会を約束する言葉を。

「またね！」

マスクを外し、マウスピースを唇にあて、思い切り息を吹き込む。

海を、音がわたっていく。

二〇二一年八月——。

一年ぶりのスターキャッチコンテスト・リモート大会は、ひばり森中学校理科部と、砂浦第三高校天文部が主催校になっている。中心になって進めるメンバーは、それぞれ二年生になった真宙と天音、深野と広瀬だ。

コンテスト当日、開始一時間前に、最終の打ち合わせを兼ねて、互いの部室からオンライン会議をつなぐ。

「お疲れさまー！」

『お疲れさまです。いよいよですね！』

深野と広瀬の後ろで、亜紗もまた、ひばり森のメンバーに手を振る。画面の向こう、天音と真宙の顔と、夏の制服から伸びる腕がよく日焼けしている。その横で、彼らの後輩がそわそわした様子で軽く会釈をする。

広瀬が聞いた。

「天音ちゃん、髪切った？」

『あ、そうなんです！　気合い、入ってます！』

今回の参加チームは、全部で、四十三ヵ所。

学校からの参加もあれば、個人宅からの参加もある。それだけの数を束ねてコンテストを開催するのは、仕切る側も本当に大変で、夏休みになる前から、主催する二校のやり取りは、とても活発だった。

砂浦三高天文部。

晴菜先輩から引き継いで部長になった亜紗は、後輩たちのそのやり取りを嬉しく見つめてきた。

「あー、広瀬に連絡の取りまとめ、頼んでいたんですけど、今日、まだ来てないですか？」

一週間ほど前、各地の塩ビ管望遠鏡が完成したかどうかの最終チェックの最中、息せききった深野に聞かれ、亜紗は、「今日はバレエの日じゃない？」と返した。

「水曜日は確か、毎週、バレエだから来られなくなるって話だったよね。広瀬ちゃん」

二年になった四月から、広瀬はバレエ教室に再び通い始めた。毎日レッスンがあるような本格的な教室ではないけれど、広瀬が幼稚園から小学校にかけて通っていた、最初のバレエ教室だという。広瀬は今、週に一度、そこに通っている。

――うちの親も、それくらいなら、続けるの、許してくれたので。

と微笑む広瀬は照れくさそうで、それ以上に嬉しそうだった。

――プロになりたいとかバレエで食べていくとか、そういうわけじゃなくても、好きだから、やりたいなって。レッスン、私の前の時間に、バレエを始めたばっかりの子たちも来るんですけど、その子たちのレッスンの手伝いも今はしてて。それが、すごく楽しいんです。

普段から言葉数が多い方ではない広瀬が、ポツポツとでも自分の気持ちを説明してくれるまでに、どれくらいいろんなことをひとりで考えたのか。それがわかるから、聞いている亜紗たちも嬉しかった。

そんなわけで水曜日に部活がある日は来られない、と広瀬が告げた日、深野が、がばっと彼女に抱きついた。

「広瀬っ！　かっこいい！　好き！」

「えー、深野。何それ」

ふざけ調子に笑う二人は、本当にいいコンビだなぁ、と思った。頼れるうちの二年生だ。

「あっちゃー」

広瀬がいないことを思い出したらしい深野が、大げさな声を出す。

「広瀬、バレエかー、うっかりしてた。ああー、じゃ、東北ブロックへの連絡って」

「オレでよければ、やっときますよ。先輩」

深野の背後で、一年生駒井が手を挙げる。一年生だけど、この場の誰より背が高い彼は、今年、砂浦三高に入学した唯一の男子にして、うちの新入部員だ。去年、新入部員がなかなか入らないことをあんなにも嘆いていたのが嘘のように、今年、天文部にはなんと、八人もの一年生が入った。

その多くが、凛久と亜紗の代が作ったナスミス式望遠鏡を取材した、地元新聞の記事を見て、興味を持ってくれたものらしい。

『コロナ禍でも？　コロナ禍だからこそ！　――高校生、星への挑戦』

そんな見出しがついた記事は、砂浦三高天文部が取り組んできた活動について書いてくれていた。一緒に掲載されたモノクロの写真は、車椅子に座った凛久が、接眼部の微調整をしているところだ。横でその様子を見守る亜紗も、新聞にはばっちり載っていて、母や父がコピーして親戚に配ろうとするのを、あわてて止めた。

「美談とかには、してほしくないんだけどなぁ」

　掲載されてすぐの頃、凛久が言って、亜紗は驚いた。取材ではノリノリで答えているように見えたのに。単に天邪鬼（あまのじゃく）な気持ちで言っているのかと思ったが、凛久がさらに言う。

「別にコロナじゃなくても望遠鏡は完成したろうし、そこに過度に意味を見られるのもなんか違うなって」

　その気持ちは、亜紗にもちょっとわかった。

けれど、記事には製作に協力してくれたＳＨＩＮＯＳＥの野呂さんのインタビューなども紹介されていて、「力になれて光栄だった」と書かれていた。それを読むと、やっぱり純粋に嬉しい。皆の力を借りて、ここまで来られた。

　一年生たちが、記事を読んで興味を持ってくれたことも、もちろんとても喜ばしいことだ。

しかし、入部の初日、駒井が眼鏡を押し上げて、こう言った。

「でも、まさか、男子がここまで少ない学校だとは思いませんでした。合格してから、今年の一年生は男子が自分ひとりだって聞いて、慄（おのの）きました」

　亜紗は亜紗で、「慄く」という言葉を日常遣いする男子の登場に驚いた。駒井は、分厚い眼鏡に七三分けの分厚い前髪で、自分の容姿に無頓着（むとんじゃく）なのか、逆にこだわりがありすぎるのかよくわからない、どこかミステリアスな雰囲気が漂う男子だ。やっぱりうちの部に来る男子って、ちょっと個性が強いんだよなぁ、としみじみ思う。

　駒井の申し出を受け、深野の顔がぱっと輝いた。

「え、駒井くん、やってくれるの？　マジ、助かる。ありがとう」

「関西ブロックから西はひばり森の安藤くんたちが取りまとめてくれてるんですよね？　状況、安藤くんにも確認しますか？」

「うん。よろしく」

男子部員が入ったよ、と、四月すぐに凛久に伝えた。ＬＩＮＥで、爆笑するキャラクターのスタンプを返してきた凛久は楽しそうだった。

『男子ひとりなら、その道の先輩がいるじゃん。年は下かもだけど』

返信に、そっか、と思う。だから、ひばり森中の理科部――真宙への連絡を、亜紗たちはできるだけ駒井に任せていた。詳しいやり取りは知らないけれど、二人は結構気が合っている様子だ。

そのひばり森チームも、今は、コンテストに向け、てんてこ舞いの様子だ。中学生で、年上の高校生たちとのやり取りは大変ではないかと亜紗も心配したけれど、それには、力強い返事が返ってきた。

『大丈夫です。みんな、助けてくれるから』

オンラインでつないだ画面越しに会う真宙や天音の横にも、今は、うちと同じく新入部員がいる。男子の新入部員もいて、彼らの安藤先輩、という声に、真宙が『おう』と答える様子が頼もしく見える。

時が流れたのだなぁ、と思う。その様子を三年生になった鎌田が見守る様子もとてもいい。鎌田からは、今年に入って作ったというお掃除ロボットを見せてもらったりもして、ひばり森中の理科部も活動は盛んみたいだ。

二〇二〇年春、新型コロナウイルスによる最初の緊急事態宣言が出され、それが解除された後も、自分たちの日常は「新しい生活様式」になる、と言われた。元通りになるまでは、あと二、三年はかかると。当時は、その年月を信じられないくらい長い、途方もないものに感じたけれど、それでも時は巡り、一年以上が経った。

顔にはまだマスクだし、「元通り」と言われた、その「元通り」の形も、収束後の世の中では確実に変わる気配を感じるけれど——それでも、時は確実に経った。

——来年の夏、また、スターキャッチコンテストをやりませんか。できたら、今度は、ISSを見たメンバー、全部で。

十二月、ISSの軌道を全国各地から見送った後、どこからともなくそんな声が上がった。その場の高揚感も相まって、画面のあちこちから、賛成の声が上がる。

やろう。卒業しても、転校しても、その時、どこにいても、可能な限り集まろう。

ルールはもう少し緩くして、手作りの望遠鏡に限定せず、市販のもので参加する人たちの部門も作ったらどうだろう。それだったら、卒業してからでも個人的に参加できるかもしれない。

いや、でも厳密にやる部門もしっかり残したい——え、スターキャッチコンテストってなんですか。あ、簡単に説明すると——。

今年からの、毎年恒例になったりして。

やり取りの最中に誰かが言った。含み笑いをするような別の誰かの声もする。

『コロナの年から始まった、中高生たちの新しい活動、とか言われちゃうよね、きっと』

その言葉に皆が頷き合うのを見ながら、だけど――亜紗は、ただなるようになればいい、と思っていた。

やりたい時に、私たちはやればいいし、参加してもしなくても、恒例化しなくてもいい。続いたら続いたで素敵かもしれないけれど、何にも縛られることなく、ただやりたい気持ちでやったから、私たちはあんなにも楽しかった。

その気持ちのまま、他の学校にも、後輩たちにも活動が引き継がれていってくれるなら、それはとても光栄なことだ。

コンテストの開始時間が近づくにつれて、オンライン画面に、あちこちから入室がある。今日の参加チームは全部で四十三ヵ所。去年ISSを見たチーム全部とまではいかなかったけれど、それでも相当の数だ。

十二月のあの夜と同じように、今日もパソコンは、参加チーム全部の窓が開いたものと、去年の関係者専用のもので二台に分けてつないである。

日が暮れて一時間ほどの頭上の夜空が、淡い闇から、だんだんと濃い闇に変わっていく。

夏の大三角形が昇っていた。

スタート時間前のこの時刻に入ってくるのは、去年の夏、最初のリモートコンテストに参加した〝スタートメンバー〟たちだ。卒業して今はもう大学生だったり、自宅からの個人参加だったりしても入室可能で、実際に競技に参加しなくても、様子を見に来ていいことになっている。

『ひさしぶりー！』

「あー、輿くん、ひさしぶり。今年も御崎台高校の屋上から参加？」

『うん。柳たちがやるの、見に来た』

輿は都内の私大の理工学部に進学している。ひばり森の画面から、真宙の声がする。

『今日、小山さん、残念でしたね。大学の友達たちと、参加、ギリギリまで検討してくれたみたいですけど、北海道は残念ながら、天気、雨みたいで』

『うん。聞いた。でも、そう考えると、ほんと、全国的にいろいろできた去年は改めて奇跡だったんだって思うよね』

『小山さんの大学、キノコの研究できるんですよね。いいなぁ、羨ましい。オレもいつか後輩になれたらいいな』

『じゃ、大変だよ。小山の大学、めっちゃ偏差値高いから』

『えっ！　薄々わかってたけど、やっぱそう？』

真宙と輿の軽快な会話が続く中、すぐ近くで、声がした。

「お待たせしてすみません。間に合いましたか」

「晴菜先輩！」

屋上に現れた前部長の姿に、亜紗が喜びの声を上げて駆け寄る。

「おひさしぶりです」と先輩がにっこりした。

県内の国立大学に進学した晴菜先輩は、前から大人っぽい印象だったけれど、今のように制服でなくワンピースなんか着ていると、本当にもう「大人」そのものという感じだ。

その教え子を、綿引先生が「おう、晴菜」と嬉しそうに出迎える。

「凛久も今からですよ。大丈夫です」

亜紗が答える。その途端、まるでどこかで様子を見ていたかのように、「ＲＩＫＵ」と右下に表示された画面の入室がある。

ぱっと画面が切り替わり、凛久の顔が映る。

去年までと違い、髪の色が黒く、耳にもピアスがない。転校した高校が砂浦三高より校則が厳しく、元の髪色に戻さざるをえなかったのだと、春に嘆いていた。

『おつかれさまでーす！』

「凛久、そこ、家？」

『いや、塾。授業中だったんだけど、抜けてきて、今、屋上。いい先生たちでさ、許してくれた』

今日の凛久はスマホからの参加のようだ。

『見える？』

凛久がスマホを自分から遠ざけて、塾の屋上からの景色を見せてくれる。暗いけど、まばらについた電灯の光で、畑や田んぼも多そうな場所だということが伝わってくる。ポツポツと見える家々も一戸建てが多く、建物が低い。

「見える」

亜紗が答える。次は昼間の景色も見せてほしいな、と思いながら。

凛久が空を映す。今亜紗の頭上に輝くのと同じ月が、画面の中にもあった。

凛久が転校した香川の高校は、天文部はおろか理科系の部は何もなかったそうだ。残念がっていたけれど、それを聞いた次の瞬間、綿引先生が「香川かぁ」と言い出して、「凛久、ここのプラネタリウムに行ってごらん」と自分の天文仲間を紹介しようとしたので——亜紗たちはみんな笑ってしまった。

　凛久も笑っていた。

『マジ、ほんと、先生の知り合いの多さ、引く。ありがたく紹介は受けますけど、でも、先生、大丈夫だよ。オレ、友達、ちゃんと自分で作れるから』

　お姉さんが進学することになりそうだ、という話もその時に教えてくれた。体のことを気にして、一度はあきらめていた大学受験にもう一度チャレンジする、と決めたらしい。ナスミス式望遠鏡で星を見たことも、おそらくきっかけのひとつだったと凛久が教えてくれた。彼女が宇宙や物理の分野の学部を目指す、と聞いて亜紗たちはとても嬉しかった。

　姉ちゃんに負けないように——と、凛久も、香川の新生活で今、進路に向き合いながら塾に通うことにしたようだ。彼らに負けないように自分も頑張りたいな、と亜紗も思う。

　今日のスターキャッチコンテストは、前回よりも勝敗にこだわらない会にしようということに、ひとまずなっていた。望遠鏡は市販のものでも参加可能。手作りしたいチームは作り方をレクチャーして一緒に作ったけれど、それは同スペック部門だけで競える形にしてある。だから、遊びとしての参加もありだ。

　去年のような、得点の決められた天体を時間内に探せるだけ探して競う方式ではなく、今年は主催校が目当ての星や星団の名前を告げて、どこが速くその天体を導入できるか、スピードを競う方式にした。

「運んできたよ」

亜紗がパソコンのカメラの角度を変え、屋上に設置したナスミス式望遠鏡を見せる。八角形の美しいフレームが、月明かりに輝く。

凛久が『おー』と呟きながら、嬉しそうに、画面に手を伸ばした。その手が、なでるように動く。

「うちは今日、ナスミスで勝負させてもらいます！」

深野が誇らしげに胸を張る。他のチームからの、『手ごわそう』『かっこいい！』の声がそこに重なる。

全チームが参加するオンライン画面も、だんだんと窓が開き、連なっていく。コンテストに初参加のチームはやはりまだ表情が硬いところも多く、『よろしくお願いします』の声もか細い。

その声に「よろしくお願いします」と亜紗たちが会釈を返していると――五島天文台チームが入室する。

『ギリギリに入って、ごめん！』

謝る円華と館長の周囲に、初めて見る顔がいくつもある。小学生くらいの子どもやその親らしき人、大学生くらいのカップル、館長と同年代らしき人も。

館長が言った。

『お客さんと参加させてもらいます。今日こういうイベントがあるって話したら、見てみたいっていうんで』

後ろで、皆が和やかな雰囲気で『名古屋から来ましたー！』とか、『長崎の者でーす！』と挨拶してくれる。

その様子を見ていると、今度はまた別の窓から『館長っ！』と大きな声がした。

御崎台高校の窓から、『ひさしぶり』と続けるその声は――武藤だ。

輿と武藤が二人並んで、カメラに向けて微笑みかける。

『佐々野さーん！』

輿が手を振った。一緒にいる二人の顔を見て、円華が微笑んだ。

『わあ！　そっちで会えてるの、羨ましい』

『うん。せっかく東京の大学にいるなら、今日は、御崎台から参加するのもおもしろそうだなって』

輿が言い、武藤が頷く。

『マジ、ほんと、感動した。柳くんとか、市野先生とか、芸能人に会えたみたいな感覚。本物だ！　生きてる、動いてる、みたいな』

おどけても表情がそんなに変わらない武藤が淡々と言い、それに柳が『こっちのセリフです』と答えるのが聞こえた。

もともと同じ学校の同級生だったのに、〝再会〟すること、一緒にいることを、こんなに特別に感じるなんておもしろい。だけど、誰にどんなドラマがあるのか、どんな思いがあったのか。スタートメンバー全員がわかり合えていることが、今、一番すごいことのように思える。

今年から参加してくれる他のメンバーにも、きっとみんな、あったはずだ。去年から今年にかけて、それぞれに見えた景色が。

落ち着きなくざわざわする画面に向け、突き抜けるような高い声が割り込んだのはその時だった。

『はぁーい、おしゃべりがまだまだ続きそうですが、そろそろコンテストの開幕です。皆さん、用意はいいですか？　各地の先生方、審判の準備もよろしくお願いします』

目標とする星の発表は、今年、主催校であるひばり森中学校で天音が行うことになっていた。『ガチの勝負じゃないなら、今年は裏方と応援に回りたいです』という彼女の言葉が、負けず嫌いの天音らしくてすごくよかった。『気ぃ、つよっ！』と、その横で真宙が呟く様子もとてもいい。

パソコンの画面の中で、並んだたくさんの窓が皆、準備を整える。スタートの時間を迎え、天音が息を吸い込むのが聞こえた。

一息に言う。

『では、スターキャッチコンテスト、第二回リモート大会を始めます。最初の天体です。──夏の大三角形のひとつ、こと座のα星、七夕伝説の織姫にあたる星で──』

──カルタの読み札を読むように、目標の星に関する説明も読み上げたい。

これを提案したのも天音と真宙だ。きちんと天体について勉強していれば、いち早く動いて、他のチームより先に探し始めることができる──ルールをおもしろくしたい、と顧問の森村先生に相談して一緒に考えたようで、すごくいいアイデアだと思う。

「ベガ」

思わず、小さく声が出る。それに少し遅れて、天音の声が『ベガ！』と読み上げた。

空に向けたナスミス式望遠鏡を前にした今年の一年生たちが、夏の大三角形を、まずは目視で確認する。ベガがその一角にあることを一年生たちは理解している。去年、メインで望遠鏡を覗いていた深野と広瀬は、今年はサポートだ。

『いけっ！』

画面の向こうから、凛久の声がした。

見つけた！　と声がする。パソコンのあちこちから、声が広がる。見つけた。あった。オッケーですか⁉　見えた！

この夏の星に向けて、皆が、今、空を見上げる。

謝　辞

この小説を書くにあたって、左記の方々に多大なお力添えをいただきました。

茨城県立土浦第三高等学校　岡村典夫先生と科学部の皆さま
立教新座高等学校　島野誠大先生と観測部の皆さま
鬼岳天文台　田中英人館長
国立天文台三鷹キャンパス　石川直美さま
近藤燦太さま（五島列島方言監修）

また、執筆にあたり、「#きぼうを見よう」をはじめ、天文関係の記事やサイトを多く参考にしました。特に毎日小学生新聞に連載中の大西浩次さんの「ガリレオ博士の天体観測図鑑」には大きな刺激をいただきました。

この場を借りて、皆さまに心よりお礼申し上げます。ありがとうございました。

作中における現実との相違点、誤りがある場合、意図したものも意図していないものも、その責任はすべて著者にあります。

初出

北海道新聞、東京新聞、中日新聞、
西日本新聞、河北新報、山梨日日新聞の各紙に
二〇二一年六月から二〇二二年十一月まで順次掲載。

辻村深月（つじむら　みづき）
1980年２月29日生まれ。千葉大学教育学部卒業。2004年『冷たい校舎の時は止まる』でメフィスト賞を受賞しデビュー。11年『ツナグ』で吉川英治文学新人賞、12年『鍵のない夢を見る』で直木三十五賞を受賞。18年には『かがみの孤城』で本屋大賞第１位に。主な著書に『スロウハイツの神様』『ハケンアニメ！』『島はぼくらと』『朝が来る』『傲慢と善良』『琥珀の夏』『闇祓』『噓つきジェンガ』などがある。

この夏の星を見る

2023年６月30日　初版発行
2024年11月20日　６版発行

著者／辻村深月

発行者／山下直久

発行／株式会社KADOKAWA
〒102-8177　東京都千代田区富士見2-13-3
電話　0570-002-301(ナビダイヤル)

印刷所／大日本印刷株式会社

製本所／本間製本株式会社

ISBN 978-4-04-113216-6　C0093